OS TELHADOS DE TEERÃ

Mahbod Seraji

OS TELHADOS DE TEERÃ

Tradução de
ANTÔNIO E. DE MOURA FILHO

Rocco

Título original
ROOFTOPS OF TEHRAN

Edição brasileira publicada mediante acordo
com Browne & Miller Literary Associates, LLC.

EDITORA ROCCO LTDA.
Av. Presidente Wilson, 231 – 8º andar
20030-021 – Rio de Janeiro – RJ
Tel.: (21) 3525-2000 – Fax: (21) 3525-2001
rocco@rocco.com.br
www.rocco.com.br

Printed in Brazil/Impresso no Brasil

preparação de originais
MARIA BEATRIZ BRANQUINHO DA COSTA

CIP-Brasil. Catalogação na fonte.
Sindicato Nacional dos Editores de Livros, RJ.

S487t Seraji, Mahbod
Os telhados de Teerã / Mahbod Seraji; tradução de Antônio E. de Moura Filho. – Rio de Janeiro: Rocco, 2010.

Tradução de: Rooftops of Tehran
ISBN 978-85-325-2498-0

1. Ficção norte-americana. I. Moura Filho, Antônio E. de. II. Título.

CDD–813
09-6138 CDU–821.111(73)-3

Agradecimentos

Agradeço a Marian Clark, Tim e Sue Ellen Kane, Sudi Rafian, Kevin Daniels, Kim Levin, Nancee McVey, Laura Hubber, Mojgan Seraji, Mehri Saffari, Kamran Heydarpour, Donnell Green, Debbie Shotwell, Nancy Fallah e Mauni Seraji pelo grande incentivo durante o período que passei escrevendo este livro. Cada um de vocês, de seu jeito muito particular, me fez acreditar que eu tinha uma história que valia a pena compartilhar.

Stephanie Howse: Minha profunda gratidão por seu olhar aguçado e suas ideias maravilhosas, e pela forma com que continua a ajudar.

Meu querido Sepi: Sua inspiração iluminadora ajudou-me a desenredar Pasha melhor do que eu conseguiria sozinho. E obrigado pelo incentivo durante todo o projeto.

Agradeço às minhas agentes, Danielle Egan-Miller e Joanna MacKenzie da Browne & Miller Literary Associates, por sua fiel determinação, por nunca desistirem e por serem as catalisadoras de uma experiência que mudou minha vida. Obrigado também a Alec McDonald por sua ajuda editorial e a Mariana Fisher pelo entusiasmo inicial.

E, por fim, a Ellen Edwards, minha talentosa e aplicada editora: obrigado pela chance e por assumir a responsabilidade de compartilhar meu livro com o resto do mundo. Trabalhar com você tem sido a melhor experiência de aprendizagem do mundo.

Inverno de 1974
Hospital Psiquiátrico Roozbeh, Teerã

Ouço uma voz entoando um cântico, e os repetidos versos projetam-se como água pela margem de minha consciência.

Se tivesse um livro, eu o leria.
Se tivesse uma canção, eu a cantaria.

Olho em volta até avistar um senhor parado alguns metros adiante, cantando de forma monótona e alienada. O local não me parece familiar. O roupão azul que cobre meu corpo, a cadeira de rodas em que estou sentado, a luz solar que me aquece, penetrando pelas frestas da veneziana – tudo me parece estranho.

Se eu soubesse uma dança, eu a dançaria.
Se eu soubesse uma rima, eu a recitaria.
Se eu tivesse uma vida, eu a arriscaria.
Se eu pudesse ser livre, eu tentaria.

Lá fora, no pátio, homens de todas as formas e idades vagam, arrastando os pés, vestindo roupões azuis. Há algo peculiar em cada um deles. Parecem perdidos.

De repente, uma torrente de emoções inunda meu peito e avança até minha garganta. Uma enfermeira baixinha, com um semblante gentil e um rosto bem cheio, que parece uma maçã, corre em minha direção, repousa as mãos sobre meus ombros e grita:

– Alguém me ajude aqui!

Um homem de uniforme branco vem correndo e tenta me segurar.

– Fique na sua cadeira, querido. Fique na sua cadeira – grita Cara de Maçã, o que significa que devo estar me movendo. Concentro-me em ficar parado e olho para o velho no lado extremo do salão. Ele me encara enquanto repete seu mantra freneticamente:

Se eu tivesse um cavalo, eu o montaria.
Se eu tivesse um cavalo, eu o montaria.
Se eu tivesse um cavalo...

Sou levado para um quarto com uma cama e Cara de Maçã diz:

– Vou lhe dar um sedativo para que se sinta melhor, querido.

Sinto uma picada no braço e, de repente, um peso insuportável toma minha cabeça e meus braços. Então meus olhos se fecham.

1

Verão de 1973
Teerã

Meus amigos, minha família e minha viela

Em Teerã é muito comum, no verão, dormir-se no telhado. O calor seco do dia resfria-se após a meia-noite, e quem dorme lá em cima acorda com os primeiros raios de sol na face e com o ar fresco nos pulmões. Minha mãe opõe-se veementemente ao hábito, e lembra-me todas as noites:

– Centenas de pessoas caem dos telhados todos os anos.

Meu melhor amigo, Ahmed, e eu entreolhamo-nos e trocamos sorrisos discretos a cada advertência, e em seguida subimos as escadas até o telhado, onde passamos as noites sob as estrelas que parecem próximas o bastante para que as toquemos. A viela lá embaixo se transforma em um entrelace irregular de luz, sombra e som. Um carro produz um leve zumbido, cruzando vagarosamente a rua deserta, tomando o cuidado para não despertar ninguém, enquanto um vira-lata ao longe libera uma sequência de latidos, mostrando-se atento aos acontecimentos.

– Estou ouvindo sua mãe chamar – murmura Ahmed no escuro.

Sorrio e, de brincadeira, faço que vou dar um chute, do qual ele facilmente se desvia, rolando.

Nossa casa é a mais alta da vizinhança, o que torna nosso telhado um ponto ideal para admirar as estrelas. Na verdade, um de nossos passatempos preferidos é dar às estrelas os nomes de nossos amigos.

– Será que todo mundo tem uma estrela? – indaga Ahmed.

– Somente quem é bom.

– E quanto melhor você é, maior a sua estrela, certo?

– Maior e mais brilhante – repito a resposta que dou sempre que ele faz a mesma pergunta.

– E nossa estrela guia a gente quando temos algum problema, não é?

– A nossa estrela e as estrelas das pessoas que amamos.

Ahmed fecha um dos olhos e ergue o polegar para bloquear uma das estrelas mais brilhantes.

– Estou cansado de olhar para essa sua cara gorda.

– Então cala a boca e dorme – respondo, rindo, deixando que meu olhar contemplativo relaxe no vazio aveludado entre cada pontinho de luz. Meus olhos rastreiam o céu até atingirem os acidentes ondulantes das montanhas de Alborz, que traçam uma linha sinuosa entre o deserto e o verde azulado do mar Cáspio. Distraio-me por um instante, tentando decidir se a escuridão é mesmo negra ou de um azul infinitamente profundo.

– Por que será que as pessoas temem a escuridão tão despudoradamente? – pondero, e Ahmed debocha.

Tenho certeza de que ele se diverte com meu vocabulário excêntrico, produto de toda uma vida dedicada à leitura. Certo dia, meu pai nos puxou para o lado – a mim e a Ahmed – na frente de amigos e parentes, e perguntou-me o que eu achava da vida. Prontamente respondi que a vida era uma série aleatória de esboços literários belamente engendrados, unidos levemente entre si por uma linha condutora de tempo e personagens. Os amigos de meu pai aplaudiram, deixando-me desconcertado. Ahmed inclinou-se e sussurrou que logo eu seria oficialmente proclamado o mais velho rapaz de 17 anos do mundo, sobretudo se eu continuasse dizendo coisas como "despudoradamente" e "esboços literários belamente engendrados".

Assim como Ahmed, acabo de concluir a décima primeira série. Iniciaremos o último ano do ensino médio no outono.

Não vejo a hora de terminar o curso, ansiedade que compartilho com todos de minha idade, mas todo esse entusiasmo se arrefece frente aos planos mantidos pelo meu pai de enviar-me aos Estados Unidos para estudar engenharia civil. Muito tempo atrás, meu pai trabalhou como guarda-florestal, protegendo as florestas nacionalizadas dos exploradores furtivos que derrubavam árvores ilegalmente para obterem lucros pessoais. Ele agora trabalha em um escritório, gerenciando uma região inteira, no comando de um exército de guardas-florestais.

– O Irã carece muitíssimo de engenheiros – lembra-me papai sempre que tem uma oportunidade. – Estamos quase passando de um país tradicionalmente agrário a um país industrial. Uma pessoa com um diploma de engenharia de uma universidade norte-americana garante um excelente futuro para si e sua família, além de desfrutar o prestígio de ser chamado de "Sr. Engenheiro" pelo resto da vida.

Amo meu pai e jamais o desobedeceria, mas odeio matemática, odeio a ideia de tornar-me engenheiro e odiaria ser chamado de Sr. Engenheiro. Meu sonho é graduar-me em literatura e estudar a filosofia dos antigos gregos, a evolução, o marxismo, a psicanálise, Erfan e o budismo. Ou graduar-me em cinema e tornar-me escritor ou diretor, alguém que tenha algo digno de ser dito.

Por enquanto, moro com meus pais em um bairro de classe média. Temos uma casa tipicamente iraniana, com um pátio modesto, um amplo quarto de hóspedes e uma *hose* – uma pequena piscina no pátio da frente. Em nosso bairro, como qualquer outro em Teerã, as casas construídas uma ao lado da outra são separadas por muros altos. Nossa casa possui três pavimentos, e meu quarto ocupa uma pequena seção do terceiro andar, onde um enorme terraço conecta-se ao telhado por um amontoado volumoso de degraus de aço. Moramos na casa mais alta do bairro, e ela é virada para o sul.

– Eu não moraria numa casa que desse para o norte nem de graça – declara repetidamente minha mãe. – Elas nunca recebem sol. São todas terrenos férteis para germes. Minha mãe nunca concluiu o ensino médio, porém fala sobre questões de saúde com a autoridade de um graduado em Harvard. Ela tem um remédio para toda sorte de enfermidades: chá de ervas para curar depressão, solução de espinhos de acácia para desintegrar cálculos renais, flores maceradas para dar fim à sinusite, folhas secas que acabam com as acnes e comprimidos que prometem fazer qualquer um crescer como uma árvore – embora ela tenha apenas 1,52m de altura, somente com meias nos pés.

Cada noite de verão se esvai com os ruídos das famílias iniciando o dia, e nossa viela agita-se com crianças de todas as idades. Meninos gritam e arrastam os pés, correndo atrás de bolas plásticas de futebol, enquanto meninas vão, em grupos, de casa em casa, fazendo coisas de meninas. As mulheres agrupam-se em diferentes partes da rua, deixando claro quem gosta de quem, pelo modo com que se reúnem. Ahmed dividiu esses encontros em três grupos, ou comitês de fofoca: o do Leste, o do Oeste e o Comitê Central.

Ahmed é um garoto alto, bem magro, de pele morena e um sorriso esplêndido. Seu corpo forte, porém delgado, mandíbula proeminente e olhos castanho-claros brilhantes tornam-lhe o retrato da saúde, segundo a opinião técnica de minha mãe. Além de ser muito querido na vizinhança, ele é engraçado. Digo a ele que pode se tornar um maravilhoso comediante se encarar seu talento natural com mais seriedade.

– Sim, com mais seriedade – responde Ahmed. – Posso me tornar o palhaço mais sério do país.

Conheço Ahmed desde os meus 12 anos, quando minha família mudou-se para o bairro. Encontramo-nos pela primeira vez na escola, enquanto eu tomava uma surra de três valentões.

Todas as outras crianças pararam para assistir à cena, mas Ahmed correu para me ajudar. Os garotos eram altos, fortes e feios, e, apesar de nossas heroicas tentativas, levamos uma surra.

– Meu nome é Pasha – apresentei-me após a briga.

Ahmed sorriu e estendeu a mão.

– Por que estavam brigando?

Eu ri.

– Você não sabia? Por que me ajudou?

– Três contra um! Isso me incomoda. É claro que eu sabia que mesmo assim eles nos dariam um couro, mas pelo menos não foi tão injusto quanto três metendo o sarrafo em um.

Naquele momento tive certeza de que Ahmed seria meu amigo para sempre. Sua bravura e sua atitude positiva me cativaram no ato. A experiência nos uniu e induziu meu pai, um ex-pugilista, campeão na categoria peso-pesado, a começar a nos ensinar a lutar boxe – para desgosto de minha mãe.

– Você vai deixá-los violentos – dizia ela ao meu pai, que não dava a mínima à queixa.

Para dar um jeito naquilo, todas as noites, após o jantar, ela me dava um copo contendo um líquido âmbar que fedia a urina de cavalo em um dia quente de verão.

– Isto aqui reverterá o que seu pai está fazendo com seu temperamento – assegurava, forçando-me a tomar aquela bebida nojenta.

Eu adorava boxe, mas o remédio de minha mãe quase me levou a desistir do esporte.

Após alguns meses de treino, à medida que nossos socos tornaram-se curtos e rápidos, porém pesados quando necessário, comecei a ansiar por um novo confronto com os três valentões da escola. Meu pai escutou nossos planos de vingança e interveio.

– Sente-se aqui, Sr. Pasha – disse ele um dia, depois do treino. Então apontou para Ahmed. – Você poderia juntar-se a nós, por favor?

– Claro, Sr. Shahed – respondeu Ahmed, que sussurrou para mim, enquanto sentava:

– Acho que estamos encrencados, Sr. Pasha!

– Quando alguém aprende a boxear – começou papai, cautelosamente –, passa a fazer parte de uma fraternidade de atletas que nunca levantam a mão contra os mais fracos.

Minha mãe interrompeu o que estava fazendo, aproximou-se e parou ao lado de meu pai, muito séria.

– Mas, papai, se não batermos nos mais fracos, em quem bateremos? – perguntei, atordoado. – Além do mais, não seria estupidez arranjar briga com os mais fortes?

Papai esforçava-se para não olhar para mamãe, que o encarava feito um tigre estudando um veado imediatamente antes do ataque final.

– Eu lhe ensinei a lutar para que pudesse se defender – resmungou. – Não quero que saia por aí arranjando briga.

Ahmed e eu não acreditávamos no que ouvíamos.

– Quero que me prometa que sempre respeitará o código de nossa fraternidade – insistiu meu pai.

Acho que fomos lentos em nossa reação.

– Quero que prometa – repetiu ele, levantando a voz.

E assim Ahmed e eu, muito a contragosto, unimo-nos à fraternidade dos atletas que nunca batem em valentões que quebram a cara das crianças mais fracas. Na época, obviamente, nem fazíamos ideia de que tal fraternidade nunca existira.

– A sorte do Iraj é que seu pai nos fez prometer – disse Ahmed mais tarde, provocando nossa gargalhada.

Iraj é um garoto pequeno, desmazelado, de nariz comprido e pontudo, cujo bronzeado empresta-lhe a aparência de indiano. É esperto, tira as melhores notas na escola e adora física e matemática, as duas matérias que mais odeio.

Estou convencido de que Iraj gosta da irmã mais velha de Ahmed, pois não tira os olhos da garota quando ela aparece no rio. Todos sabem que é errado desejar a irmã de um amigo, como se ela fosse uma garota de outro bairro. Se eu fosse Ahmed e pegasse Iraj de olho na minha irmã, eu lhe daria uma bela surra. Entretanto, não sou Ahmed.

– Ei – grita ele, esforçando-se para não sorrir ao assustar Iraj –, pare de olhar pra ela, senão quebrarei a promessa que fiz à irmandade sagrada da fraternidade do boxe.

– Irmandade sagrada da fraternidade do boxe? – sussurro, com um sorriso. – Fraternidade e irmandade significam a mesma coisa. Não devem ser usadas na mesma frase.

– Ah, cala a boca! – Ahmed ri.

Iraj é o campeão de xadrez de nosso bairro. É tão bom que ninguém mais se candidata a ser seu oponente. Quando jogamos bola na rua, Iraj joga xadrez contra si mesmo.

– Quem está ganhando? – questiona Ahmed, em tom de deboche. – Você já se derrotou alguma vez? – Ahmed pergunta. – Sabe, você até podia estar ganhando se não se preocupasse tanto com minha irmã.

– Não me preocupo com sua irmã – Iraj murmura, olhando para cima, numa expressão de impaciência.

– Sei – responde Ahmed, assentindo com a cabeça. – Se tiver alguma dificuldade em dar uma surra em si mesmo, terei o maior prazer em lhe fazer este favor.

– Sabe – provoco –, antes eu ficava irado com ele por olhar para sua irmã, mas não deve ser tão ruim ter um campeão de xadrez como cunhado.

– Vire essa boca pra lá – resmunga Ahmed –, senão vou dar uma mexida na panela de sua mãe pra preparar uma bebidinha especial que vai fazer com que nasça cabelo na sua língua.

A ameaça tem certo peso, considerando-se a maneira com que minha mãe já aplicou seus distintos conhecimentos e seguiu sua intuição para me diagnosticar como um sujeito extremamente introvertido.

– Você sabe o que acontece com pessoas que guardam tudo para si? – ela pergunta, sem aguardar minha resposta. – Adoecem. – Quando rebato, dizendo que não sou introvertido, ela me lembra de quando eu tinha quatro anos e caí da escada. Minhas duas tias, dois tios e meus avós estavam nos visitando naquele dia, e minha mãe calculou que a cena do garotinho caindo dois lances de escadas quase causou dois infartos, três derrames e várias pequenas úlceras.

– Você quebrou a canela em três lugares! – repreende ela. – O médico disse que vira homens maduros chorarem depois de uma fratura dessas, mas você não chorou. Sabe o que este tipo de estresse faz com seu corpo?

– Não – respondo.

– Causa câncer.

Então ela cospe três vezes para afastar de mim a energia daquelas palavras.

Para curar minha introversão, ela insiste que eu beba um preparado meio escuro que tem aparência e odor similares aos de óleo automotivo queimado. Reclamo que seu remédio tem um sabor horroroso, e ela manda que eu me cale e pare de reclamar.

– Ué, achei que esta poção fosse para me fazer falar – lembro-lhe.

– Shhh! – manda. – Reclamação não conta. Se quiser ter sucesso na vida, você tem de se esforçar para ser extrovertido – explica. – Os introvertidos acabam poetas solitários ou escritores pobres.

– Quer dizer, então – pondera Ahmed certo dia –, que o óleo de motor o torna extrovertido e o mijo de cavalo o ajuda a voltar para seu casulo. – Ele faz que não com a cabeça, expressando solidariedade. – Depois que sua mãe concluir o servicinho dela, você vai acabar com um parafuso a menos.

2

As lágrimas de Faheemeh e o cabelo molhado de Zari

Passamos as noites de verão regozijando-nos na completa segurança de nossa vista panorâmica. Não há muros cerceando o que dizemos, nem temores moldando o que pensamos. Passo horas escutando as histórias dos encontros silenciosos entre Ahmed e Faheemeh, a garota que ele ama. A voz dele se enternece e sua face aquieta-se ao descrever como ela jogou os cabelos compridos para trás ao olhar para ele – e como isso pode significar que ela o ama. Por que outra razão ela distenderia o pescoço para comunicar-se com ele? Meu pai diz que os persas acreditam na comunicação silenciosa; um olhar ou um gesto expressa muito mais que um livro repleto de palavras. Meu pai é um excelente comunicador silencioso. Quando me comporto mal, ele simplesmente me lança um olhar de reprovação que dói mais do que mil bofetadas.

Escuto Ahmed tagarelar sobre Faheemeh, porém meu olhar geralmente vagueia pelo pátio de nossos vizinhos, onde uma garota chamada Zari mora com os pais e um irmão caçula, Keivan. Nunca vi Faheemeh de perto, de forma que, quando Ahmed fala sobre ela, imagino Zari: suas delicadas maçãs do rosto, olhos sorridentes e pele macia e clara. Em quase todas as noites de verão, Zari senta-se à beira da pequena *hose* de sua família, sob uma cerejeira, balançando seus pezinhos perfeitos na água fria enquanto lê. Tomo o cuidado de não olhar por muito tempo, pois ela está noiva de meu amigo e mentor, Ramin Sobhi, um terceiranista do curso de graduação em ciências políticas na Universidade do Teerã a quem todo mundo, inclusive meus pais, chamam Doutor. Não é certo desejar a garota de um amigo, então toda vez que penso em Doutor, afasto todos os pensamentos sobre Zari, o que, entretanto, é extremamente difícil, dadas as divagações apaixonadas de Ahmed.

Todos os dias Ahmed pedala por dez minutos até o bairro de Faheemeh, na esperança de conseguir vê-la. Diz que Faheemeh tem dois irmãos mais velhos que a protegem como falcões, e que todos no bairro sabem que quem mexe com a irmã deles acaba com um nariz quebrado, uma mandíbula deslocada e com pelo menos um dos olhos roxo. Ahmed diz que, se os rapazes soubessem o que ele sente por Faheemeh, eles transformariam as orelhas dele nas maiores partes de seu corpo – ou seja, picariam Ahmed em pedacinhos.

Como não se dá por vencido, Ahmed escolhe um dia em que os irmãos de Faheemeh estão na rua e propositalmente choca-se com sua bicicleta em um muro. Ele geme de dor e os irmãos de Faheemeh levam-no para dentro de casa, oferecem-lhe duas aspirinas e imobilizam-lhe o punho lesionado envolvendo-o em um pedaço de pano. Faheemeh está apenas a alguns passos de distância e sabe muito bem o que o lindo estranho está aprontando.

Agora Ahmed pedala até a viela de Faheemeh sem a menor preocupação, passando horas com os irmãos dela, conversando sobre tudo, desde os jogadores da seleção de futebol iraniana deste ano até os honorários do ano seguinte. Diz não se importar com o fato de os irmãos de Faheemeh entediarem-no imensamente, contanto que ele esteja próximo a ela. Passam a tarde toda jogando bola na rua e Ahmed faz questão de ficar no gol, embora seja um péssimo goleiro. Enquanto os outros garotos correm atrás da bola sob o calor escaldante das tardes de Teerã, Ahmed mantém-se parado. A ideia é defender o gol, mas, na verdade, o que ele faz é observar Faheemeh, que por sua vez o observa do telhado de casa.

Depois de apenas algumas partidas, Ahmed é forçado a abdicar de seu posto como goleiro. Sua preocupação com Faheemeh é tamanha que o deixa vulnerável às jogadas dos atacantes adversários e seu time sempre perde com uma desvantagem de, no mínimo, cinco ou seis pontos. Quando Ahmed passa para a linha, seu time volta a ganhar, mas ele tem de correr atrás da bola, o que significa que não pode mais trocar olhares silenciosos com Faheemeh.

Então Ahmed me procura com um plano. Pede que eu o acompanhe até a viela de Faheemeh no dia seguinte. Ele me apresentará a seus novos amigos e dará um jeito para que eu acabe jogando no time adversário. Vou mirar seu joelho durante uma jogada crucial para que ele então finja uma contusão. Assim, não lhe restará alternativa senão voltar a jogar no gol. Será um goleiro agonizante, jogando apesar da dor, o que indubitavelmente impressionará Faheemeh.

Embora eu concorde com o plano, no fundo preocupo-me com o que Faheemeh pensará de mim depois que eu nocautear Ahmed. Sinto-me melhor quando imagino o dia em que lhe contaremos que foi tudo um esquema para levar Ahmed de volta ao gol.

– Vê se não vai me machucar pra valer – adverte Ahmed, sorrindo.

– Acho melhor garantir que um ortopedista esteja a postos, meu camarada – respondo, entrando no espírito da coisa.

– Nem brinque com isso. Você sabe que meus ossos são frágeis. Só mande um chute de leve e deixe o resto comigo.

O plano é executado magistralmente. Ahmed merece um Oscar por sua atuação como um garoto agonizante, e uma medalha de ouro por defender o gol após a terrível contusão. Ao olhar para seu rosto, radiante pela consciência de que Faheemeh o observa, fico preocupado com a possibilidade de que ele se machuque de verdade, com seus corajosos mergulhos para a esquerda, para a direita e sob os pés de nossos atacantes – tudo isso sobre o asfalto. Não conseguimos marcar nenhum gol. Ele esfola as mãos e os cotovelos e rasga as calças na altura dos joelhos. A cada vez que nos detém, faz caretas de dor, solta a bola e olha para cima, na direção do telhado onde Faheemeh o observa atentamente. Chego a flagrá-la uma vez sorrindo para ele.

Um dos irmãos de Faheemeh percebe que estou olhando para o telhado, e sei, a partir de então, que ele não gosta mais de mim, assim como não gosto de Iraj por olhar para a irmã de Ahmed. Ele não aperta minha mão quando me despeço de todos. Disfarço e o observo dos pés à cabeça. Ele é mais alto e mais forte que eu. Parto consolado em saber que não estarei decepcionando a sagrada irmandade da fraternidade do boxe caso algum dia ele decida dar uma de valentão para cima de mim e de Ahmed.

Duas semanas depois, estou sentado em nosso telhado, no escuro, com os ouvidos e olhos invadidos pelos movimentos agitados da leve brisa que balança as copas das árvores, quando escuto a porta do pátio de Zari se abrir e, então, se fechar.

Não olhe, penso resoluto, porém minha respiração se acelera assim que meu corpo reconhece o som. *Pode ser apenas Keivan*, concluo. Decido fechar os olhos, só que meu coração dispara quando eu me dou conta de que, com os olhos fechados, minha audição se aguça. Ouço passos de pés descalços cruzando o pátio e em seguida a água na *hose* começa a murmurar com a agitação lenta de suas pernas, enquanto as páginas de seu livro vão passando com o silvo leve e cadenciado, tão familiar a mim durante as horas que dedico à leitura. Zari está na quarta página quando Ahmed aparece no telhado. Ele se senta silenciosamente na mureta que corre entre nossos telhados e acende um cigarro com as mãos trêmulas. A momentânea luz do fósforo revela as lágrimas em seus olhos.

– Aconteceu alguma coisa? – pergunto, com o coração apertado ao ver sua expressão.

Ele faz que não, mas não acredito. A profundidade com que nós, persas, encontramo-nos imersos no tormento é grande demais para resistirmos ao desespero quando este bate à nossa porta.

– Tem certeza? – insisto, e ele faz que sim.

Resolvo deixá-lo em paz, pois é o que espero que façam comigo quando não estou a fim de conversar.

Ele passa um minuto sentado, duro feito pedra, enquanto o tabaco em brasa aproxima-se de seus dedos, e então sussurra:

– Ela já tem um pretendente.

– Quem tem um pretendente? – indago, olhando para Zari lá embaixo. Seus pés de marfim agitam o reflexo da lua na superfície da água, fazendo-a reluzir feito ouro líquido.

– Faheemeh. Um cara que mora duas casas depois da deles vai mandar os pais até a casa dela amanhã à noite.

Sinto-me como se alguém tivesse me privado do ar. Não sei o que dizer. As pessoas que insistem em se meter na vida alheia raramente sabem o que dizer ou fazer. Nem sei por que elas ainda perguntam. Faço de conta que observo o piscar das luzes da cidade que se espalham pela escuridão ao longe.

– Quando você descobriu? – finalmente pergunto.

– Hoje à tarde, depois que você foi embora, entrei lá no pátio com os irmãos dela para beber água e aí eles me contaram.

– Ela estava por perto?

– Sim – diz, olhando fixamente para o céu para impedir que as lágrimas escorram pelo rosto. – Ela estava me servindo um copo de água, segurando uma jarra, quando eles me disseram. –

Ele se lembra do cigarro e dá uma longa tragada. – Eu estava sentado numa cadeira e ela, de pé, na verdade, inclinada sobre mim. Ela passou o tempo todo me olhando nos olhos, sem piscar. – Ahmed faz um gesto negativo com a cabeça enquanto seus lábios se contorcem no fantasma de um sorriso. – Ela estava tão próxima que dava pra eu sentir sua respiração em meu rosto e sua pele tinha um cheirinho gostoso, como o de sabonete, só que mais doce. Um dos irmãos me perguntou se eu ia parabenizar a irmãzinha, mas fiquei sem voz e não consegui dizer nada. – Ahmed abaixa a cabeça e deixa as lágrimas caírem ao largar a guimba de cigarro e pisá-la.

– Ela é muito novinha – sussurro. – Faça-me o favor, quantos anos ela tem, dezessete? Como podem casar uma garota de dezessete anos?

Ahmed faz outro gesto negativo com a cabeça, mudo.

– Talvez os pais dela rejeitem o cara – digo, para plantar uma semente de esperança em seu coração.

– A família dela adora o cara – diz ele com um riso curto e amargo, enquanto retira outro cigarro do maço. – Ele é universitário, tem 26 anos, trabalha para o Ministério da Agricultura, tem carro e em breve vai comprar uma casa no Tehran Pars. Não vão rejeitá-lo. – Ele acende o cigarro e então, segurando o maço, estica o braço em minha direção.

Imagino meu pai aparecendo repentinamente e lançando-me um olhar de reprovação, daqueles que doem mais que mil bofetadas. Faço que não com a cabeça.

Olho para o rosto triste de Ahmed e entristeço-me por não poder fazer nada para ajudar. Esta é uma noite histórica para nós dois. Estamos passando pela primeira grande crise pessoal de nossa juventude. É triste, mas devo admitir que, de alguma forma, não deixa de ser excitante. Faz com que eu me sinta adulto.

– Entende como é horrível essa história? – Ahmed indaga entre tragadas.

– Bem – começo, esperando desesperadamente aliviar sua dor –, o que sei sobre o assunto é somente o que li nos livros – confesso, meio constrangido. Então olho na direção do pátio de Zari e acrescento... – Mas acho que consigo imaginar.

No final da tarde seguinte, Ahmed me pede para acompanhá-lo até a viela de Faheemeh. Concordo, apesar de minha apreensão em rever os irmãos de Faheemeh, sobretudo o que me odeia por ser como Iraj. O sol acaba de se pôr e as luzes na rua começam a se acender uma por uma. Algumas pessoas acabam de aguar suas árvores e lavar as calçadas, como é de costume em Teerã, e o cheiro de terra molhada torna o calor seco da noite mais suportável. Um grupo de meninos está jogando bola e fazendo o maior barulho. Calculo que seja a última partida da noite. As mulheres estão próximas umas das outras conversando, enquanto as mocinhas correm de braços dados, rindo.

Eu nunca havia visto Ahmed tão consumido pela tristeza. Andamos para cima e para baixo da rua, e ele reduz os passos toda vez que passamos pela casa de Faheemeh.

– Consigo senti-la do outro lado dessas paredes – diz ele, repousando a testa contra a pedra e fechando os olhos. – Ela sabe que estou aqui – sussurra. – Estamos respirando o mesmo ar. – Algumas crianças passam por nós e reconhecem Ahmed. Querem conversar, mas nem Ahmed nem eu estamos a fim de papo, e continuamos a andar. Quando nos aproximamos mais uma vez da casa de Faheemeh, ele para e aperta os dois punhos contra a pedra, como um guerreiro cansado na base de uma fortaleza.

Lá dentro, um grupo de adultos discute sobre o compromisso vitalício entre dois jovens. A mãe da futura noiva geralmente fica feliz e orgulhosa, a menos que o pretendente seja um imbecil. A mãe do futuro noivo é elegante e calma; ela faz anotações mentais para usar mais tarde, caso um acordo não possa ser consumado, detalhes que se fixarão em sua mente até que o casal esteja unido e feliz. Quem sabe o que pode acontecer entre dois estranhos? Boas informações podem sempre servir convenientemente a uma das partes, caso a união não dê certo. Trata-se de um jogo em que ambos os envolvidos desejam sair ganhando, em todos os aspectos e disputas, desde a cor do papel de parede na sala de estar ao tamanho do traseiro da futura sogra. Os homens – futuros sogros – são flexíveis e preocupam-se mais em beber, comer e gabar-se das coisas das quais os pais se gabam: dos conhecidos influentes, do negócio maravilhoso que fecharam na compra de um ótimo terreno próximo ao mar Cáspio. Em seguida, vêm as tias, os tios, melhores amigos e familiares, todos felizes por estar ali, pois não têm nada melhor para fazer da vida.

O tema central de todas as discussões será basicamente de teor financeiro. Quais as posses do noivo? Ele tem casa própria? Um carro? Qual o modelo e o ano do veículo? Deus queira que seja um carro norte-americano, um Buick ou um Ford. De quanto é o dote? Quanto a família do noivo paga à família da noiva por esta auspiciosa ocasião? De quanto seria a pensão caso houvesse um divórcio no futuro?

Os futuros noivos geralmente sentam-se longe um do outro e não falam. Evitam até trocar olhares. Sei que Ahmed está tentando imaginar o que Faheemeh está pensando, sentada em silêncio naquela sala lotada. Esta seria minha preocupação se, por exemplo, eu amasse Zari e a estivessem unindo a alguém que não fosse Doutor. Eu ficaria tentando imaginar se Zari estava pensando em mim. Tentaria imaginar se ela se enfeitara, e, se tivesse, eu me perguntaria por quê. Ela não quer que meu rival a ache feia e nada atraente para casar? Eu morreria de ciúmes do homem que estivesse olhando dentro daqueles lindos olhos azuis, pensando em abraçá-la, tocar-lhe a face, sentir seu corpo quente contra o dele. *Meu Deus, que bom que eu não amo Zari. O pobre Ahmed deve estar sofrendo muito.*

Esperamos até dez horas, mas ninguém sai da casa de Faheemeh. Pegamos as bicicletas e voltamos para nosso bairro, comemos uma coisinha e então vamos para o telhado. As horas se arrastam em um silêncio pesado. O contorno das montanhas de Alborz, que geralmente nos eleva o espírito, parece amontoar-se no escuro crescente, feito um cão triste. O calor vem persistindo o dia inteiro, e ficamos ali sentados e transpirando sem falar durante um tempo que parece dias. O que se diz a um garoto de dezessete anos que se apaixonou por uma garota de dezessete anos, prestes a ser leiloada por um dote de sabe-se lá quantos mil tomans persas e pela dúbia promessa de felicidade?

– Acho que você deveria dizer a ela que a ama – disparo, repentinamente.

Ahmed expira e desdenha.

– De que vai adiantar? Além disso, você não acha que ela já sabe?

– Talvez ela saiba... Talvez ache que você a ama, só que ela não tem certeza, tem? Você não lhe disse como se sente e certamente não fez nada para mostrar.

– Eu me comunico em silêncio com ela todos os dias – resmunga.

Sorrio ao ouvir sua resposta.

– Ahmed, ela é a única pessoa que pode impedir esse casamento. Os pais ainda podem forçá-la a se casar com ele, logo, não há garantia de que suas ações possam mudar qualquer coisa, mas você tem de dar a ela uma razão para lutar.

– Você acha que ela lutaria? – pergunta Ahmed, com um genuíno tremor de surpresa na voz.

– Acho que sim, se você interviesse. Além do mais, se ela não reagir, o que você tem a perder?

A luz sobre a porta de Zari se acende, ela sai para o pátio e ajoelha-se graciosamente à beira da *hose*. A noite está demorando a esfriar, e ela se inclina para baixo e para o lado para molhar o cabelo, mergulhando-o na água. Em seguida, torce-o habilmente e fixa-o de forma que a água escorra pelo pescoço e então pelas costas. Não sei há quanto tempo estou olhando para o pátio de Zari quando sinto Ahmed me olhar fixamente.

– Então – diz ele, coçando a cabeça, pensativo –, você acha que se alguém se aproximasse de Zari e dissesse que a amava, ela reconsideraria casar-se com Doutor?

– Ah, não é... É diferente – gaguejo. – Zari deseja se casar com Doutor, então não é justo perguntar isso. E depois também a questão aqui não somos Zari e eu. São você e Faheemeh.

Ahmed morde o lábio inferior para disfarçar o sorriso, então pergunta:

– Você acha que ela contrariaria a vontade dos pais?

– Já disse que a situação de Zari é diferente! – retruco.

– Eu estava falando de Faheemeh, não de Zari. – Desta vez, Ahmed nem se dá ao trabalho de disfarçar o sorriso. – Então... Você acha que ela contrariaria a vontade dos pais? – repete.

Sacudo a cabeça levemente para expulsar quaisquer pensamentos sobre Zari, então lanço um olhar confiante para meu amigo e respondo:

– As pessoas fazem coisas surpreendentes por amor. Os livros estão cheios de histórias maravilhosas sobre este tipo de coisa, e as histórias não são apenas fantasias, sabe. São tão intrínsecas às pessoas que as escrevem que praticamente ensinam lições valiosas aos leitores.

Ahmed percebe o brilho em meus olhos, faz um gesto negativo com a cabeça e dá uma risadinha.

– Eu sei, eu devia ler mais.

No dia seguinte, acordo sozinho, piscando os olhos sob o sol quente, bem no meio do céu, e percebo que devo ter dormido tarde. Termino de me despertar rapidamente, assim que me dou conta de que Ahmed já se foi. Corro lá para baixo, calço os sapatos e balbucio um "oi" para minha mãe, que vem pelo corredor com um copo enorme de seu óleo automotivo especial para mim. Faço uma cara feia e então disparo até o pátio para pegar a bicicleta.

Minha mãe grita:

– Aonde você vai? Ainda não tomou café!

– Tô sem tempo! – grito ao pular na bicicleta e ouço o resmungo familiar de minha mãe xingando bem baixinho.

Pedalo com toda a rapidez possível até a viela de Faheemeh e sinto muita tristeza ao dobrar a esquina. Alguns garotos estão segurando os dois irmãos de Faheemeh e o rosto de Ahmed está todo ensanguentado. Estão todos gritando e esbravejando, e o irmão mais velho de Faheemeh está mandando Ahmed ir embora. Ahmed está parado, em silêncio, sem que ninguém o esteja segurando. Salto da bicicleta em um pulo e corro até ele.

– O que está havendo? – pergunto ansiosamente. Quando Ahmed não fala, deduzo o pior e volto-me rapidamente para enfrentar nossos agressores. Esforço-me para deixar o corpo mais solto e pronto, pulando levemente sobre os calcanhares e balançando as mãos rapidamente para aquecê-las antes de cerrá-las em punhos.

Ahmed sorri gentilmente e agarra meu braço.

– Segui o seu conselho. Estava tentando dizer a Faheemeh que eu a amo – explica, apontando para a garota que está no telhado a chorar –, mas acho que o mundo inteiro ouviu.

Faheemeh nos observa, sabendo muito bem que um garoto de dezessete anos tomou o primeiro passo para se tornar um homem e, no processo, a fez sentir-se mais mulher do que todas as tias, tios e as formalidades da noite anterior. Se tiver de se casar com um homem escolhido pelos pais, pelo menos ela sabe que é amada por alguém com coragem suficiente para desafiar a tradição.

Só espero que ela também crie coragem para desafiar os pais, pelo bem de Ahmed.

Algumas noites depois, durante o jantar, minha mãe menciona um boato que ela ouviu sobre uma graciosa jovem em um bairro próximo que está sendo forçada a casar-se com um homem que não ama.

– Eu não a conheço – diz mamãe –, mas sinto muita pena dela. – Escuto com muita atenção, mas não faço nenhuma expressão. – Ouvi dizer que ela se trancou em um quarto e se recusa a sair, comer ou falar com qualquer pessoa – reporta mamãe.

Meu pai faz que não com a cabeça.

– Já é hora dos pais neste país aprenderem que a essência dos filhos é mais importante que as tradições. Vocês jovens precisam assumir a responsabilidade pelo próprio futuro – diz. – Se alguém já tem idade suficiente para se casar, com certeza já tem idade suficiente para decidir com quem.

Minha mãe concorda, fazendo que sim com a cabeça.

Sentado no telhado depois do jantar naquela noite, sinto o cheiro do cigarro de Ahmed e ouço seus passos nas escadas muito antes de ele se acomodar ao meu lado.

– Eu tenho uma estrela lá em cima? – pergunta. Sei que ele não está esperando uma resposta, então permaneço calado. – Estou vendo a sua – afirma, apontando para uma estrela brilhante longe do horizonte. – Seu brilho é estonteante!

– Não sou eu ali – discordo, e meu rosto se aquece imperceptivelmente. – É brilhante demais. Deve ser Faheemeh. A luz mais forte é porque ela está pensando em você.

Ahmed suspira enquanto se espreguiça e fecha os olhos. Faço o mesmo, sabendo que a sinfonia frenética dos ruídos noturnos não será alta o suficiente para nos resgatar de nossas preocupações. Sinto o cheiro de asfalto molhado, apreciando a maneira com que a brisa noturna toca levemente meus olhos fechados.

Inverno de 1974
Hospital Psiquiátrico Roozbeh. Teerã

Desperto o suficiente para me virar sob as cobertas, sentindo falta do calor que meu corpo deixa para trás assim que minha pele toca os lençóis frios do outro lado da cama. Fico deitado de olhos fechados, pois minha mente está cansada demais para processar qualquer coisa que eu veja. Os sons chamam minha atenção – o clique oco de uma bengala imediatamente seguido pelo arrastar de chinelos no assoalho, o tique-taque abafado de um relógio de pulso dentro da gaveta do criado-mudo – mas o silêncio relativo me desperta. Estou sozinho no quarto, sentindo-me perdido sem a cantoria rítmica do velho. Viro-me para o outro lado, mas encontro os lençóis já frios, e me pergunto se algum dia voltarei a abrir os olhos.

Passam-se alguns minutos ou talvez vários dias até que recobro a consciência. Percebo algumas partes cor-de-rosa de pele cicatrizada nas mãos e nos antebraços. A nova pele parece sensível, mas não dói. *Será que eu me queimei? Por quê? Será que alguém tentou me matar?* Não que eu me importe com isso. O lado de trás do crânio dói a cada batimento cardíaco, enquanto cada vez que inspiro lentamente, enchendo os espaços entre as costelas doloridas, parece que é um esforço tremendo para levantar um peso.

Meus dias e noites começam a ser tomados por sonhos. Nuvens negras passam pelo telhado de nossa casa, tão baixo que dá para tocá-las, e os raios passam tão perto que o trovão me oprime. Abro os olhos e vejo a cadeira de rodas do outro lado do quarto. *Será que consigo andar? Será que estou paralisado? Talvez eu tenha caído do telhado, como minha mãe sempre temeu. Ou será que alguém me empurrou? Por quê?* Mais calafrios, mais horas de inconsciência.

Quando volto à consciência, as nuvens estão ainda mais negras. Ainda estou no telhado. Vejo um homem de terno preto olhando para mim lá de baixo. Seus olhos predatórios brilham. Seu rosto está inchado. Ele uiva para um rádio em sua mão. Um som abafado toma conta do ar, como um rugido furioso similar ao trovão em sua fúria. Um vento frio corre pela rua, levantando poeira enquanto tudo ao redor assume um tom de cinza invernal. Não consigo identificar ao certo se é o homem lá embaixo ou as nuvens negras lá em cima que me causam um frio na espinha.

3

Verão de 1973
Teerã

A rosa vermelha

É difícil não gostar de Doutor. Seus óculos espessos e redondos, que ampliam levemente seus olhos castanhos sorridentes, e sua aparência toda asseada fazem com que ele pareça um jovem professor. A atitude calma e forte juntamente com sua voz suave tendem a desarmar até mesmo seus piores inimigos. Ele mora perto daqui com os pais, Sr. e Sra. Sobhi, e sempre vem visitar Zari.

Quando jogamos bola na viela, Doutor torce para nós, como um verdadeiro fã, pulando para cima e para baixo, incentivando ambos os lados e admirando as jogadas altruístas. Às vezes o convidamos para jogar, mas ele sempre ri e diz algo do tipo: "Oh, não, não. Estou muito velho pra isso." Então vira-se para Zari, que sorri e encolhe os ombros, como se dissesse que ele deve fazer o que bem quiser. Por fim, ele nunca participa das partidas, e não o culpo. O que os vizinhos pensariam ao ver o jovem erudito, noivo da garota mais linda da viela, correndo atrás de uma bola de plástico com um bando de garotos?

Admiro Doutor, mas não consigo deixar de pensar em Zari. Isto, obviamente, é algo que eu jamais admitiria, sobretudo por causa da forma com que atormentamos Iraj por ficar olhando para a irmã de Ahmed. Meus pensamentos sobre Zari são puros e inocentes, na maioria das vezes. A fantasia mais constrangedora que já me permiti foi pensar que, se algum dia eu me casasse, gostaria que minha esposa fosse exatamente como ela: inteligente, linda, delicada, distinta e educada – tudo que um homem deve querer em uma mulher, ou pelo menos foi o que eu achava. Ao rever as qualidades de Zari, entretanto, fui rapidamente levado a imaginar o primeiro beijo em nossa noite de núpcias, o que me causou uma sensação como se alguém tivesse injetado água fervente em minhas veias: seus olhinhos brilhantes fechando-se ao tocar de nossos rostos; eu inalaria seu aroma delicioso quando nossos lábios se encontrassem em uma inundação silenciosa de ternura. Neste ponto, forcei minha mente a se dispersar daquela ideia e, desde então, nunca mais tive esses pensamentos com relação a ela, pelo menos conscientemente.

Doutor está sempre lendo, até mesmo enquanto caminha. Ahmed jura tê-lo visto chocar-se contra um poste umas duas vezes. Foi assim que ele se tornou meu amigo e mentor, como uma das únicas pessoas que gostava dos mesmos livros que eu. Ele admira as filosofias de Karl Marx, Friedrich Engels, Jean-Paul Sartre e Bertrand Russel. Tem todas as peças de Bertold Brecht e George Bernard Shaw, assim como os trabalhos dos grandes contistas norte-americanos como Jack London, John Steinbeck e Howard Fast.

Conheci Doutor por intermédio de Ahmed.

– Ele é o cara mais inteligente de nosso bairro – disse Ahmed. – Muito mais inteligente do que você – provocou-me, antes de olhar em volta e sussurrar: – Acho que ele é um desses caras que não gostam do xá.

– Faz sentido – murmurei, sabendo que a maioria dos universitários se opunha violentamente à tirania do regime. – O que o torna tão inteligente? – perguntei.

– O pessoal não o chama Doutor à toa – respondeu Ahmed, todo metido. – Você sabe que ele não é médico, né?

Sorri e fiz que sim com a cabeça.

– Ele já leu de tudo. Ele sabe tudo. O cara é como uma enciclopédica.

– O que é uma enciclopédica? – perguntei, rindo de seu erro.

Ele me ignorou e continuou:

– Acho que ele deve ser a única pessoa que usa palavras maiores que as suas! E está sempre discutindo sobre política. Graças a Deus, você não faz isso. – Ele fez um gesto como se fosse me dar uma bofetada.

Ri mais uma vez.

Com o tempo, acabei conhecendo bem Doutor. Sua linguagem marxista tornou-se uma parte bem-vinda de meus dias. Ele discutia sobre materialismo dialético, determinismo, centralização e concentração de capital elogiando e citando frases de eruditos como Louis Althusser, Erich Fromm e Antonio Gramsci – estudiosos marxistas cujos livros foram banidos no Irã.

Doutor quis saber de meus interesses, passatempos e experiências acadêmicas. Seus olhos brilharam quando percebeu que eu também adorava ler.

– Qual é o seu autor preferido? – perguntou ansiosamente.

– Adoro o trabalho de Gorki – respondi hesitante, um pouco intimidado pelo cara que supostamente era uma enciclopédia. – Gosto de todos os escritores russos que já li, Dostoievski, Sholokhov, Pushkin.

– Sério? – Doutor gritou, sorrindo. – Por onde você esteve, meu amigo? Que coisa mais legal.

Após uma longa discussão sobre a literatura russa e seu impacto na Revolução Bolchevique de 1917, Doutor perguntou:

– O que acha da condição das pessoas em nossas vilas? – Sua pergunta não me surpreendeu, dada a conversa que eu tivera com Ahmed.

Antes que eu pudesse responder, ele disse:

– As condições de vida são deploráveis. Você já esteve em uma fazenda?

Fiz que sim.

– Sabe, algumas pessoas me acham muito idealista, mas sonho com o dia em que ninguém mais vai dormir de estômago vazio. Quero descobrir uma forma de educar cada ser humano para que todos possam atingir seu pleno potencial. Quero igualdade e justiça para todos, independente de status ou classe social.

Percebi o calor do entusiasmo de Doutor juntamente com sua sinceridade. Não demorou nada para que eu me afeiçoasse a ele.

– Não sei quanto a você – continuou –, mas consigo me ver como missionário nas vilas, ajudando as pessoas a cavar poços, ensinando-lhes novas técnicas de irrigação, colhendo nas plantações e filtrando água potável. Sabe quantas pessoas morrem anualmente por beberem água poluída?

Fiz que não. Ele fez um gesto negativo com a cabeça também, com uma expressão de lamento profundo, antes de continuar:

– Quero ajudá-las a assumir o controle de suas vidas em vez de esperarem que algum Deus as liberte de suas mazelas, entende?

– Claro – respondi com um sorriso, decidindo ali mesmo que eu queria ser como ele quando crescesse: gentil, inteligente, visionário e, sim, idealista também. Naquele momento, Zari se aproximou de nós trazendo uma bandeja com algo para bebermos.

– Você deve estar com sede. – Ela me disse, com aquela voz doce que me acariciava os ouvidos. – Estive observando você: não bebeu nada desde que entrou pela porta.

Ela estava me observando? Nossa! Então ouvi a voz de Doutor mandando-me beber. Pareceu que suas palavras sofreram um atraso entre seus lábios e meus ouvidos, pois meu coração titubeara e agora estava completamente cativado pelo som da voz de Zari. Olhando para Doutor, eu me perguntei como podia ao mesmo tempo admirá-lo e invejá-lo com tanta sinceridade.

Doutor teve de começar a trabalhar para ajudar a manter a família aos doze anos de idade, quando o pai ficou inválido após um acidente na oficina onde era encarregado de aquecer metais antes de serem processados.

– Um dia, depois de trabalhar por dois turnos seguidos, meu pai estava tão cansado que adormeceu por alguns segundos. – Doutor me contou certa vez, com os olhos cheios de lágrima. – Ele teve uma queimadura tão severa na mão direita que tiveram de amputá-la assim que ele chegou ao hospital. Anos antes, quando eu ainda era pequeno, ele costumava ter umas crises horríveis de enxaqueca. Quando eu perguntava o que podia fazer para aliviar sua dor, ele sorria e me pedia para beijar-lhe a testa. Assim que meus lábios o tocavam, ele pulava para cima e para baixo e dizia que a dor de cabeça tinha desaparecido. – Doutor balançou a cabeça de um lado para o outro com um sorriso triste. – Ele me agradecia e me dava uma moeda. Foi aí que ele passou a me chamar de Doutor. Por muito tempo achei que meus beijos conseguiam curá-lo. Assim, todas as noites que ele passou no hospital após a amputação, eu me sentava ao lado da cama e beijava-lhe o braço todo enfaixado enquanto ele dormia. – Doutor massageou a testa, como se removesse a preocupação da pele, então acrescentou: – Ele foi demitido por negligência, depois de vinte e cinco anos de total dedicação. O capitalismo é assim.

Observar Doutor discutindo política e religião – os dois únicos temas que o emocionam – é como imaginar o majestoso e sereno monte Damavand soltando fumaça para o céu. Ele odeia o xá e os mulás, autoridades religiosas, estudiosos e conhecedores dos escritos sagrados.

– O xá é um ditador e uma marionete do Ocidente – diz –, e prefiro beijar os lábios de uma cascavel a apertar a mão de um mulá.

O ódio que Doutor sente pelos mulás é tão profundo que ele relutou antes de chamar nosso clérigo local para conduzir o funeral de seu avô.

– Para que precisamos dele? – debateu com o pai. No fim, entretanto, ele teve de ceder ao desejo dos pais por um funeral tradicional. Na época, Doutor estava no primeiro ano da faculdade e eu, na décima série. Ao vê-lo tão transtornado com a própria missão, ofereci-me para acompanhá-lo e ele imediatamente aceitou. O mulá era um gordo de meia-idade com um barrigão e uma barba grisalha espessa. Tinha um turbante branco ao redor da cabeça raspada e vestia uma camisa branca e calças pretas sob uma túnica avermelhada. Pareceu genuinamente solidário à perda de Doutor, e quis saber quantos anos tinha o falecido, como morrera, quem estava de luto pela morte do pobre homem e assim por diante. Doutor me contara histórias tão horríveis a respeito do comportamento malévolo dos mulás que as vibrações simpáticas vindas desse homem gentil e afável foram para mim uma agradável surpresa. Enquanto levantava informações sobre o falecido, repentinamente ele abaixou o olhar e perguntou a Doutor:

– Quantos anos você disse que sua avó tem?

– Sessenta e dois. – Doutor respondeu hesitante.

– Não é tão idosa – observou o mulá, tentando parecer casual. – Quem cuidará dela agora? Ela ainda tem tantos anos pela frente, a pobre e solitária senhora. – Ele colocou a mão direita no ombro de Doutor e, com um daqueles olhares que os adultos lançam sobre as crianças ao ensinar-lhes uma lição, disse: – Sabe, meu filho, quando Deus fecha uma porta, Ele sempre abre outra! Onde mesmo que você disse que sua avó mora?

O semblante de Doutor endureceu-se de raiva. Com um solavanco, retirou a mão do mulá de seu ombro e virou-se para sair da mesquita. Corri para acompanhá-lo, e o ouvi xingando bem baixinho.

– Que desgraçado! Ele está tentando recrutar minha avó. Ele que não ouse *pensar* nela; tirarei o turbante daquela cabeça feia e o usarei para estrangulá-lo.

Doutor pode ser condenado a passar muitos anos na prisão caso a SAVAK – a força policial secreta do xá – descubra sua coleção de livros banidos pelo governo. Um dia, após sairmos de uma livraria, estamos voltando para casa quando eu lhe conto que meu pai costumava guardar livros banidos em uma pequena câmara que construíra no armário.

– Quando eu tinha seis anos, a SAVAK fez uma batida lá em casa – conto. – Minha mãe tentou impedi-los de entrar no pátio, mas eles a empurraram para passar. Papai estava lendo em seu escritório, mas quando ouviu o alvoroço, largou o livro no chão e correu de lá. Instintivamente, peguei o livro, entrei na câmara e me tranquei lá dentro. Nem faço ideia do motivo, exceto talvez porque meu pai costumava chamar a câmara de "nosso segredo" e me fizera prometer não contar a ninguém sobre ela.

O sorriso radiante no rosto de Doutor incentivou-me a contar o resto da história.

– Os agentes revistaram a casa por duas horas, mas não encontraram nada. Saíram de mãos vazias, e desde então meu pai não guarda mais livros banidos em casa.

– Que bom que você não ficou sem ar lá dentro – diz Doutor em um tom preocupado.

– Pelo que lembro, não foi nem um pouco desconfortável.

Doutor retira os óculos e repousa a mão em meu ombro, gentilmente, falando com ternura:

– Alguém já lhe disse que você tem *Algo*? – Acho que devo parecer confuso. – Nunca ouviu falar em *Algo*? – indaga, surpreso.

Faço que não com a cabeça.

– É uma qualidade inestimável, impossível de se definir, na verdade. Mas a reconhecemos nas ações de grandes indivíduos.

Encher os amigos e estranhos de elogios inflados, porém falsos, é uma tradição corriqueira no Irã, chamada *taarof*, mas, ao olhar nos olhos de Doutor, acho que ele não está fazendo isso.

Que grande indivíduo sou, penso, à medida que o calor do constrangimento junta-se ao calor da vergonha e sobem-me pelo peito e o pescoço, *secretamente desejando a noiva de meu amigo e louco para usar minhas novas habilidades do boxe para quebrar a cara de um valentão.*

Ao perceber meu desconforto, Doutor muda de assunto.

– Você sabe como pegaram a gangue, não sabe? – pergunta, referindo-se ao grupo de jovens presos pela SAVAK por conspirarem o assassinato do xá. – Procuravam livros ilegais na casa de um dos membros e descobriram os planos.

Faço que sim, consciente de que há semanas a imprensa promete transmitir um julgamento sensacional ao vivo. Pela primeira vez em nossa história, um evento desses é televisionado. Na maioria das vezes, chega-se a negar a existência da oposição – o partido *Toodeh*, os comunistas, os marxistas islamitas – ou referem-se a tais grupos como *kharab-kars* – ativistas subversivos, terroristas e pessoas que cometem atos aviltantes em nome da política. Segundo a imprensa, o Irã é uma nação unificada a serviço do Rei dos Reis: o Shahanshah Mohammed Reza Pahlavi. Reconhecer a existência da oposição política é uma blasfêmia aos olhos da SAVAK. É pior do que negar a existência de Deus. Assim, apesar das detenções, das torturas e da incessante supressão dos grupos de oposição, a bajulação ao xá continua como se o país fosse um modelo de democracia.

– Dizem que os membros da gangue chorarão e implorarão por clemência ao vivo na televisão – complemento – e que então o xá os absolverá em uma tentativa orquestrada de passar a imagem de um líder benevolente e piedoso.

Vejo uma expressão estranha tomar forma no rosto de Doutor, quase um escárnio. Ele faz um gesto negativo com a cabeça e diz:

– Mas o circo e seus diretores podem ter uma surpresa.

Na viela, encontramos a avó de Ahmed vagando como se estivesse perdida.

– Vocês viram meu marido? – pergunta, olhando-nos com ternura.

Doutor e eu entreolhamo-nos, sabendo que seu marido faleceu há dois anos.

– Não, vovó, faz tempo que não o vejo – Doutor responde. – Podemos ajudá-la em alguma coisa?

Vovó faz uma pausa para pensar.

– Que estranho – reflete. – Ninguém o vê desde que o enterramos há dois anos. Eu já lhe contei como conheci meu marido? – Tanto eu como Doutor já ouvimos essa história milhares de vezes, mas sorrimos e fazemos que não. Vovó descreve novamente como conheceu o marido em uma festa na embaixada americana, e, embora fosse casado com outras 43 mulheres na época, ele se apaixonou por ela e divorciou-se de todas as outras para desposá-la. Conta que permaneceu-lhe fiel até o dia em que ele morreu, tentando salvar um gatinho de uma casa em chamas.

– Que linda história, vovó! – exclama Doutor. – Ele deve tê-la amado de verdade, e com certeza era um homem corajoso e compassivo.

– Sim, ele era um homem corajoso – repete vovó, enquanto se afasta, arrastando os pés. – Era um homem corajoso.

Abaixamos a cabeça, ambos conscientes de que o avô de Ahmed jamais visitou a embaixada americana, nunca teve 43 esposas e definitivamente não arriscaria a vida para salvar um gatinho, pois odiava os felinos.

Nessa noite, vários de nossos amigos e parentes aparecem lá em casa para jantar e assistir aos julgamentos. A casa agita-se com muita empolgação e ansiedade. A rua já se esvaziou na hora em que o martelo do juiz anuncia o início dos procedimentos.

Os acusados sobem ao pódio um por um, a maioria confessando e implorando pelo perdão do xá. Leem seus depoimentos em documentos preparados, cujas palavras são cuidadosamente escolhidas para garantir que qualquer menção à família real seja respeitosa. Alguns dos membros da gangue choram escancaradamente, apelando à rainha como mãe da nação.

– Ajudai vossos filhos indisciplinados a serem perdoados – grita uma mulher. – Sois mãe; tende piedade de meus filhos.

Arregaço as mangas com puxões rápidos e vigorosos, então pressiono meus punhos cerrados contra a boca enquanto vejo seus rostos na televisão. Cada acusado faz uma expressão sóbria de agonia; a maioria está claramente aterrorizada, enquanto outros parecem já ter abandonado seus corpos e toda a situação.

Golesorkhi, o líder do grupo, é o último a se levantar para depor. Seu nome significa "a rosa vermelha". Sua face simpática, estatura e estrutura médias, queixo quadrado e bigode espesso conferem-lhe a aparência de um Maxim Gorki jovem. Ele tira o paletó, arregaça as mangas com puxões lentos e deliberados e caminha para o pódio.

– Este tribunal é uma instituição ilegal – grita, e com o punho cerrado bate no pódio com tamanha força que todos nós pulamos dos assentos. – O xá é um déspota a serviço dos norte-americanos, uma marionete do Ocidente.

Minha respiração fica presa na garganta, dificultando-me engolir. Ajeito-me onde estou sentado e ocupo as mãos abaixando novamente as mangas, mas o ar da sala parece eletrizado.

– Ele não tem medo de morrer? – murmura um dos amigos de meu pai. – Esta noite vão torturá-lo até a morte, puxar suas unhas com um alicate, depois cortarão seus dedos das mãos e dos pés, um de cada vez.

Ele para quando meu pai lança-lhe um olhar de advertência, ao dar-se conta de que as mulheres ali presentes estão em lágrimas. O juiz ordena que Golesorkhi se cale, mas ele não obedece.

– O Meritíssimo que vá para o inferno – diz Golesorkhi, com o rosto empinado e os olhos fixos, sem piscar. – Pessoal, guarde bem as feições dele. – Golesorkhi grita, dirigindo-se a todos os presentes. – Garantam que ele seja identificado em todos os lugares como grande amigo do maior ditador vivo.

– Já estava na hora de alguém enfrentar esses cretinos – sussurra papai, tomando o cuidado de não olhar para mim. Nem é preciso fazer isso, pois o espaço entre seu coração pulsante e o meu parece retesado, como se estivessem amarrados um ao outro com uma corda.

Minha mãe está chorando.

– Ele é tão jovem – lamenta –, deve ter no máximo trinta anos. Pobres dos pais dele! Coitada da esposa!

O juiz corta abruptamente o depoimento de Golesorkhi e a transmissão é interrompida. A tela fica preta e então volta ao normal com a reprise do capítulo de uma novela norte-americana chamada *A caldeira do diabo.*

Retiro-me para o telhado sem me despedir das visitas, sabendo que Ahmed passará a noite tentando acalmar sua família. É bem provável que faça algumas piadas e imitações que logo farão com que todos caiam na gargalhada.

O dia já está quase amanhecendo quando finalmente fecho meu livro e levanto-me com um suspiro. Minha esperança fora de que a leitura me fizesse esquecer do discurso explosivo de Golesorkhi, mas as palavras nas páginas parecem estranhas, e tenho de ler cada linha duas vezes para abafar a voz dele martelando-me a cabeça. Quase todas as janelas estão escuras, mas posso sentir que não sou o único que está agitado demais para conseguir dormir.

Decido que uma caminhada pode acalmar-me a mente, e saio para a rua. Vou dando passos lentos e metódicos, mãos nos bolsos, desejando que meus pensamentos se aquietem, quando a silhueta de um homem cruza rapidamente a poça de luz amarela lançada pelo poste a minha frente. Sua cabeça está coberta por um chapéu, e ele trabalha rapidamente, tentando colar algo no muro. Mergulha um pincel em um pequeno balde, então faz um X enorme no muro e gruda um pedaço grande de papel, movendo-se rapidamente pela rua. Aproximo-me para dar uma olhada, e vejo um cartaz com uma rosa vermelha no meio.

– Golesorkhi – digo em voz alta, batendo na boca com as mãos quando percebo que falei muito alto.

O homem se vira, assustado; seu rosto está pintado de preto, seus óculos redondos, brilhando.

– Doutor? – sussurro, apertando os olhos para vê-lo.

Ele fica paralisado, e sei que nós dois paramos de respirar. Seus olhos refletem diferentes reações – medo, arrependimento, convicção, raiva? Depois de um momento que parece uma eternidade, ele corre sem responder, e fico ali com o coração disparado, que se junta à minha cabeça a mil.

Na manhã seguinte, o bairro acorda e encontra os muros cobertos de cartazes com rosas vermelhas.

– Quem colou esses cartazes aí? – Todos querem saber.

– Qual o significado disso? – Outra pessoa indaga.

– Oh, a rosa vermelha. – Algumas pessoas dizem, compreendendo.

– Vermelho é a cor do amor. – Uma pessoa diz à outra.

É também a cor do sangue, penso, entristecendo-me ao considerar o risco que meu amigo correu. Se a SAVAK descobrir seu envolvimento nisso, ele estará acabado.

Cinco dias depois, Doutor finalmente aparece no telhado para me ver.

– Ouça, estou de partida – diz, com os olhos ansiosamente examinando o horizonte.

– Para onde você vai? – pergunto, muito frustrado.

– Para uma vila no Norte, perto do mar Cáspio, com um grupo de colegas da faculdade. – Doutor continua rapidamente. – Nada de especial. Fazemos isso todos os anos.

Penso no verão passado e lembro-me de que ele não foi a lugar nenhum. Enfureço-me com sua mentira. Ele deve perceber minha raiva, pois não consegue falar rapidamente.

– As pessoas nas vilas precisam de instrução – diz, exaltado. – Alfabetizaremos os adultos. Instruiremos a todos sobre questões de saúde. Vamos ajudá-los a cavar poços e mostrar-lhes técnicas de irrigação mais eficientes.

– É mesmo? O governo suspeita das pessoas que se envolvem neste tipo de atividade.

Seu choque é óbvio, tanto em relação às minhas palavras quanto ao entusiasmo que as acompanha.

– Quando eu voltar, pretendo casar-me com Zari – diz, mais calmo, olhando bem para mim pela primeira vez desde que chegou. – Preciso me acomodar. Eu a amo tanto.

Fico chocado com o som do nome de Zari e a maneira equilibrada com que ele declara seu amor por ela. De repente, toda a minha raiva em relação à sua coragem inconsequente se evapora no imenso calor de seus gentis olhos castanhos.

– Ela sabe?

– Não. – Doutor diz. – Este será nosso segredo, certo?

– Certo – respondo, ignorando a terrível pontada no coração.

– Depois do que todos vimos na TV há algumas noites – Doutor complementa, referindo-se ao julgamento de Golesorkhi –, preciso de Zari em minha vida. – Seus olhos se enchem de lágrimas. – Golesorkhi é o homem mais compassivo que já conheci, e ele será fuzilado contra um muro como um criminoso qualquer. – Doutor enxuga rapidamente as lágrimas. – Está na hora... – começa agressivamente, então para.

– Hora de quê? – pergunto.

Doutor respira fundo, dá um sorriso e então pergunta:

– Qual é o bem mais precioso do ser humano?

– A vida – respondo, sem o menor pingo de hesitação.

Ele dá uma risada afável e faz que não com a cabeça.

– O tempo. O tempo é o que temos de mais precioso. – Ele toca meu ombro e diz: – Está na hora de entendermos que não podemos mais perder tempo. "Não é a consciência dos homens que determina sua posição social, mas sua posição social é que determina sua consciência". Sabe quem disse isso?

Respondo que foi Karl Marx, e ele sorri novamente, mas não confirma a resposta. Sua citação lembra-me de minhas avós, que atribuem tudo a Deus – inclusive as calamidades mais tenebrosas – e então não conseguem explicar a razão por trás das incompreensíveis ações implacáveis do Senhor. Rapidamente dou-me conta dos pensamentos hereges e discretamente mordo a pele entre o dedo indicador e o polegar. É o gesto que se deve fazer quando se diz ou pensa alguma blasfêmia, para que Deus lhe perdoe e o teto não lhe caia sobre a cabeça.

Doutor enfia a mão no bolso lateral e retira um livro chamado *O moscardo*.

– É pra você. Cuidado, pois se for flagrado com ele, pode pegar no mínimo seis meses de detenção.

Pego o livro e rapidamente o enfio no bolso lateral da jaqueta.

– Este livro se tornará meu bem mais precioso – juro, tentando disfarçar a vergonha de meus sentimentos secretos por Zari, embora eu tenha certeza de que estão estampados na minha cara.

– Com relação aos cartazes – começa Doutor, cabisbaixo.

Eu o interrompo.

– Não sei quem os colocou, mas achei uma ótima ideia.

Ele levanta a cabeça e me olha por cima dos óculos redondos. Uma expressão pensativa cobre-lhe a face.

– Bom, isso é *Algo* – diz.

4

Suvashun

Por razões incompreensíveis aos adultos, virou moda em nosso bairro as crianças tocarem as campainhas e saírem correndo. Acontece com mais frequência no início da tarde, quando as ruas estão vazias. Ahmed e eu achamos que as crianças são de nossa própria rua. Mamãe, é claro, acha que as crianças daqui são educadas demais para fazer uma coisa dessas.

Numa tarde, enquanto caminha para casa, meu pai vê o irmãozinho de Ahmed – que tem cinco anos – parado na porta da casa de Iraj.

– Olá, Aboli. – Meu pai o cumprimenta sorrindo. – O que está fazendo?

– O senhor pode me ajudar a tocar a campainha da casa de Iraj? – Aboli pede inocentemente. – É que eu não alcanço.

Meu pai, todo solícito, concorda e toca a campainha. Quando o som dispara, Aboli agarra a mão de meu pai e diz:

– Tudo bem, agora corra!

Meu pai, coitado, dá-se conta do que acaba de fazer. Levanta Aboli do chão e começa a correr para casa. Estou sentado em nosso pátio com Ahmed quando papai entra esbaforido e fecha a porta, encostando-se nela para recobrar o fôlego.

– O que foi? – pergunto, surpreso com sua condição.

Ele olha para Aboli e começa a rir. Então nos conta a história, fazendo com que todos caiam na gargalhada. Depois que finalmente paramos de rir, meu pai levanta Aboli do chão e diz:

– Sua sorte é que você é muito bonitinho, amiguinho.

No dia seguinte, Iraj inventa o que ele chama de dispositivo "engenhoso" para pegar os danadinhos que tocam as campainhas. Sua invenção é composta por um pequeno tubo conectado a uma pequena bomba d'água. A engenhoca espirra água em quem tocar a campainha. O tubo é colocado sobre a porta, de forma que ninguém o vê. Ele ativa o equipamento no início da tarde, esperando pegar os culpados que tocam a campainha de sua casa pelo menos duas ou três vezes por semana. Obviamente, sua invenção nunca funciona e ninguém acaba molhado.

Há dias em que eu gostaria de ter a coragem de contar para Ahmed sobre Zari. Deus, se Zari fosse alguns anos mais nova e não estivesse noiva de Doutor, eu falaria para Ahmed sobre seus olhos azuis profundos, seu sorriso sapeca, seu lindo queixo e suas belas maçãs do rosto. Contaria que fico louco com seu jeito de andar; que, quando ela fala, perco o ar e que não consigo tirá-la da cabeça. Por mais nojento que seja o pensamento, eu beberia um jarra inteira do óleo automotivo de minha mãe se soubesse que me daria a coragem de abrir o coração para meu melhor amigo.

Não consigo mais escutar as histórias que Ahmed conta sobre Faheemeh, pois estou sempre pensando em Zari. Nunca penso nada sexual: ela é muito pura para isso e eu ficaria louco de culpa e vergonha. Imagino Doutor e Zari como um casal feliz, com muitos filhos, e aceito meu papel como bom amigo em sua vida. Porém, instigar a revolta de Ahmed contra a família de Faheemeh estragou meu devaneio. Sei que não posso fazer o mesmo que ele. Para início de conversa, Zari ama Doutor. Depois, não tenho a coragem de Ahmed. Além disso, eu não conseguiria fazer uma coisa dessas com um cara tão bacana como Doutor. Às vezes, entretanto, fico imaginando como seria minha relação com Zari se Doutor não estivesse em nossa vida, e toda vez, involuntária e rapidamente, mordo a pele entre o indicador e o polegar.

Na minha cabeça, passo o resto da vida com um doce segredo que ninguém jamais descobrirá. Certa vez, porém, lá no telhado, enquanto Ahmed conversa e eu olho para as estrelas que preenchem o céu de uma noite no começo de um verão, acabo interrompendo-o.

– Quero lhe contar um segredo – anuncio.

– É sobre você e Zari? – ele imediatamente pergunta.

– Quando você percebeu?

– Quando percebi que meu melhor amigo estava apaixonado? – sorri ele. – Acho que todas as vezes que ele se agitava quando certa pessoa passava, ou quando ele não conseguia olhá-la nos olhos mesmo quando ela estava falando diretamente com ele. Como da vez em que ela nos trouxe *sherbet* gelado depois da pelada, e suas mãos ficaram trêmulas quando ela lhe ofereceu um copo, lembra? Ah, e esta é uma das minhas preferidas. Ela perguntou as horas e você olhou para o relógio e disse: cinco minutos para o almoço.

Abaixo a cabeça e Ahmed gargalha.

– Sabe outra coisa que você sempre faz? Dá o nome dela às estrelas maiores e mais brilhantes noite após noite.

– É mesmo?

– Nunca percebeu que sempre dou seu nome à estrela próxima a ela?

Faço que não.

Então, é minha vez de contar tudo a Ahmed e sua vez de ouvir durante toda a noite. Conto-lhe sobre o andar de Zari, seu queixo, as maçãs de seu rosto. Conto-lhe de seus olhos e sobre meus sonhos, minha culpa e meus constantes esforços para não imaginá-la de maneiras inapropriadas. Mas não lhe digo que Doutor planeja desposá-la quando voltar. Afinal, jamais se deve quebrar uma promessa feita a um amigo.

Ahmed fuma um cigarro enquanto ouve, oferecendo-me um. Eu conseguiria fumar o maço inteiro, mas decido não arriscar enfrentar o olhar de reprovação de meu pai.

– Quando você descobriu que amava Zari?

– Sempre a amei – respondo, com a cabeça baixa. – Acho que talvez sua situação com Faheemeh tenha me forçado a aceitar.

Passamos um tempo calados. Ahmed fica todo sério enquanto pensa. Sem saber se fiz certo em confessar meus sentimentos por Zari, pergunto, nervoso, se ele me acha um cara mau.

– Ah, pelo amor de Deus – Ahmed ri.

– É que... sabe... por causa de Doutor e tudo mais – gaguejo. – Ele é... nosso amigo e... e estamos aqui sentados falando de sua noiva. Quer dizer, *eu* estou falando. É horrível.

Ahmed ri mais um pouco e faz um gesto negativo com a cabeça.

No dia seguinte, Ahmed me diz que Keivan, o irmão de Zari, de seis anos de idade, está construindo uma casinha de cachorro.

– Pra quê? Ele vai ganhar um filhotinho? – pergunto.

– Não. É só um projeto da escola. – Ele me lança um olhar que me deixa desconcertado.

– Por que você está me olhando desse jeito?

– Como são suas habilidades com marcenaria?

Acho graça, pois não sou nada habilidoso. Ahmed toca a campainha da casa de Zari assim mesmo, e, quando vejo, estamos no pátio ajudando Keivan. Os pais de Zari estão no trabalho, como todos os dias, gerenciando um restaurante que eles têm há mais de vinte anos em um bairro próximo.

Todas as vezes que Zari vem ao pátio, ela me rouba total atenção. Fico vermelho de vergonha e digo a Ahmed que a coisa está ficando complicada demais para mim. Além de trair Doutor, estou fingindo ser amigo de um garoto de seis anos para poder ficar perto de sua irmã. Ahmed me diz para relaxar.

Zari está vestindo uma camiseta azul apertada e uma saia longa preta florida. Seu cabelo úmido está bem penteado para trás e ela está com um pouquinho de maquiagem. Estou nervoso e tímido demais para olhá-la nos olhos, então toda vez que ela aparece para falar conosco, eu, todo desajeitado, ocupo-me com pedaços de madeira e ferramentas, todos estranhos a mim. Quando ela está de costas, olho a curva de seus bíceps e seu punho delicado. Noto os pelinhos dourados em seu braço, que brilham sob o sol, e fico tão empolgado que mal consigo me controlar. Há uma tranquilidade reconfortante em seu olhar, nos olhos sorridentes de uma mulher que eu adoraria amar. Sua cinturinha fina me dá vontade de envolvê-la nos braços. Tenho de desviar o olhar e piscar os olhos umas duas vezes para tirar aquela imagem da cabeça.

Ela nos traz bebidas geladas e nos agradece por ajudarmos o irmãozinho. Fico tão desconcertado em sua presença que derramo grande parte da bebida sobre mim enquanto tento, todo nervoso, tomar um gole.

– Seu peito está com sede também? – Ahmed pergunta em um tom debochado.

Lanço-lhe um olhar de reprovação, o qual ele ignora. Zari ri do comentário de Ahmed e diz:

– Deixe-o em paz, o coitado está com sede e calor.

Quando Zari volta para dentro de casa, Ahmed diz:

– Ela não tira os olhos de você.

– Ela nem olhou pra mim!

– Você não conhece as mulheres. Acha que elas não o estão olhando, mas observam cada movimento nosso. O cérebro delas trabalha como um radar. Elas nos veem, mas não fazemos ideia de que estamos na tela. Não seja tão tímido! Puxe papo quando ela voltar aqui.

Alguns minutos depois, Zari retorna ao pátio. Senta-se à beira da *hose*. Mergulha os lindos pezinhos brancos na água fria e começa a ler um livro.

– Vá conversar com ela – sussurra Ahmed.

– Não – respondo abruptamente.

– Vá.

– Não.

– Você não tem jeito mesmo. O que está lendo? – grita ele para Zari.

– *Suvashun*, de Simin Daneshvar.

Ahmed vira-se para mim, fingindo-se surpreso.

– Seu livro preferido! Nossa! – diz ele a Zari. – Ele adora esse livro.

Sinto vontade de matá-lo. Nunca li *Suvashun*.

– Qual a sua opinião sobre o livro? – Zari pergunta.

– Bem, Daneshvar é uma das melhores escritoras – balbucio todo nervoso, enquanto tento não olhar diretamente nos olhos dela, com medo de perder a respiração. – Ela é boa. Aliás, muito melhor que boa. É muito boa.

Pelo canto do olho, vejo Ahmed balançando a cabeça negativamente. Zari escuta com atenção.

– E o marido dela – continuo –, Jalal Al-Ahmed, é tão bom ou talvez até melhor.

– Ah, muito melhor. – Ahmed confirma.

– Tipo... assim... talvez seja um escritor melhor. Eu leria qualquer coisa escrita por eles – percebo que não estou dizendo coisa com coisa. Então me calo.

– Sim – diz Zari –, eu leria uma história escrita por Daneshvar e Al-Ahmed também – seus olhos retornam ao livro. Olho para Ahmed deixando claro, em minha expressão, que vou torcer-lhe o pescoço quando estivermos sozinhos, e ele pisca para mim.

À tarde, a casinha de cachorro está pronta. Estamos prestes a ir embora quando ouço Zari dizer a Ahmed:

– É claro, qualquer coisa por você. Eu adoraria.

– Do que vocês estavam falando? – pergunto a ele, muito zangado, quando estamos na rua.

– Perguntei se ela queria lhe dar um beijo, e ela disse que adoraria.

– Seu filho da mãe – digo e o ataco. Ele começa a correr para casa.

– Cara, que culpa tenho eu se você é tão bonitinho que ela quer te beijar?

– Cala essa boca! – grito, enquanto corro atrás dele. – Você me deixou com cara de bobo.

– E eu lá ia saber que você não tinha lido *Suvashun*? Você já leu tudo quanto foi livro neste mundo – diz, olhando para trás, certificando-se de que não estou me aproximando.

– Seu filho da mãe – xingo novamente, dando um chute no ar, em sua direção. – Vou torcer seu pescoço pelo que fez comigo.

– O que aconteceu com sua promessa à sagrada irmandade da fraternidade do boxe? – Ahmed provoca e desaparece ao entrar em casa, fechando a porta. Fico lá parado por alguns minutos, respirando fundo, suando e zangado. Então o ouço do outro lado do muro:

– O Al-Ahmed é mesmo melhor do que a esposa?

Apesar da minha ira, não aguento e caio na gargalhada.

Inverno de 1974
Hospital Psiquiátrico Roozbeh, Teerã

Sei que estou sonhando, embora não tenha certeza de onde meu corpo dorme. Em minha mente, estou em um campo com Zari, Faheemeh e Ahmed. Corremos sem direção, às vezes convergindo, às vezes divergindo uns dos outros. Zari inclina a cabeça para um lado, lançando-me um sorriso. O vento sopra em seus cabelos longos, virando-os na mesma direção do mato verde que roça em nossos joelhos. Vou em sua direção e puxo seu corpo contra o meu. Envolvo-a nos braços. Levanto-a no ar e rodopiamos por um tempo que parece uma eternidade. Vejo Ahmed fazer o mesmo com Faheemeh. Versos de um poema de Rumi desenrolam-se no ar ao nosso redor, recitados pela voz de Doutor ao vento.

Feliz o momento, quando juntos, eu e você.
Em duas formas, porém em um espírito, eu e você.
Papagaios do amor cantam no paraíso.
E riremos alegremente, eu e você.

Vejo Doutor ao longe, afastando-se de nós. Zari olha para mim, inclina-se vagarosamente, e beija-me os lábios. Então se levantava e, junto com Ahmed, começa a acompanhar Doutor. Faheemeh e eu começamos a chorar, desolados. Misturando-se ao zumbido de meu sonho, os versos do poema de Rumi são substituídos por um cântico inexpressivo e rítmico.

Se tivesse uma arma, eu a apontaria.
Se tivesse uma máscara, eu a usaria.
Se tivesse uma dor, eu a esconderia.
Se tivesse um coração, eu o compartilharia.

Concentro-me em abrir os olhos, e encontro-me novamente na cadeira de rodas. Cara de Maçã está sentada perto de mim, com a face virada para o velho do outro lado do salão. Sei que eu estava apenas sonhando, mas minha mente não consegue se ater a detalhes; tentar é como agarrar-se à seda.

– Água? – sussurro.

Ela se vira para mim calmamente, mas o brilho em seus olhos trai sua empolgação.

– O que disse? – pergunta.

– Estou com sede – resmungo.

Seus olhos estudam minha face da esquerda para a direita, então da direita para a esquerda. Ela sussurra que já volta, e desaparece atrás de mim. Retorna alguns segundos depois com uma jarra de água e um copo.

– Está com muita sede?

– Sim, muita sede.

Ela enche o copo e olha para meu corpo jogado na cadeira de rodas.

– Beba – diz, aproximando o copo de mim.

Estico o braço, pego o copo e o esvazio em um só gole. Ela sorri afetuosamente, e acho que vejo lágrimas em seus olhos, mas não tenho ideia do que a faz chorar.

– Onde estou? – pergunto.

– Está aqui – responde em um tom espirituoso, mas gentil.

– Quem é você?

– Você não me conhece? – brinca. – Todo o mundo me conhece, inclusive eu.

– Você é Cara de Maçã – respondo e dou uma risadinha fraca. Ela ri com toda força.

– Minhas costelas estão doendo.

– Eu sei, mas não tem nenhuma fratura. Não se preocupe.

Olho para meus braços.

– Por que estou com essas partes queimadas nos braços e nas mãos?

Cara de Maçã não responde.

– E não paro de ter pesadelos. Sempre aparece um homem com um olhar perverso. Quem é ele? – Enquanto falo sobre meus sonhos, algo estala dentro de mim, puxando uma onda de emoções das profundezas de meu estômago, e começo a chorar. Cara de Maçã se senta na cadeira ao meu lado e me abraça.

– Chore, meu querido. Chore.

– Por que estou chorando? – pergunto, recostando-me para estudar seus olhos expressivos.

– Você não se lembra de nada? – pergunta, surpresa.

– Do quê?

Ela se reclina, balançando-se suavemente.

– Deixe pra lá. Feche os olhos. Ninguém precisa de motivo para chorar.

5

Verão de 1973
Teerã

Sob a cerejeira

Ahmed e eu estamos na rua vendo Iraj demonstrar uma de suas mais novas invenções a um grupo de crianças mais ou menos interessadas, quando Faheemeh passa por nós. Ela me olha com um sorriso e pisca, então toca a campainha da casa de Zari. Quando Zari abre a porta, elas trocam beijos e abraços como se fossem amigas há milhões de anos, e Zari puxa Faheemeh para dentro. Pergunto a Ahmed se elas se conhecem.

– Está brincando? Elas são como irmãs.

– Desde quando?

– Desde hoje – responde, sorrindo. Ele explica que Faheemeh irá à casa de Zari todos os dias até o final do verão. – Vamos nos sentar à beira da *hose* de Zari e papear sobre a vida. Está pronto?

– Pronto pra quê?

– Venha comigo.

Ele corre para dentro de casa e eu o acompanho escadaria acima, em direção ao telhado.

– Para onde estamos indo? – pergunto, todo ansioso.

– Não podemos deixar que os vizinhos nos vejam indo para a casa de Zari. Sabe como é, o pessoal comenta. Pegaria mal para as garotas.

– Como você conseguiu que Zari concordasse com isso?

– Prometi que levaria você.

Meu coração dispara quando digo:

– Você está mentindo.

– Sim, estou – diz ele, rindo.

Subimos o resto da escadaria até o telhado de Ahmed, cruzamos meu telhado e então chegamos ao telhado de Zari, onde ela nos aguarda. Sinto o coração na boca, de tanta emoção. Zari sorri e nos cumprimenta enquanto nos deixa entrar em sua casa.

Lá embaixo, no pátio, sentamo-nos os quatro sobre um cobertor vermelho à sombra de uma cerejeira próxima à *hose*. Ahmed, Faheemeh e Zari trocam algumas ideias rápidas e eu os observo, calado. Meu coração é tomado por culpa, vergonha e empolgação, de forma que não me concentro em nada do que está sendo dito e sequer consigo pensar no que dizer. Até mesmo em meus pensamentos mais íntimos, Zari nunca foi nada mais que o objeto de um desejo tímido e comedido; explorar quaisquer possibilidades com ela estaria muito longe de qualquer coisa que eu tivesse me atrevido a imaginar.

Por outro lado, eu me consolo com o fato de que isso jamais dará em nada. Então, que mal teria em me divertir um pouquinho, sobretudo quando ela vai se casar com Doutor daqui a um mês? O verão estende-se à nossa frente como uma passagem entre a adolescência e a idade adulta, com nós quatro apenas começando a vida. Depois deste ano, irei para os Estados Unidos, Zari e Doutor começarão uma vida a dois, e Ahmed se casará com Faheemeh. As coisas ficarão muito diferentes para todos nós. Logo, por que eu não poderia aproveitar a companhia de uma linda garota de uma forma completamente inofensiva?

Ahmed e Faheemeh sentam-se juntinhos, e Zari, de frente para mim. Ela nos traz bebidas geladas logo no início da tarde e então, depois, à medida que o clima se refresca, serve-nos um chá Lahijan quente e doce – o melhor chá preto do mundo.

Ahmed e Faheemeh formam um belo casal. Faheemeh é uma linda mulher, só que eu jamais faria um elogio desta natureza, pois é falta de educação dizer à namorada de um amigo que ela é bonita. Faheemeh tem os cabelos longos e pretos, que ela sempre joga para trás sobre o ombro esquerdo com um movimento gracioso da mão. Ela quase sempre conclui seus comentários com uma pergunta e um olhar inquisitivo. A forma intimista com que ela se dirige às pessoas faz com que se sintam amigas de confiança e de longa data. A calça preta boca de sino e a blusa branca de seda caem-lhe como uma luva. Sei que vou gostar muito de Faheemeh.

Zari e eu não estamos em sintonia. Ela fala de Doutor, um sinal indubitável de que sente muita falta dele.

– Ele viajou para participar de um projeto da faculdade – conta.

Um projeto da faculdade?, pondero. *Ele me disse que ia trabalhar com camponeses.*

– Eu e Doutor estamos juntos desde que nascemos. Nossos pais juraram que seus filhos se casariam. Foi a maneira que encontraram para preservar a amizade pelo resto da vida.

– Nossa, eu não sabia disso – diz Ahmed, verdadeiramente surpreso.

– Tenho sorte por Doutor ser um cara tão maravilhoso, senão eu teria muita dificuldade em aceitar o acordo.

Casamento arranjado?, penso com ceticismo. *Doutor é um dos pensadores mais progressivos em nosso bairro. Como ele pode concordar com uma tradição tão absurda e antiquada?*

Ahmed pisca para mim, levanta as sobrancelhas e faz que sim com a cabeça duas vezes como se lesse e confirmasse meus pensamentos.

Enquanto Zari fala, olho para suas orelhinhas, os lábios rosados, a pele sedosa e jovem, e meu rosto enrubesce de desejo. Sua voz suave e baixa tem um tom confiante, até um pouco maduro demais para seu rostinho, mas perfeito para meus ouvidos. Quando se inclina, vejo uma parte de seus seios pelo decote da blusa. Então lembro-me de que ela é a garota de Doutor e mais uma vez a culpa me consome. Quando fala, ela olha mais para mim, porém com uma atitude aparentemente comedida.

– Acho que ela não me quer aqui – digo a Ahmed quando Zari entra para ver o que Keivan está aprontando.

Os pensamentos de Ahmed são de preocupação.

– Casamento arranjado? – murmura, irritado. Olha para Faheemeh. – Qual o problema com vocês, garotas? Por que seus pais estão sempre tentando se livrar de vocês?

– Ah, cale a boca – diz Faheemeh, sorrindo.

Quando Zari retorna, ela nos serve chá em pequenas xícaras que trouxe da cozinha. Então pergunta a Faheemeh e Ahmed como eles se conheceram.

– Eu a seguia no caminho de volta da escola todos os dias – explica Ahmed.

– Você sabia que ele a seguia? – Zari pergunta a Faheemeh.

– O mundo inteiro sabia.

Ela conta a Zari que Ahmed expôs seu afeto publicamente depois que lhe arranjaram um casamento.

Zari acha graça.

– Meus parabéns. – Ela dá um tapinha nas costas de Ahmed. – Estou orgulhosa de você. – Então pergunta a Faheemeh:

– Como seus pais reagiram à atitude dele?

– Não estão felizes. Sentem vergonha. Os pais do noivo não falam mais com eles.

Ahmed se endireita ao ouvir o comentário, estufando o peito como se estivesse orgulhoso de sua façanha, e Faheemeh dá-lhe um tapa no braço, de brincadeira.

– Seus pais concordariam com vocês dois...? – Zari não conclui a frase, incerta do rumo que a relação deles está tomando.

– Bem, eles me proibiram de vê-lo – conta Faheemeh com um ar de tristeza. Então, de repente, reanima-se. – Mas depois que o conhecerem, vão se apaixonar perdidamente por ele.

Tenho certeza disso. – Ela estica o braço e agarra o queixo de Ahmed. – Olha só para este rostinho, dá para culpá-los?

Ahmed fica vermelho enquanto eu e Zari rimos.

– Quando ele a seguia, você queria que ele falasse com você? – Zari pergunta depois de uns segundos.

Faheemeh pensa por um instante e diz que não.

– Não? Sério? – Ahmed pergunta, surpreso. – Você não queria que eu falasse com você?

– Eu tinha medo. Não queria que você se encrencasse – diz Faheemeh baixinho. – Senti como se alguém estivesse arrancando-me o coração enquanto meus irmãos batiam em você. – Seus olhos enchem-se de lágrimas.

Olho para Zari. Ela morde o lábio inferior e sorri. Ahmed fica vermelho novamente. Então ele aponta para mim enquanto fala com Zari e diz:

– Eles deram sorte por meu camarada aqui não ter ido atrás deles. Sabia que ele é boxeador?

Zari faz que não com a cabeça.

Boxeador? Dar uns socos em um saco faz de mim um boxeador?

– Ah, ele é um boxeador maravilhoso – diz Ahmed. – É mais rápido do que qualquer outro que eu já tenha visto.

Constrangido com aqueles elogios indevidos, tento mudar de assunto, mas Ahmed continua.

– Bem, ele é filho de um ex-pugilista, campeão de pesos-pesados. Tem bons genes de luta.

Finalmente, interrompo.

– Quer dizer então que você e Doutor se conhecem há um tempão, né?

– Pois é – responde Zari enquanto dispõe as xícaras cheias em nossa frente. Então vira-se para Ahmed e Faheemeh. – Admiro pessoas como vocês. Sempre fiquei intrigada por estranhos se apaixonarem um pelo outro. Desde muito cedo ficou combinado que eu me apaixonaria por Doutor.

Ficou combinado que se apaixonaria?, questiono, amargurado.

Zari coloca um cubinho de açúcar na boca e começa a beber o chá enquanto olha para Faheemeh.

– Sempre quis saber como acontece. Quer dizer, o que faz com que dois estranhos se apaixonem? Como saber se é a decisão certa?

Faheemeh olha para Ahmed, e ele encolhe os ombros.

– Não dá pra saber – respondo, como se eu fosse especialista em amor. – Em um casamento arranjado, você confia na sabedoria dos mais velhos. Em casos como o deles, na intuição do próprio coração.

Pena que minha mãe não está aqui para ver que não sou tão introvertido quanto ela pensa. Não tenho dúvida, entretanto, de que ela diria que seu óleo automotivo está fazendo efeito.

Ahmed sorri para mim e dá uma piscadinha.

– Intuição do coração. – Zari repete com um brilho nos olhos. – Gostei disso: intuição do coração.

– Ele é bom com as palavras, não é? – diz Ahmed, todo orgulhoso. Então olha para mim com uma expressão que me diz que ele está prestes a infligir uma dor muito forte.

– As palavras dele são como esboços literários belamente engendrados, unidos despudoradamente entre si por uma linha condutora de tempo e personagens.

Naquele exato momento decido que Ahmed não viverá tempo suficiente para se casar com Faheemeh.

Zari olha para Ahmed por um tempo. Acho que está tentando entender o que ele acaba de dizer. Então vira-se para Faheemeh.

– Ceder à intuição do coração deve ter sido muito mais excitante do que seguir a sabedoria de seus mais velhos, não é? – diz, obviamente pensando que por um triz Faheemeh não caiu no casamento arranjando.

– E foi mesmo – confirma Faheemeh alegremente.

– Parece com o que se vê nos filmes de Hollywood – diz Zari. – Deixar que um novo alguém entre em sua vida, compartilhando seus segredos com ele, descobrindo coisas novas sobre ele, tudo isso me parece tão romântico, e ao mesmo tempo arriscado e perigoso. Nunca tive que enfrentar nada disso com Doutor.

– Não? – pergunta Faheemeh.

– Não. Brincávamos juntos quando pequenos – explica Zari. – Obviamente agora só o vejo duas vezes por semana. Está sempre muito ocupado. E só vem me ver quando meus pais estão em casa. Não quer que o povo fique comentando, entende? Nesse sentido ele é muito conservador. Acho muitas coisas boas em nossa relação, mas sua história é o tipo da coisa sobre a qual se escrevem livros.

Percebo pela linguagem corporal agitada de Zari que ela não está à vontade ao falar sobre as visitas de Doutor. Seria seu desconforto devido ao fato de ter de esperar mais para vê-lo ou porque ela não está empolgada com seu casamento arranjado?

Faheemeh sorri enquanto Ahmed pisca para mim novamente. Sei exatamente o que se passa na cabeça dele. Da próxima vez que estivermos a sós, ele dirá que Zari não está apaixonada de verdade por Doutor e que esse casamento seria de conveniência. Este, Ahmed argumentará, é um costume ao qual um cara culto como Doutor tem a obrigação moral de resistir. O que o povo diria? O jovem culto e promissor casando-se com uma garota escolhida pelos pais antes mesmo de ele nascer? Ahmed tentará me convencer a fazer alguma burrice, como gritar do telhado que estou apaixonado por Zari, e que Doutor deve se afastar como seu pretendente marido e dedicar-se à emancipação de nosso país do domínio do subdesenvolvimento.

Mais tarde, Zari nos fala de seus pais e familiares. Sua mãe foi criada em uma família extremamente religiosa em Qum, uma das cidades mais sagradas do Irã. A maioria das mulheres da família de sua mãe cobre-se com xadores. Ela tem uma prima que poderia ser estrela de cinema caso vivesse nos Estados Unidos ou na Europa, mas usa uma burca, que lhe cobre dos pés à cabeça, como as mulheres na Arábia Saudita. Zari a chama de "Anjo Mascarado".

– Anjo Mascarado? – indago. – Parece um ótimo título para um filme.

Ahmed aproveita a deixa para me promover novamente:

– Ele já assistiu a todos os clássicos do cinema norte-americano. Parece até uma enciclopédia cinematográfica ambulante. Conhece todos os atores, diretores e produtores. Um dia ele será um grande cineasta.

Zari olha para mim e pergunta:

– Você quer ser cineasta?

– Quero.

– Que emocionante.

Ahmed sorri, triunfante.

– Eu também gosto dos filmes americanos – diz Zari. – Mas Doutor acredita que Hollywood é dominada pelos judeus disseminadores do sionismo – acrescenta que não sabe o significado de sionismo, mas sabe que não é bom ser sionista.

Faheemeh diz que seu pai assina uma coluna no *Keyhan* – o maior jornal do Irã – e que quando era pequeno ele sonhava em entrevistar Walt Disney, mas alguém no *Keyhan* lhe disse que Disney é um agente do sionismo. Ela admite também desconhecer o significado da palavra, mas pelo visto deve ser terrível ser sionista!

Ahmed vira a cabeça em minha direção para me orientar, movendo os lábios sem emitir voz:

– Fale sobre sionismo! Fale sobre sionismo.

– Vários diretores do sistema hollywoodiano eram na verdade judeus – digo, fisgando a isca. – Zucker, Meyer, Selznick, todos eram judeus, mas não tenho certeza de que fizeram qualquer filme que promovesse a criação do estado de Israel, que é a essência do sionismo.

– Uau – exclama Ahmed, fingindo-se surpreso. – Como você sabe isso tudo? Estou sempre aprendendo alguma coisa nova com você.

– Você pode me dar um copo d'água? – peço a Zari, na esperança de interromper Ahmed.

Toda vez que Zari entra em casa para pegar comidas e bebidas, acho uma pena eu não estar em outro lugar para que Ahmed e Faheemeh possam ficar a sós, mas não sei para onde ir. Finalmente, Zari vem me resgatar. Ela me chama lá de dentro. Pela primeira vez me chama pelo nome, e, pela forma com que ela o pronuncia, soa muito bonito. Ouvir meu nome saindo de seus lábios faz de mim uma pessoa mais importante, de alguma forma. Entro na casa e a vejo descascando uma laranja, de costas para a porta da cozinha.

– Eu a chamei para que eles possam ficar um tempo a sós – diz, ao virar-se para lançar-me um sorriso.

– Eu sei. O que posso fazer para ajudar?

– Nada. Só me faça companhia. – Ela dá as costas e continua a descascar a laranja.

O clima fica tenso. É a primeira vez que ficamos a sós e não faço ideia do que dizer. Keivan entra na cozinha, pega um copo d'água e sai imediatamente. *Talvez Iraj não seja um cara tão mau assim*, digo a mim mesmo ao pensar em como ele olha para a irmã de Ahmed.

Zari diz:

– Eles formam um lindo casal.

Concordo.

– É muito legal de sua parte fazer isso por eles.

– Oh, eu faria qualquer coisa por Ahmed. Ele é uma ótima pessoa.

– É mesmo – concordo e percebo que não sei mais o que dizer.

Decorre então uma longa e constrangedora pausa.

– Você é sempre assim tão calado? – pergunta, olhando-me de lado e sorrindo.

– Nem sempre – respondo, esforçando-me para pensar em algo profundo para dizer sobre a forma com que interajo com as pessoas, mas não consigo e esquivo-me de volta ao meu silêncio.

– Há alguém especial em sua vida?

Não sei o que dizer. Ela percebe minha pausa e vira-se para ver se ainda estou ali. Sorri ao perceber que fiquei vermelho.

– Não se acanhe. Sou apenas alguns anos mais velha que você. Pode me contar tudo. Isto é, se você quiser.

– Sim, há alguém especial. – Acho que é a melhor resposta, pois me dá algo sobre o que falar com ela.

– Ah, foi o que pensei. Vejo você e Ahmed lá em cima no telhado todas as noites. Suponho que os dois fiquem falando sobre garotas. – Ela faz uma rápida pausa. – Então agora sei que ele fala com você sobre Faheemeh. Quem é a rainha de suas histórias?

Fico extremamente animado ao ter sua atenção toda voltada para mim. Olho em volta, jogo os braços para cima, transfiro o peso do corpo de uma perna para a outra umas duas vezes e digo, enquanto ela me olha atentamente:

– Não posso dizer quem é.

Ela sorri.

– Você é tão fofo – diz. Depois de alguns segundos, ela vai até a geladeira e pega algumas maçãs. – Por que não? Por que não pode me dizer?

Não respondo.

– Além de calado é tímido! – brinca. – As garotas adoram rapazes calados e tímidos, do tipo misterioso, sabia?

Faço que não, achando uma pena minha mãe não estar aqui para ouvir que algumas pessoas acham a introversão muito atraente.

– Agora me conte – Zari insiste. – Sabe como as pessoas se tornam boas amigas? Compartilhando segredos. Então me diga: quem é a garota? Ela mora em nossa rua? Ah, vai, conta!

– Você a conhece – sussurro.

– Sei. Então ela deve morar aqui na viela. Muito bem, agora estamos começando a chegar a algum lugar.

Permaneço calado.

– Ela estuda?

– Acabou de concluir o ensino médio.

– Uma mulher mais velha! Isso é sempre excitante. Ela é bonita?

– É a mulher mais bonita do planeta. Tem olhos azuis, um queixinho fofinho e lindas maçãs do rosto.

Percebo que ela para de descascar por alguns instantes, e temo ter ido longe demais. Afinal, ela é a única garota de olhos azuis em nossa rua.

– Pelo jeito ela é linda mesmo. Onde mora? – pergunta, mantendo-se de costas para mim.

– Aqui por perto – respondo, hesitante.

– O que você gosta nela, além do físico, é claro? – Zari continua, em um tom um pouco mais sério.

– Gosto de tudo. Ela me lembra a neve, pura e limpa; os rios, calmos e graciosos; a chuva, revitalizante e refrescante; uma montanha, forte e imponente; e as flores, delicadas e suaves.

Zari se vira e olha fixamente para mim, com um sorriso confuso, mas pensativo e maldoso. Seu olhar está carregado de questionamentos do tipo que atacam nossa mente como um relâmpago, que momentaneamente ilumina o mundo ao nosso redor e então nos deixa sem entender, no escuro resultante, o que na verdade vimos.

– Ahmed sabe quem ela é? – ela finalmente pergunta.

– Sabe.

– Você sabe que vou perguntar a ele, não sabe?

Ela começa a rir e então levamos as comidas e bebidas lá para o pátio. Sinto-me tão fraco que preciso usar cada grama de energia no corpo para não derrubar a fruteira. Quando voltamos ao pátio, Zari traz a câmera do pai e ensina Keivan a tirar uma foto de nós quatro sentados ao redor da *hose*. Diz que fará uma cópia da foto para cada um de nós, para que nos lembremos deste verão em que nos tornamos grandes amigos.

Naquela noite, deitado na cama, revivo cada momento do dia, inclusive a parte em que fiz aquele papel ridículo, comparando-a a rios e flores. "O que você gosta nela, além do físico?", ela perguntara. Não sei para que fui dizer aquelas baboseiras todas, feito um idiota romântico. Eu deveria ter falado sobre as cores preferidas dela, do que ela gosta de comer, dos tipos de filme que lhe agradam e dos livros que ela gosta de ler.

De repente, eu me dou conta de que pouco sei a respeito de Zari. Na verdade, não sei nada sobre ela. Não sei como escolhe os amigos, quais os seus passatempos ou de que tipos de pessoas ela gosta. Só sei que a amo. É assim que todo o mundo se apaixona? Será que Ahmed conhece bem Faheemeh? Provavelmente não. Sei que meu pai viu minha mãe pela primeira vez quando ela voltava da escola e então passou um mês a seguindo todos os dias até tomar coragem para lhe dizer algo. Um mês depois da primeira conversa, ele mandou os pais à casa dela para pedir sua mão.

Meu Deus, estou completamente confuso. O amor é um negócio que nos consome por completo; paralisa a vida. Não consigo mais pensar em nada além de Zari. Como os adultos conseguem se apaixonar e trabalhar ao mesmo tempo?

Olho para o telhado de Ahmed. Ele está em um sono profundo, e dá para ouvi-lo roncar. Caminho até sua cama e o acordo.

– O que foi?

– Zari me perguntou do que eu gostava na mulher que amo e não consegui pensar em nada para dizer – respondo, desesperado.

Ahmed olha bem para mim, como quem não estivesse entendendo nada.

– Li em algum lugar que as pessoas no Ocidente, tipo Estados Unidos e Europa, namoram por um bom tempo antes de se apaixonarem – digo, agitado, todo ansioso. – Sabia disso?

Ahmed faz que não.

– É verdade. Já vi esse troço nos filmes também. Eles namoram por um bom tempo. Às vezes por dez ou até mesmo vinte anos!

– Nossa – sussurra Ahmed.

– Mas aqui no Irã, olhamos para alguém e nos apaixonamos. Basta que a garota sorria para que fiquemos de quatro. Nada de namoro, nada dessa coisa de se conhecer melhor, nenhuma oportunidade real de estreitar o contato, entende? Por exemplo, você realmente sabe como é Faheemeh? Sabe quais seus passatempos, seus pratos e cores preferidos?

– Não.

– Isso não o preocupa?

Ahmed faz que sim, com uma expressão perturbada.

– E se ela não for a garota que você acha que é? E se Zari for incompatível comigo? E se nós nos casássemos, tivéssemos filhos e eu descobrisse que ela era completamente diferente de mim? O que eu poderia fazer?

Ahmed cobre a boca com as mãos e ofega.

– Isso não o deixa preocupado? – pergunto.

– Sim, me deixa sim, agora que você falou. – Ele acende um cigarro. – Meu Deus, esse é um problemão. – Ele coça a cabeça. – Deixe-me pensar. Acho que você está tocando num assunto muito sério. Finalmente começo a ver como essas leituras todas o estão deixando mais inteligente.

Começo a desenvolver o raciocínio, mas ele pede que eu me cale, pois está pensando. Fico ali sentado na beira de sua cama enquanto ele se balança para frente e para trás e faz umas expressões faciais estranhas, como se estivesse concentrado, olhando as coisas por diferentes ângulos, levantando hipóteses e então as rejeitando como implausíveis. Balbucia alguma coisa, emitindo sons estranhos, levantando as sobrancelhas, mexendo as mãos, e cobrindo o lábio superior com o lábio inferior, enquanto olha para o céu. Traga o cigarro e em seguida solta a fumaça enquanto suspira, como se estivesse verdadeiramente decepcionado com sua falta de habilidade para resolver um problema simples.

Quando finalmente termina o cigarro, caminha até a beirada do telhado, apaga-o e joga a guimba no telhado do vizinho, para que seu pai não veja. Então volta para baixo das cobertas e sussurra:

– Acho que sei o que você deve fazer. Vá para o Ocidente, namore alguém por um tempo, conheça bem a garota e daí volte e se case com Zari.

E então ele se vira e começa a roncar.

Fico ali sentado, observando-o por uns segundos. Então levanto-me, dou-lhe um chute no traseiro e volto para minha cama.

6

Esboço literário do amor

Ahmed, Faheemeh e eu passamos quase todos os dias na casa de Zari. Queixo-me com Ahmed que não fazemos nada além de ficar sentados conversando, e que por mais legal e maravilhoso que seja estar com Faheemeh e Zari, devemos fazer outras coisas, pois, caso contrário, não demorará para que as garotas fiquem cheias de nossas caras.

– O que mais podemos fazer? – Ahmed pergunta.

– Sair com elas, levá-las ao cinema, jantar fora. Ah, sei lá, coisas interessantes.

– É mesmo? – Ahmed pergunta com um tom irônico. – E nós usaríamos para isso a sua conta-corrente ou a minha poupança?

Franzo a testa e encolho os ombros.

– E onde você acha que vivemos? Na América? Isto aqui é o Irã, e este, nosso bairro...

– Tá bem, tá bem, esqueça o que eu disse – interrompo, sabendo que não devo mais tocar neste assunto.

À medida que o verão vai passando, torna-se evidente que nossa amizade está cada vez melhor, pois compartilhamos mais facilmente nossas experiências mais pessoais e íntimas um com o outro. A despedida à noite é sempre difícil. Ninguém quer ir embora, e estamos sempre fazendo piada com o fato.

– Está na hora de ir – diz alguém.

– É, definitivamente está na hora de ir. – Outro confirma, mas ninguém se mexe e nós quatro caímos na gargalhada.

– Ah, só mais uns minutinhos, mas daí teremos mesmo que ir.

– Ah, sim, com certeza. Só mais uns minutinhos.

Percebe-se facilmente que Ahmed e Faheemeh estão apaixonados. Ahmed se enternece e mostra-se muito contente quando está com ela. Diz que se sente quase religioso em sua presença.

– É como se eu não fosse mais eu. Sou até capaz de aguentar a presença de Iraj – afirma.

– É tão emocionante acompanhar o desenvolvimento do relacionamento deles – diz Zari uma vez quando estamos a sós. – A cada dia que passa, eles parecem mais unidos, como um casal, concorda?

– Concordo.

– A relação deles é tão diferente da minha com Doutor.

Sempre que ela menciona Doutor, involuntariamente começo a arregaçar as mangas.

– A relação deles é excitante e nova – Zari continua, em um tom de quem está sonhando. – Se for comparar, a nossa parece meio monótona, não sei se você me entende. É como se já estivéssemos casados há séculos.

Então, ao se dar conta de que está falando mal de Doutor, ela dá uma risadinha e diz:

– Não me entenda mal. Eu adoro Doutor. Ele é um ser humano maravilhoso. É inteligente, compassivo. Tenho muita sorte por tê-lo. Dá para imaginar uma garota como eu conseguindo ficar com um rapaz como Doutor?

Ela está se esforçando demais. Doutor é um ótimo sujeito, mas Zari não pode estar plenamente feliz com o tal casamento arranjado e com a falta de oportunidade de experimentar o amor por conta própria. Será que Doutor sabe como ela se sente? O que ele faria se soubesse? Será que ele ama mesmo Zari, ou estaria simplesmente confiando na sabedoria dos mais velhos em vez de seguir a intuição do próprio coração?

De vez em quando, Zari inventa uma desculpa para fazer alguma coisa dentro de casa, e sempre me pede para acompanhá-la.

– Vamos deixá-los um pouquinho a sós – sussurra assim que nos afastamos um pouco deles.

– Vamos sim – respondo, explodindo por dentro de tanta emoção.

Um dia, na sala de estar, ela me mostra um caderno e me pergunta se posso guardar um segredo.

– É claro – respondo, adorando a ideia de ser promovido ao patamar de confidente. Ela abre o caderno e mostra-me desenhos a lápis de nossa rua.

Não quer que ninguém saiba que desenha e garanto que guardarei segredo. Ela então aponta para um dos desenhos e diz:

– Aqui são vocês jogando bola! Adivinha qual deles é você?

– Qual deles?

– Você não estava lá nesse dia! – provoca, estampando um sorriso cínico.

Retribuo o sorriso. Ela conta que prefere desenhar pessoas e lugares, e mostra-me um desenho da avó de Ahmed e seu finado marido. Vovó está parada sob uma árvore enquanto ele caminha em sua direção com uma expressão afetuosa. Ela parece não se dar conta de que ele está a apenas alguns metros.

– Ele era um homem bom – diz Zari. – Costumava me dar doces quando eu tinha a idade de Keivan. Sinto saudade dele.

Há uma caricatura de Iraj cercado de garotas. Seus olhos estão arregalados, como se tentasse devorar cada menina com os olhos.

– Você é uma mulher observadora.

– É difícil não ser observadora quando sinto os olhos dele vararem-me com uma chama ardente, lançada todas as vezes que ele me olha – diz ela e dá uma gargalhada bem alta. Também acho graça, mas por dentro tenho vontade de agarrar aquele safado fogoso e arrancar-lhe os olhos efervescentes e sem-vergonha.

Então Zari pega um álbum de família e mostra-me uma foto de seu Anjo Mascarado.

– Ela é linda, não é?

Olho para a foto. Anjo Mascarado tem mais ou menos a mesma altura de Zari. Seus cabelos longos e lisos cobrem-lhe os ombros e vão até a cintura.

– Ela também tem olhos azuis. Iguaizinhos aos seus – constato.

– É por causa de nossa descendência russa. A maioria das garotas em minha família tem olhos azuis. A propósito, esta foi a única vez que ela tirou uma foto sem a burca.

– Seu rosto fica radiante quando você fala sobre ela.

– É minha melhor amiga. Seu nome verdadeiro é Soraya. É uma garota inteligentíssima. Memorizou todos os poemas de Hafiz, acredita?

– Nossa, incrível! – exclamo, imaginando que deve ser um exercício mental desagradável decorar tanta coisa assim. – E por falar nisso, você já experimentou fazer um *fahll* com Hafiz?

Fahll é uma tradição iraniana na qual a pessoa fecha os olhos, faz um pedido e abre o livro em uma página qualquer, onde encontra a resposta para algum dilema.

– Já – responde Zari. – É uma das coisas que mais gosto de fazer, mas Doutor diz que é um insulto a Hafiz. Ele diz que Hafiz jamais teve a intenção de escrever um livro de horóscopo.

Acho graça. Tenho vontade de dizer que Doutor deveria relaxar, mas não digo. Acabo dizendo:

– Um dia desses vou trazer meu livro de Hafiz e vamos fazer uns *fahlls* juntos. E não contaremos para Doutor. Será nosso segredinho.

Um sorriso radiante desponta em seu rosto.

– Eu adoraria.

Um dia, estamos próximos um do outro enquanto ela lava louça na cozinha.

– Está nervoso com a ideia de ir para a América?

– Nervoso?

– Sabe, ficar tão longe, sozinho, em outro país. E para completar, as expectativas de seu pai: estou sabendo que ele tem grandes sonhos para você. Você não fica tenso com tudo isso? – Ela para de lavar a louça e se vira para me olhar. Imediatamente se desculpa. – Me perdoe se pareço estar me metendo em sua vida.

– Imagina, não está não – digo, enquanto ouço a voz de minha mãe ecoando na cabeça: *As pessoas estão morrendo de fome na África e você espera que eu me preocupe com o fato de seu pai o enviar para a América? Será que Bangladesh estaria mais a seu gosto?*

Então me lembro da época em que me senti chateado com a insistência de meu pai em mandar-me para os Estados Unidos. Eu disse a minha mãe, que sabia como eu me sentia em relação àqueles planos:

– Tá vendo? Seu óleo automotivo não está me tirando do casulo. Ainda não consigo discutir sobre isso com ele. Será então que daria para a senhora parar de enfiar esse troço pela minha goela?

– Você tem razão, meu remédio não está resolvendo. Que pena!

E, assim, ela dobrou minha dose diária.

– Acho que agora vai dar certo – estimou.

Um sorriso toma conta de meu rosto.

– Por que está sorrindo? – Zari indaga.

Conto-lhe a história do óleo automotivo, o que a faz gargalhar freneticamente, e ela diz que imito minha mãe direitinho.

Para responder à sua pergunta original, explico que alguns dias antes meu pai apareceu com uma revista enviada por um amigo que mora na Europa.

– Foram os últimos três anos ilustrados em fotos seguidas de legendas contendo rápidas explicações – esclareço. – Gente passando fome em Biafra, uma mãe chilena correndo para uma ambulância na porta de um necrotério para ver se o filho presidiário estava entre os executados naquele dia, e muito mais. Uma foto em particular me perturbou profundamente. Uma garotinha de doze anos fora abandonada em uma vala, após ser estuprada repetidas vezes pelos soldados nigerianos em Biafra. A foto foi tirada depois que a levaram para um hospital. A garotinha estampava um sorriso, pois disseram-lhe que sua mãe estava a caminho para visitá-la.

– Oh, meu Deus! – Zari cobre a boca com a mão.

– Coisas assim nos ajudam a entender melhor o mundo, não é mesmo?

Ela agora se entristece profundamente. Então um sorriso desejoso aparece em seu lindo rostinho. Ela me dá um tapinha no ombro e diz:

– Você é tão equilibrado. Eu amo isso em você.

Sou tomado por uma sensação maravilhosa quando ela usa as palavras "eu", "amo" e "você". Deus, que pena que ela não ignorou aquelas outras palavras da frase.

No último sábado de agosto, quase um mês antes do final do verão, Ahmed e eu levamos duas rosas para a casa de Zari e as damos às garotas. A rosa que Ahmed dá a Faheemeh é vermelha, significando que ele a ama. A que dou a Zari é branca, significando que somos bons amigos. As garotas ficam muito emocionadas com o gesto. Faheemeh abraça Ahmed e beija-lhe o rosto. Zari aperta minha mão e diz que sou muito fofo. Então coloca a rosa no cabelo, olha bem nos meus olhos e sorri. Fico tão nervoso que imediatamente baixo o olhar e fico vermelho. Desse dia em diante, percebo que Zari começa a se vestir melhor quando vamos à sua casa.

– Ela está tentando ficar bonita pra você – sussurra Faheemeh. – Por que não diz a ela que isso lhe agrada?

Balanço vigorosamente a cabeça, dizendo que não, e então ela e Ahmed caem na gargalhada. Porém, a ideia de elogiar Zari parece extremamente tentadora. Então, numa bela tarde, estou na cozinha enquanto Zari lava as xícaras, e tomo coragem suficiente para lhe dizer que seu cabelo está bonito. Balbucio meu elogio de forma tão incompreensível que ela se vira e pergunta:

– Oi?

Tento, nervoso, repetir o que disse, mas fico com a voz embargada.

– Você acabou de dizer que meu cabelo está bonito?

Faço que sim. Ela sorri, vira-se e continua a lavar a louça. Fico sem saber o que devo dizer ou fazer.

– Você o prefere assim? – pergunta ela.

Luto para responder.

– Não, sim – consigo gaguejar. – Quer dizer, gosto das duas formas, mas assim é muito bom. É claro que assim ou do outro jeito, gosto dos dois. Os dois são legais, muito legais. – Minhas mandíbulas movem-se involuntariamente e não consigo pará-las.

– Tudo bem. De agora em diante, vou deixá-lo assim – diz baixinho, sem olhar para mim.

Uma ternura especial enche-me o coração, algo que nunca senti antes.

Quando conto essa história para Ahmed, ele dá um tapa em minhas costas e diz:

– Excelente, excelente. Seu plano está dando certo.

– Que plano?

– O plano de fazê-la imaginar se você a ama. Nada deixa uma mulher mais curiosa do que a desconfiança de que alguém a ama. Agora ela fará qualquer coisa para confirmar isso, você vai ver só. Vai fazer de tudo para descobrir se você realmente a ama. Faz parte da natureza humana. Quem não quer ser amado? – Ele então coça a cabeça e continua. – Aos poucos, ela vai ceder e aí você verá o que há por trás das nuvens.

7

Mais uma história, por favor

Quando Keivan completa sete anos, nós quatro somos convidados a organizar e cuidar da festa. A maioria das criancinhas da viela é convidada à casa de Zari, para onde vou com Ahmed para ajudar. Ou, pelo menos, é assim que Faheemeh e Zari justificam nossa presença. Passamos o dia inteiro decorando a casa com fitas e balões vermelhos, brancos e amarelos, que penduramos no teto e nas paredes. Faheemeh e Zari preparam sanduíches enquanto organizo copos e pratinhos de papel e talheres de plástico. Ahmed se ofereceu para cuidar da música. Pediu que um amigo emprestasse um pequeno toca-fitas estéreo, desses bem simples e baratos, e passa o dia inteiro cuidando disso.

– Selecionar as músicas certas para uma festa é a parte mais crítica de todas – diz Ahmed. – Sabem disso, não sabem? A festa pode acabar sendo um fiasco completo caso eu não consiga escolher as músicas certas.

Faheemeh responde:

– Sim, querido, sabemos muito bem.

Enquanto isso, Zari morre de rir com a palhaçada de Ahmed.

– Sabem mesmo ou só estão concordando porque sou bonitão? – pergunta ele com ironia.

– As duas coisas, querido. Além de ter razão, você é bonitão – responde Faheemeh.

Ahmed começa a tocar suas músicas preferidas enquanto dança no meio da sala.

– Você dança bem. – Faheemeh o elogia.

– Fiz aulas de dança com o próprio Tennessee Williams.

– Tennessee Williams não era dançarino – corrijo.

– Foi o que tentei dizer a Tennesse, mas ele não me deu ouvidos.

Parece que as crianças todas resolveram aparecer na mesma hora. Ahmed diz que provavelmente estavam lá fora esperando, planejando a invasão. Sua seleção musical vai por água abaixo em cinco minutos. Keivan fica todo assanhado por ser o centro das atenções. Quer brincar de cavalinho, e resolve que Ahmed tem de ser o cavalo. Ahmed se inclina e passa o resto do dia brincando de cavalinho com toda a criançada. Tento montar nele uma vez, mas ele me dá um coice e xinga bem baixinho. Faheemeh e Zari riem e aplaudem-me pela tentativa.

As crianças correm no pátio, subindo e descendo as escadas, passando de cômodo em cômodo. Gritam, esbravejam-se, empurram umas as outras e não param de brigar. Em um dado momento, Keivan cai e arranha o joelho. Zari, Faheemeh e eu sentamo-nos ao seu lado para tentar acalmá-lo, mas ele não para de chorar.

– Sabe, uma vez quebrei a canela em três lugares e não chorei – conto.

– Por quê? Não doeu? – Keivan pergunta, amuado.

– Nossa, doeu sim. Mas percebi que chorar não faria com que a dor passasse.

– Sério?

Levanto os braços, esforçando-me para parecer confuso.

– Minha mãe também achou muito estranho. Ela disse bem assim: "Como pode quebrar a canela em três lugares e não chorar?" – Minha imitação faz com que Ahmed solte um risinho lá do fundo. – Então agora ela me dá uma colher de sopa de xarope que é pra me ajudar a chorar quando necessário.

– E você chora? – Keivan pergunta, hesitante.

– Só quando estou tomando o xarope. – Faço uma careta como se tomasse a poção de xixi de cavalo preparada por mamãe.

Todos riem enquanto gentilmente toco o joelho de Keivan.

– Já parou de doer, não foi?

– Já.

– Está vendo só? A dor vai embora quando a gente ri.

Keivan levanta-se em um pulo e a brincadeira recomeça. Zari agradece em um sussurro. Seu olhar gentil faz meu coração disparar.

Mais tarde, decidimos brincar de "Quem Sou Eu?". Todas as crianças se reúnem em círculo; Ahmed faz uma mímica para que adivinhemos o personagem. A criançada adora a brincadeira, assim como eu, Zari e Faheemeh, pois só assim conseguimos sentar e relaxar. Enquanto assistimos a Ahmed assumir diferentes personagens, Zari inclina-se para mim e diz:

– Sabe, a pergunta para você não é "Quem Sou Eu", mas "Quem é ela".

– Quem é ela?

– Sim. Aquela que é tão suave como as flores e imponente como as montanhas.

– Ah, esqueça. Aquilo foi ridículo – digo, timidamente.

– Achei lindo. Ela é uma garota de sorte por ter você. Sabe disso, não sabe?

Sinto vontade de derreter. Quero gritar. Quero que Ahmed escute isso.

– Obrigado.

– Espero que ela não fique com ciúmes por você estar me ajudando hoje.

– Ela não é ciumenta.

– Não? Toda garota é ciumenta, não sabia?

Sinto vontade de perguntar se ela é ciumenta, mas pode ser grosseiro.

– Bem, como ela o descreve? – indaga, com um ar de curiosidade.

– Não sei. Ainda não levamos este tipo de papo.

– Não? Você ainda não disse que a ama?

– Acho que ela sabe – digo, hesitante.

– Mas você não disse a ela?

– Não com todas as palavras.

– Já consultou o Hafiz? Já fez um *fahll*?

Balanço a cabeça, negando.

– Pois deveria. E acho melhor contar logo pra ela. Qualquer garota quer saber que é amada. Como é mesmo o nome dela? – Esta pergunta sai rapidamente, na esperança de me fazer cair na armadilha e revelar meu segredo.

Sorrio.

– Ainda não posso dizer.

– Não pode porque...

– Eu... não sei.

Zari continua a sorrir. Fico trêmulo, e acho que ela sabe, pois lentamente vai se afastando de mim e continuamos vendo Ahmed e suas mímicas. Alguns minutos depois, Zari vai à cozinha e volta com um prato cheio de diferentes tipos de sanduíches.

– Eu sabia que você não teria uma chance para comer, daí separei esses aqui para você – diz.

A consciência de que ela estava pensando em mim envolve-me a mente feito uma canção.

– Espero que você goste de sanduíches frios.

Como eu poderia deixar de gostar, quando os sanduíches foram preparados por ela?

Depois que as crianças vão-se embora, eu, Ahmed, Zari e Faheemeh sentamo-nos, completamente esgotados, ao redor de uma pequena mesa de jantar. Olho para uma tigela de sorvete que está na minha frente há pelo menos vinte minutos. As garotas olham para a bagunça que as crianças fizeram e não acreditam que ainda temos de limpar tudo.

– Nossa, que dor nas costas – diz Ahmed. – Sabe, meus pais vão viajar por uns dias. Que tal fazermos uma festinha lá em casa, só nós quatro, para comemorar o fato de sobrevivermos a essa criançada? Tocamos umas musiquinhas lentas e dançamos a noite toda.

Entristeço-me ao imaginar Zari em meus braços. Olho para ela, que sorri e abaixa o olhar.

– Vamos ter filhos? – Ahmed pergunta a Faheemeh.

Faheemeh mostra-lhe quatro dedos e pisca. Ahmed leva as mãos à cabeça.

– Vocês dois terão filhos lindos – diz Zari, lançando um olhar afetuoso sobre os dois.

Ahmed aponta para mim e diz:

– Ele e sua adorada também terão filhinhos lindos.

– Ah, sim. Lindos mesmo – concorda Faheemeh.

– Ele deveria tê-la convidado para a festa – diz Zari. Ela espera que Ahmed e Faheemeh respondam, mas ninguém diz nada. Então vira-se para mim:

– Teria sido uma oportunidade perfeita para você declarar seus sentimentos.

Ahmed imediatamente responde, assumindo sua pose de erudito:

– Não sei, não. Ele acredita que precisa conhecê-la melhor antes de declarar seu amor.

Sei aonde Ahmed quer chegar, e sinto vontade de me esticar até o outro lado da mesa e torcer-lhe o pescoço.

– Como assim? – indaga Zari.

– Sabe – disserta Ahmed –, a maioria das pessoas no Irã apaixona-se sem se conhecer muito bem. Nos Estados Unidos e na Europa, namora-se por um bom tempo e conhece-se bem o outro antes de se apaixonar. – Ele aponta para mim e continua. – Ele tem uma teoria muito inteligente sobre isso, à qual me apresentou algumas noites atrás, lá no telhado. – Olhando para mim, então, diz: – Conte-a para elas.

Sob a mesa, dou-lhe um chute com toda força.

Zari e Faheemeh olham para mim, esperando que eu fale. Tusso, balbucio e enfio uma colher de sorvete derretido na boca, para ganhar tempo. Finalmente, digo:

– Isso mesmo, na Europa e nos Estados Unidos as pessoas de fato passam muito mais tempo se conhecendo antes de declararem seu amor. – E então não me ocorre nada mais a dizer.

Depois de uma pausa constrangedora, acrescento:

– No Ocidente, as relações amorosas são prontamente aceitas. Em países como o nosso, preocupamo-nos mais com a vontade divina e com o destino. Os antropólogos deveriam estudar a correlação entre o avanço tecnológico e as formas de relacionamento entre casais nesses diferentes tipos de sociedade.

Sinto-me um completo imbecil quando olho para o rosto sorridente de Ahmed. *Por que o deixo fazer isso comigo?*

Zari pensa por um instante e diz:

– Interessante.

Ahmed estufa o peito novamente e eu lhe dou um chute tão forte que ele se endurece todo, esforçando-se para não gemer de dor.

Zari olha para mim e pergunta:

– Quando vai me dizer quem é ela?

– Provavelmente só depois que os antropólogos publicarem suas descobertas – responde Ahmed, piscando para mim.

Eu vou matar esse cara! Juro por Deus!

Começamos a limpar a casa. Na sala de visitas, vejo na prateleira uma foto de Doutor e Zari. Doutor está sorrindo, com o braço ao redor dos ombros dela. Ela esboça seu sorrisinho sapeca padrão, repousando a cabeça no braço esquerdo de Doutor.

– Estou horrorosa nesta foto, mas a minha mãe adora – diz, vindo por atrás de mim. – Estou sempre a escondendo! Mamãe, porém, sempre a encontra e a coloca de volta na prateleira. Um dia desses vou queimar essa foto.

– Por quê? É uma foto bonita.

– Doutor está bonito, não eu – diz ela, evitando meu olhar.

Olho para a foto e sussurro:

– Não sei se concordo. Você está dando esse sorriso.

– Que sorriso?

– Seu sorrisinho sapeca: sua marca registrada – sussurro.

– Minha marca registrada – diz, como se fosse uma declaração e não uma pergunta.

– É. Só você sorri assim. Gosto deste sorriso.

– Gosta? – indaga, ainda com a cabeça baixa.

– Gosto. Também gosto da forma com que você joga o cabelo para o lado.

– É mesmo?

– Gosto dos seus olhos também. Estão sorrindo, como na maior parte do tempo.

– Eles não sorriem sempre?

– Sempre que você está feliz.

Ela ergue a cabeça e olha para mim.

– Estão sorrindo agora?

– Estão.

Passamos um tempo olhando um para o outro. Estamos tão próximos que consigo sentir sua respiração em meu rosto. Minhas pernas ficam bambas. Em fração de segundos, tudo que já descobri sobre ela passa pela minha mente, como um flash. Sua cor preferida é azul. Ela diz que o azul está associado à vastidão; o céu é azul, assim como os oceanos. Não sei por que ela sempre omite o fato de seus olhos serem azuis, também. Zari é uma contadora de histórias. Deita-se com Keivan em um cobertor vermelho sob a cerejeira no pátio todos os dias depois do almoço. Deita-se sempre de lado com o rosto na direção do telhado. Percebo que ela me observa pela forma com que acompanha meus movimentos. Ouço Keivan implorar:

– Mais uma história, por favor! Só mais uma!

Quem me dera que ela sussurrasse contos de nosso futuro em meus ouvidos, e então, eu também imploraria por mais uma história. Ela acorda cedo todas as manhãs e caminha até a padaria no final da viela, onde compra *lavash* quente e fresquinho para o café. Lá do meu cantinho no telhado, observo-a por todo o trajeto de ida e vinda. Ela sabe que estou observando-a, pois sempre olha para cima.

Inebriado pelo que sei sobre ela, sinto profundamente sua respiração, seu peito inflando-se e esvaziando-se a apenas alguns centímetros do meu. Estou tão apaixonado que não consigo voltar atrás. Eu seria capaz de unir nossos lábios em um simples gesto, e ambos começamos a nos inclinar quando Keivan entra na sala.

– Onde está minha camisa azul? – pergunta ele.

Zari e eu ficamos ali parados, olhando-nos nos olhos por mais alguns segundos.

– Aquela que Doutor mandou pra mim de presente – esclarece Keivan.

Zari vagarosamente vira a cabeça e olha para Keivan. Então vira-se para mim.

– Doutor mandou-lhe uma linda camisa – sussurra. – Só você vendo; ele é muito atencioso. – Então ela caminha até o armário. – Ele é um homem muito atencioso – diz, parecendo engasgada. – Um homem muito bom.

Quando chego em casa, meu pai quer que eu assista a *Casablanca* com ele. Diz que é um dos maiores clássicos de todos os tempos.

Sinto vontade de dizer que sei, pois, como diz Ahmed, sou uma enciclopédia cinematográfica, mas não digo. Enquanto assistimos ao filme, presto muita atenção ao diálogo entre Humphrey Bogart e Ingrid Bergman. Talvez eu possa aprender como os amantes conversam. Penso no que eu disse sobre os antropólogos, as formas e padrões dos relacionamentos, e fico morrendo de vergonha. Será que Zari, Doutor e eu vamos acabar como os três personagens principais de *Casablanca*? Consigo ver Doutor como o revolucionário que lutou contra os nazistas, enquanto eu sou o dono do bar, solitário, que acha ter a mulher até que o outro homem retorna. Teria eu a força de deixá-la ir, como Bogart? Será que eu arranjaria um avião para Doutor fugir dos nazistas com meu amor? Será que eu me sacrificaria pela felicidade deles?

Depois de ver *Casablanca*, vou para o telhado. Olho na direção do quarto de Zari. As luzes estão apagadas. De repente, vejo um pedaço de papel no muro entre nossas casas, sob uma pedra para que não saia voando com o vento.

Pego o papel. Zari me desenhou. Estou na rua, sob a chuva, encostado em uma árvore. Estou olhado à direita, para uma garota que está se afastando, indo em direção a um rio ao fundo. Na verdade, flutua – um anjo sem face. Está com uma rosa branca nos cabelos longos, igual à que dei para Zari. Vê-se uma montanha ao longe, com seu pico coberto por neve. Zari capturou tudo direitinho: pureza, imponência, calma e graciosidade. Uma inscrição no pé da página diz: "Quando você me disser quem ela é, completarei a face de seu anjo."

Inverno de 1974
Hospital Psiquiátrico Roozbeh, Teerã

Estou de pé no telhado, observando uma mulher mover-se, subindo as escadas para juntar-se a mim. Não consigo distinguir suas feições, mas o andar gracioso e a rosa branquinha e completamente aberta em seu cabelo deixam-me intrigado, lembrando-me de Zari. Será que é ela? Tomara que sim. O vento está ao mesmo tempo suave e forte, passando por sobre minha pele e arrastando o aroma da rosa pelo ar. Tento aguardar, mas as pernas me traem e, quando vejo, estou correndo em sua direção, com os braços abertos para acolhê-la. Vejo seus braços esticarem-se, acho que a agarro, porém ela escorrega e cai pela beirada. Fico engasgado, sem conseguir falar, sento-me em minha cama ensopada de suor, ofegando e engasgado, enquanto o mantra de minha mãe sobre as pessoas que caem do telhado ecoa em meus ouvidos.

Estou sozinho no quarto, sobre o qual um fraco raio de luz projeta-se através de uma janelinha quadrada na porta. Aperto os dedos frios e os chacoalho, com vigor, como se eu pudesse exorcizar-me do terror noturno. Os sons dos outros pacientes que não estão dormindo passam lá fora no corredor, e os acho estranhamente reconfortantes. Minhas pálpebras ficam pesadas, mas não me atrevo a adormecer novamente. Então retiro os lençóis molhados da cama e deito-me sobre o colchão puro, contando os passos de cada enfermeira que passa pelo corredor, enquanto fazem suas infindáveis rondas.

Uma série de dúvidas invade-me a mente mais uma vez: *Por que estou aqui? Por que não consigo me lembrar de determinadas coisas, inclusive de eventos recentes? Às vezes não reconheço meus pais quando entram no quarto. Por quê? Por que não consigo me livrar dos pesadelos que vêm assombrando meus dias e noites?*

É extremamente doloroso para minha mente sedada buscar respostas. Então exercito minha única opção: ignorar as dúvidas e deixar que a névoa da inconsciência tome conta e obscureça o espaço ao meu redor. A névoa mental é como uma barraca para dentro da qual eu me arrasto para manter-me seguro do que me parece confuso e ameaçador. É assim que sobrevivo à noite.

Quando vejo Cara de Maçã novamente, digo-lhe que preciso de algo para interromper os sonhos. Ela me pede para descrevê-los e respondo que não consigo me lembrar da maioria.

Ela me garante que meu problema é normal e provavelmente temporário.

8

Final do verão de 1973
Teerã

A noite de Doutor

Soraya, o Anjo Mascarado, está visitando Zari. Faheemeh e seus pais foram passar os últimos dias de verão no mar Cáspio. Eu e Ahmed estamos quase morrendo de tédio. Sem Faheemeh, não seria admissível que fôssemos à casa de Zari.

Iraj tenta nos mostrar suas novas invenções sempre que tem uma chance, mas não prestamos atenção. Na verdade, na maioria das vezes, mal conseguimos entender o que ele está tentando fazer, pois suas invenções parecem engenhocas idiotas, sem qualquer função prática.

Minha mãe descobriu que folhas de tramazeira maceradas previnem doenças hepáticas. Comprou um pilão novinho que ela usa para macerar a planta amarronzada. Pretende deixar a substância em pó sobre uma tábua pegando sol para secar por uns dias antes de guardá-la em um potinho de vidro, comprado especialmente para isso. Eu e Ahmed tentamos imaginar como ela nos forçará a comer o negócio.

– Ela vai colocar em nosso chá – diz Ahmed. – Eu é que não vou mais tomar chá em sua casa.

– Nem eu – concordo, e caímos na gargalhada.

Do telhado de minha casa vemos Soraya e Zari no pátio, sentadas perto da *hose* sob a cerejeira. Soraya está sempre de burca, mesmo no pátio de Zari. Acho que ela sabe que conseguimos vê-la do telhado. Todos na rua ficaram hipnotizados por ela. A mãe de Iraj, sua maior fã, conta a todo mundo que Soraya é a criatura mais bela neste planeta.

– Ela tem o rosto de um anjo e o corpo de uma sereia. Seus olhos grandes e azuis são de tirar o fôlego! Sua pele é macia, e o cabelo, como um mar plácido. Suas palavras são como poesia, delicadas e ternas. Sua voz é como a de um anjo cantando, mágica e calmante.

Digo a Ahmed que a burca de Soraya lembra-me nosso professor de religião, Sr. Gorji, que ano passado nos contou que todas as mulheres em sua família andam de xador. Disse que as mulheres que andam descobertas comercializam sua sexualidade, que todo mundo sabe que os homens são programados para desejar as mulheres que mostram a face e o corpo, e que em uma sociedade decente, não se pode ter homens fogosos desejando esposas, mães e irmãs dos outros!

– Ele disse isso tudo mesmo? – Ahmed pergunta. – Deve ter sido em um daqueles dias em que ele me expulsou da sala.

Digo que, por mais triste que pareça, é tudo verdade. Então conto que Sr. Gorji disse que é contra os princípios básicos iranianos que as mulheres lutem pelos mesmos direitos dos homens. Sr. Gorji referiu-se a 8 de janeiro de 1936, o dia em que Reza Shah retirou os véus das mulheres, como o dia mais sombrio da história do Irã. Disse que em uma sociedade justa o governo cria uma atmosfera na qual as mulheres podem competir entre si em papéis significativos e apropriados, projetados para elas, tais como o da criação de filhos, a orientação de meninas e a culinária.

Ahmed ri e diz que contará isso tudo a Faheemeh para que ela saiba sua posição na família.

Ahmed e eu percebemos que Iraj tem passado muito tempo na rua ultimamente. Uma expressão de ansiedade toma conta de sua face todas as vezes que Anjo Mascarado e Zari estão por lá.

Ele fica todo atabalhoado, gaguejando, enquanto acompanha Anjo Mascarado com os olhos, em todo lugar para onde ela vai. Uma vez ele me disse que, se fosse dois anos mais velho, sua mãe iria querer que ele se casasse com Soraya. Ele realmente gostaria muito de saber como ela é fisicamente.

Lembro-me da palestra de Sr. Gorji sobre desejo e moralidade, e começo a rir. A burca protege Soraya dos olhos luxuriosos de Iraj, mas com certeza não o impede de desejá-la.

Numa noite, estou sentado sob o muro que separa meu telhado do de Zari, lendo um livro, quando ouço sua voz do outro lado. Ela está falando com Anjo Mascarado. Estou prestes a me levantar para cumprimentá-la quando percebo que ela está chorando. Permaneço sentado, sem querer causar-lhe nenhum constrangimento.

– Seja forte – diz o Anjo Mascarado. – Tenha coragem, que Deus se encarrega de guiar as coisas da melhor forma para todos os envolvidos. Contanto que suas intenções sejam boas e você viva com o coração puro, a graça de Deus transformará sua bondade em sorte.

– Receio que Deus possa punir-me por minha deslealdade – desabafa Zari bem baixinho. Anjo Mascarado recita um poema de Hafiz. Não consigo escutar os versos muito bem, mas é algo mais ou menos assim:

Não há crueldade prolongada que dure para sempre.
Orações disparam em todas as direções que eu enviar.
Talvez uma delas acerte o alvo almejado.

Zari continua chorando sem dizer nada.

– Alguém sabe? – Soraya pergunta.

– Não. Só você. Você é a única que sabe.

A mãe de Zari as chama para jantar, e as duas se vão apressadas. Fico sem saber o significado daquilo tudo. Será que falavam sobre mim? Estaria Zari chorando por não saber o que fazer? Minha cabeça enche-se de dúvidas, e não consigo mais ler. Fecho o livro e o coloco de lado. O amor é um negócio complexo e trabalhoso.

Faltam apenas duas semanas para as aulas começarem, e Doutor já deve estar voltando a qualquer momento. Apesar de minha louca paixão por Zari, ainda respeito e admiro muito Doutor. Ironicamente, acho que ele seria a pessoa com os mais construtivos conselhos e ideias com relação ao meu problema, se eu algum dia tivesse coragem de lhe contar sobre Zari.

Anjo Mascarado volta para Qum, e Ahmed faz sua viagem anual com o pai para Ghamsar, cidade onde moram seus parentes. Nunca estive em Ghamsar, mas diz Ahmed que o local é tão pequeno que em menos de vinte e quatro horas não há mais ninguém para ele provocar.

No final daquela tarde, começo a perceber umas atividades estranhas na casa de Zari. Os pais de Doutor vêm e vão, discreta e apressadamente. Zari passa horas sem sair até o pátio. Acho que ouço a mãe de Doutor chorando por alguns instantes, mas logo em seguida a casa retorna ao total silêncio. Fico louco de vontade de saber o que está acontecendo.

Não consigo dormir, só pensando nas atividades misteriosas na casa de Zari. A noite está quente e sufocante; estou na cama no telhado quando minha solidão é repentinamente interrompida pelos passos pesados de um homem correndo pela rua. Olho lá para baixo e imediatamente reconheço Doutor. Ele está correndo rapidamente, respirando com força, gemendo de medo como se perseguido por um tigre faminto.

Ele para na porta de Zari, toca a campainha e vira-se para olhar a viela, como se esperasse ver seu perseguidor bem atrás dele. Doutor não espera que ninguém abra a porta. Escala o muro e pula de mansinho no pátio. Senta-se, recostando-se no muro e aguarda. Três homens dobram a esquina e entram na rua. Um deles olha para mim lá no telhado. Ainda que distante, consigo perceber que ele é do mal. Alto, moreno, tem mais ou menos trinta e cinco ou quarenta anos. Cabelos longos e ondulados amarrados para trás. Vejo seus olhos vasculhando, absorvendo todos os detalhes de tudo que ocorre ao seu redor.

Meus músculos e articulações são invadidos por uma dormência paralisante. Tento me abaixar atrás da mureta que divide os telhados, mas não consigo me mexer. O homem pega um rádio e se esbraveja, dizendo que a caça não deu em nada.

Não consigo ouvir a resposta abafada, mas os três homens voltam a correr. Passam direto pela casa de Zari, e então sinto um alívio em meu coração aflito.

Deve ser a SAVAK. "São terríveis", meu pai certa vez me disse, depois que eles invadiram nossa casa procurando seus livros. "Parecem pessoas normais. Vivem entre nós, trabalham conosco, jantam em nossas casas, participam de nossa felicidade, compartilham a dor de nossas perdas e então, um dia, descobre-se que elas têm um segundo emprego, trabalhando para a agência mais odiada que já criaram neste país, graças aos americanos e à CIA."

Doutor está sentado, com a cabeça entre os joelhos, tremendo de medo, volta e meia contorcendo-se feito um homem tomado por um surto emocional incontrolável e imbatível. Vejo Zari sair correndo de casa até o pátio, seguida pelos pais. Doutor se levanta rapidamente e leva o dedo ao lábio, sinalizando que façam silêncio. Nem é preciso. Eles saem da casa silenciosos como fantasmas. Sabem exatamente o que está acontecendo com Doutor. O pessoal da SAVAK deve ter ligado o dia inteiro. Tento imaginar o que Doutor fez durante todo o verão. Isso explica as atividades estranhas que aconteceram à tarde. Os vizinhos sabem também, pelo menos os que ouviram a comoção e agora assistem ao desenrolar deste drama por trás das cortinas. Seus vultos nos lembram que todos temem de verdade a SAVAK.

Zari abraça Doutor e começa a chorar, baixinho. Sua mãe reza, movendo os lábios rapidamente sem emitir nenhum som audível, enquanto seu pai, Sr. Naderi, ex-campeão olímpico de luta romana, fica andando em volta da família, feito um leão velho e ferido. Ninguém diz nada. Nem precisa.

Sei o que o destino reservaria a Doutor na prisão. Meu pai já me contou inúmeras histórias sobre o que fazem com os *kharabkars*, ativistas subversivos, como Doutor. Ele passaria alguns dias numa cela, onde sua ansiedade aumentaria ao aguardar o interrogatório. Então seria levado para uma sala, onde o espancariam. Fariam várias perguntas e então o espancariam mais. Eles o ameaçariam, descrevendo de forma nua e crua as mais novas técnicas de tortura, comparando-as às mais clássicas e preferidas: extração de unhas, fratura de dedos, submersão dos testículos do prisioneiro em água fervente. Provavelmente prometeriam trazer sua parenta mais próxima para a prisão, onde uma gangue a estupraria enquanto ele assistiria ao terror. Poderiam pôr em prática as ameaças, mas geralmente não é necessário. Doutor é muito jovem, peixe muito pequeno no oceano de oposição política para ser tão severamente punido. Eles o deixariam um tempo na prisão, o espancariam de vez em quando, e então, um dia, simplesmente o soltariam, na esperança de terem-no assustado o bastante para que nunca mais tentasse fazer nenhuma besteira.

Vejo que aumenta o número de vizinhos observando de suas salas escuras. Ninguém quer ser visto, mas todos querem saber como acabará essa história. Imagino que Doutor deva estar se sentindo desamparado neste momento. Meu pai me disse uma vez que nada nos faz sentir mais desprotegidos do que um confronto com a polícia secreta do governo. Não há autoridades a que recorrer e ninguém que possa nos salvar do abismo de dor e sofrimento no qual estamos prestes a ser atirados. Lembro-me de que contei a Doutor sobre o dia em os agentes da SAVAK fizeram uma batida em minha casa. Foi quando ele me disse que eu tinha *Algo*.

Na cadeia, os agentes levarão o bem mais precioso de Doutor: seu tempo. Eles o trancarão em uma pequena cela, longe de seus adorados livros. Para enfurecê-lo, é capaz até de lhe passarem alguns romances medíocres para ler, daquele tipo com uma mulher seminua e um homem bonitão na capa. Do tipo que ele considera lixo.

Não consigo tirar os olhos da cena que se congelou no tempo ali no pátio de Zari. Um som repentinamente desvia-me a atenção para o final da rua. O homem com o rádio está olhando para mim. Rapidamente sento-me atrás da mureta, porém é tarde demais. Devia estar a me observar já havia algum tempo, e pela direção do meu olhar, localizou a casa na qual Doutor refugiou-se.

Levanto-me rapidamente e o vejo. Ele dá um sorriso perverso, e vagarosamente começa a andar em direção à casa de Zari. Os outros dois caras aparecem rapidamente, e um carro para em frente à casa. O homem com o rádio bate na porta de Zari. Doutor solta Zari. A mãe de Zari começa a bater a cabeça na parede. Jamais esquecerei o som abafado de seu crânio chocando-se contra o tijolo. O pai de Zari parece um guerreiro desamparado. Movese sem direção, como se confrontasse um inimigo com o qual não devesse lutar. Zari está chorando.

Doutor abre a porta e sai, com Zari segurando-o firmemente. Ele está de cabeça erguida, os ombros retos; não permitirá que ninguém lhe roube a dignidade. Um dos agentes lhe dá um soco na cara. Zari solta um grito estridente, como se um arpão lhe tivesse perfurado o coração. Sinto o sangue subir, batendo nos ouvidos. Os outros dois agentes observam, e um quarto está sentado ao volante de um sedã da agência, fumando um cigarro.

Doutor está no chão agora. O homem com o rádio chuta-lhe o rosto. O sangue esguicha por toda a calçada. O grito de Zari aumenta de intensidade. A mãe de Zari começa a cantar enquanto golpeia a própria cabeça e puxa o próprio cabelo. Sr. Naderi olha para os agentes, talvez imaginando que pudesse matar essas criaturas detestáveis e repulsivas com as próprias mãos – mas são agentes secretos do governo, e sua interferência só pioraria as coisas.

Algumas das famílias vizinhas – incluindo meus pais, que acordaram com os gritos de Zari – saíram correndo de suas casas. Os agentes odeiam quando se testemunha o tratamento desumano que eles dispensam aos seus detentos. Rapidamente empurram Doutor para o carro e vão-se embora. O agente com o rádio olha para o telhado e manda-me um beijo enquanto o carro sai da rua. Juro a mim mesmo que um dia eu o encontrarei e o matarei. Nunca, em toda a minha vida, senti tanta raiva, nem mesmo quando aqueles valentões me surraram na escola, ou quando os irmãos de Faheemeh quebraram a cara de Ahmed.

Zari corre atrás do carro, e os vizinhos, atrás dela. Sua mãe desmaia na calçada, e algumas das mulheres, inclusive minha mãe, tentam acordá-la, enfiando colheres de água quente com açúcar em sua boca frouxa. Sr. Naderi está encostado a uma árvore. Balança-se para frente e para trás, sussurrando palavras incompreensíveis. A rua agora está cheia de gente. Será que alguém viu o agente me agradecer antes de sumir pela noite?

Corro lá para baixo, ainda com o corpo trêmulo, as pernas bambas, com os nervos à flor da pele. Na rua ouço uma garotinha perguntar à mãe o que está acontecendo. A mãe se inclina e a levanta, apertando-a contra o peito. Zari grita histericamente enquanto os vizinhos tentam segurá-la. Corro até ela, agarro-a, seguro seu rosto com as mãos e chamo seu nome algumas vezes. Ela me reconhece, joga-se em meus braços e chora. A doçura de seu abraço não podia ter vindo em uma hora mais amarga.

Vejo meu pai consolando Sr. Naderi, quando de repente ouço um grito alto vindo do final da viela. Os pais de Doutor,

Sr. e Sra. Sobhi, estão correndo em nossa direção. A mãe de Doutor bate na própria cabeça e arranha o próprio rosto com as unhas, enquanto berra sua angústia. O marido manca em nossa direção com uma expressão de tormento. Várias mulheres, inclusive a mãe de Iraj, tentam impedir que a mãe de Doutor se machuque. Seus gritos são agonizantemente dolorosos de se ouvir. Uma vez Doutor me disse que a mãe costumava segui-lo de longe até a escola todos os dias até ele chegar à décima série. Não consigo imaginar o sofrimento dela.

Vejo minha mãe perto da Sra. Naderi. Ela está olhando em minha direção. De alguma forma, sei o que está pensando, embora eu seja jovem demais para saber o que os pais pensam. Ela está agradecendo a Deus por não ter sido eu a ser preso.

O pai de Doutor vê o sangue do filho na calçada e desaba ali mesmo, com um grito que partiria até o coração do demônio. Mergulha a mão esquerda – a única que lhe resta – no sangue, a leva até o rosto, e a beija enquanto lamenta em desespero. Sinto vontade de correr para abraçá-lo, beijar-lhe a mão, pedir perdão, mas não consigo. Mal consigo admitir que foi minha negligência que entregou Doutor. Eu queria poder cerrar o punho e chacoalhá-lo na cara de Deus, e uivar desafiadoramente. Porém, isso revelaria meu segredo desgraçado. Então, simplesmente seguro a cabeça com as mãos e mordo o lábio inferior com tanta força que uma corrente de sangue escorre pelo meu queixo.

9

O anarquista

A vida continua e chegam ao fim as noites como aquela de Doutor, mas o impacto permanece. Nós, persas, não somos sofisticados no que se refere a lidar com a dor. Ouvi dizer que os ocidentais, sobretudo os norte-americanos, buscam terapia quando passam por traumas emocionais. Nosso terapeuta é o tempo. Acreditamos que o tempo cura tudo e que não há necessidade de se alimentar a dor. Não buscamos tratamento psicológico porque não somos tão frágeis quanto os ocidentais, ou pelo menos é o que sustentamos. As intervenções psicológicas são para curar a mente, não o espírito. Trazemos alívio ao coração expressando as emoções. Quando a tristeza assola, fazemos com o corpo o que for necessário para aliviar nosso espírito atormentado, sem desculpas ou arrependimentos. Espancamo-nos a nós mesmos, rasgamos as roupas e gritamos nossas tristezas, e não nos falta companhia, pois aqueles que nos cercam compartilham de nosso sofrimento e fazem o mesmo.

Certa vez eu assistia a um filme de Hollywood e percebi os norte-americanos contidos durante os funerais. Perguntei ao meu pai por que nós, persas, demonstramos tanto nossa tristeza ao lidar com a morte.

– Eis uma questão que merece atenção acadêmica, filho. Mas você tem razão. Somos diferentes. A intensidade de nosso luto tem raízes históricas. Um tema recorrente em nossa história tem sido o massacre de nosso povo, no que agora são os genocídios esquecidos nas mãos de invasores como Alexandre da Macedônia, o bárbaro que queimou Persépolis; os árabes, que brutalizaram nossa nação por centenas de anos; e Genghis Khan, que no século XIII abateu quase três milhões de nossos cidadãos. O luto tornou-se um aspecto muito importante em nossa cultura. – Então ele colocou a mão no meu ombro. – Quando massacram um filho diante de nossos olhos, gritamos como se nossa alma quisesse fugir do corpo. Quando nos tratam de forma violentamente injusta, nós gritamos. Essa é a nossa herança histórica, meu filho. – Ele balançou a cabeça negativamente e passou a mão na testa. – Nosso único recurso frente a um mal imperdoável tem sido lamentar de forma inconsolável. Acho, mesmo agora, que inconscientemente vinculamos a morte à opressão.

Então a vida continua em nossa viela, só que em um ritmo mais lento. Ou, pelo menos, é o que parece. Talvez o tempo seja o bem mais precioso dos seres humanos, mas é um tédio insuportável quando ele demora a passar. Acho que o que torna o tempo precioso é a velocidade com que ele passa.

Zari não sai mais para o pátio. Ahmed ainda está em Ghamsar, e eu não suporto ficar perto de Iraj, que não para de falar de suas invenções idiotas. Meu pai tenta várias vezes falar comigo sobre Doutor, mas eu o evito de todas as formas possíveis. Não sei o que posso dizer se eu começar a falar sobre os eventos daquela noite. Fecho os olhos e imagino aqueles últimos momentos lá no telhado, e toda vez eu me abaixo antes de o agente me ver. Só que então abro os olhos e sinto vontade de gritar de dor. Decido que preciso voltar a ler. A leitura é a melhor diversão para mim. Leio muitas coisas de Darwin e Freud. Concluo que não posso me limitar ao que Sr. Gorji, nosso professor de religião, falou-nos a respeito desses pensadores ano passado. Não me lembro como ele começou a falar neste assunto, mas nos disse que

Freud era tarado, e Darwin, ateu, e que jamais deveríamos ler seus trabalhos. No dia seguinte, comecei a procurar livros que trouxessem os nomes do tarado e do ateu.

Os trabalhos são formidáveis, mas tenho dificuldade em manter a concentração. Queria muito ver Zari, mas sinto-me culpado até de pensar nela agora. Então, fico pensando em Doutor, e pergunto-me se ele sabe que minha negligência o entregou. Se pudesse escrever para ele, eu diria que sinto muito, não somente pela noite em que ele foi preso, mas por me apaixonar por sua noiva. Sinto muito por não poder ter sido como Humphrey Bogart em *Casablanca.* Eu não sabia que ele estava sendo procurado pela SAVAK. Obviamente, eu sabia que ele era marxista, e eu rezara após a noite das rosas para que ele jamais fosse pego. Se eu soubesse que ele estava voltando para casa, teria esperado os agentes na rua e agido como um chamariz, correndo na direção contrária, fazendo com que os agentes corressem atrás de mim e não dele.

Oh, Deus, eu me odeio. O ódio que sinto por mim mesmo é maior que o que sinto pelo desgraçado cujo sorriso perverso não me deixa dormir à noite. Novamente fecho os olhos e tento esquecer o momento em que o homem com o rádio me localizou no telhado. Novamente eu me abaixo antes que ele me veja – mas não há como mudar a realidade. Deus, que pena que eu não posso voltar atrás! Que ódio que sinto pelo tempo ser tão conclusivo.

Vou ao telhado por uns minutos e, quando olho para a viela, percebo que a energia foi drenada de nossa vizinhança. Analiso a sombra da árvore que meu pai plantou no pátio no primeiro dia em que chegamos aqui de mudança, e parece estar paralisada. A maioria das crianças está sentada conversando. Ninguém joga mais bola. Os pais não querem que a SAVAK retorne à rua. Aconselharam aos filhos que não falassem com ninguém sobre o que aconteceu na noite de Doutor, mas a compreensão das crianças é limitada demais para assustá-las.

– A rebelião às vezes é algo lindo – ouvi Doutor dizer uma vez. Fico imaginando se os regimes ditatoriais sobreviveriam caso os adultos fossem como crianças. Será que alguém ousaria levar o filho de alguém no meio da noite se todos nós nos rebelássemos contra a autoridade e o controle? Lembro-me de Doutor dizendo que a anarquia é a precursora da ordem, e me dou conta de que não faço ideia do significado de anarquia. Resolvo ir à biblioteca procurar um livro sobre o assunto. Os livros são sempre uma diversão maravilhosa para mim.

Quando retorno, vejo Iraj e outras duas crianças contando a Ahmed o que houve. Ele fica obviamente chateado. Quando estamos a sós, ele me pergunta como estou me sentindo. Para meu constrangimento, as lágrimas escorrem pelo meu rosto.

– Por que está chorando? – Ahmed parece chocado. Ouviu muitas vezes a história de que não chorei quando quebrei a canela em três lugares.

– Eu o entreguei – explico. – Não me abaixei a tempo. O desgraçado ainda me mandou um beijo. Um dia o encontrarei e o matarei.

Ahmed tenta me acalmar. Pergunta como tudo aconteceu na noite em que Doutor foi preso. Conto tudo, assim como tenho repassado em minha mente nos últimos cinco dias. Não consigo parar de chorar enquanto conto a história.

– Eles não lhe disseram? Não disseram que eu o entreguei? Quem sabe? Por favor, me diga.

Ahmed jura que ninguém sequer mencionou meu nome em relação àquela noite.

– Isso não muda o fato de que o entreguei. – Escondo o rosto com as mãos.

– E foi você também quem os fez vir atrás dele? – pergunta ele, energicamente. – Veja bem, o relógio não começou a andar no momento em que o agente o viu no telhado. Eles já estavam procurando Doutor. Não sabemos onde passou todo o verão, o que estava fazendo, quem o observava. Está achando o quê? Que eles simplesmente apareceram aqui, esperaram que você olhasse para o pátio de Zari e então pularam em cima dele? Eles já deviam estar nessa busca havia tempo.

Enxugo as lágrimas, assoo o nariz umas duas vezes e digo:

– Estou me sentindo muito mal com isso tudo.

– Não se sinta assim – ordena Ahmed, resoluto. – A provação de Doutor nada tem a ver com você. Não tem cabimento que você se responsabilize pela criação e pela educação que ele recebeu e o que o levou a ser marxista e acabar na lista negra da SAVAK. – Então ele acende dois cigarros e me dá um. Ficamos sentados em silêncio por um tempo.

– Por que está lendo isso? – pergunta ao ver meu livro sobre anarquia.

Conto-lhe a descrição de Darwin e Freud feita pelo Sr. Gorji, de meu desprezo pela autoridade, de meu desejo de que todos desafiem a ditadura e de minha falta de familiaridade com uma teoria política conhecida como anarquismo. Ahmed me olha como se eu estivesse bêbado. Obviamente, não faz a menor ideia do que estou falando. Lembra que nosso professor de religião também nos alertou para os males da masturbação e me pergunta se tenho lustrado o pepininho para desafiá-lo. Quase morro de tanto rir. É a primeira vez que rio desde que levaram Doutor.

As aulas começam em menos de dez dias e não estou nada animado. Ninguém sabe do paradeiro de Doutor nem o que está acontecendo com ele. Faheemeh visita Zari todos os dias. Tornaram-se grandes amigas. Ahmed mantém-se afastado. Sabe que não é o momento para romance. Faheemeh vem ao telhado para conversar conosco por uns minutos. Diz que Zari não para de chorar, pois preocupa-se com a resistência física e emocional de Doutor sob tortura. Então Faheemeh coloca o braço ao redor do meu ombro e diz:

– Não se preocupe, meu querido. Vai acabar tudo bem.

No fundo, estou louco para descobrir se Zari alguma vez pergunta sobre mim, mas suprimo a necessidade com toda determinação. Como Ahmed, também sei que é melhor manter-me afastado. Os vizinhos dizem que a mãe de Doutor envelheceu mil anos desde que o filho foi preso. O cabelo ficou branco, a face enrugou-se e as mãos não param de tremer. Não tem uma vez que abra a boca que não chore. Passa a maior parte do tempo do lado de fora da Penitenciária Evin, implorando aos guardas que lhe digam se o filho está bem. O pai de Doutor não fala nada. Dois agentes apareceram na casa deles um dia e lhe disseram que a pior coisa que ele podia fazer pelo filho era atrair atenção para sua família.

– Tenha paciência e aguarde – disseram-lhe. – Do contrário, jamais voltará a ver seu filho.

O pai de Doutor trabalha na prefeitura agora. Aprendeu a escrever com a mão esquerda. Assim, ele vai ao trabalho todos os dias e faz de conta que nada aconteceu ao filho que ele ama muito mais que a vida.

Ahmed me pede para definir anarquismo. Defino, mas só por alto e sem o menor entusiasmo.

– Faça um favor ao mundo, tá? – debocha Ahmed.

– O quê?

– Jamais se torne professor. Você é péssimo.

Então diz que tem uma ideia brilhante que devolverá a vida e energia à rua. É sobre anarquia, diz, e quando insisto em saber mais, ele acrescenta que ainda não sabe o que é anarquismo e acha absurdo que eu queira que ele explique.

Acho graça e o deixo em paz.

Organizamos uma reuniãozinha no porão de minha casa. Mais ou menos quinze garotos de nossa idade aparecem de todos os cantos da rua. Iraj chega trazendo uma placa de circuito presa a uma roda, que gira toda vez que ele aciona um interruptor. Diz que está fazendo uma experiência com eficiência energética.

– Se conservarmos energia, não teremos mais esses apagões frequentes no Teerã – explica.

Como sempre, todos o ignoram.

De repente, Ahmed faz sua entrada triunfal. Está vestido como professor, usando os óculos da avó e toga preta do finado avô. Traz uma régua bem grande nas costas. Todos começam a rir. Ele balança a régua em nossas faces e ordena que nos calemos. Rimos mais alto à medida que ele fica mais e mais empolgado. Ele começa a aula informando-nos do tema do dia: masturbação. Diz que tem doutorado em masturbação por uma universidade de Paris, e que publicou vários artigos e livros sobre o assunto. O riso fica mais alto cada vez que ele menciona a palavra "masturbação".

Silenciosamente, ele olha da esquerda para a direita da sala por baixo dos óculos redondos, com os braços cruzados, então exige saber quem se masturbou na noite passada. Ninguém se manifesta. Ele se aproxima de mim, bate-me com a régua por mentir, e exige que eu mostre a palma da mão direita. Obedeço, e ele agarra-me a mão e mostra para todos ali presentes.

– Vejam como a palma da mão dele é macia. Sabem por quê? Azeite de oliva: por isso que ele tem pele macia. Não é mesmo? – pergunta olhando para mim por cima dos óculos.

Rindo, digo que sim, e novamente ele me golpeia com a régua. Olha em volta da sala enquanto todos esperam descobrir quem será a próxima vítima. Ele então localiza Iraj.

– Mostre-me a mão! – grita ele.

Iraj mostra a parte de trás da mão enquanto se acaba de rir. Ahmed golpeia-lhe a cabeça com a régua.

– A palma da mão, seu burro.

Iraj mostra a palma da mão.

– Sabonete? – Ele acaricia a mão de Iraj. – Seca demais para ser sabonete. Este idiota está usando sabão em pó. – Ele golpeia Iraj novamente. – Imaginem só a secura da pele de seu pênis! Abaixe as calças! Queremos ver!

Iraj segura o cinto e faz que não com a cabeça.

– Vocês querem ver? – Ahmed pergunta à turma.

– Sim! Sim! Sim! – Todos gritam.

Ahmed faz uma rápida pausa, e então acrescenta:

– Devem estar perguntando: o que há de errado com um pênis ressecado? Vejam bem. O que acontece com as folhas ressecadas? – Ele se inclina e olha bem nos olhos de Iraj.

– Elas caem, senhor – Iraj responde.

Ahmed começa a bater repetidas vezes em Iraj com a régua, pronunciando a advertência, palavra por palavra:

– É... isso... que... vai... acontecer... com... o... seu... peruzinho... se... continuar... a... se... masturbar... com... sabão... em... pó... está entendendo?

Iraj faz que sim com a cabeça. Ri tanto que não consegue dizer nada.

– Não estou ouvindo! – Ahmed grita.

– Sim, senhor! – Iraj finalmente diz, quase sufocado.

Ahmed é um ator brilhante. Ele se cala enquanto se afasta um pouco, dando a todos um tempo para rir. Quando o pessoal começa a se acalmar, Iraj pergunta:

– Seria melhor usar detergente para louça, senhor?

Ahmed voa em sua direção, chacoalhando a régua. Rio com tanta força que mal consigo enxergar com tantas lágrimas nos olhos. Ahmed golpeia Iraj várias vezes. Finalmente afasta-se e se posiciona na frente da sala.

Então compartilha conosco sua moderníssima técnica de masturbação. Tira uma banana do bolso, a descasca e cuidadosamente corta a casca em pedacinhos. Então pega um pedaço, coloca-o entre o polegar e o dedo indicador, e faz de conta que está se masturbando. Diz a todos que a banana é um alimento nutritivo, excelente para se contrapor à cegueira consequente da masturbação. Eu rio com tanta força que acho até que posso vomitar.

Depois que todos saem e fico sozinho com Ahmed, digo-lhe que foi brilhante e que as crianças da rua ficaram muito gratas por sua tentativa de animá-las. Rimos da ideia de que as mães na rua acharão estranho que os filhos tenham tanta vontade de comer banana naquela noite.

– Quando soltarem Doutor – digo –, vou contar pra ele o que você fez, e como ajudou a animar o pessoal.

– Então tá – diz, sorrindo.

Analiso-o por um instante. Quero perguntar por que ele achava que a aula tinha sido sobre anarquismo, mas acho que sei, então não digo nada.

10

Minha escola e meus professores

O ano letivo no Irã começa no primeiro dia do outono. Esse primeiro dia é sempre muito diferente de todos os outros. As ruas ficam lotadas de crianças de todas as idades. Todos parecem determinados e preocupados com a ideia de passar o dia inteiro em aula. As crianças parecem mais disciplinadas e atentas, até mesmo mais limpas do que de costume, como se as mães tivessem tomado o maior cuidado ao prepará-las para o dia.

Iraj, Ahmed e eu caminhamos juntos para a escola. Iraj assoa o nariz bem alto em um lenço branco e nos diz que seu pai acha que os norte-americanos são os responsáveis pelo destino de todos os revolucionários presos, torturados e assassinados pelo governo do Irã. Então ele para e olha para o lenço, levantando as sobrancelhas como se estivesse impressionado com o que saiu do nariz. Dobra o lenço e coloca-o no bolso.

Ahmed faz um gesto negativo com a cabeça e diz:

– Você é nojento, sabia? Ainda que você fosse o Filho de Deus, minha irmã não olharia em sua direção!

Iraj o ignora, como de costume, e continua:

– Meu pai era coronel do exército. Ele conhece diretamente as atividades de espionagem norte-americanas no Irã. Uma vez ele me contou sobre um gigantesco porta-aviões com um radar sofisticado que os americanos ancoraram no golfo Pérsico para monitorar os grupos políticos iranianos antiamericanos. Ele disse que os americanos têm uns equipamentos tão sofisticados e evoluídos que conseguem ver através de paredes e por isso ele sempre cobre as genitais quando toma banho.

Eu e Ahmed tentamos ficar sérios, mas é difícil.

– Eles veem e escutam tudo. Os caras têm nos observado o tempo todo – sussurra Iraj.

– Shhh! – Ahmed sussurra. – Não fale tão alto, eles podem estar nos escutando.

– Não estou brincando – Iraj protesta.

– Bem, você deveria ter me dito isso antes de eu compartilhar minhas técnicas de masturbação com o mundo. Agora esses capitalistas oportunistas vão roubar minhas ideias, publicar um livro e ganhar milhões de dólares.

Então ele se vira para mim e pergunta:

– Você acha que é tarde demais para patentear essas técnicas?

Encolho os ombros enquanto rio.

Iraj diz:

– Se eu estivesse morando nos Estados Unidos, a essa altura eu seria um inventor, pois os americanos adoram novos dispositivos e apoiam pessoas como eu, que têm ideias brilhantes que facilitam a vida.

Ahmed interrompe:

– Vamos organizar um evento e angariar fundos para comprar a passagem de ida de Iraj para os Estados Unidos.

Novamente Iraj ignora Ahmed e diz:

– Os americanos inventaram tecnologias sofisticadas que lhes permitem espionar qualquer pessoa, a qualquer momento, em qualquer lugar.

– Está vendo aí o que o louco do seu Thomas Edison começou? – Ahmed repreende.

Iraj sussurra como se compartilhasse um segredo de segurança nacional conosco.

– Os americanos conheciam bem Doutor, e tiveram medo que ele se tornasse especialista em questões mundiais. Passaram um rádio para alguém no Irã para pegá-lo.

Ahmed olha para mim e diz:

– O cara com o rádio estava falando com a tripulação do navio no golfo Pérsico!

Lanço um olhar repreensivo sobre Ahmed, por fazer piada com Doutor.

– Ah, pelo amor de Deus – diz ele. – Logo ele será solto. Escreva o que estou dizendo: não vai demorar para ele ser solto.

Iraj conta que os americanos espionaram outro sujeito nos anos 1950, alguém maior e mais importante que nosso Doutor.

Iraj refere-se a Mosaddegh, o único primeiro-ministro eleito democraticamente na história do Irã. Em 1953, a CIA norte-americana o derrubou pagando a insignificante quantia de sessenta mil dólares. Ele foi colocado em prisão domiciliar depois do retorno do xá, até morrer, em março de 1967, aos oitenta e quatro anos. Doutor dizia que a deposição de Mosaddegh foi a maior asneira que os americanos fizeram em toda a história de suas relações internacionais.

– Ninguém no Oriente Médio jamais voltará a confiar nos americanos e em sua democracia de meia-tigela – declarou, irado.

– Esse cara – continua Iraj –, era muito popular e, se o matassem, teriam causado uma revolução no Irã. Os americanos não querem que a gente seja forte porque o equilíbrio de poder na área será rompido. Não querem que a gente avance tecnologicamente, pra poderem vender sua tecnologia pra gente.

– A única coisa que me interessa são as câmeras que nos permitem enxergar através das paredes – diz Ahmed. – Quero ver como nossos vizinhos fazem amor com as esposas.

Iraj olha em volta para ver se não há ninguém por perto, e sussurra:

– Meu pai acha que o xá é uma marionete dos Estados Unidos. A qualquer momento que os americanos quiserem, podem dar um belo chute no traseiro dele.

Eu e Ahmed paramos para comprar umas beterrabas cozidas numa barraca.

– Esse negócio ainda vai matar vocês, meus amigos – diz Iraj. – Olhem só pro vendedor. Quando acham que foi a última vez que ele lavou as mãos?

Acho graça do comentário.

– Pois é. Os jornais estão cheios de matérias sobre gente que morre depois que come beterraba cozida na rua.

– E ele está por dentro – diz Ahmed. – Já leu tudo, inclusive *Suvashun*.

Dou um tapa no peito de Ahmed com as costas da mão e continuo a comer aquela delícia.

Iraj assoa o nariz novamente, mas desta vez não olha para o lenço.

– Meu tio é general do exército – diz, colocando o lenço de volta no bolso. – Meu pai podia ter sido general também, mas optou por se aposentar cedo, pois sabia que, se as coisas mudassem no Irã, os primeiros a serem perseguidos pelo novo regime seriam os generais.

Concordo, balançando a cabeça.

– Meu tio já comprou uma casa em algum canto de Nova York, a maior cidade americana do lado do oceano Atlântico – continua, com um olhar desdenhoso. – Ele tem uma poupança bem gorda na Suíça. Todo mundo sabe que meu tio seria o primeiro a sair do país caso houvesse uma revolução. Só que meu pai é um genuíno iraniano e jamais deixará o país que ele defendeu durante toda sua carreira militar. Eu também jamais deixarei o Irã!

– Que pena – sussurra Ahmed. – O navio norte-americano no golfo Pérsico deve estar enviando a notícia para os jornais americanos neste exato momento. Já estou até vendo as manchetes: "O próximo Thomas Edison decide ficar no Irã!"

Estudamos em um colégio só para garotos, que parece uma fortaleza. Altos muros de cimento cercam o prédio de tijolos, que tem três andares. O enorme portão é protegido pelo nosso *farrash*, um guardião que garante que apenas alunos entrem na escola. O pátio da escola está repleto de meninos. É possível, logo de cara, identificar os novatos, pelo jeito nervoso com que observam os outros garotos ao redor. Há sempre pelo menos duas brigas no primeiro dia de aula. As brigas geralmente terminam antes de nosso professor de disciplina, Sr. Moradi, chegar com uma régua bem comprida e grossa, que ele usa para bater em quem se mete em atividades violentas.

– Seus imbecis, não sabem que a violência os coloca em encrenca? – grita, espancando os arruaceiros com a régua. Sr. Moradi é também nosso professor de educação física, embora não tenhamos um ginásio na escola. Uma vez por semana, Sr. Moradi nos coloca em fila no pátio e aplica-nos seu exercício de aquecimento preferido, que realizamos com nossas roupas normais.

– Um, dois, três, quatro! – grita ele com toda força. – Pulem agora, mais alto, mais alto, cambada de preguiçosos!

Quando estamos todos suados e ofegantes, ele nos divide em grupos de quatro e nos manda correr de um lado ao outro do pátio e então de volta ao ponto de partida. Os últimos a voltarem de cada grupo então competem entre si até que o "mais preguiçoso da turma" seja identificado. Eu sempre me pergunto se Sr. Moradi sabe a diferença entre preguiçoso e lento. Dado que hoje é o primeiro dia de aula, Sr. Moradi decide fazer uma palestra sobre disciplina, em vez de nos mandar correr no pátio.

– O mundo seria um lugar muito melhor se todos fossem disciplinados. Por que os Estados Unidos são uma nação tão poderosa? Porque os americanos são disciplinados. Os americanos respeitam as regras – brada, com um brilho nos olhos. Diz que uma vez foi aos Estados Unidos participar de um campeonato internacional de luta livre, e impressionou-se com a forma com que as pessoas respeitam as leis de trânsito.

– Todos param no sinal, mesmo quando não há nenhum carro vindo da direção oposta. Isto sim é disciplina. Disciplina significa respeitar as regras independentemente das circunstâncias. Aqui neste país não paramos sequer quando o sinal está vermelho. Aqui as regras são para serem quebradas, e achamos legítimo quebrá-las, pois somos uma nação indisciplinada de transgressores.

Ele faz um gesto negativo com a cabeça, expressando seu desapontamento, e continua:

– O povo britânico também é disciplinado. Já viram alguma foto dos guardas no Palácio de Buckingham? Eles não piscam, mesmo quando não há ninguém por perto.

Aponta para Ahmed e acrescenta:

– Conseguem imaginar Ahmed como guarda no Palácio de Buckingham?

Todos riem. Rezo para que Ahmed não retruque; ele não reage, pelo menos por enquanto. Ele ri também e encolhe os ombros.

– O governo dos Estados Unidos colocou latas de lixo em cada esquina em todas as ruas e todo o mundo as usa para jogar lixo. – Sr. Moradi disserta. – As ruas norte-americanas são tão limpas que dá para comer no chão. Isto sim é disciplina.

Diz que as pessoas fazem fila e aguardam sua vez nas lojas americanas. Faz que não com a cabeça e diz que, em nosso país, passamos por cima dos outros para chegar ao início da fila.

– Aqui trapaceamos, empurramos, desrespeitamos os outros, passamos à frente a qualquer custo. Somos tão indisciplinados que dá até nojo – diz, erguendo a régua no ar. – Por isso escolhi ser professor de disciplina – esbraveja, olha ao redor da sala e vê Iraj. – Seu pai era do exército. Diga-me, qual a característica mais importante do melhor exército do mundo?

– Disciplina, senhor.

Sr. Moradi concorda, balançando a cabeça. Ahmed levanta a mão. Fico até triste. Nervoso, começo a arregaçar as mangas. Olhando para o rosto de Ahmed e seu sorriso atrevido patenteado, sei que ele vai fazer uma pergunta que irritará Sr. Moradi. Acho que Sr. Moradi tem a mesma desconfiança, pois ignora Ahmed por tempo suficiente para que eu abaixe as mangas novamente.

– Pois não? – Sr. Moradi finalmente dá atenção a Ahmed.

Não aguento a pose pensativa de Ahmed e meus níveis de ansiedade aumentam sensivelmente. Ele pergunta:

– Senhor, é verdade que o exército mais disciplinado do mundo tem um navio equipado com a mais avançada tecnologia de espionagem, aportado no golfo Pérsico?

Sr. Moradi parece confuso.

Ahmed continua, agora balançando o dedo, como se interrogasse Sr. Moradi.

– E é verdade também, senhor, que os marinheiros nesse navio escutam todas as conversas no Irã?

Sr. Moradi olha para Ahmed, com cara de paisagem.

– E quanto à tecnologia que lhes permite enxergar através das paredes? Porque se for verdade, senhor, nunca mais tomarei banho.

Sr. Moradi tenta conter o sorriso.

– Onde você ouviu isso? – pergunta.

Vejo Iraj tentando se esconder atrás do aluno sentado à sua frente.

– Foi Iraj quem me contou, senhor. Mas não sei se posso confiar, pois ele é um garoto muito indisciplinado, e desrespeita tudo quanto é regra, inclusive aquela que proíbe os amigos de ficarem de olho nas irmãs dos amigos.

A turma toda cai na gargalhada. Nem mesmo Sr. Moradi consegue conter o sorriso.

Sr. Moradi é um homem estranho, mas gostamos mais dele do que do Sr. Bana, nosso professor de geometria, que tem mais ou menos uns quarenta anos e ensina desde o dia que saiu da barriga da mãe.

– A geometria é a mãe de todas as ciências – diz.

Uma vez Ahmed perguntou quem era o pai, e acabou passando o dia na sala do Sr. Moradi, onde ouviu um sermão sobre a virtude da disciplina na sala de aula.

Quando Sr. Bana entra na sala, nós nos levantamos, como fazemos com todos os professores. Sr. Bana para na frente da sala e olha fixamente para todos. Diz que consegue identificar quem não fez o dever de casa pela expressão de pavor nos olhos. Ele sempre chama alguém que se senta nos fundos da sala, pois é onde – em sua opinião – os alunos preguiçosos se sentam. Consequentemente, há sempre uma briga pra ver quem se senta na frente para assistir às aulas dele. Sr. Bana adora chamar alguém e fazer perguntas que ele sabe que ninguém consegue responder.

– O quinto postulado de Euclides diz o seguinte: "Dada uma reta e um ponto externo a essa, é possível traçar-se uma linha que corta exatamente o tal ponto, paralela à linha." O que vocês acham disto?

Suas perguntas são sempre seguidas por um silêncio pesado.

– Se a estupidez fosse a medida da grandiosidade, vocês todos seriam as pessoas mais grandiosas do mundo. – Ele debocha.

No final de cada aula, Sr. Bana pergunta se alguém tem alguma dúvida. Quando um garoto faz qualquer pergunta, ele balança a régua na cara do infeliz e o chama de estúpido por fazer uma pergunta tão estúpida.

– A resposta está na página oitenta e oito. Vá procurar, seu idiota! – grita.

Quando não se faz nenhuma pergunta, Sr. Bana diz alguma coisa do tipo:

– Quer dizer então que todos sabem o que se tem de saber, não é? Bem, veremos se é assim mesmo.

Então aponta para uma alma desafortunada e faz uma pergunta difícil, que geralmente é seguida de uma boa pancada.

Já experimentei na carne o lado mau de Sr. Bana. Na prova trimestral do ano passado, resolvi um dos problemas usando dois métodos diferentes. Sr. Bana não considerou nenhum deles, embora ambas as soluções estivessem corretas. Ele me acusou, dizendo que colei, e acabou me dando zero. Procurei Sr. Yazdi, nosso diretor, e pedi ajuda.

– O que quer que eu faça? – perguntou Sr. Yazdi.

– Quero saber por que estou sendo punido por resolver um problema usando duas técnicas igualmente corretas.

– Sr. Bana é seu professor. Se ele está dizendo que você colou, então deve ter colado. Não há nada que eu possa fazer a esse respeito.

– Mas onde está a prova de que colei?

– Sr. Bana é professor. Não precisa de provas. Sua desconfiança, por si só, já basta para mim.

Acabei ficando com um zero na minha primeira prova. Contei a história toda a meu pai. Ele disse que eu deveria provar que tanto Sr. Bana quanto Sr. Yazdi estão errados, gabaritando os próximos dois testes. Então ele iria à escola para convencê-los a mudar minha nota do primeiro trimestre. Eu me senti agredido e injustiçado.

– É tudo uma droga nesta porcaria de país – reclamei para Ahmed. – Graças a Deus, logo estarei de partida para os Estados Unidos, onde as pessoas mais disciplinadas do mundo entendem de lógica e não acusam inocentes de nenhum crime.

Agora olho para Sr. Bana e agradeço a Deus por não ter nenhum parente professor.

Sr. Gorji, nosso professor de religião – que também dá aulas de ditado –, ao contrário do Sr. Moradi, despreza profundamente o Ocidente, sobretudo os Estados Unidos. Sr. Gorji é bem grande e gordo, e tem uma atitude muito grosseira, que me irrita profundamente. Ele tem uma aparência suja graças a uma barba que ele nunca raspa, mas que nunca cresce além de alguns míseros centímetros. Sempre veste um terno marrom claro que combina com os sapatos gastos e descuidados. Sua camisa branca, sempre abotoada até a gola, tem o colarinho amarelado. Nunca sorri, mas quando conversa dá para ver seus dentes amarelos. Ahmed diz que se sente culpado todas as vezes que Sr. Gorji olha para ele, como se tivesse sido pego descascando uma banana. Então ele pisca para mim, checando se entendi a piada. Ahmed também diz que ouviu boatos de que Sr. Gorji é rico, pois empresta dinheiro aos pobres e então cobra uma fortuna em juros.

– Ele é um impostor – diz. – Se praticarmos o islamismo dele, reservaremos nosso lugar no inferno.

Às vezes Sr. Gorji aplica testes-relâmpago.

– Qualquer dia pode ser dia de teste – diz. – Faço isso para o próprio bem de todos, pois, como alunos, vocês devem estar sempre prontos para um teste.

No entanto, não sei muito bem se é isso mesmo ou se Sr. Gorji tem preguiça de planejar as coisas. Afinal, como meu pai sempre diz, somos uma nação espontânea; fazemos tudo de momento, sem muito planejamento prévio.

Sr. Gorji escolhe as palavras mais difíceis no livro, e lê cada uma delas bem alto, três vezes.

– *Ghostantanieh*, *Ghostantanieh*, *Ghostantanieh*.

Desconfio que ele acha que não ouvimos a palavra nas duas primeiras vezes.

– *Maghlateh, Maghlateh, Maghlateh.*

É fácil confundir a ortografia dessas palavras, pois letras do tipo *gh*, *s* e *t* podem ser escritas de formas diferentes. A maioria das palavras nos testes apareceu nas aulas anteriores. Entretanto, para diferenciar os alunos bons dos medíocres, é possível que caiam nos testes palavras que ainda não foram dadas. E acertar uma palavra não necessariamente garante crédito a ninguém.

Sr. Gorji também dá ponto para a caligrafia. O cara pode até escrever tudo corretamente, mas se Sr. Gorji não gostar das letras, é capaz de tirar dois pontos, às vezes mais. Sr. Gorji não dá vinte – a nota máxima – mesmo quando o cara acerta toda a ortografia e tem a melhor caligrafia do mundo.

– O máximo que se consegue tirar é dezenove. Vinte é a nota de Deus. Ele é a única entidade perfeita no mundo – diz, beijando o rosário.

Quando erramos uma palavra, ele nos manda escrevê-la no caderno quatrocentas vezes. Vira e mexe ele nos chama, um por um, e nos pede para ir ao quadro responder a um teste na frente de todos. Lê cada palavra três vezes e então passa para a palavra seguinte, independentemente de termos terminado de soletrar a anterior. Cada teste vale vinte pontos e para passar é preciso tirar dez. Nem mesmo quando se tira dez ou catorze se está livre de tomar um bofete e ouvir um desaforo:

– Seu cachorro burro, boi preguiçoso, bezerro temperamental! Não vai ser nada na vida! Se eu lhe pedisse para soletrar o nome feminino mais complexo você acertaria até dormindo, mas não consegue soletrar as palavras que o tornam uma pessoa melhor. Isso porque você só sabe pensar em mulher, mulher. Não vê a hora de acabar a aula para sair correndo até a escola de meninas mais próxima e fazer pose de galã. Vá sentar esse traseiro gordo e escreva cada palavra quatrocentas vezes. Estou avisando-o: melhor cuidar dessa caligrafia, hein!

Sr. Gorji adora insultar chamando-nos de animais. Nosso professor de redação do ano passado, um jovem universitário encaminhado à nossa escola pelo governo, disse que era falta de educação chamar uma pessoa de "boi" ou "vaca". Disse que milhões de pessoas na Índia adoram as vacas e que devemos respeitar as crenças religiosas de todo mundo, não importa o quão burras sejam as pessoas! Toda semana ele nos dava um novo tema sobre o qual deveríamos escrever, e então recolhia todas as redações e as lia cuidadosamente. Ninguém tirava mais que catorze em sua matéria porque ele se orgulhava de ser durão. Certa vez, pediu-nos para escrever sobre "os benefícios da tecnologia". Chamou Ahmed para ler sua redação diante da turma. Ahmed leu que, ao contrário do que dizia Sr. Bana, ele acreditava que a tecnologia, não a geometria, era a mãe de todas as ciências, e que ele queria pôr a boca nas grandes tetas da mãe tecnologia e beber até deixá-las sequinhas, sem um pingo do leite do conhecimento.

Nosso professor de redação gritou:

– Pare! Pare!

E então xingou Ahmed de tudo quanto foi nome de bicho, menos de vaca, antes de expulsá-lo da sala.

Ano passado, nosso professor de redação foi pego no banheiro com as calças arriadas e um garoto de quinze anos de joelhos em sua frente. Imediatamente mandaram-no para uma escola em outro distrito. Naquele dia, Sr. Gorji nos disse que a homossexualidade nasce da falta de fé.

– Quando se acredita em Deus, não se deseja sexo anal.

Sr. Moradi disse que a homossexualidade é o resultado da falta de disciplina e respeito pela regra que proíbe os homens de procurar outros homens. Estava certo de que não havia homossexuais nos Estados Unidos, pois os americanos eram as pessoas mais disciplinadas do universo.

Nosso diretor, Sr. Yazdi, disse que tínhamos de tomar cuidado para não cairmos nas armadilhas dos homossexuais.

– São todos maus e psicóticos – disse.

Então contou-nos a história de Asghar Ghatel, acusado de molestar e assassinar mais de cem garotos adolescentes. Eu estava louco para descobrir como Sr. Bana e sua mãe de todas as ciências explicavam a homossexualidade na aula seguinte, mas, para minha decepção, ele ignorou completamente o assunto.

11

Nas prisões da SAVAK

Ninguém teve notícias de Doutor desde a noite em que ele foi preso, há mais ou menos duas semanas. É como se ele tivesse desaparecido da face da Terra. Bastante adoentada, sua mãe não consegue mais ir aos portões da Penitenciária Evin. Zari não aparece no pátio desde a prisão de Doutor. Quando Faheemeh a visita, as duas passam a maior parte do tempo no quarto de Zari.

Ahmed continua me garantindo que Doutor será logo solto, e as coisas voltarão ao normal. Depois de uma dessas conversas, ele se vira para mim e pergunta como estou. Tenho vontade de dizer que estou frustrado por não ver Zari, e que estou morrendo de saudades dela; que, embora eu me sinta culpado por ter me apaixonado por ela, não consigo tirá-la da cabeça. Só que acabo dizendo que preciso parar de pensar no problema atual, e que nossos professores me angustiam, que fico angustiado ao pensar em ir para os Estados Unidos e que às vezes acho que o mundo inteiro me angustia. Queria muito poder dar um tiro no homem do rádio, depois de quebrar-lhe o nariz e sujar nossa calçada com seu sangue. Ahmed toca-me o ombro e faz um sinal negativo com a cabeça, em solidariedade. Então diz que temos de ir assistir a um filme iraniano – o melhor remédio para depressão, pois todo filme iraniano tem final feliz.

Resolvemos levar Iraj, para não deixá-lo sozinho na rua, sem ninguém tomando conta, pois ele pode aproveitar para ficar espiando a irmã de Ahmed.

Na maioria dos cinemas em nosso bairro só passa filmes persas, que são muito, mas muito diferentes dos filmes americanos. Uma vez Doutor me disse que os filmes persas são feitos para legitimar as diferenças de classes em nosso país. Disse também que todos os filmes persas seguem o mesmo enredo genérico, no qual o conflito é sempre entre os pobres e os ricos, com os últimos vencendo as batalhas, mas perdendo a guerra. Os ricos são sempre retratados como poderosos, sempre bons, e certamente como o tipo contra o qual jamais se deveria organizar uma insurreição violenta. Na verdade, os filmes iranianos fazem de tudo para estabelecer um elo emocional entre o herói e o vilão rico – um filho perdido, um parente afastado, ou a vítima de circunstâncias bizarras. Esses filmes desmotivam as massas de confrontar os ricos, e encorajam os pobres a ater-se a seus altos princípios, segundo Doutor.

– É por isso que uma revolução neste país seria contra o xá, não os ricos. – Doutor me disse uma vez, com um tom filosófico.

Doutor acredita que devemos nos rebelar por motivos culturais, religiosos ou políticos, mas nunca para destruir a riqueza.

Deus, como sinto falta de Doutor.

O ator mais famoso deste gênero de filme é um sujeito chamado Fardeen. A maioria dos críticos não o considera bom ator, mas gosto muito dele, só que eu jamais admitiria isso.

Antes de chegar ao cinema, Iraj diz que quer se sentar entre Ahmed e mim. Explica que duas semanas antes foi assistir a um filme sozinho e acabou sentando-se perto de um pedófilo. Alguns minutos depois que o filme começou, ele percebeu que o homem o olhava. Não deu muita importância até sentir a mão do sujeito em seu joelho. Levantou-se e saiu correndo. Ficou tão traumatizado que percorreu todo o trajeto de volta para casa correndo, sem olhar para trás para ver se o homem o seguia.

Ahmed diz que sua irmã também corre assim para casa sempre que vê Iraj na rua. Eu me dobro de tanto rir.

O cinema está lotado de gente de todas as idades, comendo sementes de girassol, um lanchinho comum nos cinemas iranianos. Em uma das cenas, lá pela metade do filme, um grupo de bandidos encapuzados ataca Fardeen e começa a espancá-lo. De repente, ouve-se uma velha na plateia gritar:

– Parem de espancá-lo, seus miseráveis! O que ele fez para vocês? Deixem-no em paz! Se meu marido estivesse aqui, quebraria os dentes de todos vocês!

Ahmed me olha horrorizado:

– É minha avó!

– Estão matando o rapaz! Socorro! Socorro! – Sua avó grita quando Fardeen cai no chão e seus inimigos começam a chutá-lo. As pessoas começam a gritar alguns insultos para ela.

– Cala essa matraca, dona!

– Expulsem essa idiota!

Em segundos, o lanterninha entra na sala correndo, procurando pela velhinha desordeira. Iraj aponta para a primeira fila e diz:

– Ela está ali, ó!

Vemos a avó de Ahmed balançando as mãos e sacudindo o punho, gritando:

– Alguém vá chamar meu marido. Ele é amigo de Fardeen. Socorro! Alguém vá chamar meu marido!

Ahmed, Iraj e eu corremos para a frente da sala. Ao nos ver, vovó grita:

– Graças a Deus vocês estão aqui. Ajudem-no! Ajudem-no!

Tentamos convencê-la a sair do cinema, só que ela se recusa. O lanterninha grita que é melhor tirarmos vovó dali, senão ele terá de fazer isso sozinho. O pessoal assobia e ri. Iraj agarra vovó pelo braço esquerdo e Ahmed, pelo direito. Começam a puxar, mas vovó começa a chutar e a jogar o corpo para trás simultaneamente. Junto com o lanterninha, tento agarrar-lhe as pernas, só que vovó dá um chute certeiro, mandando a lanterna do cara pelos ares, ao mesmo tempo em que grita pelo marido.

O filme é interrompido e as luzes do cinema se acendem. Os assobios e vaias ficam mais altos, assim como os gritos de vovó. Vovó se solta de Iraj, tira os sapatos, pega-os e começa a bater em qualquer coisa ao seu alcance. Algumas pessoas a encorajam a bater com mais força. O lanterninha fica furioso, mas não ousa se aproximar dela. Finalmente, Ahmed e eu conseguimos derrubá-la ao chão. Com a ajuda de Iraj e três outras pessoas, carregamos vovó para fora do cinema. O ar fresco a acalma imediatamente.

Ahmed volta para casa muito calado. Ele e a avó caminham um pouco à frente de mim e Iraj.

– Aqueles sujeitos deram sorte por seu avô não estar por perto, pois se estivesse eles teriam levado a pior surra da vida – explica vovó a Ahmed. – Seu avô era lutador, e todos em Teerã morriam de medo dele.

O avô de Ahmed era baixinho e pacífico. Nunca, em toda a sua vida, saiu no braço com alguém.

Naquela noite, estou no telhado quando aparece Ahmed, dizendo:

– Ela diz que vovô a levou ao cinema. Como será que ela entrou? Ela nunca tem dinheiro.

– A devoção dela por seu avô é emocionante – comento, sem saber ao certo o que dizer depois. – Ele deve ter sido o maior astro que ela teve na vida.

Ahmed não responde.

– Cara, você viu como ela lutou conosco? – pergunto, admirado. – Quantos anos ela tem? Uns sessenta e cinco?

Ahmed pensa um pouco e então sorri:

– Você acha que minha avó conseguiria nocautear Fardeen numa luta pra valer?

Minha mãe pede que eu me arrume, pois teremos visitas especiais. Menciona um nome que não reconheço.

– Era o melhor amigo de seu pai.

No banho, lembro-me da história de Iraj sobre os americanos e seus equipamentos sofisticados de radar, e imagino se eles podem mesmo nos ver através das paredes. Olho para baixo e cubro-me momentaneamente, mas logo começo a balançar a cabeça e rir.

As visitas especiais são Sr. e Sra. Mehrbaan. Quando abro a porta, Sr. Mehrbaan me abraça como se me conhecesse há séculos, embora seja nosso primeiro encontro. Meu pai apressa-se em sua direção e então os dois dão um abraço demorado, enquanto trocam sussurros. Não consigo ver seus rostos, mas sei que estão chorando. Sra. Mehrbaan e minha mãe olham para os maridos, com os olhos cheios de lágrimas. Finalmente, entram e sentam-se na sala de visitas. Meu pai e Sr. Mehrbaan se olham e continuam a chorar. Algumas vezes trocam carícias no rosto e no cabelo. Sr. Mehrbaan diz:

– Já faz dezoito anos!

Meu pai diz:

– Dezoito anos, quatro meses e três dias.

Fico curioso para saber por que deixaram tanto tempo passar sem se ver.

– Espero não ter de esperar dezoito anos para rever Doutor – sussurro para minha mãe.

– Eu também espero que não – responde ela, mordendo a pele entre o polegar e o indicador.

Sr. Mehrbaan é um homem alto, moreno e meio manco. Seu bigode espesso e preto confere-lhe uma aparência máscula e austera. Sua esposa é alta, magra e bonita. "Mehrbaan" significa "gentil" em persa, e ambos são muito *mehrbaan*.

Meu pai e Sr. Mehrbaan bebem vodca e, para abrandar, uma mistura de iogurte, pepino, passas, sal e pimenta. Conversam sobre os velhos tempos, quando meu pai era campeão de peso-pesado e Sr. Mehrbaan, um astro da luta romana. Conversam sobre velhos oponentes e amigos. Dois de seus amigos mútuos morreram em acidentes horrorosos, enquanto outro está podre de rico e mora na Europa. Descobriram que outro amigo é agente da polícia secreta – um grande cretino. Sra. Mehrbaan e minha mãe veem antigas fotos e conversam sobre o tempo em que estudaram juntas.

Meu pai fala bem baixinho sobre outro amigo de infância, Sr. Kasravi, que agora está muito rico e mora na área do mar Cáspio.

– Ouvi falar nisso na prisão – diz. – Ele sempre teve tino financeiro.

Sr. Mehrbaan agora atraiu minha atenção. Ele passou dezoito anos na cadeia? Por que terá sido? Será que conhece Doutor? Penso em perguntar, mas meus pais me ensinaram que é falta de educação se meter nas conversas dos adultos, sobretudo quando a discussão é muito séria.

Eles bebem mais vodca, e Sr. Mehrbaan sorri para mim. Quer saber minha idade, em que série estou e se leio tanto quanto meu pai lia quando tinha dezessete anos. Meu pai lhe diz que sou um ótimo aluno, muito bom em matemática e que pretendo me formar em engenheiro como meu tio Mehrbaan. No Irã, dirigimo-nos aos bons amigos de nossos pais como tios. Sinto-me como se tivesse quatro anos de idade. Tenho vontade de dizer que sou um aluno mediano, que odeio matemática e que não quero ser engenheiro, mas não digo. Olho para mamãe, lembrando-me do número de vezes que já reclamei sobre isso com ela. Ela ignora minha expressão furiosa e desvia o olhar.

No jantar, Sr. Mehrbaan confirma que passou dezoito anos na cadeia. Fala sobre suas experiências no cárcere com grande senso de dignidade e orgulho. Fico fascinado pelo jeito natural e fácil com que ele se expressa. Quase duas décadas de cárcere ensinaram-no a ser paciente consigo mesmo, seus pensamentos e a articulação de suas lembranças. Quebraram-lhe a perna direita várias vezes, motivo pelo qual ele manca. Queimaram-no com cigarros e salpicaram-lhe as feridas com sal. Espancaram-no diariamente, tentando obter informações a respeito de homens e mulheres que ele nunca conheceu.

Sr. Mehrbaan conta-nos sobre a noite em que o prenderam. Era sua noite de núpcias, e os convidados haviam acabado de sair quando a SAVAK invadiu sua casa. Sra. Mehrbaan chorou e implorou por misericórdia. Foi esta a noite de núpcias deles. Será que não poderiam esperar mais um dia? O que ele fizera para merecer um castigo tão cruel?

O crime, informaram à Sra. Mehrbaan, era sério demais para ser discutido.

Revelou-se mais tarde, entretanto, que Sr. Mehrbaan correspondia-se com alguns de seus camaradas no partido Bolchevique na Rússia. Também foi acusado de disseminar os escritos marxistas entre os universitários de Teerã. Sr. Mehrbaan pediu ao juiz que presidiu seu julgamento que lhe mostrasse a lei que proibia a comunicação com os russos. Pediu ainda que lhe mostrassem provas de que sua disseminação da literatura em questão tinha prejudicado alguém. O juiz militar negou os dois pedidos e sentenciou-o à prisão perpétua. A sentença foi mais tarde reduzida para dezoito anos. Jamais foram apresentados quaisquer motivos para tal decisão.

Passaram-se três anos sem que ninguém soubesse de seu paradeiro nem o que estava acontecendo com ele. Todos, exceto sua mãe e sua esposa, estavam convencidos de que ele estava morto. Então, um dia, concederam-lhes o direito de visitá-lo na prisão. Ele estava fraco, cansado e abatido. Havia anos que ele não se barbeava; seu cabelo longo estava imundo, parecendo até que ele não tomava banho havia muitos meses, e ele perdera pelo menos quinze quilos. Implorou para que a esposa pedisse o divórcio, pois ele jamais sairia da prisão. Ela chorou e disse que esperaria.

– O amor é mais fiel do que um cachorro velho – diz Sr. Mehrbaan.

Sua história e a dignidade com que ele fala enquanto recorda-se dos momentos mais sombrios de sua vida me emocionam. Ele fala sobre uma época em que lhe injetavam drogas, tais como morfina, três vezes ao dia, então paravam para observá-lo sofrer de abstinência. Ele queria muito estar morto.

A noite segue seu curso. Os homens conversam e as mulheres vão para a cozinha. Dirijo-me à outra sala com a cabeça cheia de pensamentos sobre Sr. Mehrbaan. Ligo a televisão e assisto a um episódio de *A feiticeira*. Será que a vida nos Estados Unidos é realmente como retratam nessas séries de TV? As pessoas são tão superficiais assim? Será que os homens realmente andam de terno em casa? Existem homens como Doutor e Sr. Mehrbaan nos Estados Unidos? Homens que sacrificam a vida pela causa em que acreditam? *Jeannie é um gênio* e *O homem de seis milhões de dólares* vêm logo depois de *A feiticeira*. Penso na personagem de Jeannie, uma mulher do Oriente Médio interpretada por Barbara Eden. Olho para Sra. Mehrbaan, que é também uma mulher do Oriente Médio, e me pergunto por que os americanos não fazem filmes sobre mulheres do Oriente Médio como ela. Dezoito anos é muito tempo para se esperar por alguém, sobretudo quando não há esperança de que a pessoa seja solta. Obviamente, Jeannie esperou, dentro de uma garrafa, por dois mil anos antes de Larry Hagman encontrá-la. Por que as mulheres do Oriente Médio têm de esperar por tanto tempo por seus homens? Não sei muito bem se conseguirei viver nos Estados Unidos. Doutor dizia que esses seriados são produzidos para deixar as pessoas preocupadas com "o irrelevante". Sua habilidade de entreter impede que seus espectadores questionem quaisquer coisas, lenta, mas certamente, deixando-os menos inteligentes. Ele se queixava de que esses programas fizeram com que os americanos caíssem em um coma político.

– São tragicamente ignorantes no que se refere às relações e ao comportamento opressor de seu governo em outros países. – Ele sempre desaprovou amargamente.

12

Os demônios que quebraram as janelas

Já faz mais de duas semanas que não vejo Zari, e estou ficando nervoso. Algo aqui dentro me deprime, alguma coisa que não consigo controlar. Até agora, eu pensava controlar meu destino, porém, meu amor por Zari mudou tudo isso. Ela cativou meu coração como um invasor implacável, e estou escravizado pelos pensamentos e sentimentos que não são originados de meu estado de consciência. Minha mente vaga em direções fora de meu controle, e tenho ataques de ansiedade que não parecem possuir uma origem. Estou louco para ver Zari, conversar com ela, olhar bem dentro de seus olhos, sentar-me com ela sob a cerejeira, ouvi-la falar sobre *Suvashun* e vê-la mergulhar os pés na *hose*. Estou desesperadamente apaixonado, e sinto-me desesperadamente culpado por isso.

Algumas noites depois da visita dos Mehrbaan, meu pai recebe um telefonema de Sra. Mehrbaan. Ela avisa que Sr. Mehrbaan foi preso novamente. Quatro agentes da SAVAK apareceram às três da manhã e passaram horas revistando a casa deles. Não disseram o que procuravam, mas não paravam de dizer a Sr. Mehrbaan que ele estaria acabado caso encontrassem. Ela está certa de que Sr. Mehrbaan não fez nenhum contato com os antigos amigos desde que saiu da cadeia.

– Por que, por que tem de ser assim? – ela questionava.

Ela não sabe muito bem se consegue lidar com a dor da separação do marido desta vez. Não já tinham pago por qualquer que tivesse sido o erro cometido por Mehrbaan quando jovem?

– Você devia ter visto a expressão dele – lamenta Sra. Mehrbaan. – Estava tão triste, tão irado, desesperado, desamparado. Ai, meu Deus! – Ela começa a gritar.

Minha mãe conversa com Sra. Mehrbaan, também. Ela chora ao telefone ao pedir à velha amiga que se acalme.

– Deve ser um engano, ou talvez estejam tentando assustá-lo. Logo o libertarão. Você vai ver, eles o libertarão.

Meu pai está arrasado. Sr. Mehrbaan vem sofrendo um problema cardíaco, e o estresse da prisão pode ser perigoso à sua saúde. Ainda ontem meu pai levou Sr. Mehrbaan ao hospital para fazer um angiograma. O médico disse que Sr. Mehrbaan precisa mudar os hábitos alimentares, começar a se exercitar regularmente e parar de fumar.

– É claro que, quando se está na prisão, esquece-se de tudo isso – diz meu pai, amargurado.

Papai acende um cigarro e começa a pensar. Sento-me perto dele.

– Será que ele conheceu Doutor enquanto esteve preso? – pergunto baixinho.

Papai levanta a cabeça e olha bem para mim por um instante. Acho que ele percebe então que estamos sofrendo a mesma dor.

– Você deveria ter perguntado a ele – diz, gentilmente.

– Eu não quis atrapalhar o encontro de vocês.

Papai envolve-me o ombro com o braço e me puxa em sua direção.

– Você não é mais criança. Já pode participar das discussões dos adultos. Deveria ter perguntado para ele sobre Doutor.

Começo a arregaçar as mangas e logo em seguida a abaixá-las. Papai estica o braço e me faz parar.

– Qual o problema? – pergunta.

– Sinto muito pelo Sr. Mehrbaan, papai. Deve ter sido difícil ficar longe dele por todos esses anos. Sei que pra mim provavelmente seria a morte ficar sem ver Ahmed ou Doutor por dezoito anos.

– Foi difícil – admite.

– Como vocês se conheceram? – E, antes que ele tenha a chance de responder, acrescento: – E, papai, por que durante todos esses anos o senhor nunca disse nada sobre ele?

Papai faz um gesto negativo com a cabeça.

– Não sei se tenho boas respostas para suas perguntas. Ele simplesmente desapareceu de nossa vida. Era para ficar preso para sempre, entende? Às vezes é mais fácil não se pensar nas coisas que não podemos mudar.

Papai fuma seu cigarro como se fosse o último. Acho uma pena não ter um também.

– Sua amizade com Ahmed me lembra muito minha relação com Mehrbaan. Ele foi meu melhor amigo por muito tempo. – Traga o cigarro. – Uma vez ele se arriscou por mim. Sabe, o tipo de coisa que desconfio que você e Ahmed fariam um pelo outro.

Ouço atenciosamente e acho que papai percebe minha total atenção. Diz que ele e Sr. Mehrbaan são amigos desde o colegial. Suas famílias viviam em uma cidadezinha chamada Hashtpar, no Noroeste do Irã. Depois do colegial, os dois foram para o exército e serviram juntos durante dois anos em uma área montanhosa fria, próxima à fronteira do Iraque. Na época, meu pai estava apaixonado por minha mãe, e a ideia de passar dois anos longe dela não lhe parecia nada boa. Ele a desejava, sonhava com ela, e sofria por não estarem juntos. Graças a Deus Mehrbaan estava lá, senão ele teria perdido a cabeça. Algumas vezes, ele seguia o fluxo da vida, sem se lembrar do que acontecera durante o dia. Algumas noites, acordava todo suado, irado e irritado. Obviamente, ninguém ao seu redor, nem mesmo Sr. Mehrbaan, sabia disso. Sr. Mehrbaan sabia de sua situação, mas desconhecia a profundidade de seu sofrimento.

Ficaram em um quartel enorme, onde os homens dormiam em dormitórios de dois andares. Havia pelo menos dez prédios no quartel e um total de duzentos e cinquenta a trezentos soldados. Depois que os soldados se deitavam, era proibido sair do prédio até a alvorada. Cada soldado ficava de plantão pelo menos duas noites ao mês, guardando a área de "intrusos" anônimos que nunca se deram ao trabalho de aparecer durante os quarenta anos de história do quartel. Os guardas geralmente dormiam durante o plantão, exceto nas noites quando sabiam que o velho cabo, um militar carrancudo, podia estar na área monitorando-os. A punição para os que violavam as regras do quartel, fosse dormir em serviço ou sair depois do apagar das luzes, era severa, e envolvia passar dias, às vezes semanas, no xadrez.

As noites insones de meu pai, combinadas à frustração de estar confinado à cama naqueles prédios velhos e úmidos, onde se ouviam os camundongos comer as colunas de sustentação do telhado, tornaram-se insuportáveis para ele. Para completar, ele não tinha muito em comum com os homens de seu pelotão. Havia um soldado que carregava no bolso um pedaço de pano verde que a mãe esfregara no túmulo de uma entidade religiosa para afastar os demônios. Esse soldado era profundo conhecedor das crenças supersticiosas comuns, e passava muito tempo ensinado-as aos colegas.

– Se, acidentalmente, você apontar uma faca para alguém, esfaqueie o chão três vezes, senão um dia o sangue daquela pessoa escorrerá pela mesma faca – dizia ele. – Se alguma vez você derramar água num gato, lave as mãos três vezes na mesma hora durante três dias, para que não nasça um cisto na ponta de seu nariz.

Uma noite, meu pai resolveu dar uma andada pelo campo. Precisava passar um tempo a céu aberto, temporariamente livre das regras e dos regulamentos que lhe pareciam tão estapafúrdios. O soldado supersticioso estava de plantão naquela noite. Meu pai não sabia que o velho cabo também estava acordado. Enquanto meu pai caminhava, o velho cabo, escondido no escuro, soprou o apito. Papai começou a correr, seguido pelo cabo e dois soldados. Logo surgiram outros guardas de todas as direções, correndo com suas armas e apitos e confiando nas lanternas que iluminavam fracamente o chão meio metro à frente deles. O velho cabo começou a xingar em voz alta, balançando o punho no ar, brandindo a arma, e ordenando que os soldados capturassem o intruso vivo, pois a morte sem tortura seria uma punição inadequada para um covarde daqueles.

Formaram um grande círculo para garantir que o intruso não escapasse.

– Fiquem de olho nos espaços entre vocês! – gritou o cabo, diversas vezes. – Fiquem de olhos abertos e prendam o invasor.

Os soldados jamais imaginaram que um intruso fosse de fato invadir o quartel. A atitude séria que adotaram, inclinando o corpo, dando passos largos, todos nervosos, segurando as armas de forma ambivalente, e a frequência com que olhavam para a esquerda, para a direita e de volta, tudo isso sinalizava a empolgação de todos.

Os soldados nos dormitórios também já estavam de pé àquela altura; todos brigavam por uma brecha nas janelas.

Os guardas estavam se aproximando de meu pai. Ele não se importava que o prendessem, mas não gostava da ideia de perder para o velho cabo. Em um esforço desesperado de ganhar mais tempo, ele correu até um jipe estacionado ali perto e arrastou-se para baixo do veículo. Então levantou-se de novo por tempo suficiente para pegar uma pedra bem grande e jogá-la pela janela de um dormitório a alguns metros, para desviar a atenção dos soldados.

Dois guardas correram na direção do dormitório, só que a maioria permaneceu em seu curso e continuou no encalço de meu pai. Todas as esperanças estavam perdidas, e meu pai estava prestes a sair de baixo do jipe e se entregar, quando um homem ao longe gritou:

– Estou aqui, cambada! Eta bando de imbecis!

E com isso veio o som de uma janela quebrando alguns metros atrás, onde o cabo estava. Meu pai reconheceu a voz de Sr. Mehrbaan. Seu velho amigo viera ajudá-lo, e ele sorriu ao ver os soldados correndo de maneira confusa na direção do som da voz de Sr. Mehrbaan.

– Ele está ali, imprestáveis! – gritou o velho cabo. – Como vocês o deixaram escapar do círculo? Bando de idiotas. Deviam ter sido todos dispensados do serviço ao exército deste homem! Corram! Corram! Peguem-no! Não o deixem escapar!

Os soldados correram do local onde papai se escondia. Um chegou até a passar bem perto do jipe, mas não se deu ao trabalho de olhar embaixo. Dava para meu pai ver a sombra de Sr. Mehrbaan correndo no escuro. Ele parou quando vários soldados começaram a fechar o cerco pelo outro lado. Correu para a esquerda, voltou à direita, e então desapareceu. Meu pai saiu de baixo do jipe, pegou uma pedra, mirou a janela de um prédio próximo. Perto da janela havia um grupo de soldados com as roupas de baixo, assistindo ao que era definitivamente o evento mais excitante do ano até então. Meu pai gesticulou para eles, sinalizando para que se afastassem da janela, e eles se dispersaram. Ele jogou a pedra, e o som de vidro se estraçalhando surpreendeu os guardas, que tinham certeza de ter encurralado o invasor dessa vez.

– Venham me pegar, bando de imbecis! – Meu pai repetiu as palavras de Sr. Mehrbaan. – Não me viram passar bem ao lado de vocês? Eta, cambada de morcegos cegos! Que Deus ajude o país que vocês estão tentando defender!

O velho cabo ficou furioso. Mirou a arma na direção de onde vinha a voz de meu pai e atirou. Todos se abaixaram, inclusive os guardas que estavam próximos ao velho cabo. A bala estraçalhou uma janela no segundo andar de um dos dormitórios. Alguém lá de dentro do prédio gritou:

– Isso não é sangue, imbecil! Você mijou nas calças!

Meu pai sorriu ao ouvir os soldados rindo e xingando. Deu a volta no prédio, mantendo-se no escuro de forma a não ser visto. O velho cabo gritou, esbravejou e esperneou para os guardas grudados ao chão, temendo ser atingidos na barriga por uma bala perdida. Levantaram-se, espanaram a poeira e começaram a correr atrás de meu pai. Mal deram três passos quando escutaram o som de janelas se estraçalhando lá atrás. Viraram-se, confusos e irritados, sem saber para onde ir e sem entender como alguém podia, de uma hora para outra, passar de um extremo ao outro do campo. Naquele momento, outra janela estraçalhou-se do outro lado do campo, seguida ainda por outra, em um terceiro ponto.

O soldado supersticioso jogou a arma no chão e começou a correr em direção ao portão do quartel, gritando:

– É um *Jen*! É um *Jen*!

Jen significa espírito do mal, ou demônio.

Os outros guardas jogaram as armas no chão e começaram a fugir também, mordendo o espaço entre o polegar e o indicador.

– Parem, seus imbecis do inferno! – gritou o cabo.

As janelas em ambos os lados do campo começaram a se estraçalhar ao mesmo tempo. Meu pai e Sr. Mehrbaan tinham dado início a um ataque de pedras em todas as janelas do quartel. Os homens nos dormitórios gritavam e assobiavam, incentivando tal explosão contra um sistema que os afastara de seus entes queridos por dois anos para ensinar-lhes nada além de prestar continência. Meu pai e Sr. Mehrbaan acabaram voltando para o quarto sem serem descobertos pelo cabo.

Meu pai respira fundo. Um sorriso discreto aparece em seu rosto.

– No dia seguinte, todos comentavam sobre os demônios que quebraram as janelas do quartel – conta.

Ele acende outro cigarro.

Sei, pela sua expressão, que as recordações de sua juventude junto com Sr. Mehrbaan o entristeceram.

– Ele é o melhor amigo que já tive. É a pessoa mais generosa que conheço. Pensei tê-lo de volta depois de dezoito anos. Agora nem sei se voltarei a vê-lo.

13

O custo da bala

Estou deprimido, e Ahmed sabe disso. Ultimamente ele tem passado mais tempo ainda comigo. Sei, por suas infinitas tentativas de me animar, que ele se preocupa com meu bem-estar emocional.

Ahmed é meu porto seguro. Meu pai sempre diz que há dois tipos de pessoas no mundo: comuns e extraordinárias. Não tenho dúvida de que Ahmed pertence à última categoria.

Conto a Ahmed que Sr. Mehrbaan foi preso, enquanto fazemos o dever de geometria em meu quarto. Ahmed olha com pesar e diz que um dia este país viverá a revolução mais sangrenta da história da humanidade. Certa vez ouvi Doutor dizer que uma revolução no Irã mudaria o mundo. O Irã cumpre um papel fundamental na estabilidade e no equilíbrio do poder nesta região vital.

Assim que menciono o nome de Doutor, Ahmed muda de assunto. Começa a cantar:

– Nada como o amor de uma mulher para torná-lo uma pessoa melhor!

– Você acabou de inventar esse troço? – pergunto. – Nunca ouvi esta música. E como consegue cantar e manter-se concentrado em geometria?

– Quem disse que estou concentrado em geometria? E, respondendo à sua pergunta, sim, sou um poeta, não sabia?

Acho graça e balanço a cabeça.

– Estou de saco cheio da escola porque escola é pra crianças e dever de casa é pra *nerds* – reclama. – A escola e o amor são dois fenômenos diametralmente opostos.

– Fenômenos diametralmente opostos? – provoco. – Quem está usando palavras difíceis agora?

Ahmed me ignora.

– Depois que o cara se apaixona, o conhecimento acadêmico se torna irrelevante. Vou perguntar a Sr. Bana como a geometria, a puta que pariu todas as ciências, distingue a forma de um coração virgem de um coração atormentado pelo amor.

– Fumou haxixe, cara?

– Não, por quê? Tem unzinho aí? – brinca. – Sabe o que acho que devíamos fazer? – pergunta, dessa vez com uma expressão bem séria.

– Conta aí.

– Devíamos sequestrar Faheemeh e Zari e viajar com elas pelo mundo.

– Ah, sim, com certeza – digo ironicamente, lembrando-me de quando ele me deu uma bronca quando sugeri que levássemos as garotas ao cinema. – Lançaríamos mão de sua conta-corrente ou de minha poupança?

– Bem, os americanos, as pessoas mais disciplinadas do mundo, fazem isso o tempo todo. Viajam de carona e arranjam trabalho onde quer que vão para descolar grana suficiente para conseguirem chegar à próxima cidade. Já vi isso nos filmes. É isso que acho que devemos fazer.

– Você pirou.

– Sabe qual é seu problema?

– Qual?

– Você leva a vida muito a sério.

– E que problema há nisso, mestre?

– Não leve a vida com tanta seriedade; você jamais escapará com vida!

Então pega o telefone e liga para Faheemeh. O irmão dela atende. Ahmed muda o tom da voz e pergunta se é da residência de Sr. Rezai. O irmão de Faheemeh diz que não e desliga. Ahmed aguarda uns minutinhos e então liga novamente. E mais uma vez o irmão de Faheemeh atende.

– Posso falar com Sr. Rezai? – Ahmed solicita muito educadamente.

– É engano – responde o irmão de Faheemeh objetivamente.

– Aí é 346585?

– Sim.

– Então não é engano. Poderia, por favor, chamar Sr. Rezai?

Começo a rir. É moda entre os jovens iranianos perturbar os outros ao telefone. Embora eu ache esses trotes uma infantilidade sem tamanho, admito gostar de ver Ahmed torturando o irmão de Faheemeh, que solta uma porção de palavrões e desliga. Peço a Ahmed que pare com essa besteira, enquanto me escangalho de tanto rir.

– Você vai acabar nos metendo numa briga das feias com aqueles dois – repreendo.

Ele responde:

– Preste atenção, preste atenção.

Ele liga para a casa de Faheemeh novamente, e diz, quando o irmão dela atende:

– Alô, aqui é Sr. Rezai. Alguém ligou me procurando hoje?

Ele afasta o fone do ouvido e escuta o irmão de Faheemeh explodir de ódio.

Ouvimos os passos de minha mãe subindo as escadas. Ahmed desliga o telefone e finge estar estudando. Mamãe entra com uma bandeja de chá e tâmaras, balbuciando que tem orgulho de seus dois garotos. Ela ama Ahmed do mesmo modo como me ama, e sente-se muito feliz por eu ter um amigo tão bacana. Manda-nos tomar logo o chá, antes que esfrie. É chá Lahijan, o melhor do mundo, e a única forma de tomá-lo é quente. Ela aproveita para nos dar uma rápida aula sobre os benefícios das tâmaras, e conta que os árabes as comem para evitar desidratação no calor escaldante do Saara, e que os monges budistas sobrevivem comendo apenas uma tâmara ao dia.

Quando minha mãe sai do quarto, e enquanto investigamos o chá para ver se encontramos vestígios de pó, Ahmed diz:

– Engraçado. Achei que os monges fossem celibatários e que não comessem nada com um nome tão feminino.

Tenho muita dificuldade para dormir naquela noite. À meia-noite, mais ou menos, ouço um barulho na casa de Zari, corro até o terraço e a vejo saindo para o pátio, acompanhada pela mãe. Zari olha para cima e me vê. Abaixa a cabeça e rapidamente volta para dentro de casa. Sinto-me desamparado, como se meus pulmões não conseguissem captar oxigênio suficiente. Será que ela não gosta mais de mim? Será que algum dia voltará a sair para o pátio como antigamente? Poxa, que saudade da época anterior à prisão de Doutor!

Ainda estou no terraço quando ela se achega. O tempo está frio, o que é estranho para esta época do ano. Ela está com um suéter pesado, marrom-escuro, de gola alta. Abaixou as mangas e enfiou as mãos para dentro, para aquecê-las. Ela não finge ter subido com qualquer outra intenção além de conversar comigo. Sempre admirei sua objetividade e transparência.

Cumprimenta-me, toda delicada, e se aproxima da mureta que separa nossas casas. É a primeira vez que nos falamos desde que Doutor foi preso.

– Como você está? – pergunto.

Ela faz um gesto negativo com a cabeça. Seus olhos estão vermelhos e dá para ver que ela chorou. Está pálida e sem aquela energia tão característica de sua presença. Ela coça o alto da cabeça e percebo que suas mãos estão trêmulas. Então, ao olhar para mim, seus olhos enchem-se de lágrimas. Sua sobrancelha suave ergue-se, formando uma área enrugada, e ela morde os lábios, tentando conter o choro. Pulo para o outro lado e envolvo-lhe os ombros com o braço. Acho que percebe que este é apenas um gesto de amizade e solidariedade, pois ela não se esquiva.

– Estou bem – responde. Então chora mais um pouco enquanto dou um tapinha leve em sua mão para acalmá-la.

– O que vou fazer? – finalmente pergunta.

– Só nos resta esperar e rezar.

Ela se agacha com as costas para o muro, e eu me sento ao seu lado. Ela começa a chorar.

– Ninguém sabe do paradeiro de Doutor – diz. – Os pais dele foram internados. A mãe está prestes a enlouquecer e estamos todos preocupados com as condições cardíacas do pai.

– Que estranho, não é? Os pais de Doutor costumavam dizer que ele era o coração e a mente deles.

– Eu não sabia que Doutor estava tão envolvido. Sabia apenas que ele tinha contato com livros proibidos, e nunca vi nenhum problema nisso. – Ela funga duas vezes e enxuga as lágrimas enquanto se emociona ainda mais. – Não consigo acreditar que eles prendam alguém sem dizer nada à família. Que selvageria é essa? Será que perderam toda a decência? Será que não têm a menor consideração pela dor de uma mãe? Não será para mim nenhuma surpresa se um dia desses a mãe de Doutor tiver um derrame. Será que essas pessoas não têm o mínimo de respeito pela santidade da vida humana? – Ela chora amarguradamente.

Passamos um bom tempo sem dizer nada. Finalmente, ela me pergunta:

– Como tem passado?

– Bem – minto. – Estou bem.

– Que bom.

– Que bom que você subiu aqui – digo, hesitante.

– Eu quis falar com você antes, mas não tive chance.

– Eu estava preocupado. Pensei que talvez você estivesse zangada comigo.

– Por que eu ficaria zangada com você?

Fico sem saber se devo contar a verdade sobre a noite em que prenderam Doutor. Já pensou se ela acabar me odiando? E se nunca mais falar comigo?

– Eu estava aqui em cima na noite em que vieram pegá-lo. – As palavras escapam involuntariamente. – O agente com o rádio me viu. Acho que foi assim que ele desconfiou do paradeiro de Doutor.

Zari olha para mim em silêncio, com um ar de surpresa. Neste exato momento eu me arrependo de ter aberto a boca, mas agora é tarde.

– Tudo aconteceu tão rapidamente que não tive tempo de me abaixar. Por um tempo, eu sequer sabia o que estava acontecendo. Simplesmente paralisei. Não conseguia me mexer. Eu sinto tanto. Se você o vir, por favor, diga-lhe que eu o amo e que não tive a intenção.

Zari coloca o dedo em meus lábios, silenciando-me.

– Nunca mais diga isso. Ninguém jamais pensaria que você faria qualquer coisa desse tipo contra Doutor propositalmente. Além disso, todos sabem o quanto você o ama. Confie em mim, você não está fazendo favor a ninguém enlouquecendo com algo desta natureza. Eles sabiam que Doutor era meu noivo e passaram um bom tempo espreitando a vizinhança.

Abaixo a cabeça e fico olhando para os pés. Ela segura-me o queixo com as mãos e vira meu rosto em sua direção.

– Olhe para mim. Olhe nos meus olhos.

Olho bem dentro daqueles lindos olhos e sinto uma vergonha incontrolável.

– Prometa-me que não voltará a se culpar por isso.

Faço que sim com a cabeça, embora eu já saiba que não posso cumprir esta promessa.

Lentamente, ela afasta as mãos de meu rosto e recosta-se no muro.

– Eles o soltarão logo. Eu sei. Simplesmente sei – sussurra.

Também recosto-me no muro.

– Espero que sim.

Um tempinho depois, ela diz:

– Sabe, tenho muita saudade dos dias em que a gente se encontrava em meu pátio.

Faço que sim com a cabeça e sussurro:

– Eu também.

Ela os chama de "dias despreocupados do verão", eu concordo e digo que queria que fosse o melhor verão de nossa vida, a última farra de nossa adolescência. Nossa, tudo começou de forma tão doce e acabou tão amargamente!

– Será que estamos sendo punidos por um verão tão despreocupado? – questiona, pesarosa. – A vida é um jogo de equilíbrio de forças, sabia? Não se pode ter nada em excesso. Eu só queria saber por que Doutor, coitadinho, teve de pagar pelos meus erros. – Ela volta a chorar.

Não sei o que ela quis dizer com "meus erros", mas não pergunto.

– Pretendo ir à Penitenciária Evin semana que vem para ver se consigo alguma informação do paradeiro dele.

– Eu também vou – digo.

A princípio Zari diz que não, pois eles podem me associar a Doutor, mas acaba concordando.

A certeza de que ela não está aborrecida comigo ajuda a diminuir a ansiedade que venho sentindo desde a noite da prisão de Doutor.

– As estrelas estão lindas hoje – digo baixinho.

– Estão mesmo. Você acha que cada um de nós tem uma estrela lá em cima?

– Nem todos. Somente as pessoas boas.

– Sério?

– Sério. E só podemos ver as estrelas das pessoas que fazem parte de nossa vida.

– Como assim?

– Por exemplo, eu vejo Ahmed lá em cima.

– Qual é a dele? – pergunta, passando os olhos pelo céu noturno.

– Aquela ali – aponto para uma das maiores estrelas. Ela se inclina, tocando meu braço com seu rosto ao alinhar sua visão à direção do meu dedo indicador. Olho para sua nuca e seus ombros. Sinto o cheiro de seu cabelo, e sinto-me inebriado de amor e desejo.

– Ah, sim, estou vendo. A estrela dele é grande, não?

– Com certeza. Uma das maiores.

– Agora vejamos... qual delas é a de Pasha?

– Ah, eu não estou lá em cima – respondo, mas na esperança de que ela insista dizendo que estou.

– Não? – Ela se vira e olha para mim.

Encolho os ombros.

– Bem, continue olhando. É difícil não ver a sua estrela.

Olho por um instante, então volto-me para ela sem dizer nada. Olhamo-nos fixamente, e então ela se levanta e dirige-se para casa. Para na porta, vira-se e pergunta:

– Você deu a gravura a ela?

Não digo nada.

– Já contou a ela?

Faço que não com a cabeça.

Ela sorri e desaparece pelo interior da casa.

É sexta-feira e estou na rua com Ahmed porque a escola está fechada. Faheemeh está na casa de Zari, fazendo uma visita. Ouvimos uma história na rua de que um grupo de terroristas planejava explodir uma represa no Norte do Irã durante o verão. Se tivessem conseguido, milhares de pessoas teriam morrido nas cidades ribeirinhas. Doutor e seu grupo foram supostamente vistos a algumas centenas de metros da represa, e foram seguidos até Teerã. Imediatamente considero o boato uma mentira que o governo inventou para justificar a prisão de Doutor. Doutor é pacifista. Acredita em aprimorar suas ideologias políticas educando pessoas, não as assassinando.

Algumas horas depois que o boato começa, estou sentado com Ahmed à sombra de uma árvore na frente de minha casa, quando um jipe de estilo militar para na casa de Zari. Dois homens saltam do veículo, e eu reconheço um deles como o agente do rádio. Enquanto fico ali paralisado, eles entram na casa de Zari sem bater. Alguns minutos depois ouvimos um grito – Zari. Eu e Ahmed corremos para lá. Abrimos caminho até o interior da casa enquanto os homens saem. O cara do rádio olha para mim e pisca. Juro por Deus que um dia mato este filho da mãe.

Zari está sentada no chão, e Faheemeh permanece ali perto dela, preocupada. Zari parece em estado de choque, com o rosto congelado em uma expressão de desespero e descrença. Corro até ela.

– Qual o problema? O que foi?

Ela se vira para mim e a tristeza em seus olhos causa-me um frio por todo o corpo. Ahmed corre até a mãe de Zari, que desmaiou a alguns metros. Ouço o jipe saindo da rua e, logo em seguida, os vizinhos correm para a casa de Zari. Os mais velhos começam a socorrer Zari e a mãe. Olho para Faheemeh.

– Eles querem que paguem pela bala – diz ela, desolada.

– Que bala? – pergunto, ficando frio.

– A bala de Doutor. – Ela me olha com os olhos cheios de lágrimas. – Só assim poderão reaver o corpo dele.

Inverno de 1974
Hospital Psiquiátrico Roozbeh. Teerã

– Eu matei você, Doutor?

– Você queria me matar?

– Não.

– Então, por que você está preocupado?

– As pessoas podem achar que sim.

– Por quê?

– Bem, você já amou alguém que não podia amar?

– Já – diz Doutor.

– Sério? Zari soube disso?

– Não foi assim.

– Como assim?

– Simplesmente não foi assim.

– Então, por favor, me diga como foi. Eu gostaria muito de saber. Você teria matado por ela?

– Talvez.

– Dado sua vida?

– Oh, com certeza.

– Meu Deus! Então você estava apaixonado, Doutor. O que aconteceu?

– Eu fui morto.

– Me desculpe, mas não compreendo.

– Eu me apaixonei por ideias, sonhos, visões. Apaixonei-me por pensadores que eu não podia admirar ou sequer conhecer.

– Ideias proibidas?

– Amor proibido, ideias proibidas, que diferença faz?

– Bem, ideias proibidas estão em sua cabeça, e amor proibido, no coração.

– Deixe-me lhe dizer uma coisa. Não há nada em seu coração. Está tudo na cabeça. Amor, ódio, pensamentos, emoções, tudo isso fica lá em cima, na cabeça. O coração é apenas um órgão mecânico que bombeia sangue para o resto do corpo. Agora chega de aula de biologia! Diga-me por que as pessoas podem pensar que você me matou.

– Porque amo...

Acordo todo suado, frio e trêmulo. Sento-me na cama e olho à minha volta. Esforço-me para lembrar o teor do sonho, mas minha mente recusa-se veemente. Acho que eu tentava contar a Doutor sobre meu amor por Zari. Tomara que não. Ninguém deveria saber disso, nem mesmo Ahmed. É proibido compartilhar um amor proibido, mesmo com o melhor amigo.

14

Outono de 1973
Teerã

Irmãos para a vida

O pai de Doutor sofre um infarto no dia em que fica sabendo da morte do filho. Pouquíssimas pessoas acreditam que ele sobreviverá. A mãe de Doutor não está em condições de comparecer ao funeral. Sem ninguém da família imediata de Doutor para reivindicar o corpo, são enviadas informações para a casa de Zari, instruindo que se encontrem com os agentes no cemitério. As instruções indicam que somente Zari ou seus pais e um ou dois amigos podem comparecer ao funeral. A notificação também indica que Doutor foi "destruído" perto do final de *Sharivar* – meados de setembro, exatamente uma semana antes do início do ano letivo.

Ahmed e eu ficamos sabendo, por Faheemeh, que Zari quer que a acompanhemos ao funeral de Doutor, já que éramos mais próximos a ele do que qualquer outra pessoa da rua. Faheemeh diz que Zari é a pessoa mais cuidadosa do mundo, pois se recusa a enviar uma mensagem à prima e melhor amiga, Anjo Mascarado, pedindo que venha a Teerã. Soraya daria a maior força para Zari, mas seus pais estão doentes e Zari não quer que ela se ocupe com os problemas de outra pessoa.

– Ela não é um amor? – diz Faheemeh, enxugando as lágrimas.

Aceitamos o convite para ir ao cemitério, sabendo que não devemos contar nada a nossos pais. Sei que meu pai ficaria com medo de que a agência notasse minha presença. Para minha sorte, meus pais estão visitando nossos parentes no Norte, e não estão sabendo de nada que está acontecendo na viela.

Na noite antes do funeral, estou sentado com Ahmed no telhado de casa. A noite está cinza, parada em seu silêncio e carregada de tristeza. Estou com um casaco marrom, grosso, de gola alta, mas ainda assim o frio está meio desconfortável. Observo o céu no horizonte e sinto um frio na espinha. *Que mundo enorme, este*, penso, e em cada centímetro dele um drama diferente se desenrola a cada segundo do dia. Entretanto, vivemos como se o momento seguinte não fosse trazer nada que o diferenciasse do momento anterior. Como somos tolos!

Não sei como os eventos se desenrolarão amanhã. Será que nos deixarão ver o corpo? Quem carregará o caixão? Será que nos permitirão fazer umas orações antes de enterrá-lo?

Meu corpo treme involuntariamente. Por fim, Ahmed quebra o silêncio. Aponta para uma estrela bem grande e brilhante no céu e diz:

– Aquela ali é ele. Tenho certeza.

Meus olhos enchem-se de lágrimas.

– Ele era um grande sujeito.

– O melhor de todos.

– Você acha que ele está zangado comigo por me apaixonar por Zari?

Ahmed se vira e olha para mim. Abaixo a cabeça para esconder as lágrimas.

– Não – responde convicto.

– Acho que ele está sim – resmungo. – Temos que considerar a noiva de um amigo nossa irmã. Como ele não se zangaria?

– Mas você não fez nada que o desrespeitasse. Ninguém mais sequer sabe de seus sentimentos.

– Eu não deveria ter me apaixonado por ela.

– Acha que teve escolha? Como sabe se não era para ser assim mesmo? Talvez Deus soubesse o que estava para acontecer com Doutor. Estaria Zari fadada a lamentar sua morte pelo resto da vida? Será que ela jamais poderia viver um amor novamente?

– E Deus escolheu a mim? – indago com amargura.

– Bem, acho que Iraj teria sido uma opção bacana também. – Ahmed responde com sarcasmo.

Sorrio, apesar de tudo.

– Olha só aquilo. – Ahmed aponta para o céu. – Você se dá conta da imensidão da criação? Consegue ver a ordem estabelecida do universo? Deus impôs suas leis e ordens em tudo. O que leva você a pensar que Ele o isentou disso? – Ele me envolve com um braço. – Neste exato momento, Doutor está olhando para nós, lá de cima dos céus, agradecendo a Deus por colocar você na Terra para cuidar de Zari. Quem, além de você, teria sido uma melhor escolha? Diga-me, quem?

Enxugo as lágrimas.

– Não vou chorar no cemitério, pois tenho certeza de que o homem do rádio estará lá observando. Prometa-me uma coisa.

– O quê?

– Não vamos chorar.

Ele olha para mim. Acho que percebe que falo sério.

– Fechado – diz, resoluto, e vira o rosto mais uma vez para a estrela de Doutor. – Não vamos chorar.

Passo a noite em claro, ansioso com os eventos do dia seguinte. Pela manhã, estamos na porta da casa de Zari, onde brinco com as mangas da camisa, quando Iraj se aproxima e pergunta aonde vamos. Não respondemos.

– Vão ao cemitério? – insiste.

– Vamos – respondo.

– Não deviam. Os caras estarão lá só de butuca. Depois virão atrás de vocês.

– Não estamos nem aí – diz Ahmed.

– Não, por favor, não vão. Os caras não vão gostar disso.

– Não estamos nem aí – repito.

– Isso é uma armadilha. É assim que descobrem os simpatizantes. Definitivamente não deviam ir.

Zari e Faheemeh saem da casa. Estão com os olhos vermelhos, ambas de xador preto. Os vizinhos saem de suas casas enquanto cruzamos a viela em direção à rua principal. Olham para nós em silêncio, com lágrimas nos olhos tristes, silenciosamente oferecendo-nos suas condolências pela morte de Doutor, e desculpando-se por não comparecerem ao funeral. Eles têm famílias para cuidar, e a SAVAK não é de brincadeira. Consigo ouvir a profunda tristeza de Zari. Ela suspira e morde os lábios e treme sob o xador. Faheemeh a abraça, aproxima-se de seu ouvido e pede-lhe, bem baixinho, que se acalme. Vejo Iraj nos acompanhando lá atrás. Seus olhos preocupados nos imploram para não ir.

Pegamos um táxi; vou na frente enquanto Ahmed, Faheemeh e Zari sentam-se atrás. Dou as direções para o motorista e, quando ele sai, olho para o espelho lateral e vejo Iraj correndo atrás de nós, sacudindo os braços. Percebo que ele grita alguma coisa, provavelmente ainda nos implorando para ficar. Para depois de alguns minutos, inclinando-se e agarrando os joelhos.

O motorista pergunta se o falecido – que Deus o tenha – era parente. Digo que sim. Viro-me e vejo Zari batendo a cabeça contra a janela traseira. Faheemeh põe a mão esquerda entre a cabeça de Zari e o vidro. O motorista pergunta se ele era jovem. Faço que sim com a cabeça.

– Que Deus o guarde. Destino... é o destino, e não há nada que possamos fazer – diz, olhando Zari pelo retrovisor. – Dois anos atrás perdi um irmão mais novo. Morreu de câncer. Nunca fumou um cigarro na vida... era um cara saudável, um atleta de verdade. A dor de perdê-lo está matando minha mãe, mas o que se pode fazer? Deus dá e Deus tira. É simples assim. Faz quase vinte anos que dirijo. Já levei muitas famílias ao cemitério. Sei o quanto dói. Conheço a dor por experiência própria e pela observação que faço das pessoas. Que Deus guarde a alma de todos.

Ele diz que não vai cobrar a corrida, pois não é certo aceitar dinheiro de quem está sofrendo. Então pergunta quem era o falecido, de quem era parente, quantos anos tinha e do que morreu. Respondo pacientemente a todas as perguntas, mas em vez de dizer que Doutor foi morto pela SAVAK, digo que ele morreu em um acidente. Nunca se sabe quem é agente. O motorista reza bem baixinho, mas não pergunta mais sobre as causas da morte de Doutor.

Todas as vezes que eu me viro, meus olhos encontram-se com os de Zari. Ela balança a cabeça e desvia o olhar. Quem me dera poder fazer alguma coisa para aliviar sua dor.

Olho para Faheemeh e pela primeira vez eu me dou conta de que ela já faz parte de nossa vida. Corre um enorme risco acompanhando-nos ao funeral de Doutor. Tenho vontade de me esticar para trás e abraçá-la. Eu a amo tanto quanto amo Ahmed. O dia seria muito mais difícil sem ela, e fico feliz com sua presença.

Lembrando-me da promessa que fiz a Ahmed, viro-me e olho para a estrada à nossa frente. Olho no espelho lateral e penso em Iraj correndo atrás do carro. Vejo seu rosto, a preocupação em seu olhar e em sua voz. Talvez Iraj não seja assim tão mau.

Saímos do carro no portão do cemitério. Apesar de nossa insistência, o motorista não aceita nosso dinheiro. As instruções dizem que alguém nos encontrará no portão. Há muitas pessoas de preto espalhadas pelo cemitério.

Dentro dos portões, vemos uma mulher jogando-se em uma sepultura. Grita um nome em um ritmo sufocado e bate contra o próprio peito, enquanto os parentes tentam acalmá-la. Todos falam ao mesmo tempo, enquanto muitos na multidão choram. Percebo que Zari fica perturbada com a cena. Chora amargurada, mas bem baixinho. Faheemeh chora também ao ver a mulher jogando-se novamente na sepultura, abraçando o chão, beijando-o e enchendo as mãos de terra.

– Era irmão dela. – Faheemeh sussurra para Ahmed. – Coitadinha.

Sinto uma coisa estranha ao ver as infinitas fileiras de túmulos. Tudo é banhado por uma luz sem vida, cor de terra, com exceção das pessoas, que são como sombras, vestidas de preto. Há vivos por todos os cantos, mas é difícil ignorar a sinistra presença da morte. O ar está seco e abafado, apesar do frio. O céu está coberto de nuvens escuras. Algumas gotas de chuva fazem-me crer que uma tempestade está por vir.

Em uma das estradas principais do cemitério, um caixão é carregado nos ombros de alguns homens em prantos, seguidos por uma multidão. Um homem na frente grita:

– Não há outro Deus além de Deus todo-poderoso!

E a procissão repete as mesmas palavras.

– Repitam bem alto: Não há outro Deus além de Deus todo-poderoso! – grita o homem da frente novamente.

– Não há outro Deus além de Deus todo-poderoso! – repete a multidão.

A procissão deixa a estrada e para em uma sepultura previamente cavada. Depositam o caixão e a multidão reúne-se em volta. Um mulá canta alguns versos no megafone.

– Ele foi abençoado com a juventude eterna, entrando no glorioso reino dos céus. Não chorem, pois todos que na Terra vivem estão fadados a morrer. Somente Deus viverá para sempre. Bem-vindos ao paraíso, lar eterno dos mulçumanos. Na vida, pode haver desigualdades, mas na morte todos são tratados da mesma forma!

Os gritos das pessoas ao redor do caixão ficam mais altos enquanto um grupo de homens ergue o corpo, embrulhado em um lençol branco, e o coloca no buraco. Estou ao lado de Zari, que curva os joelhos ao soltar um grito desesperado. Eu a agarro. Sinto, pelo peso de seu corpo, que ela perdeu toda a firmeza das pernas. Ahmed e Faheemeh me ajudam a segurá-la.

Lá perto do túmulo, uma jovem se joga dentro do buraco, gritando que quer ser enterrada com o amado marido. Pela direção do olhar de Zari, percebo que ela assiste à cena. Eu a viro para o outro lado de forma que pare de ver o enterro.

Dois homens estão do outro lado da rua nos observando. Ouço Ahmed xingar:

– Filhos da mãe.

Todos nós nos viramos para olhar. Devem ser nossos contatos, os agentes da SAVAK.

Os dois homens estão de camisa e terno pretos. Um deles é alto e o outro, baixo, atarracado. Sinto vontade de vomitar só de pensar na profissão suja deles. Sinto uma dor aguda no coração, e o ódio ferve dentro de mim.

Faheemeh agarra a mão de Ahmed.

– Meu querido, por favor, não diga nada. Eu imploro. Você me prometeu, meu amor. – Tenta segurar o rosto de Ahmed com as mãos, puxando-o em sua direção para desviar-lhe os olhos dos dois homens. – Olhe pra mim. Amo você. Amo você. Eu vou me matar se eles o levarem. Você me prometeu, por favor.

Ahmed não consegue tirar os olhos dos sujeitos do outro lado da rua. Faheemeh vira-se para mim e diz:

– Por favor, peça para ele se acalmar. Pelo amor de Deus. Eles vão levar vocês dois e isso vai nos matar. Por favor, eu imploro!

Zari sussurra para mim:

– Por favor, faça com que ele pare.

Quando olho para os dois homens, meu corpo começa a tremer. Solto Zari e dou dois passos na direção da rua. Zari agarra-me o braço esquerdo e tropeça, ainda fraca com tamanho sofrimento. Agarro-a antes que ela caia.

– Por favor – sussurra ela em meu ouvido.

Eu me viro e olho novamente para os dois homens do outro lado da rua. Duas mulheres e três crianças juntaram-se a eles e estão todos indo embora. Fico envergonhado e percebo que acontece o mesmo a Ahmed.

Faheemeh desaba a chorar amargamente, e seu corpo treme quando ela se senta na calçada. Ahmed tenta acalmá-la, porém ela não consegue parar de chorar. Zari sussurra em meu ouvido, pedindo-me que pegue água para Faheemeh. Ajudo Zari a sentar-se no chão ao lado de Faheemeh e então saio correndo. Quando volto, Faheemeh faz um gesto para que eu me sente ao seu lado. Coloca o braço ao redor do meu ombro e continua a chorar.

– Ele vai te escutar. Por favor, peça-lhe que se controle quando eles chegarem aqui, e prometa-me que fará o mesmo. Prometa.

Prometo e vou até Ahmed, que está fumando um cigarro logo adiante.

– Vamos manter a calma – digo.

Tenso, Ahmed faz que sim com a cabeça.

Alguns minutos depois, um menino se aproxima de mim e me dá um pedaço de papel. Diz que está fazendo o que um homem lhe pediu. Olho o papel enquanto Ahmed, Faheemeh e Zari se aproximam ansiosamente. O bilhete contém direções detalhadas até a sepultura. Começamos a caminhar. Dobramos à esquerda na segunda rua e à direita na estrada seguinte, e eu sigo um ponto de junção que vai dar atrás de um prédio onde os cadáveres são lavados. Meu coração dispara, aumentando cada vez mais os batimentos, à medida que nos aproximamos de nosso destino. Faheemeh e Zari estão apoiando-se mutuamente, e Ahmed está dois passos atrás delas. Chegamos a uma sepultura sem nenhuma marcação. É a terceira depois do prédio, a quarta depois do meio-fio e uma pedra redonda, bem grande, cobre a metade do fundo, exatamente como dizia no bilhete.

Olho para meus amigos e aponto para o túmulo. Os ombros de Zari começam a tremer violentamente. Ela está inconsolável em sua tristeza. Senta-se perto do túmulo e balbucia orações incompreensíveis enquanto as lágrimas escorrem de seus olhos.

Zari inclina-se sobre o sepulcro e toca na lama úmida.

– Ele acaba de ser enterrado aqui – sussurra ao se virar e olhar para mim.

Eu me sento ao seu lado e a envolvo nos braços por apenas uma fração de segundo.

– Eles não mataram apenas Doutor – Zari sussurra. – Mataram todos nós, não foi?

Olho bem em seus olhos. Se eu abrir a boca, vou chorar, tenho certeza.

– Destruíram nossa vida quando o mataram. A vida dos pais dele e a nossa vida – diz Zari. – Nada voltará a ser como antes, nada será como antes.

Então, vagarosamente, ela abraça a sepultura, tocando a terra encharcada com o rosto.

Levanto-me e paro ao lado de Ahmed. Entreolhamo-nos. Percebo que nós dois queremos chorar, mas uma promessa deve ser cumprida, ainda mais quando é feita com seu melhor amigo. Não consegui cumprir a promessa que fiz a Doutor, quando ele me pediu para cuidar de sua garota. Não vou decepcionar outro amigo.

Aperto os olhos e seguro a respiração quando meu coração dispara. Olho à nossa direita e vejo vários prédios. São os túmulos particulares dos ricos, que têm condições de construir uma estrutura ao redor de seu recanto final. Colunas altas e grandiosas, escadas de pedra e grandes portões conferem um ar imponente a essas criptas caras. Lembro-me das palavras do mulá no portão:

Na vida, pode haver desigualdades, mas na morte todos são tratados da mesma forma.

Que piada. Olho para a humilde sepultura de Doutor e não consigo acreditar que seu corpo esteja enterrado apenas a alguns metros dos túmulos particulares dos ricos.

Um dos livros preferidos de Doutor era *A mãe*, de Maxim Gorki. Ele deve estar se perguntando por que sua mãe não veio vê-lo. Será que ele sabe que seu pai está internado? Será que minha presença aqui lhe desagrada?

Começo a conversar com ele mentalmente. Peço-lhe desculpas por ter me apaixonado por sua garota. Era meu destino. Preciso dizer isso, embora saiba que ele não acredita nessas coisas. Digo-lhe que cuidarei de Zari e que a amarei enquanto viver. Digo-lhe que o amo e que, se isso não tivesse acontecido, eu teria ido embora silenciosamente, pois nunca tive a intenção de roubar-lhe a garota. *Dê-me um sinal*, suplico. *Sinalize que você me compreende e que me perdoa.*

Sinto alguém parado atrás de mim. Viro-me e dou de cara com Iraj. Está pálido e suado. Diz que não tinha dinheiro suficiente para pegar um táxi e então pegou um ônibus e por isso se atrasou.

Eu e Ahmed estamos um ao lado do outro. Dou um passo à direita e Iraj encaixa-se entre nós. Ficamos então, os três, lado a lado. Olho para Ahmed e nada de lágrimas, como ele prometeu. Ouço Faheemeh e Zari chorando. Pelo canto do olho, vejo um mulá aproximando-se de nós. Pergunta se pode ler uma oração do Alcorão. Ahmed tira algumas moedas do bolso e o mulá começa o sermão.

Ahmed, Iraj e eu sentamo-nos perto do túmulo e fazemos a última oração para Doutor. Estamos em outubro. Uma corrente de vento gélido proveniente do Norte causa-me calafrios. O céu cinza-escuro intensifica as emoções dolorosas que sentimos no pior dia que já vivemos até agora.

Naquela noite, estou chorando baixinho em meu quarto, quando ouço uma batida na janela. Levanto a cabeça e vejo Ahmed e Iraj lá fora no terraço. Abro a porta para que entrem. Pelos olhos vermelhos, dá para ver que não sou o único que andou chorando. Ahmed acende dois cigarros e me dá um. Iraj diz que quer um também. Ahmed hesita por um instante. Faço um gesto para que ele dê um cigarro a Iraj e ele cede. Iraj fuma seu cigarro como se fosse fumante a vida inteira.

Peço-lhes que esperem ali, então corro lá embaixo, abro a geladeira e pego a garrafa de vodca Smirnoff do meu pai. Pego três copos pequenos e uma garrafa de Coca-Cola. Graças a Deus meus pais viajaram. Não concordariam com nada do que fizemos hoje. Em meu quarto, abro a garrafa e digo a Iraj e a Ahmed que teremos de repor antes de meu pai voltar.

– Vocês já beberam esse troço? – pergunto.

– Não – respondem, balançando a cabeça.

A primeira e única vez que tomei vodca foi com meu pai, quando eu tinha dezesseis anos. Ele me serviu uma dose e disse que queria que eu tomasse minha primeira bebida alcoólica com ele. Incentivou-me a nunca esconder nada dele. Talvez fosse melhor se eu lhe contasse o que fizemos hoje, no lugar de repor a garrafa discretamente.

– Segundo um dos meus tios, só se pode dizer que o cara é homem depois que ele toma a primeira dose de vodca – digo. – Há rituais que temos de respeitar – acrescento, lembrando-me de meu pai falando nisso. – O *saghi*, o que serve a bebida, deve ser justo. Deve servir todos igualmente. – Encho os copos cuidadosamente, certificando-me de que todos contêm exatamente a mesma quantia de vodca. – Sabem como beber?

Novamente, fazem que não com a cabeça.

– Peguem seus copos.

Eles obedecem.

– Batam seus copos assim. – A borda do meu copo toca a metade dos copos deles. – Percebam que não devem me deixar fazer isso. Bater os copos e garantir que seu copo não esteja mais alto que o do seu parceiro no momento do contato é um sinal de respeito.

Terminada a lição, engulo minha dose. Iraj e Ahmed fazem o mesmo. Percebo que eles se sentem tão mal quanto eu à medida que a vodca desce, queimando tudo desde a língua até o umbigo. Cada um tira um gole da garrafa de Coca, e encho nossos copos novamente com a precisão e acuidade de um experiente *saghi*.

– Temos que tomar duas doses seguidas para garantir que fiquemos "no grau" – explico.

Tomamos mais duas doses e já sinto a tonteira. Ficamos lá calados por um tempo, até que Ahmed balbucia:

– Essa de beber hoje foi a melhor ideia que você já teve.

Balanço a cabeça para agradecer pelo elogio.

– Não há coisa melhor para matar a dor. – Então seus olhos enchem-se de lágrimas. – Sei o que você está pensando. Mas não estamos mais no cemitério.

Sinto um nó na garganta que cresce cada vez mais.

– O que você fez hoje foi um lance muito corajoso – digo a Iraj, tentando segurar o choro.

Ahmed faz que sim com a cabeça, concordando com o comentário. Abraço os ombros de Iraj e digo:

– Amo você, cara. Vou amar você como se fosse meu irmão caçula, tá? De agora em diante, você vai ser meu irmão caçula.

Iraj, muito emocionado e já amolecido pelo álcool, começa a chorar.

– Digo o mesmo – grita Ahmed. – Não vou mais pegar no seu pé.

– Sua ida lá hoje foi um sinal certeiro de que, apesar do que acontece diariamente, o espírito humano é indestrutível – digo.

– Ninguém consegue destruí-lo. Ninguém, nem o xá, nem a desgraçada da SAVAK, nem a CIA, ninguém. Ninguém consegue tocá-lo. – E desabo a chorar.

– Eu amava Doutor – dispara Iraj. – E amo vocês dois. Amo mesmo. Eu não podia ficar parado olhando vocês correrem risco. Nem ferrando. E quer saber? Que se danem aqueles desgraçados da SAVAK e seus mestres ocidentais e o grande servidor do Ocidente. Que se dane qualquer um que queira me prender por apoiar meus amigos na hora do luto pela morte de um herói. Que se danem todos eles. Não me importo se tiver de passar o resto da vida atrás das grades. Não mesmo. Hoje aprendi que vale se sacrificar pela amizade. Doutor provou que a vida é um preço pequeno a se pagar por aquilo em que se acredita.

Iraj enxuga as lágrimas com as mangas da camisa. E continua.

– Não sei muito bem o que está se passando em meu coração neste exato momento, mas sei que está rolando alguma coisa importante. Algo que está tentando me puxar para dentro, conseguem me entender? Não sei muito bem do que se trata, mas é algo importante. Importante mesmo. É assim que acontece, não é? Acho que sim. Alguma coisa acontece dentro da gente e é isso.

Eu e Ahmed o observamos falar.

– Eu o amo como se fosse meu irmãozinho – grito novamente feito uma criancinha, e abraço Iraj, todo desajeitado.

Sou tomado por uma sensação estranha, difícil de descrever. Deve ser o que Iraj está chamando de "alguma coisa importante".

15

A roseira

Ninguém jamais saberá o preço da bala que matou Doutor. Os pais dele estão proibidos de tocar no assunto. A pedra de seu túmulo deve ser deixada praticamente em branco, constando apenas seu nome. A família tem a permissão de visitar o túmulo quantas vezes quiser, mas os outros não devem fazer o mesmo. Não será emitido um atestado de óbito para Doutor e todos os documentos pertinentes ao seu nascimento serão destruídos. Seus livros e o resto de seus pertences foram levados durante o tempo em que ele esteve preso, e não serão devolvidos. Lembro-me de minha avó dizendo, depois que um parente distante faleceu, que a terra se esfria. Acho que ela quis dizer que o enterro de um ente querido prepara a família para passar ao próximo estágio da dor. É por isso que o islamismo incentiva que o falecido seja imediatamente enterrado.

No Irã, levamos muito tempo até conseguirmos superar. Vivemos o luto pela morte de um ente querido durante um ano inteiro. Encontramo-nos nos terceiro, sétimo e quadragésimo dias depois da morte de alguém. Servem-se chá, sorvete e doces. Amigos, conhecidos e parentes aparecem com flores para oferecer suas condolências. O mesmo tipo de encontro se repete ao se completar um ano da morte. Durante todo o primeiro ano, os parentes vestem preto e não comparecem a festas, não comemoram o Ano-Novo ou quaisquer outros feriados nacionais.

No caso de Doutor, a família de Zari recebeu ordens da SAVAK proibindo que se vestissem de preto e vetando quaisquer encontros sociais, sobretudo no quadragésimo dia após a morte, que coincide com o aniversário do xá.

Estou procurando alguma coisa em meu quarto quando acidentalmente encontro *O moscardo*, o livro que Doutor me deu – a história de um jovem revolucionário apaixonado que é morto por suas convicções. Leio-o em menos de dois dias. Sinto-me fortemente atraído por seu poderoso estilo do século XIX, assim como pela paixão e esplendor da luta e do sacrifício de seu herói. Por conseguinte, acabo compreendendo Doutor mais ainda. Que pena que não li este livro enquanto ele ainda estava vivo! Será que ele sabia do destino que o aguardava e então me pediu para lê-lo?

Todos os seus livros foram destruídos, menos este: um presente especial que agora está sob meu poder. Eu jamais me separarei dele. Todas as crianças da rua devem ouvir a história de *O moscardo*. Todas devem conhecer Doutor como conheço. Se eu não puder fazer qualquer outra coisa por ele, poderei contar a todos que Doutor foi um revolucionário que não temeu perder a vida. Todos os que o conheciam devem se orgulhar de ter tido contato com ele. Devem sentir-se especiais, pois raramente nossos caminhos se cruzam com aqueles de heróis de verdade. Contarei a todos que a SAVAK nos proibiu de expressar nosso luto por ele, temendo que isso nos inspire a viver de um modo que sua morte assumisse um papel de modelo.

A SAVAK prende alguns colegas de faculdade de Doutor, afirmando que ele os identificou como participantes de atividades antirregime. Apesar de tais acusações inventadas, as histórias sobre a coragem de Doutor inundam a vizinhança.

– Ele não os deixou vendá-lo – diz um dos vizinhos.

– Ele só parou de gritar: "Morte ao xá!", depois que o balearam – gaba-se outro.

Todos sabem que a real causa da prisão e execução de Doutor será para sempre um mistério. A SAVAK jamais declarará o verdadeiro motivo. Na ausência de fatos, as especulações e os boatos cobrem grande extensão de explicações, desde seu envolvimento em uma conspiração para depor o xá até o simples fato de ser um ativista universitário. Digo a Ahmed que acho que sua amizade pessoal com Golesorkhi – o Rosa Vermelha – deve ter colaborado para sua execução.

– Se alguém lhe perguntasse sobre seus amigos – digo –, ele teria desafiado da mesma forma. Ele também foi uma rosa vermelha destruída pela SAVAK.

Então conto a Ahmed, pela primeira vez, que era Doutor quem pregava os cartazes de rosas vermelhas por todo o bairro na noite em que o julgamento de Golesorkhi foi televisionado.

– Minha nossa! – Ahmed balança a cabeça de um lado para o outro, atônito. – Por que você nunca me contou isso?

Antes que eu tenha a chance de responder, ele acrescenta:

– Ah, não importa. Eu provavelmente teria feito o mesmo.

Eu adoraria fazer algo especial por Doutor, mas não consigo pensar em um jeito digno de homenageá-lo sem desobedecer às ordens da SAVAK. Enquanto penso na noite em que peguei Doutor distribuindo os cartazes de Rosa Vermelha, ocorre-me algo que Ahmed conduziria muito bem. Passo a noite toda andando de um lado para o outro do quarto, até que finalmente tomo uma decisão e saio para a rua, até o ponto exato onde Doutor levou o primeiro golpe, onde seu sangue espirrou.

Na manhã seguinte, conto o dinheiro da mesada que economizei e vejo que preciso pegar algum emprestado com Ahmed. Ele concorda em me emprestar sem perguntar para quê. Saio e compro uma roseira e um pouco de fertilizante, volto para casa de táxi e levo tudo para o porão sem que ninguém veja. No porão, encontro uma pá velha e enferrujada e um par de luvas de jardinagem. Encontro a mangueira que minha mãe usa para molhar as plantas, e a conecto a uma torneira próxima à porta. À noite, depois de ter certeza de que estão todos dormindo, vou até o ponto e cavo um buraco de mais ou menos trinta centímetros de largura. Certifico-me de que a terra está seca e espalho cinco centímetros de adubo antes de acomodar as raízes no buraco e cobri-lo com terra. Molho bem a planta, para garantir que a terra fique firme nas raízes, e então pego minhas ferramentas e volto para casa.

Naquela noite, durmo feito um bebê. Na manhã seguinte, corro lá para baixo e vou até a rua. A vizinhança se reuniu ao redor da planta, e estão todos falando ao mesmo tempo.

– Quem plantou isto aqui?

– Por quê?

– Pois é, por que uma rosa vermelha?

– Por que aqui? Não faz o menor sentido.

– Ah, uma rosa vermelha. Lembram-se dos cartazes?

– Os cartazes? Ah, sim, os cartazes, eu me lembro dos cartazes.

– Vermelho é a cor da paixão e da revolução.

– É também a cor do amor.

– E a cor do sangue.

De repente, todos se calam ao lembrar de que foi ali que o sangue de Doutor espirrou, e um silêncio reverente paira no ar. Ahmed se vira e olha para mim. Não diz nada, mas seu olhar mudo diz tudo – afinal, nós, persas, somos mestres na comunicação silenciosa. Entro em casa e volto com um regador.

– Temos que nos revezar para cuidar da roseira. – Alguém da multidão diz, enquanto rego a planta.

– Sim, devemos. – Todos concordam. – Por Doutor.

16

A largura da rua

Ninguém sabe em que pé está a prisão de Sr. Mehrbaan. Sua esposa vem aqui em casa todos os dias para passar um tempo com meus pais. Parece mais velha do que na primeira vez em que a vi, quando a cor de seu vestido, de seus sapatos e de sua bolsa combinava; quando sua maquiagem era aplicada cuidadosamente, e quando seu cabelo era limpo e arrumado. Atualmente, parece que ela não cuida muito da aparência. Chora constantemente e especula sobre as condições físicas e mentais do marido na prisão. Minha mãe se esforça ao máximo para consolá-la, e lhe oferece um chá herbário especial para combater a depressão.

– É amargo. – Sra. Mehrbaan se queixa educadamente.

– Quanto mais amargo, mais forte o poder de cura – explica minha mãe, incentivando a amiga a tomar todo o chá.

Sra. Mehrbaan diz que a distância do marido está mais difícil desta vez porque ela já estava se acostumando à presença dele. Costumavam falar, com pesar, dos anos perdidos; nem imaginavam que ele se afastaria novamente. Quanto tempo levará desta vez? Ele não é mais jovem, e dadas as suas condições cardíacas, só Deus sabe se aguentará os maus-tratos físicos e mentais aos quais submetem os detentos diariamente.

Isso tudo é tão inútil, continua Sra. Mehrbaan. Todos sabem que o xá jamais será deposto. O que a oposição precisa fazer é se infiltrar no governo e influenciar nas decisões e leis que impactam os que são afetados pelas injustiças. Uma revolução está fora de questão, então, para que se dar ao trabalho? Ela diz ainda que Sr. Mehrbaan expressava sérias preocupações sobre a nova raça de detentos nas penitenciárias da SAVAK. Dissera-lhe que se incomodava com as fortes insinuações religiosas no pensamento e na filosofia dos revolucionários mais jovens. Acreditava que a ascensão do fundamentalismo religioso criaria novos obstáculos intransponíveis à instalação da democracia no Irã. Papai faz que sim com a cabeça e diz que Sr. Mehrbaan sempre foi muito preciso em suas análises das situações políticas.

Uma noite, durante uma conversa, minha mãe inadvertidamente menciona a situação de Doutor. Estou sentado apenas a alguns metros de Sra. Mehrbaan, e vejo seu rosto se empalidecer e a testa enrugar-se de preocupação, como se seu corpo experimentasse um novo choque. Ela inclina a cabeça, dá alguns rápidos espasmos e desaba. Consigo pegá-la antes de bater com o rosto no chão. Meu pai corre até nós, ao mesmo tempo em que ralha com minha mãe por ter mencionado Doutor.

– Que ótimo reflexo, meu filho – grita ele. – Vamos levá-la para o quarto.

O corpo dela está mole e inerte, seus braços pendurados no ar enquanto eu a carrego para o quarto. Apesar de seu peso, estou determinado a carregá-la sem a ajuda de meu pai, que está bem atrás de nós. Minha mãe corre até a cozinha para pegar um de seus remédios naturais. Meu coração está disparado e tenho certeza de que Sra. Mehrbaan acaba de morrer de infarto.

Os músculos em seu rosto sucumbem, deixando-lhe a pele pálida e vincada. Seus lábios ficam azuis, como se ela não recebesse nenhum oxigênio. Deito-a na cama e coloco o braço sob seu pescoço, tentando manter sua cabeça erguida. Minha mãe aparece com água quente e açúcar, e usa uma colher de sopa para colocar o líquido na boca da Sra. Mehrbaan. Meus pais conversam entre si, dando ordens enquanto a abanam com um jornal, borrifando água fria no rosto dela, e pedindo que eu mantenha sua cabeça erguida.

Sra. Mehrbaan volta à consciência em questão de segundos, e começa a chorar amargamente enquanto xinga o xá, sua família, sua SAVAK, os norte-americanos e os ingleses que o apoiam e o mantêm no poder.

Ao me deitar, luto para conseguir dormir, preocupado com Sr. Mehrbaan e seu destino na prisão do xá. Será que o estão espancando neste exato momento? Será que estão queimando-lhe a pele novamente, como da última vez? Será que ele está gritando? Suplicando por misericórdia? Ou será que está desafiando, resoluto em seu ódio pelo regime, como Rosa Vermelha, como provavelmente Doutor? Seria muito bom se Ahmed aparecesse com seus cigarros.

Quando finalmente adormeço, sonho com a noite em que prenderam Doutor. Vejo o homem do rádio. Encara-me fixamente, os lábios movendo-se, sussurrando no rádio e os punhos cerrados atingindo o rosto de Doutor. Vejo novamente seus olhos ameaçadores, e mais uma vez e novamente. Suas sobrancelhas são finas. A testa enrugada e o cabelo comprido, penteado perfeitamente para trás. Eu o odeio. Quero correr lá para baixo e impedi-lo de chutar Doutor, mas não consigo me mexer.

Então são os olhos de Doutor que se fixam em mim. Ele deve estar se perguntando onde está o plano de fuga, por que não estou me sacrificando para salvar ele e Zari, como Humphrey Bogart fez em *Casablanca*. Deve estar se perguntando por que o entreguei. O homem do rádio joga um beijinho para mim. Abro a boca e minha voz rompe o silêncio quando grito com toda força.

O clima em Teerã em outubro é geralmente ameno, mas neste ano em particular tem feito muito frio. Embora não seja mais possível dormir no telhado, eu ainda passo um bom tempo lá em cima com Ahmed. Quanto mais frio, mais silenciosa e tranquila é nossa rua e mais sereno nosso retiro no fundo de nossa alma, na tentativa de encontrar respostas ao que parece definitivamente incompreensível e injusto. Sinto uma mudança em Faheemeh, Ahmed e em mim mesmo. Estamos mais próximos e unidos. Todos os dias depois das aulas, eu e Ahmed corremos até a escola de Faheemeh para acompanhá-la de volta para casa. Passamos horas andando pelas ruas, às vezes sem falar uma palavra sequer, e ainda assim, no final do dia, temos a maior dificuldade de nos despedir. Quando de fato conversamos, é sempre sobre um futuro bem distante, um tempo quando todos nós estivermos crescidos, seguros financeiramente, cultos e viajando ao redor do mundo. Nenhum de nós quer presenciar o resultado da morte de Doutor.

Quando conversamos, discutimos sobre os pais de Doutor, a implacabilidade da SAVAK e do fato de parecer que alguém salpicou o pó da morte sobre nossa vizinhança. Queixamo-nos da vulnerabilidade da vida, da ausência de decência e da aparente permanência do mal.

Nunca menciono Zari, mas Faheemeh sente o que não estou dizendo. Diz que Zari passa a maior parte do tempo na casa de Doutor, cuidando da mãe dele, que todos acham que está "irremediavelmente louca".

– A coitadinha não come nada e não fala com ninguém – reporta. – Ela passa o dia inteiro sentada, olhando para a porta, como se esperasse Doutor chegar. Abraça uma das camisas de Doutor, a cheira, aperta-a contra o rosto e chora baixinho.

Faheemeh diz ainda que está preocupada com o impacto disso tudo no espírito de Zari:

– Desconfio que ela se culpe, achando que deveria estar por dentro das atividades de Doutor e tê-lo impedido. Ela diz que nunca prestou atenção ao que ele fazia. Sempre que ele tocava no assunto, ela o interrompia, achando que se tratava de conversa política, que ela odiava.

– Como ela pode se culpar? – sussurro, pensando que eu é que deveria ser culpado por tudo.

E continua:

– Ela não acredita que foi tão ingênua sobre o xá e a SAVAK. Costumava discutir com Doutor que a SAVAK provavelmente nem existia, e que talvez fosse produto da imaginação fértil dos universitários. Coitadinha... Ela gostaria muito de poder retirar tudo o que disse.

Um dia, depois que nos despedimos de Faheemeh, Ahmed diz que não devemos parar ali, pois caminhar clareia a mente e nos ajuda a compreender o todo da situação.

Andamos por muitas horas e sinto que pela primeira vez na vida estou absorvendo o universo ao meu redor: as ruas estreitas; as estradas de terra; as antenas de televisão horrorosas e sem vida, presas nos telhados; e a forma labiríntica na qual nossas ruas se entrecruzam. Percebo os incomuns barulhos da vida ao nosso redor: os garotos jogando bola, as mães os chamando, carros com silenciadores quebrados passando e buzinando. A loucura disso tudo lembra-me de como era nossa rua antes da prisão de Doutor. A vida, como eu me lembro, era como um musical colorido projetado em uma tela de cinema. Agora está mais próxima a uma foto em preto e branco, amarelada e amassada.

No caminho de volta para casa, Ahmed para na esquina de uma rua e olha a placa no muro.

– O que foi? – pergunto.

– Nada. – Ele responde e continua a caminhar.

Na esquina seguinte, ele para novamente e olha a placa da próxima rua.

– O que foi? – pergunto de novo.

– Você já percebeu que os nomes da maioria de nossas ruas e becos são em homenagem a parentes do xá?

– Já.

– A maioria dessas placas indica ainda o tamanho de cada rua – diz, com um olhar perplexo.

– Como assim?

– Olha só: esta rua se chama Vinte Metros de Reza Pahlavi, indicando que tem vinte metros de largura. Aquela ali é a rua Vinte e Um Metros de Farah. – Ele olha para outra placa e começa a rir. – Esta aqui é a rua Quatro Metros de Darabi. Darabi não é parente direto do xá, daí o tamanho: inferior.

Ele aponta para uma rua ampla, vários quarteirões à frente, e diz:

– Aquela ali é a rua Sessenta Metros de Shahpour. Ele é o irmão mais velho do xá, daí fica com o número maior.

Não faço a menor ideia de onde Ahmed quer chegar com isso.

– Por que precisamos saber do tamanho de cada viela e rua? – Ahmed pergunta.

Sugiro que o tamanho deva ser um fator importante para se determinar o valor das propriedades em cada bairro. A expressão de Ahmed me diz que ele sabe que estou chutando.

– Essas medidas estão corretas? – pergunta. – Nossa viela se chama Dez Metros de Shahnaz. Acha realmente que tem dez metros de largura?

– Sei lá – respondo.

– Duvido – diz, com um olhar preocupado. – E se não tiver? Temos que medir a largura de nossa viela.

– Por quê?

– Bem, e se ela não tiver dez metros de largura?

– Ah, quem se importa com isso?

– Eu me importo – responde, com a voz carregada de emoção. – Isto pode ter um efeito devastador sobre os valores imobiliários, sabia?

A maneira com que ele me devolve a besteira me dá vontade de rir.

Quando chegamos à nossa própria viela, Ahmed entra em casa e volta com uma fita métrica. Chama Iraj e outro garoto e dá início ao processo de mensuração da largura. Ele manda Iraj segurar uma ponta da fita e pede ao outro garoto para atravessar a rua. Passa um carro, e Ahmed acena para o motorista, pedindo-lhe que pare. Diz ao motorista que ele está no meio de algo importante e que agradece pela paciência. O motorista acata tranquilamente e desliga o motor. Ahmed me pergunta se acho que ele deveria incluir a largura das calçadas em suas medidas. Respondo que talvez fosse apropriado que ele realizasse as duas formas de medida.

Todas as crianças da rua se juntam ao redor de Ahmed para descobrir o que ele está fazendo. Outros carros chegam. Ahmed os para e explica aos motoristas a importância de sua missão, sem entrar em detalhes sobre a tarefa ou o motivo para tal. Os motoristas saem de seus carros.

– Incluindo as calçadas, a rua tem doze vírgula dois metros – grita Ahmed para mim. – Tome nota.

Não tenho lápis nem papel, e então só faço um sinal negativo com a cabeça.

– Beleza, agora vamos medir sem contar as calçadas.

Iraj e o outro garoto começam a mover a fita. A rua já está cheia de carros parados e a comoção atraiu um monte de gente. O projeto de Ahmed bloqueia a rua e ninguém pode passar.

– E aí, qual a largura? – Ahmed grita para Iraj.

– Nove metros e meio.

Ahmed se vira para um dos adultos e diz:

– Não confio muito nesse moleque. Você poderia fazer a gentileza de segurar a ponta da fita?

O adulto se aproxima e tira a ponta da fita métrica de Iraj, que corre para Ahmed para lhe dizer que ele estava fazendo tudo certinho. Ahmed sorri, aponta para mim e diz:

– Vá pra perto dele.

Iraj se aproxima. Pelo seu sorriso, percebo que ele de repente se deu conta do que Ahmed está aprontando. Ahmed pergunta:

– Qual a medida agora?

– Nove vírgula seis metros – responde o adulto.

Ahmed vira-se para Iraj e lança-lhe um olhar de reprovação. Iraj sorri e encolhe os ombros. Ahmed pergunta ao segundo adulto:

– Você está na beirada da calçada?

– Sim.

Ahmed vai até ele e examina a colocação da fita. As pessoas aleatoriamente se dividem em dois grupos e se colocam atrás de cada sujeito segurando uma ponta da fita. Todos olham atentamente para a fita e para a posição dos que a seguram.

– Mais para a esquerda – instrui um cara, que fechou um dos olhos, tentando imaginar uma linha reta entre os dois sujeitos segurando a fita.

– Não, não. Longe demais – grita outro cara do outro lado da rua. O sujeito segurando a fita volta alguns centímetros. Várias pessoas começam a argumentar que agora a linha está levemente inclinada.

– É difícil dizer – diz Ahmed. – Estamos tentando descobrir a retidão de uma linha imaginária. Os norte-americanos mandaram um homem pelos ares, direto para a Lua, e nós aqui não conseguimos traçar uma linha reta.

Ele então olha para Iraj e pergunta:

– Sabe por que os norte-americanos conseguiram isso?

Iraj move a cabeça vigorosamente, em um sinal afirmativo, e diz:

– Sim, senhor. Porque os norte-americanos são o povo mais disciplinado do mundo!

Um dos caras no meio do povo diz que é pedreiro e que sabe fazer isso de olhos fechados. Ele então pega uma ponta da fita métrica e a sacode duas vezes na beirada da calçada e diz:

– Pronto. Agora temos uma linha reta.

A linha parece mesmo reta.

– Qual a medida? – indaga Ahmed.

– Nove vírgula quatro metros – responde o pedreiro.

– Estão vendo aí? Esta rua não tem dez metros de largura! – Ahmed vangloria-se em seu triunfo.

Olho em volta e vejo pelo menos cinquenta pessoas reunidas. O tráfego paralisou por completo, mas ninguém parece se incomodar.

– E isso é importante? – pergunta um dos adultos.

– Claro que é! – responde Ahmed com um tom muito alarmado. – Isto pode causar um impacto enorme sobre os valores imobiliários. Os preços destas casas baseiam-se na largura da rua na qual foram construídas. A prefeitura poderia anunciar que tudo nesta rua vale no mínimo cinquenta mil tomans a menos do que as pessoas estão cobrando na venda.

– Mas a prefeitura não se envolve nesse tipo de coisa – diz um dos adultos, apreensivo.

– Tem certeza? – pergunta outro adulto.

– É claro que se envolve – grita alguém.

– O que devemos fazer?

– Devemos medir a largura de todas as ruas cujos nomes sejam precedidos por um número métrico e nos preparar para apresentar provas de que as casas nesta cidade estão todas supervalorizadas.

Sinto vontade de rir, mas controlo o impulso. Vejo um brilho nos olhos de Ahmed, muito familiar a mim. Um homem diz que não pretende vender a casa, mas, caso resolva vender, nem mesmo o prefeito conseguiria fazê-lo reduzir o preço. Uma mulher diz que acaba de comprar uma casa com o marido neste bairro, e que se soubessem que a rua era mais estreita do que anunciaram, provavelmente teriam procurado em outro lugar. O pedreiro tenta convencer a todos de que alguns centimetrozinhos não fazem lá muita diferença, mas ninguém lhe dá ouvidos. Ahmed, a essa altura, já se retirou completamente da discussão. Ele olha para mim e Iraj e dá um sorrisinho. Respondemos com um sorrisinho também.

17

Prove sua inocência

Na manhã seguinte, ouço minha mãe sussurrando com meu pai, dizendo que está morrendo de medo que eu me meta em alguma encrenca séria com Ahmed.

– Eu os ouvi falar alguma coisa sobre matar o homem do rádio – diz ela, preocupadíssima. – Você precisa conversar com ele, e com Ahmed também. São novinhos e inexperientes, e no momento estão muito abalados emocionalmente. Não podem continuar dessa maneira.

Então, como se temesse que alguém a ouvisse, ela sussurra:

– Sabia que eles foram ao túmulo de Doutor?

– Não – responde papai.

– Por Deus, e se os agentes os tiverem visto? Ai, nem consigo imaginar. Por favor, converse com eles.

Meu pai garante que conversará conosco, mas minha mãe continua:

– Há um boato aqui na rua de que Pasha plantou a roseira na entrada da casa. Sei que ele está zangado e deprimido, e sabe lá Deus o que mais ele pode estar dizendo na escola ou a outras crianças aqui da rua!

No dia seguinte, meu pai tem uma conversa particular com o pai de Ahmed. Alguns minutos mais tarde, somos chamados até a sala de estar de Ahmed, e meu pai nos diz que precisa cuidar de alguns assuntos pessoais no Norte, e que prefere não ir sozinho. Diz que agradeceria se eu e Ahmed o acompanhássemos.

– É preciso que tomemos cuidado o tempo inteiro – diz papai assim que pegamos a estrada. – Neste país, ser inocente não protege ninguém de sofrer o destino de um criminoso. É porque temos muitos *nokars* neste país. A servidão e a devoção cega são palavras de ordem na vida de um *nokar*.

Ele então se vira para mim e pergunta:

– Alguma vez lhe falei sobre Engenheiro Sadeghi?

– Não. Quem é?

– Quando você tinha mais ou menos seis anos, eu era guarda florestal em Mazandaran – começa.

Discretamente, cutuco Ahmed. Papai sempre conta histórias formidáveis de sua juventude. Ahmed faz que sim com a cabeça duas vezes e pisca sem olhar para mim, indicando que está prestando atenção.

– O xá acabara de nacionalizar as florestas, e meu trabalho era impedir que os locais derrubassem as árvores. Um dos irmãos do xá estava desrespeitando a lei apenas a alguns quilômetros do meu posto, mas eu não sabia de nada. Um belo dia, eu estava sentado em minha sala, quando chegou um fiscal federal, vindo de Teerã. Chamava-se Engenheiro Sadeghi, um sujeito que se dizia altamente íntegro e de princípios. Disse-me que eu fora acusado de aceitar propina para permitir operações ilegais de desmatamento na área de Kolahdasht. Caso provassem minha culpa, da qual ele tinha certeza, eu seria sentenciado a cumprir dezesseis anos na Penitenciária Evin, pois a desobediência às ordens do xá era interpretada pelas autoridades como traição.

Meu pai acende um cigarro e dá uma longa tragada. Sei, pela expressão de Ahmed, que ele quer fumar também, mas ele está completamente absorto na história de meu pai.

– Eu disse para ele que jamais aceitara uma propina em toda minha vida – continua meu pai. – Ele riu e disse que minha negação condizia com meus padrões corruptíveis. Pediu-me que lhe entregasse o distintivo e o acompanhasse até o jipe. Ia me levar a Teerã para ouvir pessoalmente a sentença que eu merecia. Como neste país o acusado não tem direito nenhum, obedeci à ordem. Perguntei se podíamos passar lá em casa para avisar minha esposa sobre meu infortúnio. Ele negou e continuou a dirigir em direção a Teerã.

"Ele era um homem esquisito, surpreendentemente tagarela e brutalmente honesto. Não parecia se importar que eu não estivesse interessado em suas histórias longas e chatas sobre seus ancestrais, que eram tão leais quanto cães à família real. Seu pai era um dedicado servente de Reza Xá, assim como seu avô. Lembrava-se de Reza Xá dizendo a seu pai que não faltaria nada à sua família enquanto os Pahlavi ocupassem o trono. Ele disse que os Sadeghi eram muito íntegros e que não sonhariam em aceitar caridade de ninguém, nem mesmo do próprio rei.

"Falou de seu filho e da futura nora, que ele adorava. Eles se casariam em dois meses e ele ficava extasiado só de pensar na possibilidade de ter um neto homem.

"Disse que homens como eu o enojavam, e que ele nunca na vida se desviou do bom caminho e que não compreendia o desejo ardente por dinheiro e poder, nutrido por homens como eu. Não entendia a psicologia da ganância e desesperava-se quando precisava explicar ao próprio filho, a joia da família, por que certas pessoas se rebaixavam tanto a ponto de pôr em risco a honra pessoal e da família do jeito com que eu tinha me rebaixado.

"Fiquei quieto, só ouvindo, enquanto ele continuou a falar de sua grande consideração pela justiça e igualdade social, pela decência e moralidade e sobre a inexplicável corrupção humana. Contou-me das propinas que lhe ofereceram como fiscal, e de sua recusa em aceitar um único rial em toda sua longa e inquestionável carreira. Uma vez, ofereceram-lhe uma enorme quantia que teria financiado a educação de seu filho na melhor universidade nos Estados Unidos. Ele se recusou a aceitar a propina, dizendo que preferia um filho sem cultura a um filho cuja qualidade de vida se beneficiasse do dinheiro vindo de meios ilícitos. Outra vez, recusou uma casa novinha, totalmente mobiliada, em uma área nobre da capital.

"Disse que sabia muito bem que seus inimigos espreitavam nas sombras, aguardando um momento oportuno para atacar, mas seus princípios eram inabaláveis, e ele preferia morrer a levar uma vida desonrosa.

"Eu o ouvi em silêncio, imaginando a dificuldade pela qual minha esposa e meu amado filho passariam. O que minha esposa faria? Ela jamais trabalhara um único dia em sua vida, e agora teria de carregar o fardo de sustentar uma família. Eu não tinha reservas nem propriedades que pudessem ser vendidas. Ela estava sozinha. Eu já imaginava você levando bofetadas de um mestre em uma casa ou loja, talvez espancado por qualquer erro bobo que como criança era normal que você cometesse, ou chutado só para que aprendesse uma lição enquanto eu apodrecia na cadeia por um crime que não cometi. Eu estava consumido pela dor enquanto esse imbecil, esse autointitulado guardião dos altos princípios e valores, tagarelava sobre a devoção de sua família a um tirano. Ali do meu canto, no assento do passageiro, olhei bem na cara dele e vi um símbolo de tudo que dera errado neste país, e percebi o que eu precisaria fazer.

"Eu podia explodir-lhe o crânio com um único golpe. Os nós dos meus dedos já tinham cortado homens muito maiores no ringue, e agora salvariam minha família do maior inimigo que tínhamos enfrentado. Cerrei os punhos e me preparei.

"Eu sabia que precisava de um plano antes de deflagrar o golpe mortal. Eu o atacaria, então agarraria o volante e passaria para o lado dele, onde conseguiria parar o carro. Jogaria seu corpo em uma vala e queimaria seu carro antes de pegar uma carona de volta ao escritório. Ninguém nos vira juntos, e ele tinha um exército de inimigos. Ninguém jamais suspeitaria de mim, já que eu também sempre levara uma vida honesta – uma vida simples que estava prestes a ser destruída por esse homem sem prova nenhuma.

"Ele parou o carro bem na hora em que eu estava pronto para exterminar-lhe a existência da face da Terra. Meu silêncio quebrara seu ritmo. Disse-me que as pessoas em minha situação geralmente imploravam por perdão, ou tentavam fazer um acordo, ou então tentavam fugir. Perguntou: 'Qual o problema com você, cara? Não se preocupa nem um pouco com sua reputação? Não sente remorso? Não tem vergonha? Não tem medo? Não sente dor? Explique-me o que é preciso para chegar a um nível tão baixo quanto o seu.'

"Continuei calado enquanto ele saiu do carro e fechou a porta. Sentou-se no gradil ao lado da estrada e acendeu um cigarro. Saí do carro e juntei-me a ele, sem dizer uma palavra, ainda esperando a melhor oportunidade para deflagrar o golpe fatal. Ele continuou olhando para as montanhas e os pequenos riachos que cortavam os vales. Tragou o cigarro. 'Você é inocente?', perguntou.

"Olhei para ele por um instante e então perguntei: 'Isto é importante para você? Você não considera uma acusação de má conduta tão contundente como a confissão da culpa? Não são os homens como você responsáveis pela corrupção de nossos sistemas de valores e pela nossa desconfiança e reserva nacionais com relação aos procedimentos de justiça e equidade? Não é verdade que homens como você perpetuam a feiura de nossos sistemas político e jurídico? Não, eu não sinto nenhum remorso, dor, culpa e muito menos vergonha, pois tudo que você mencionou é sentido por aqueles culpados de um crime.'

"'Serei bem honesto com você', continuei. 'Eu estava prestes a estourar-lhe o crânio quando você parou o carro. E com toda sinceridade, ainda estou pensando nisso. Não pela dor injustificada que você está prestes a me infligir, mas pelo tormento que está prestes a causar à vida daqueles que mais amo. Não valorizo sua integridade nem seus altos padrões incorruptíveis, pois desprezo sua abordagem tacanha à suposição da culpa. Então, meu conselho é que corra, peça clemência ou arrependa-se, pois seu tempo neste planeta está chegando ao fim.'

"Ele não tentou fugir, embora visse o ódio e a angústia em meus olhos. Apagou o cigarro e acendeu outro. De repente, como um homem de boas maneiras que se esquecera temporariamente como se comportar, ele me ofereceu um cigarro. Peguei um, e ele respeitosamente o acendeu com seu velho isqueiro.

"'O que fazemos agora?', perguntou. Pensei por um instante e disse: 'Voltemos à vila e confrontemos quem me acusa.'

"Ele concordou e voltou para o carro, na direção do assento do motorista.

"'Eu dirijo', sussurrei. Ele se virou e olhou para mim, e percebi que compreendera minha proposta.

"'Eles nunca o conheceram pessoalmente?', perguntou.

"'Não', respondi.

"Dirigimos sem dizer mais nada. Fiquei surpreso por ele ter acatado meu plano tão prontamente. Mas acho que ele já tinha lidado com várias figuras sinistras na vida. E acho que, pelo menos em seu coração, eu não me enquadrava naquele esquema.

"Percebi claramente que ele me observava enquanto eu dirigia pelas estradas de cascalho das montanhas de Alborz. Atravessamos estradas estreitas feitas para cavalos e burros, por desfiladeiros e ao longo de rios em direção a uma pequena vila conhecida como Kolahdasht. Eu adorava essa área. Havia paz nos prados onde o gado pastava. Havia serenidade nas montanhas, viam-se riachos prístinos correndo pelos declives, onde, de vez em quando, via-se um cervo subindo pelas encostas íngremes.

"O jipe foi avistado a dois quilômetros adiante. Quando chegamos à periferia de Kolahdasht, o *kad khoda*, o prefeito, e metade da vila aguardavam ansiosamente para nos receber.

"Saí do jipe e apertei as mãos do *kad khoda*, apresentando-me como Engenheiro Sadeghi. O *kad khoda* ficou muito empolgado por conhecer um oficial de alta patente, vindo da capital. Convidou-me para acompanhá-lo até sua "humilde casa", para tomarmos uma xícara de chá Lahijan. Olhei para meu passageiro e gritei, ordenando-o que nos acompanhasse. Quando Sadeghi estava saindo do carro, ouvi um homem gritar: 'Como é a sensação de ser pego, seu ladrão?'

"Entramos na casa do *kad khoda*, seguidos de quase todos que moravam na vila. Fui direcionado a um lugar na sala reservada para visitas honoráveis, e mandaram que Sadeghi se sentasse próximo à porta. Não havia cadeiras na sala. Um tapete persa, velho e barato, cobria o chão. Almofadas cilíndricas estavam sobre peles de ovelha fedidas, dispostas no tapete ao longo das paredes escurecidas pela fumaça de Ghalyan e cigarros.

"O *kad khoda* gritou para a filha, pedindo-lhe que trouxesse uma xícara de chá para seu convidado honorável. 'E traga uma xícara para esse homem aqui também', mandou, apontando para Engenheiro Sadeghi, que fazia o papel de prisioneiro com a habilidade de um exímio ator.

"Conheço muito bem as pessoas desta região e sei que para elas é importante passar a imagem de hospitaleiras, de forma que não fiquei surpreso quando o *kad khoda* apontou para Sadeghi e disse: 'Este homem pode ser ladrão, mas é meu convidado – e um convidado será sempre tratado como um adorador de Deus em minha casa.'

"Alguns de seus ajudantes que estavam sentados na sala concordaram, balançando a cabeça. A filha do *kad khoda* trouxe-nos chá, cubinhos de açúcar e docinhos. Ele olhou para mim e disse: 'Bem-vindo à minha humilde casa, Sr. Engenheiro Sadeghi. Não é sempre que tenho a honra de receber um convidado de seu nível. Espero que não repare em meus modos desajeitados, e que me dê a honra de hospedá-lo esta noite. Quanto a ele, certamente contamos com as instalações apropriadas para mantê-lo sob vigia.'

"Agradeci pelo convite, e disse que tínhamos de ir a Teerã imediatamente, que foi apenas no espírito de justiça que o trouxera à vila para encontrar-se cara a cara com seus acusadores antes de levá-lo a Teerã para sofrer as consequências de seus atos ilícitos.

"O *kad khoda* olhou em volta da sala e insistiu para que passássemos a noite ali. 'Essas estradas são perigosas, sobretudo à noite. Vocês se perderão e está frio. Além disso, o que diriam as pessoas desta vila se eu não mostrasse a hospitalidade devida a um cavalheiro de seu nível?', disse em tom de súplica.

"Ele olhou em volta da sala novamente, e todos começaram a balançar a cabeça educadamente, em um gesto afirmativo, insistindo para que passássemos a noite na casa do *kad khoda*.

"Respondi que podíamos discutir sua proposta depois que resolvêssemos qual seria o destino desse homem. Perguntei quem o acusava de ter aceitado propina e se o acusador estava ali entre nós.

"Um dos ajudantes do *kad khoda* se levantou e retratou-se, e disse que vira o acusado aceitando propina de seu sogro.

"Perguntei se ele testemunhara aquilo pessoalmente. Ele disse que sim e que tinha visto a transação com os próprios olhos.

"Mandei que olhasse para o acusado, Sr. Shahed, cuidadosamente, e que então me dissesse com certeza que o viu aceitar a propina de seu sogro. O acusador aproximou-se de Engenheiro Sadeghi e o olhou cuidadosamente. Duas das pessoas que estavam olhando pelas janelas gritaram: 'É ele! É ele!' O homem olhou para Sadeghi por mais alguns segundos, então virou-se para mim e disse ter certeza de que o culpado tinha sido preso. Ele e o acusado chegaram inclusive a fumar um cigarro juntos próximo ao córrego que cruza a vila e que fora lá que o acusado lhe dissera que usaria o dinheiro para comprar um carro novo.

O acusador então estufou o peito e afirmou que reconheceria esse ladrão até de olhos fechados."

"'Por que está mentindo, cara?', Sadeghi perguntou.

"'Não estou mentindo coisa nenhuma', o acusador retrucou. 'Você é um mentiroso, e dos piores.'

"'Você o vira alguma vez antes daquele dia?', perguntei.

"'Não', o acusador respondeu.

"O *kad khoda* olhou para mim e disse calmamente que ouvira dizer que o acusado tentara implicar a família de sua Majestade Imperial no desmatamento das florestas. Disse que o homem não tinha vergonha e devia ser preso para o resto da vida.

"Dois observadores gritaram: 'Prenda esse cara, prenda esse cara para o resto da vida!'

"'Cadê o seu sogro?', perguntei ao acusador.

"'Os policiais o prenderam. Ele nega ter subornado qualquer pessoa', respondeu.

"'Ele é rico?', perguntei.

"'Ele tem uma casa, onde mora sozinho. Acho que agora vou ter que me mudar para lá com a minha esposa para proteger a propriedade até ele pagar o que deve à sociedade. Ele é velho, Vossa Excelência, e duvido muito que ele saia da prisão com vida. É uma vergonha. Uma vergonha.'

"Olhei para Sadeghi, que estava fascinado pelo desenrolar dos eventos. Outro homem inocente estava na cadeia por causa da ganância deste ser humano detestável e a desavergonhada dissimulação do *kad khoda*. Perguntei se ele já tinha visto o bastante. Ele fez um gesto negativo com a cabeça, completamente revoltado."

Meu pai respira fundo e para de falar. Pega outro cigarro. Rapidamente pego o isqueiro do painel e acendo seu cigarro. Papai reconhece meu gesto de respeito dando dois tapinhas em minha mão e sorrindo para mim. Pela expressão séria que Ahmed está fazendo, percebo que ele captou a moral da história de meu pai.

– Este é um mundo injusto – sussurra meu pai – e, infelizmente, neste país, ser acusado é tão bom quanto ser culpado. Minha sorte foi ter encontrado alguém que, apesar da atitude do tipo *nokar* em relação ao regime, pelo menos se dispôs a escutar. Nem todo mundo dá essa sorte. A vida não é justa o tempo todo. Vocês se lembrarão disso, não é mesmo?

– O que aconteceu depois disso, papai? – pergunto, com a maior vontade de abraçá-lo.

– Eu me levantei e pedi que o acusador se aproximasse de mim. Quando ele se aproximou, dei-lhe um belo soco na cara, com todas as minhas forças.

O sangue quente corre-me nas veias enquanto meus olhos brilham de orgulho e emoção. Rio de satisfação e alegria. Meu pai é o homem mais sábio que conheço. Seu jeito indireto de nos avisar sobre os potenciais perigos de um conflito com o governo e seus agentes, sem jamais mencionar Doutor, foi brilhante. É assim que os persas fazem – somos mestres na arte das indiretas, às vezes correndo o risco de se perder o X da questão para um interlocutor medíocre. Os fatos raramente importam. O significado e a mensagem são sempre cruzados no tecido de nosso discurso.

– No fundo de cada nó de um tapete persa está a declaração das mãos que pacientemente conduziram a agulha e o fio – disse meu pai certa vez.

Inverno de 1974
Hospital Psiquiátrico Roozbeh. Teerã

Acordo de manhã cedinho, e o casulo de conforto que o comprimido teceu ao meu redor já passou, substituído agora pela ansiedade e confusão.

– Cara de Maçã! Cara de Maçã! – começo a gritar.

Uma jovem enfermeira entra.

– Onde está Cara de Maçã?

– Em casa, dormindo. Por favor, acalme-se. Você está acordando todo mundo. – Ela traz um copo de água em uma das mãos e um comprimido na outra. Enfia o comprimido em minha boca e aproxima o copo. Cuspo o comprimido e grito que quero Cara de Maçã. A comoção traz duas outras enfermeiras para o quarto. Estou agitado, com uma dor que não sei de onde vem. As enfermeiras tentam me segurar enquanto um homem de uniforme branco entra no quarto. Alguns segundos depois, sinto uma picada no braço.

Cara de Maçã está sentada perto de mim quando abro os olhos.

– Sentiu saudades? – pergunta.

– O que eu tenho? – pergunto.

– Nada que não possa ser curado. Só que leva tempo.

– Estou com fome.

Ela sai do quarto rapidamente e volta com uma bandeja de comida. Dou duas mordidas e não consigo mais comer. Ela me ajuda a passar para uma cadeira de rodas e me leva para uma sala grande no primeiro andar. Percebo pela primeira vez que estou na ala da psiquiatria. Vejo as pessoas vagando pelos corredores, sem direção. Algumas olham para mim e outras passam como se flutuassem em um universo diferente. Dois enfermeiros tentam ajudar um jovem a se sentar em uma cadeira de rodas como a minha. Ele me mostra os dentes e sorri. O que estou fazendo em um hospício? Em toda a minha vida sempre me mandaram ficar longe de loucos, e agora estou vivendo entre eles. Cara de Maçã empurra minha cadeira de rodas até uma janela, e se senta em uma cadeira ao meu lado.

– Sentiu minha falta ontem à noite? – pergunta novamente.

– Onde você estava?

– Em casa. Tenho uma filhinha, sabia? Ela também precisa da mãezinha.

– Ela tem quantos anos?

– Quatro e meio. É uma gracinha. Quer ver uma foto?

Faço que sim com a cabeça e ela me mostra uma foto da filha, Roshan, que significa "brilhante" ou "vibrante".

– É muito bonita – digo à mãe orgulhosa.

– Obrigada. – Ela põe a foto de volta no bolso e recosta-se na cadeira.

– Por que estou numa ala psiquiátrica? – pergunto, hesitante.

– Está aqui para ser tratado.

– Tratado do quê?

– Precisa lembrar-se de algumas coisas.

– Tipo o quê?

– Tenha paciência.

Olho para minhas pernas e para minha cadeira de rodas e me pergunto se estou paralítico.

– Por que estou numa cadeira de rodas?

Cara de Maçã pensa por alguns segundos.

– Você estava muito fraco e tinha saído da cama. Então foi mais fácil e mais seguro colocá-lo numa cadeira de rodas.

O velho do outro lado da sala começa a cantar novamente.

– O que há de errado com ele? Por que está aqui? – pergunto baixinho.

– É uma história triste – sussurra ela.

– Eu quero saber.

– Talvez mais tarde.

– O que ele quer dizer com esses cânticos?

– Não sei.

Sinto pena do velho, que ainda me olha.

– Pode dar algum problema para você por passar tanto tempo comigo? – pergunto a Cara de Maçã no caminho de volta para o quarto.

– Os médicos não se encrencam por passarem um tempo com seus pacientes preferidos – responde ela.

Eu pensara que ela era enfermeira, só por ser mulher. Que vergonha.

– Tenho saudades da época em que os médicos atendiam em casa. – Ela acrescenta. – Tínhamos de conhecer os pacientes, suas famílias, filhos, onde e em que condições moravam. Agora a coisa virou um negócio.

Ao chegarmos ao quarto, ela me ajuda a voltar para a cama e me dá um comprimido. Diz que posso ligar para sua residência caso eu acorde no meio da noite, e deixa seu número na cabeceira. Sentindo-me melhor por saber que estou sob os cuidados de uma médica, adormeço imediatamente.

Acordo no meio da noite, e fico triste por Cara de Maçã não estar comigo. Penso em sua filha e suprimo minha necessidade. O quarto está escuro e não sei dizer que horas são. Sei que meus pais estiveram no quarto enquanto eu dormia, pois vejo uma nova rosa próxima à cama. Minha mãe traz uma rosa vermelha todos os dias. *Há algum significado na rosa vermelha que não me ocorre agora. Minha mente está tão cansada.* Fecho os olhos e tento pensar no porquê de eu estar internado. De repente, um som vindo do outro lado do quarto me assusta. Abro os olhos e olho na direção de onde veio o som. Vejo o vulto de um homem parado na porta. Meu coração dispara e sou tomado por tamanho temor que não consigo pronunciar uma palavra sequer para pedir socorro. Meu corpo treme.

– Se eu conhecesse sua dor, eu a suportaria – reconheço a voz do velho.

– Venha aqui – sussurro.

O velho vagarosamente se aproxima de minha cama e se senta na cadeira de Cara de Maçã. Seu olhar está fixado em mim.

– Se eu conhecesse um caminho, eu o encontraria.

– O que isso significa? – pergunto.

Ele fica ali sentado olhando para mim com seus tristes olhos pretos que parecem estar ficando cinza. Seu olhar é gentil, e não tenho mais medo dele.

– Se conhecesse uma canção, eu a cantaria – murmura.

– Talvez um dia você possa me dizer o significado disso e por que estou aqui.

O velho não diz nada.

– Não consigo entender – sussurro. – Isso aqui é real?

Aguardo sua reação, mas ele simplesmente olha para mim.

– Não me sinto ligado a nada. É como se eu acabasse de entrar neste mundo, vindo de outro lugar, só que eu não me lembro de onde. É como se eu não estivesse nem aqui nem lá, como se não estivesse vivo. É este o significado da expressão "perder o juízo"?

O velho continua sem dizer nada. Não consigo manter os olhos abertos, mas quero entender seus cânticos enigmáticos. Quero saber como ele se sente, o que pensa, o que está fazendo em meu quarto, mas estou muito cansado.

Não sei dizer quanto tempo depois disso ouço a voz de Cara de Maçã falando com meus pais no corredor.

– O que vai acontecer quando ele lembrar? – pergunta meu pai.

– Ele ficará arrasado – responde Cara de Maçã.

Minha mãe começa a chorar, e fico me perguntando o que tenho de me lembrar e que me deixará tão arrasado.

18

Outono de 1973
Mazandaran

Os olhos da praça

Continuamos nossa viagem até a província de Mazandaran, ziguezagueando pelas estradas perigosas do Kandovan, descendo para o Norte, onde se sente o cheiro do sal inebriante do mar Cáspio a milhas de distância. Cinquenta quilômetros por hora é a velocidade máxima para se dirigir por estas montanhas, ainda que você seja o melhor motorista do mundo. Meu avô dizia que os nazistas construíram a sinuosa estrada Kandovan para gravar a tão detestada forma da insígnia "SS" em nossa mente. Os russos tentaram detê-los, mas não conseguiram, como sempre acontece quando enfrentam a brutalidade dos poderes ocidentais.

Essas estradas são tão traiçoeiras que centenas de pessoas morrem todos os anos tentando cruzá-las. Segundo um dos meus tios, como futuro engenheiro, estou destinado a construir a estrada de quatro pistas que ligará Teerã com Mazandaran, poupando centenas de milhares de vidas nos anos à frente. Em todo o curso da viagem, vemos pessoas paradas, resfriando seus radiadores e tirando algumas fotos do cenário deslumbrante – vales e desfiladeiros que esculpem a barriga da Mãe Natureza.

Finalmente chegamos à vila, nosso destino, mas a estrada de cascalho não permite que se dirija com muita rapidez. Os locais nos olham com curiosidade, e alguns acenam ao passarem por nós. Lembro-me de Doutor, que ficava intrigado com a vida do povo em pequenos vilarejos, sempre falando em construir estradas, cavar poços e levar energia elétrica e outras tecnologias a essas áreas remotas.

As casas são construídas nos declives das montanhas, e a maioria delas parece pequena e em más condições, graças aos seus telhados de zinco enferrujado. Todo o vilarejo consiste em dois mercadinhos, uma cafeteria, uma loja de queijo e iogurte, uma padaria, um açougue, uma casa de banho pública e uma mesquita – todos convenientemente construídos ao redor de uma praça estranhamente grande. Levamos menos de três minutos para cruzar todo o vilarejo. Sinto uma ardência nas narinas devido ao cheiro de lenha queimada e de esterco bovino. Na estrada, vacas e cavalos a todo momento nos forçam a parar enquanto atravessam. Ahmed nunca esteve nesta parte do país, de forma que ele observa tudo com muita curiosidade.

Paramos em frente a uma casa bem grande, cercada por muros altos, com um portão principal enorme, guarnecido por gigantescas portas metálicas. Meu pai salta do carro com um sorriso no rosto. Logo, um homem – Sr. Kasravi, um velho amigo de meu pai – sai para nos receber.

– Não se enganem com seu jeito pacato – sussurra papai. – Ele é um homem muito importante.

Lembro-me de papai e Sr. Mehrbaan falando sobre ele. É o homem mais rico da vila, dono de terras, que também cria gado e ovelhas. Passa uma parte do tempo em Noshahr, uma cidade no mar Cáspio, onde possui várias lojas e um grande motel. Sua esposa, Goli Jaan, uma mulher de aparência simples, vem correndo para nos cumprimentar. Logo, criados e empregadas correm em nossa direção, arrastando uma ovelha atrás deles. Sei o que vem a seguir. Tento não olhar quando abatem a pobre criatura sob nossos pés. Pelo canto do olho vejo o animal se debatendo e fico imaginando se ele sabe que somos responsáveis por seu destino cruel.

Sr. Kasravi aperta minha mão e me abraça como se me conhecesse há anos. Pergunta-me se estou lembrado dele, e educadamente respondo que não. Ele diz que eu o chamava de "tio Kasravi" quando pequeno. Meu pai sorri, e acrescenta que eu chamava Goli Jaan de "tia Goli". Sr. Kasravi aperta a mão de Ahmed e dá-lhe as boas-vindas a sua humilde casa.

– Você está tão crescido. – Goli Jaan me diz. – Vejam só isso! Você está um homenzinho!

Somos levados a uma sala especial para visitas. Goli Jaan traz uma tigela de cristal cheia de frutas bem grandes: maçãs vermelhas e verdes, laranjas e uvas.

– São todas de nosso pomar – diz, orgulhosa. – Por favor, sirvam-se. Não se encontra nada melhor em Teerã: são todas fresquinhas, recém-colhidas. Eu mesma as colhi alguns minutos atrás. Fiquem à vontade. Por favor, não façam cerimônia.

Sr. Kasravi é alto, moreno e tem mais ou menos cinquenta anos. Sua voz é vigorosa, e ele geralmente repete os finais de cada frase. É quase impossível ouvi-lo e se manter sério, ainda mais com Ahmed por perto, com quem troco olhares, achando graça.

– Então, como você está, meu amigo? Quero saber de verdade. – Sr. Kasravi se dirige a meu pai. Ele e Goli Jaan têm um filho, Mustafa, que tem mais ou menos minha idade, e uma filha de quatro anos chamada Shabnam. As duas crianças estão sentadas no chão do lado oposto à cadeira do pai. Goli Jaan finalmente se senta e pergunta sobre minha mãe; como ela vai, como está sua aparência agora, se ainda aparenta ser mais jovem do que é, por que não veio conosco. Em seguida, ela me diz que minha mãe é maravilhosa e que a ama e sente muitas saudades. – Sente mesmo – confirma Sr. Kasravi. – Ela sempre me diz que sente muita falta de sua mãe.

Ahmed olha para mim e cobre o lábio superior com o inferior para disfarçar o sorriso. Uma empregada idosa traz o chá. Goli Jaan insiste que bebamos o chá antes que esfrie.

– É chá Lahijan, o melhor do mundo – diz.

– Por que o chá Lahijan é o melhor do mundo? – Ahmed pergunta em um sussurro. – Sempre quis entender isso.

– O sabor, o aroma e o orgulho persa – respondo, sussurrando.

Ahmed sorri.

– É uma enorme emoção recebê-los em minha humilde casa. Não vejo a hora de mostrar-lhes os aposentos. Realmente não vejo a hora – diz Sr. Kasravi. – As coisas mudaram muito por aqui – diz ele a meu pai. – As coisas não são mais como eram antes, não são nem um pouco como eram antes. – Então vira-se para mim e Ahmed. – Vocês sabem andar a cavalo?

Fazemos que não com a cabeça.

– Mustafa terá prazer de ensinar-lhes, o maior prazer de ensinar-lhes – diz enquanto olha para o filho. Mustafa sorri e faz um gesto afirmativo com a cabeça, sinalizando-nos de seu acordo.

– Esses dois são ótimos atletas – diz meu pai. – Aprenderão rapidinho.

Como era de se esperar, os adultos começam a falar sobre o passado. Sr. Kasravi vira-se para mim e diz:

– Seu pai era rebelde, definitivamente rebelde. Sempre achei que ele acabaria na prisão e eu teria de mexer os pauzinhos para soltá-lo.

Papai encolhe os ombros e resmunga:

– Tudo muda depois que casamos e temos um filho.

Então ele fala sobre Sr. Mehrbaan.

– Ele era nosso radical impetuoso. – Sr. Kasravi se lembra ponderadamente. – Nós o chamávamos de Karl por ele nos lembrar um jovem Karl Marx. É uma tragédia o fato de ele ter passado grande parte da vida atrás das grades... uma grande tragédia.

– Então Sr. Kasravi olha para mim e Ahmed e diz: – Também fiquei sabendo do seu amigo Doutor. Sinto muito. Sinto muito mesmo.

Depois do chá, vamos ao estábulo de Sr. Kasravi, onde ele já escolheu um cavalo para cada um de nós. Mustafa nos ajuda a subir nos cavalos. Agradeço a Mustafa, mas ele não responde. Limita-se a sorrir e aproxima-se de seu próprio cavalo.

Acho estranha a sensação de andar sobre um animal vivo, controlá-lo com as rédeas e ver o mundo lá de cima. Olho rapidamente para Ahmed. Ele está segurando firmemente as rédeas, com o corpo aparentemente tenso e uma apreensão estampada no rosto.

– Esses caras não têm bicicleta? – sussurra.

Cavalgamos pela praça do vilarejo. Passamos por um caminho acidentado, obviamente maltratado pelos cascos e rodas dos *droshkies* – carroças puxadas por cavalos, carros, caminhões e tratores que entram e saem do vilarejo durante a estação chuvosa. Em tudo quanto é canto ouve-se um galo cantar, um cachorro latir ou uma vaca mugir.

Saímos do vilarejo e vamos em direção às colinas. Mustafa vai na frente. De vez em quando ele para, vira-se, olha para nós e mexe com a mão direita para indicar uma marcha para frente.

– O que acha que ele está fazendo? – sussurro para Ahmed.

– Vendo se vem algum índio – responde Ahmed, debochando. – Fiquei sabendo que Cochise se cansou de ser morto por John Wayne naquelas porcarias de filmes sionistas, e então finalmente jogou tudo para o alto e se mudou para esta região.

Tento não rir muito alto.

Eu e Ahmed sentimos muita dificuldade em nos mantermos equilibrados sobre os cavalos durante a subida pelos declives. Ouço Ahmed xingando bem baixinho com um sorrisinho no rosto. Sr. Kasravi e meu pai cavalgam a alguns passos na frente, mas bem distantes de Mustafa.

– Conheça bem seu cavalo e permita-lhe que o conheça bem – diz Sr. Kasravi olhando para trás.

Ahmed se inclina e sussurra no ouvido do cavalo:

– Oi, eu sou Ahmed. Como se chama?

Peço-lhe que pare de bobagem.

Quando chegamos ao topo da colina, Sr. Kasravi aponta para o vilarejo e diz:

– Aquela é a praça mais antiga de nossa região. Foi construída há mais ou menos trezentos anos. Essa praça tem algo de especial, vocês não acham?

Olho para a praça, tentando entender o que ela tem de tão especial.

– Sabem por que costumavam construir praças no centro da maioria das cidades iranianas, não sabem? – continua.

– Sei – respondo.

Ahmed olha para mim, surpreso.

– Antigamente, tudo acontecia na praça, tanto momentos felizes quanto eventos trágicos – explico. – Era um lugar de encontro.

Meu pai balança a cabeça, confirmando. Acho que percebo uma pontinha de orgulho em seus olhos. Sr. Kasravi sorri, incentivando-me a continuar.

– A praça era também onde se puniam os criminosos para que as pessoas pudessem ver e aprender: entretenimento e aprendizagem. Aprendizagem porque a tortura era usada para deter os potenciais criminosos, e entretenimento porque as pessoas vinham de todos os cantos para assistir a esses eventos.

Sr. Kasravi parece profundamente impressionado com meu conhecimento. Balança a cabeça e diz que estou certo. Então fala sobre as cruéis punições aplicadas a milhares de pessoas durante o regime Qajar.

– Foi o período mais tenebroso da história de nosso amado país. Foram os Qajares e suas políticas retrógradas que impediram que o Irã se desenvolvesse e se tornasse um país moderno. Podíamos ter sido uma superpotência mundial, sim, senhor, uma superpotência.

Ele dá uma tragada bem grande no cigarro.

Ahmed se inclina e sussurra para mim:

– Onde você aprendeu tudo isso, diabo?

– Nos livros!

Ele imediatamente vira a cabeça na direção da praça. Sabe que estou novamente criticando sua carência de leitura.

– O que sabe a respeito dos Qajars? – Sr. Kasravi pergunta.

– Houve sete reis na dinastia, começando por Agha Mohammed Khan de Qajar e terminando com Ahmed Shah, que foi deposto pelo pai de nosso atual rei nos anos 1920 – respondo.

Então, em um tom muito confiante que surpreende até a mim mesmo, acrescento:

– Concordo com o senhor, Sr. Kasravi. A incompetência dos Qajars arruinou o Irã durante os cem anos em que comandaram o país.

Sr. Kasravi olha para meu pai e faz um sinal afirmativo com a cabeça. Olho de banda para Ahmed, que sacode a cabeça e sussurra:

– Filho da mãe.

– Meu pai conhecia vizinhos, parentes e amigos da família que foram torturados, chicoteados e enforcados naquela praça – conta Sr. Kasravi, aborrecido. – Por que será que ninguém destruiu o local? Por que será que ninguém passou com um trator por cima? Talvez eu devesse fazer isso, sim, talvez eu devesse.

Seu olhar pensativo me faz desconfiar que ele de fato esteja considerando a possibilidade de pegar um trator e passar por cima da praça.

– As pessoas se esquecem de como as coisas neste país eram ruins. Sabia que não tínhamos prisões até que o pai do xá depôs a dinastia Qajar? Sabia disso?

Faço que não com a cabeça.

– Seu idiota, filho da mãe! – Ahmed murmura, como se estivesse profundamente decepcionado.

– Não havia prisões, não havia nenhuma prisão. O cárcere era um conceito totalmente antinatural em nossa cultura, um conceito totalmente antinatural. Amputavam-se mãos, pernas, arrancavam-se orelhas e então matavam-se as pessoas ou as libertavam. Era assim que se puniam os criminosos.

– Minha nossa! – Ahmed sussurra.

– Construíram-se mais de seis mil prisões no Irã desde que o pai do xá assumiu cinquenta anos atrás. As pessoas acham que é ruim, mas acho que é melhor do que punir e humilhar milhares de pessoas em público. A tortura penal e a humilhação pública de criminosos tinham de acabar, apenas tinham de acabar. Até mesmo os criminosos têm o direito à dignidade! Eu teria morrido se visse Mehrbaan sendo torturado e espancado em público – diz Sr. Kasravi.

De repente, compreendo o propósito de nossa viagem. Meu pai não tinha negócio nenhum para tratar aqui. Sr. Kasravi está nos dando uma aula de história, justificando o que acontece em nossas penitenciárias políticas, comparando com as atrocidades odiosas cometidas sob o regime dos Qajar.

Não se deve ficar aborrecido com o próprio pai, mas sinto uma ardência no fundo do estômago. Faço com que o cavalo diminua o trote para me separar do grupo enquanto penso: seria a substituição da tortura pública pela que ocorre atrás dos muros de uma prisão um grande salto na direção da modernização e da democracia? Será que Sr. Mehrbaan sentiu menos dor enquanto os agentes da SAVAK apagavam cigarros em seu peito, seus braços e nádegas? Aumento ainda mais a distância entre nós, puxando as rédeas do cavalo.

Apesar do céu ensolarado, sinto o cheiro de chuva se aproximando, enquanto vem chegando um bando de nuvens do mar.

Logo paramos em um riacho prístino da montanha, onde banhamos os cavalos e descansamos um pouco antes de voltarmos para a casa de Sr. Kasravi.

A noite cai rapidamente. Antes do jantar, eu e Ahmed sentamo-nos na varanda, enquanto meu pai e Sr. Kasravi estão na sala jogando gamão. Da varanda é possível ouvi-los rir enquanto trocam provocações.

Ahmed pergunta:

– Sabe por que seu pai nos trouxe nesta viagem, não sabe?

– Sei.

– Está zangado?

– Ele é meu pai. Estou zangado com nosso anfitrião.

– Relaxa. A intenção dele é boa.

– Eu sei.

Sra. Kasravi preparou um jantar para "mil reis", como dizia minha avó. Arroz basmati, frango grelhado, cordeiro assado em forno subterrâneo, três diferentes tipos de *khoreshts*, legumes e verduras de todas as espécies, incluindo rabanetes, hortelã, salsa, três tipos diferentes de *naan* acompanhados de queijo de cabra e iogurte misturado com hortelã seca e pepino, e quatro espécies distintas de *torshi*, incluindo alho com endro – que todos dizem não produzir mau hálito devido à umidade da região Norte.

Ahmed olha para o jantar e me diz:

– Eu não me importaria se esta família me adotasse, sério, eu não me importaria mesmo.

Dou-lhe uma cotovelada na costela. Meu pai e Sr. Kasravi bebem vodca para acompanhar o jantar. Ahmed, Mustafa e eu estamos sentados um ao lado do outro, e comemos nossa comida com um apetite de uma matilha voraz. Ahmed e eu tentamos puxar papo com Mustafa duas vezes durante o jantar, mas ele simplesmente olha para nós e sorri.

– Será que ele sabe falar? – sussurro, em tom preocupado, para Ahmed.

– Talvez o pai repita tudo que diz porque ele fala pelos dois.

Mordo o lábio superior para disfarçar o sorriso.

Meu pai ergue o copo e faz um brinde aos anfitriões. Então olha para mim e Ahmed e ergue o segundo copo para nós, dando-nos uma piscadinha. E como se estivesse lendo meus pensamentos, ele se inclina e diz bem baixinho:

– Desculpe-me por essa tarde. Acabou não saindo como eu planejara.

Amo meu pai. Sinto vontade de envolver-lhe o pescoço com os braços e dar-lhe um beijo no rosto, como eu fazia quando tinha quatro ou cinco anos.

A campainha toca e Sr. Kasravi vai atender. Alguns minutos depois, ele volta acompanhado por um sujeito alto, com mais ou menos cinquenta anos. Ele o apresenta como Sr. Mohtasham. Nós todos levantamos e o cumprimentamos com um aperto de mãos.

– Que maravilha tê-lo aqui em minha casa nesta noite, que maravilha – exclama Sr. Kasravi, servindo à nova visita um copo de vodca. – É fantástico tê-lo aqui no mesmo momento em que estou recebendo meus convidados de Teerã.

Percebo que Sr. Mohtasham não fala.

Goli Jaan, que também fica empolgada com a chegada desta visita repentina, vai buscar pratos e talheres e insiste que ele comece imediatamente a comer. Sr. Mohtasham não para de balançar a cabeça, expressando sua gratidão. Sr. Kasravi vira-se para meu pai e diz:

– Sr. Mohtasham fez votos de silêncio. Sua santidade é conhecida por sua clarividência. Ele enxerga o futuro com a mesma facilidade com que eu e você nos lembramos do passado: com toda clareza, de verdade, não estou brincando. Todas as suas previsões se realizaram durante os anos, todas elas.

Meu pai educadamente expressa sua gratidão a Deus por dar-lhe a honra de passar uma noite na presença de Sr. Mohtasham, enquanto fico me perguntando por que alguém faria votos de silêncio depois de ter sido agraciado por Deus com tão magnificente poder.

Apontando para mim, Sr. Kasravi diz a Sr. Mohtasham que sou uma pessoa muito especial, definitivamente muito especial, e que aos dezessete anos tenho a maturidade e a sabedoria de um homem culto de trinta. Sr. Mohtasham olha atentamente para mim enquanto mastiga sua comida. Enfia a mão no bolso e retira um caderninho, onde escreve: "Ele tem *Algo*."

Fico muito triste à medida que as lembranças de Doutor inundam-me os pensamentos. Ahmed me cutuca de leve e discretamente com o cotovelo.

– Pode confiar. Você tem mesmo – sussurra.

– O que Vossa Santidade podeis nos dizer sobre o futuro? – indaga Sr. Kasravi, enquanto toma uma dose de vodca à saúde de seu visitante.

Sr. Mohtasham olha em volta da sala e concentra-se em Mustafa por alguns segundos. A sala se enche de um entusiasmo silencioso. Tenho muita dificuldade em acreditar que o homem mais sagrado do Irã, que a essa altura já deve estar tonto com a vodca, está prestes a fazer previsões sobre as pessoas na sala. Sr. Mohtasham escreve em um pedaço de papel que Mustafa seguirá os passos do pai e terá muito sucesso como homem de negócios.

Goli Jaan transborda de alegria.

– *Enshallah*, se Deus quiser! – sussurra ela.

Ahmed olha para Mustafa e diz:

– Meus parabéns!

Mustafa responde com um sorriso, mas continua calado. Ahmed vira-se para mim e sussurra:

– Essa noite vamos nos revezar para dormir. Não confio neste cara.

Coloco a mão na boca para esconder o sorriso.

Sr. Mohtasham olha para mim. Escreve que estudarei nos Estados Unidos. Meu pai pergunta:

– O que ele estudará?

Sr. Mohtasham junta as mãos, criando uma forma cilíndrica e enfia o olho no buraco. Meu coração dispara. Ele está dizendo que estudarei algo relacionado a câmeras! Quer dizer então que eu me tornarei um produtor de cinema!

– Seu sionista! – ouço Ahmed resmungar.

Antes de permitir que a alegria tome conta de mim por completo, lembro-me de que isso pode ser uma armação, nada mais. Os efeitos da vodca não são exatamente famosos por aumentar a clareza e as ideias. Sr. Mohtasham toma outra dose e então olha para Ahmed. Escreve que Ahmed se casará muito jovem e terá três lindas filhas.

Ahmed diz:

– Nenhum filho homem? Então não vou me casar.

Todos acham graça do comentário.

Sr. Mohtasham diz a Goli Jaan que ela chegará aos cem anos e terá uma vida feliz junto ao marido e aos filhos.

– Se Deus quiser! – sussurra ela reverentemente.

Ficamos sabendo então que meu pai passará o resto de sua existência buscando o verdadeiro sentido da vida e unidade com Deus todo-poderoso. Um dia será considerado um dos maiores poetas na história moderna do Irã. Fico intrigado, querendo entender como ele sabe que meu pai escreve poesia.

Após se aposentar, Sr. Kasravi se mudará para um lugar bem afastado e distante, cercado por familiares.

– O futuro é brilhante no que tange a este grupo, muito brilhante, graças a Deus – diz Sr. Kasravi.

Nesse momento, Shabnam, a filhinha de quatro anos do casal Kasravi, entra na sala. Corre para a mãe e reclama que não está conseguindo dormir. Sr. Mohtasham passa um bom tempo olhando entusiasmadamente para Shabnam.

– O que foi, Vossa Santidade? – indaga Sr. Kasravi, percebendo a intensidade do olhar de Sr. Mohtasham. – O que vês? O que vês? Por favor, contai-nos. Minha filha está em perigo? Por favor, conta-nos. Ela está em perigo?

Sr. Mohtasham faz que não com a cabaça.

– Graças a Deus. Então, o que é? Precisas contar-nos. Insisto.

Sr. Mohtasham olha para mim enquanto toma outra dose de vodca. Começo a me sentir paranoico.

– O que é? O quê? Por favor, conte-nos, eu imploro – suplica Goli Jaan.

Sr. Mohtasham começa a escrever, apontando para mim. "Ele não vai gostar disso agora, pois ela é muito jovem, mas daqui a vinte anos, ele vai gostar, ao retornar dos Estados Unidos."

– Como assim? Do que ele vai gostar, Vossa Santidade? Conta-nos, por favor, conta-nos! – suplica Sr. Kasravi. Agora, todo mundo, inclusive eu, está curioso para descobrir o que vou fazer a essa pobre menininha daqui a vinte anos.

"Este jovem se casará com sua filha e os dois juntos viverão muitos anos felizes no exterior", ele escreve no caderninho.

Todos na sala aplaudem e vibram, enquanto Ahmed e até Mustafa assobiam. Meu pai e Sr. Kasravi começam a rir e bebem mais vodca para brindar a ocasião.

Que coisa ridícula, penso. *Que absurdo! Ela só tem quatro anos e eu, dezessete. Que velho tarado.* Goli Jaan me abraça e me diz que sou um genro que qualquer sogra gostaria de ter. Corre até a cozinha e volta com *espand*, uma semente que os persas queimam para espantar o mal, e espalha um pouco da semente na minha cabeça, outro tanto na cabeça de Shabnam, e joga o resto no carvão em brasa dentro da grelha que a empregada mais velha, atrás dela, está segurando. Em pouco tempo, a fumaça toma conta de todo o recinto, e o aroma agradável de *espand* enche-me as narinas.

Sr. Kasravi dá um tapinha em minhas costas e diz que convidará a vila inteira para vir à sua casa na noite seguinte para celebrar meu noivado com sua filha, a vila inteira. Sinto que empalideci. Sr. Kasravi começa a rir e me diz que estava brincando, sério, só brincando. Todos riem, menos minha futura esposa, que não para de reclamar com a mãe, dizendo que está muito cansada, mas não consegue dormir.

19

A vela de Doutor

Mais de quatro semanas se passaram desde a execução de Doutor, embora pareça que foi há muito mais tempo. As árvores já se despiram de suas folhagens, a roseira que plantei na frente de casa está pelada, os dias tornaram-se mais curtos, e as noites parecem cair em um silêncio mais profundo.

Não vejo Zari desde o dia em que voltamos do cemitério, e ainda não consigo pensar em Doutor sem passar por um ataque de ansiedade que entra em um círculo vicioso. Não paro de dizer a mim mesmo que, um dia desses, irei sozinho ao túmulo dele e passarei o dia inteiro conversando com ele sobre o que aconteceu naquela noite. Direi que me entristece o fato de eu não ter me abaixado antes de o cara do rádio me ver, que eu faria qualquer coisa para voltar no tempo e corrigir meu erro. Direi que sinto muito por ter me apaixonado por Zari, por ter passado a maior parte do verão na casa dela em sua ausência e por trair sua confiança em mim. Eu me desculparei por sonhar com ela agora, por não conseguir passar um minuto sequer do dia sem pensar nela, por sentir-me hipnotizado e encantado por ela.

Estou sentado, encostado no muro que beira o telhado, observando o céu. Está frio, mas não me incomodo nem um pouco. Já li sobre nosso sistema solar na aula de ciências, mas só reconheço as estrelas pelos nomes que Ahmed e eu lhes demos: os nomes das pessoas que têm *Algo. Quando estiver nos Estados Unidos, eu me comunicarei com meus amigos conversando com as estrelas deles todas as noites.* A possibilidade de ver suas estrelas, mesmo estando do outro lado do mundo, diminui a ansiedade gerada pela distância que nos separará.

Estou lendo *Crime e castigo*, de Dostoievsky, em vez de fazer o dever de geometria. Ainda odeio a formação que meu pai escolheu para mim e ainda odeio meus professores, porém não odeio mais Iraj, embora ele continue a olhar para a irmã de Ahmed. Nosso novo professor de redação, Sr. Rostami, pediu-nos para fazer um trabalho de cinco páginas sobre qualquer assunto de nossa escolha. Ahmed sugere que eu entregue sua obra-prima sobre "A tecnologia como a mãe de todas as ciências". Recuso educadamente. Então faço um trabalho sobre crime e castigo no Irã. Escrevo que o crime é um ato ilegal de violência que pode ser cometido por qualquer pessoa, e que o castigo é a consequência elaborada para os criminosos que não possuem condições financeiras de acobertá-lo. Em todo o curso da história, os ricos e poderosos têm sido exonerados das consequências de seus atos maledicentes. O crime, portanto, pode ser definido como uma ofensa cometida por um indivíduo de status social mais baixo. O castigo é uma consequência forçada sobre o criminoso apenas se ele ocupar uma das camadas sociais inferiores.

Sr. Rostami está nos fundos da sala, observando-me silenciosamente por sobre os óculos quadrados e grandes, acomodados na ponta do nariz. Está com as mãos para trás, apertadas.

– Quem escreveu essa baboseira para você? – indaga.

– Eu mesmo escrevi – respondo, olhando-o com raiva.

Ele começa a caminhar em minha direção.

– E você está orgulhoso do que escreveu?

– Estou sim – respondo, olhando-o fixamente.

A sala é tomada por um zumbido nervoso.

– Calados! – grita Sr. Rostami.

Nesse exato momento soa o alarme do recreio, mas todos permanecem sentados, ansiosos para ver o que acontecerá em seguida. Sr. Rostami manda que todos saiam da sala. A turma obedece relutantemente. Ahmed está sentado próximo a Iraj. Iraj começa a se levantar, mas Ahmed agarra-lhe a manga do casaco e o puxa.

– Saiam. – Sr. Rostami manda.

– Nós colocamos essa ideia na cabeça dele – diz Ahmed, defendendo-me, como sempre.

– Porra, dê o fora daqui, seu palhaço, ou a punição dele será pior do que você possa imaginar.

Faço sinal para que Ahmed e Iraj saiam da sala. Quando um professor usa uma palavra do naipe de "porra", não resta dúvida de que ele não está para brincadeira. Ahmed e Iraj saem, muito preocupados.

Depois que os dois saem, Sr. Rostami se aproxima de mim, ainda com as mãos para trás, bem apertadas. Acho que vou levar uma bofetada. Estou pronto para interceptar o movimento de seu braço com uma cravada certeira caso ele faça que vai me bater, só que ele não bate, e fica dando voltas ao meu redor, com uma expressão contemplativa.

– Por acaso você não sabe que é proibido escrever uma besteira dessas? – indaga. Sua calma me surpreende. – Não me resta outra escolha além de denunciar isto. Está entendendo? – Seu tom agora é de agonia. Seu olho esquerdo começa a tremer.

– Por que não posso escrever a verdade? – pergunto, gentilmente.

Sr. Rostami faz um gesto negativo com a cabeça.

– Você pode escrever o que bem quiser, mas tenho quatro filhos para sustentar. Sabe o que eles fariam comigo se eu não denunciasse isto?

– Eles quem?

– O sistema, os outros professores, a administração, a porcaria da SAVAK. Quem mais poderia ser, ora bolas?

– Não é justo que o senhor se encrenque pelo que escrevi – digo, mas sei muito bem que estou sendo ingênuo. A administração manda que os professores não tolerem desacordo entre os alunos.

– Você não me parece nada burro. Sabe que não pode escrever nada que tenha conotações políticas, não sabe? – suspira, frustrado.

Permaneço calado.

– Não tenho outra escolha – resmunga. – Está entendendo? Tenho quatro filhos. Já está difícil sustentá-los agora. Imagine o que aconteceria à minha família se eu perdesse o emprego. Tenho que reportar o ocorrido a Sr. Yazdi. Que droga, você está entendendo, cacete?

Sua voz carrega certa dor, e percebo que ele não quer me reportar, mas não tem escolha.

– Entendo – digo bem baixinho. – Faça o que for correto.

– Ah, quer dizer que entende? – pergunta, irado. – Entende também que passarei a noite em claro pensando que não tive coragem de fazer a coisa certa? Entende que se fizerem algo a você, terei de viver para sempre com este peso?

Penso na minha falta de atenção que acabou denunciando Doutor. Faço que sim com a cabeça.

– Me dê essa porcaria de redação aqui – grita.

Entrego-lhe o papel. Ele tira um isqueiro do bolso, queima o papel e joga as cinzas pela janela.

– Pena que eu ainda tenha de puxar da memória para lembrar o que você escreveu. Fique na sala. Tenho de falar com o diretor e com o professor de disciplina antes do início do próximo tempo.

Então Sr. Rostami sai da sala vagarosamente. Ahmed e Iraj entram esbaforidos.

– Está tudo bem com você? – pergunta Ahmed.

Passo um tempo calado, pensando nos quatro filhos de Sr. Rostami. A expressão em seu rosto e o passo calculado com que ele saiu da sala foram como de um homem a caminho da forca.

– Ele tem *Algo* – sussurro.

– O quê? – Iraj pergunta, confuso. – Quem tem o quê, gente?

No dia seguinte, Sr. Yazdi pede que meu pai compareça à escola para discutir os conceitos perturbadores presentes em minha redação. Segundo Sr. Rostami, minha redação não continha nenhuma crítica política. Entretanto, sua posição socialmente inaceitável carecia ser discutida com meu pai. Sr. Rostami confiscara minha redação, porém a perdera no caminho até a sala do diretor. O que o preocupava era que, em minha redação, eu defendera a tolerância para com atividades criminosas quando os motivos fossem justificáveis. Sr. Rostami só queria que meu pai me convencesse da inconveniência do comportamento criminoso independentemente do motivo.

Quando meu pai chega em casa à noite, fico achando que ele conversará comigo sobre o encontro com Sr. Yazdi, mas para minha surpresa, ele passa a noite toda sem dizer nada, mesmo durante o jantar, momento no qual ele geralmente nos conta como foi seu dia.

Achando que eu me safei facilmente, subo para o telhado imediatamente após o jantar. Estou sentado sob a mureta que separa minha casa da casa de Zari, quando chega meu pai. Ele me pergunta se estou ocupado, e respondo que não. Ele se senta ao meu lado e passa um bom tempo sem dizer nada.

Finalmente, quebra o silêncio:

– Os eventos da noite em que prenderam Doutor ainda o incomodam, não é, filho? – Seus olhos estão tristes e sua voz, desanimada. – Doutor era um homem bom. Todos nós sentimos sua falta. Sei que você era bem chegado a ele. Mais chegado do que qualquer outra pessoa aqui da viela.

Antecipo que um longo sermão seja iminente, mas é tudo que ele diz. Percebo que ele aguarda minha reação.

– Não é justo o que fizeram com Doutor – digo, amargurado. – Ele não era nenhum terrorista. Não tinha machucado ninguém. Por que matam jovens como Doutor? Por que prendem alguém como Sr. Mehrbaan durante dezoito anos?

Papai me dá um tapinha nas costas. Sei que está careca de saber disso tudo que estou dizendo, mas preciso expressar o que está em meu coração.

– Odeio a CIA. Esses caras são responsáveis pela morte de Doutor e pelas mortes de todos os outros jovens executados pelo xá. Sabe por quê, papai? Se eu mato alguém depois de ter aprendido a matar com o senhor, nós dois somos igualmente culpados pelo meu crime.

Sei que estou falando pelos cotovelos, mas não consigo parar.

– Por que Deus não faz alguma coisa? Por que temos de esperar tanto tempo pela justiça? Não é justo, papai, concorda? Sabe por que Deus não faz nada em relação às atrocidades cometidas contra inocentes como os judeus na Alemanha, ou os seguidores do profeta Mazdak, ou os escravos dos romanos? Sabe por que ele não faz nada pelas crianças que estão morrendo diariamente na Palestina? Porque Deus não se importa, papai.

Fecho os olhos, abaixo a cabeça e deixo a dor sair do peito e da garganta. É bom chorar. Meu pai me abraça e mergulho a cabeça em seu peito, do jeitinho que eu fazia quando era pequeno. Papai não diz uma palavra sequer. Compreende que nem mesmo sua sabedoria pode abrandar minha dor.

Na noite seguinte, estou sentado sob a mureta, lendo a poesia de Hafiz, quando ouço Zari me chamando do outro lado.

– Ouvi o que você disse ao seu pai ontem à noite.

Sinto vontade de pular e olhar sobre o muro para vê-la, mas sinto que ela não quer ser vista.

– Você estava no telhado?

– Esta semana tenho vindo aqui pra cima todas as noites – confessa.

– Por que você não disse nada?

– Não quis interromper sua leitura.

– O que estava fazendo, sentada no escuro sozinha?

– Eu não estava sozinha. Você estava aqui em cima também.

Ao saber que ela tem estado aqui por perto, sinto um calor percorrer-me o corpo.

– Como você está?

– Bem. O que está lendo?

– Hafiz.

– Você me prometeu trazer seu livro aqui para casa e fazer um *fahll* para mim, mas nunca trouxe, lembra?

– Lembro – respondo.

Depois de uma longa pausa, ela pede:

– Poderia ler alguma coisa para mim agora?

– Já mentalizou algum desejo?

Ela faz uma pausa rápida e então responde:

– Pronto, mentalizei.

Abro o livro em uma página qualquer e começo a ler.

Os dias de separação e as noites de segregação chegarão ao fim
Estudei os segredos do universo; sua tristeza rescindirá

Uma leve brisa noturna passa por nós, roçando as páginas do livro e fazendo com que Zari suspire.

A arrogância e a presunção exibidas pelo outono
Oh, a aproximação da primavera com todas terminará
Lampejos de esperança são vistos muito além das cortinas
As noites escuras se encerram e a vitória é certa

Paro de ler e fico de orelhas em pé, atento em meio àquele silêncio, aguardando sua resposta, só que ela não diz nada.

– Gostou? – pergunto. Ela solta um gemidinho bem baixinho para si e então diz:

– Obrigada por plantar aquela roseira lá fora.

Que bom que ela sabe! Eu não me importo que todos descubram e certamente não estou nem aí se a SAVAK aparecer à minha porta essa noite. Só espero que enviem o cara do rádio para que eu deixe os membros da fraternidade do boxe orgulhosos.

– A rosa vermelha será nosso símbolo de desafio a partir de agora – respondo, olhando para a rua onde o sangue de Doutor foi espirrado.

– Está bem – sussurra ela. – Você poderia ler para mim à noite?

– Sim – sussurro.

– Todas as noites?

– Todas as noites.

E então, todas as noites, Zari e eu nos encontramos no telhado. Eu nunca a vejo. Cada um se senta em seu próprio lado da mureta. Dez centímetros de tijolos nos separam, mas quase consigo sentir seu calor. Espalmo contra o muro, pressionando-o bem firmemente, e imagino tocar-lhe as curvas da face. Ouço sua respiração e, volta e meia, alguns de seus movimentos. Ahmed sabe o que está acontecendo, e mantém-se afastado. Completamos a leitura de Hafiz, e ela me pediu para ler *Os Rubaiyat*, de Omar Khayyam.

Depois que termino de ler um curto Rubai, ela pergunta:

– Você acredita em Deus?

– Não sei.

– Parece que Khayyam não acreditava.

– Acho que ele não acreditava.

– Você acredita no destino?

– Acredito.

– Então acredita em Deus. É que neste momento você está com raiva dele.

Sua percepção dói nos ouvidos.

– Por que eu estaria com raiva de Deus?

– Por causa de Doutor. Sei que você o amava muito, apesar... – Ela para.

– Apesar do quê? – pergunto, com o coração acelerado enquanto mordo o lábio inferior.

O momento constrangedor é seguido por um longo silêncio. Finalmente, ela diz:

– Ele me dizia que eu era a vela que clareava as noites dele.

Não respondo. "A vela de Doutor", escrevo na primeira página do livro de Khayyam, várias vezes.

– Proibiram-nos de vestir preto – sussurra ela, com a voz trêmula.

– Eu sei. Mas não precisamos vestir preto para viver nosso luto por ele. Aquela roseira será o símbolo de nossa dor.

O céu noturno está completamente estrelado, cheio de almas de nossos amados, e tenho certeza de que ela sente o magnetismo da escuridão celestial, e que estamos os dois olhando para o emaranhado de planetas. Um desejo profundo toma conta de mim de tal forma que me causa um aperto no peito, como se eu conseguisse inspirar, sem jamais expirar.

– Se pudesse ir a qualquer lugar, onde gostaria de estar? – pergunta ela de uma hora para a outra.

– Não sei – respondo, mas acho que ela sabe que estou mentindo. Eu gostaria de estar no outro lado da mureta. Dez centímetros ao leste de onde eu me encontro agora, só isso.

Na noite seguinte, ela não aparece no telhado. Passo a noite em claro, preocupado. Será que ela está bem? Será que a prenderam também? Será que voltarei a vê-la um dia?

No dia seguinte, na escola, estou cansado e sonolento. Não faço os deveres de casa desde quando comecei a me encontrar com Zari no telhado. Isso não é nada do meu feitio. Meu professor de cálculo, Sr. Kermani, manda que eu vá ao quadro e oferece-me um problema a cuja solução não faço a menor ideia de como chegar. Ele manda que eu estique as mãos. Relutantemente, obedeço, e ele me golpeia repetidas vezes com sua régua. Sinto uma ardência nos dedos, um peso nas mãos, e penso que vou morrer caso ele dê outro golpe, mas não lhe darei o prazer de afastar as mãos. Fito-o fixamente, com os olhos cheios de lágrimas, porque ele personifica tudo que odeio. Fico imaginando se meu pai ainda insistiria que eu me especializasse em matemática, caso soubesse o que estava acontecendo com seu filho único. O que Sr. Kasravi diria sobre tudo isso se visse o que meu professor estava fazendo comigo perante todos os outros alunos?

Enquanto meu professor me bate, lembro-me dos olhos do homem do rádio – arregalados, cheios de raiva e maldade. Vejo o mesmo olhar perverso nos olhos de Sr. Kermani. Lembro-me da coragem com que Doutor levou socos e chutes do filho da mãe com o rádio, e sinto o sangue ferver.

Por um segundo, considero a possibilidade de dar um soco no Sr. Kermani, mas ele é um senhor de idade, então o deixo bater em mim até se cansar. Quando pausa para recobrar o fôlego, ele grita para mim:

– Abaixe esses olhos desavergonhados, senão eu os arrancarei da face e os mandarei para seus pais imbecis.

Enlouqueço de ódio ao ouvi-lo chamar meus pais de imbecis. E ele continua:

– Sei que você é um desses moleques que gostam de se sentar próximos à lareira e ler uma porção de baboseiras filosóficas, em vez de aprender as fórmulas já comprovadas, que podem salvar este país do retrocesso. – Ele cospe as palavras como se disparasse balas contra mim. – Durante meus honoráveis anos no magistério, já vi hordas de aspirantes como você, que consideravam seu arroto um manifesto revolucionário. Cada um de vocês acabará na frente de um esquadrão de fuzilamento, e é por isso que este país precisa de engenheiros e doutores, em vez de pseudointelectuais como você. E depois que enterrarem seu desprezível corpo cravado de balas, irei ao cemitério e defecarei sobre seu túmulo, como fiz com o imbecil que todos vocês chamavam de Doutor.

Ouço um rugido de sangue nos ouvidos. Ataco-o rosnando, agarrando-o pelo pescoço feioso e fino, e o empurro até prendêlo contra a parede. Cerro o punho direito, puxando o braço para trás, preparando-me para socar-lhe o rosto uma vez, apenas uma vez. Que se dane a sagrada fraternidade do boxe. Investirei toda minha força neste único soco para descontar todos os golpes que recebi nas mãos, pelos socos e chutes que Doutor levou na cara, nas costelas e no estômago. Este único soco será forte o bastante para descontar todas as surras injustificadas que milhares de pessoas tomam todos os anos neste país esquecido por Deus.

Tenho vontade de socá-lo, mas ele é velho e fraco. Lembro-me da promessa que fiz a papai e a mim mesmo e esforçome para baixar o punho. Então, cuspo-lhe a face e saio da sala.

Quando estou na metade do corredor, ouço Sr. Yazdi chamando meu nome. Viro-me e o vejo bem atrás de mim. Está com o braço estendido, prestes a deflagrar-me um golpe violento.

– Já estou farto. Vamos lá, bata! Bata, que garanto que este será o último dia de sua bosta de vida – desafio.

Sr. Yazdi dá um passo para trás. Detecto medo em seus olhos. É um homem inteligente. Jamais sonharia em me enfrentar – não agora, não perante todos esses garotos que nos observam no corredor. Manda que eu vá à sua sala. Vejo Ahmed correndo em nossa direção. Sr. Yazdi grita com ele, mandando que se afaste. Ahmed o ignora e caminha ao meu lado.

Ao entrarmos, encontramos Sr. Moradi dando atenção ao meu professor de cálculo, que se encontra em choque. Por um instante acho que Sr. Moradi pegará a régua, mas ele simplesmente se aproxima de mim e sussurra, amigavelmente, que eu não deveria ter feito isso. Então olha para Ahmed e pergunta:

– Por que você não o segurou?

– Foi tudo muito rápido.

Sr. Yazdi se aproxima de mim e grita com toda ira:

– Agredir um professor é a pior coisa que um aluno pode fazer, está entendendo? Não me resta outra opção além de expulsá-lo. Com este crime em sua ficha, nenhuma outra escola o aceitará. Parabéns! Você acaba de destruir sua vida.

– Ah, que se dane! – grito.

Sr. Yazdi dá um passo em minha direção, mas então pensa melhor. Ahmed agarra-lhe o braço e diz que quer conversar com ele e Sr. Kermani a sós.

Dirigem-se a um canto, do outro lado da sala, e eu vejo Sr. Yazdi ficando cada vez mais agitado. Ahmed se vira e pisca para mim. Então Sr. Yazdi e meu professor de cálculo vão para outro canto da sala e discutem a situação bem baixinho. Por fim, Sr. Yazdi vira-se para nós e grita:

– Deem o fora daqui.

Quando começamos a caminhar em direção à porta, ele me chama e diz:

– O senhor está suspenso por três dias. E diga a seu pai que quero vê-lo amanhã.

– Não vou dizer nada. O senhor que o procure e diga – retruco e vou embora.

Vários alunos estão no corredor, e quando aparecemos, todos vibram. Minha vontade é de agradecer a todos pelo apoio, mas Ahmed agarra-me pela mão e me puxa.

– O que vocês falaram lá naquele canto? – indago.

Ele me lança um olhar de reprovação e continua a caminhar. Depois que nos afastamos da sala, ele para e grita:

– Qual é o seu problema? Você está determinado a arruinar completamente seu futuro, não é? Sou o detentor da patente do tipo de merda que você anda aprontando ultimamente.

– Coisa nenhuma. Odeio esses caras. Odeio todos eles. Foram eles que mataram Doutor. Não foi a SAVAK. Foi este sistema desgraçado, este maldito país e seu povo de merda, incapaz de tomar uma atitude e destituir um tirano. Somos um bando de covardes. Do contrário, teríamos corrido para as ruas e protestado contra a prisão de Doutor na noite que o entreguei. Talvez ele ainda estivesse vivo.

Ahmed tenta colocar a mão em meu ombro para me acalmar, mas afasto seu braço e saio da escola.

20

Um beijo

Quando chego em casa, encontro minha mãe chorando. Meu pai está sentado no pátio perto da *hose*, fumando um cigarro. Está fazendo um frio nada comum para a época do ano, finalzinho de outubro, e vejo a fumaça saindo da boca de minha mãe, ao chorar. Meu pai parece zangado, então presumo que Sr. Yazdi deve ter ligado para ele.

– Antes que o senhor diga qualquer coisa – digo, apontando para ele –, eu não bati nele. O senhor disse que era errado bater nos mais fracos, então cuspi na cara dele porque ele chamou o senhor e mamãe de imbecis e disse que não via a hora de poder defecar sobre meu túmulo, como fez no túmulo de Doutor. Fiz o que o senhor teria feito, lutar. Como o senhor fez no quartel e com Engenheiro Sadeghi. Se isso for errado, então pode me castigar.

Papai se reclina na beirada da *hose*. Traga o cigarro e abaixa a cabeça, olhando para os pés. Observo-o por um instante, e quanto estou certo de que ele não tem nada a dizer, caminho em direção à casa. Mamãe está parada nas escadas. Dou-lhe um abraço apertado, um beijo no rosto e enxugo suas lágrimas.

– Não se preocupe, mãe. Já estou bem crescido e sei o que estou fazendo.

Ela esconde o rosto em meu peito.

– Acho que a senhora terá que parar de me dar o óleo automotivo – sussurro em seu ouvido, tentando animá-la.

Ela se afasta e solta uma risada nervosa, com os olhos cheios de lágrimas. Então dá duas pancadinhas leves em meu peito e diz alguma coisa bem baixinho. Dou-lhe outro abraço antes de subir para meu quarto no terceiro andar.

De uma hora para outra, sinto-me adulto. Sou um homem no comando de minha própria vida, com garra, determinação e capaz de escolher um caminho, igual ao meu pai. Estarei no comando da vida ao meu redor, garantindo que ninguém mais me trate feito criança, nem meus pais nem meus professores. Tenho de bolar um jeito de levar Zari para os Estados Unidos comigo. Quando chegarmos lá, trabalharei muito para sustentá-la. Deus, há tanto a ser feito, e adoro a sensação de ser responsável por tudo isso.

Estou me acomodando no meu cantinho de sempre no telhado, quando ouço Zari do outro lado da mureta.

– Oi – diz ela.

– Ando preocupado com você. Não sabia onde você estava nem o que lhe acontecera.

– Estou bem. Fomos ao hospital visitar o pai de Doutor, e só voltamos muito tarde.

– Como ele está?

– Nada bem.

– Como você está?

– Nada bem.

– Sinto muito.

Ouço seu choro do outro lado da mureta.

– Meus pais lhe mandam lembranças. Acham que você é a única luz brilhante em minha vida neste momento.

– Sério?

– Eu também acho.

Se fosse mês passado, eu teria me atirado do telhado alegremente, mas agora sou um homem, logo tenho de me conter.

– Não fiz nada de mais – digo, ainda revirando-me por dentro.

– Não? Você vê mais alguém fazendo fila ali fora para passar todas as noites com uma garota deprimida e triste como eu?

Percebo que é mais fácil aceitar um elogio quando ele não é dado assim na cara.

Zari passa um tempinho calada. Então diz:

– Agradeça à sua namorada por lhe permitir passar tanto tempo comigo.

– Tá bem – resmungo.

– Estou louca para descobrir quem é ela.

– Logo descobrirá.

Ela não diz nada.

Depois de uma longa pausa, diz:

– Vou fazer umas compras amanhã. Gostaria de me fazer companhia? Depois das aulas, é claro.

– Acho que não há nada que seja mais interessante para mim – respondo.

Não digo nada sobre minha expulsão. Tenho certeza de que logo o assunto virá à tona.

No dia seguinte, espero por ela duas ruas adiante. Seria insensato deixar que os outros nos vissem juntos em nossa rua, sobretudo quando a morte de Doutor ainda é tão recente.

"Se morássemos nos Estados Unidos, ou na Europa, não teríamos de nos preocupar com essas coisas, não é?", ouço a voz de Ahmed na minha cabeça. Acho melhor ligar e desculpar-me por tê-lo tratado tão mal lá na escola.

Meu coração está disparado, enquanto aguardo para ver Zari; minha confusão mental é tamanha que mal consigo pensar direito. Quando ela aparece, cumprimentamo-nos e começamos a caminhar até o ponto de ônibus. Caminhamos um ao lado do outro. Olho para ela e percebo pela primeira vez que sou uns dois centímetros mais alto.

Ela está abatida e cansada, mas ainda assim parece uma bonequinha. Sua tez clara, o narizinho arrebitado, os cabelos caindo feito uma cortina de seda dos lados do rosto, seus longos cílios, os olhos azuis bem grandes – está tudo ainda ali, menos seu sorrisinho sapeca. Esta é a face pela qual me apaixonei. Ela se vira e olha para mim. Estou tão empolgado com sua presença que sinto vontade de dizer-lhe o quanto a amo, e que quero passar o resto da vida caminhando ao seu lado.

Falamos pouco no ônibus. Sentamo-nos um ao lado do outro, e nossos ombros se tocam todas as vezes que passamos por um quebra-molas. Olho para suas mãos. Seus dedos são longos e delgados. Adoro suas mãos.

– Sabe o que será a semana que vem? – pergunta ela.

Sei que ela se refere ao quadragésimo dia desde a morte de Doutor, o dia em que deveriam ter permitido que nós nos reuníssemos para falar sobre ele, chorar, compartilhar com os outros a falta que sentimos dele. O dia em que nos proibiram de fazer qualquer uma dessas coisas. Olho para Zari desesperada e silenciosamente.

– É o aniversário do xá – diz, estampando um sorriso triste. – Ele irá do palácio até o Estádio Amjadieh em um desfile de automóveis. Estima-se que haja quinhentas mil pessoas nas ruas. Quero vê-lo.

– Por que você quer fazer isso, sobretudo nesse dia?

– Nunca o vi pessoalmente.

– Ele é como qualquer outro ditador – debocho. – Um homem arrogante, narcisista e implacável, cujo olhar frio dá até arrepios. Eu o odeio. Não será vendo-o passar num desfile de carros que você compreenderá um pouco melhor a morte de Doutor.

Ela passa um tempo calada, talvez um pouco surpresa pelo que acabo de dizer de forma tão direta.

– Mesmo assim quero vê-lo – insiste.

– Tudo bem, então vou com você.

– Você já tem muita coisa na escola. Não precisa disso neste momento. Prefiro ir sozinha.

– Vou com você – repito, gentilmente.

– Por quê? Por que quer me acompanhar se o odeia tanto?

– Porque prefiro estar com você no inferno a estar no céu sem você.

Neste momento, abaixo a cabeça e olho para meus joelhos. Percebo claramente que ela me olha com atenção. Então ela segura-me a mão.

– Pasha, eu também gosto de estar com você. É uma pessoa muito especial. Você tem mesmo *Algo*, como disse Ahmed.

Aperto-lhe a mão delicadamente, e a sinto apertar a minha também. Lanço-lhe um olhar penetrante, ao qual ela corresponde.

– Sua mão é quentinha – sussurra.

Saltamos do ônibus em Laleh Zar, a área de Teerã onde se encontram milhares de lojas, vários cinemas, boates e restaurantes. As ruas e vielas estreitas estão cheias de gente de todas as idades. No ar, uma forte mistura de aromas de costeletas, hambúrgueres e iscas de fígado grelhados sobre carvão bem quente.

Alguns vendedores anunciam suas ofertas:

– O melhor *kebab* da cidade! Apressem-se antes que esfrie.

– Tecidos genuinamente ingleses por apenas dez tomans o metro! Venham logo antes que termine!

– Ingressos, ingressos para o maior show do universo com Jebelly, o maior cantor de nossos tempos.

– Gosto desta área – diz Zari. – É tão cheia de vida!

Em uma das lojas, ela põe um xador e me pergunta como ficou. Digo-lhe que ficou parecendo um anjo. Ela ri e o compra.

Vamos a uma sorveteria e pedimos dois *paloodehs* com sorvete Akbar Mashdi, feito a partir de uma receita especial, que inclui açafrão, pistache salgado e água de rosas.

– Sabia que Faheemeh teria se matado caso a tivessem obrigado a se casar com o vizinho? – pergunta ela quando começamos a comer.

Perco o apetite ao imaginar Faheemeh se matando.

– O suicídio nunca resolve nada – digo. – Com certeza piora as coisas para quem fica. Nem posso imaginar como Ahmed teria ficado arrasado!

– Ano passado li um livro sobre Sócrates – diz Zari suavemente, ao olhar fixamente para seu sorvete. – Fiquei muito intrigada, pois ele escolhe ficar na prisão e morrer mesmo tendo a chance de escapar. Será que foi um erro?

Sei aonde ela quer chegar com esse argumento e não respondo.

– E quanto a Golesorkhi? – indaga ela, agora olhando diretamente nos meus olhos. – Pra mim, Golesorkhi e Sócrates cometeram suicídio, concorda?

Permaneço calado.

– Você acha que Doutor... – Ela não completa a pergunta.

Balanço a cabeça de um lado para o outro, frustrado.

– Acredito que a vida é preciosa demais para ser desperdiçada, sobretudo quando se tem algo pelo qual valha a pena se lutar.

Zari me observa por alguns segundos.

– Estou aborrecendo-o? – pergunta cuidadosamente.

Faço que não com a cabeça. Ela usa a colher para amassar o sorvete.

– Vamos falar de algo mais agradável – sugiro.

– Está bem, vamos sim. Ainda pretende ir para os Estados Unidos?

– Eu disse algo mais agradável – brinco.

Ela começa a rir.

– Quero que você vá. Espero que você se torne um cineasta famoso. Escreva um roteiro e conte a todos a história de nossa rua. Só prometa que escolherá uma atriz famosa para me interpretar. Quem é sua atriz favorita? Ingrid Bergman, certo?

– Isso mesmo, só que ela está velha demais para interpretar você. Tenho que escalar alguém mais jovem. A atriz mais linda que houver.

Ela se enrubesce. Seus olhos estudam os meus como se ela tentasse entender os encaixes das peças de um quebra-cabeça. Então toma um pouco do sorvete.

– Então, me conte o que houve na escola.

– Como ficou sabendo?

– Por meio de Faheemeh.

– Linguaruda essa Faheemeh – digo, e nós dois caímos na gargalhada. – Você ficou zangada?

– Bem, quando se toma conhecimento de incidentes assim, imagina-se um tipo diferente de pessoa. Espero que você não faça mais isso.

Fico contente ao saber que ela se preocupa comigo.

– Ele provocou – explico, tentando prolongar o momento.

– Prometa-me que jamais fará algo assim novamente – insiste, com um olhar ameaçador.

Dou uma risada e ergo a mão direita, colocando a esquerda sobre o coração.

– Bom menino. Sabe, sinto-me responsável pela sua falta de concentração na escola.

– Você é a melhor coisa na qual eu poderia me concentrar neste momento.

Zari se enrubesce novamente.

Antes de nos despedirmos, ela me obriga a prometer que estudarei com mais afinco. Quer checar meu dever de casa todas as noites, quando nós nos encontrarmos no telhado. Ao vê-la afastando-se, resmungo comigo mesmo, achando uma pena que o dia tenha voado.

Nessa mesma noite, estou sentado no telhado quando Ahmed aparece. Ele se senta ao meu lado.

– Já tomou a vacina antirrábica este ano? – pergunta.

Entreolhamo-nos por alguns segundos e então começamos a rir. Em seguida eu o abraço.

– Me perdoe – digo. – Nunca mais vou gritar com você.

Ele balança os braços indicando que não foi nada, que está tudo bem. Então conto-lhe todos os detalhes do meu dia com Zari. Ele fica feliz por eu ter finalmente tido uma chance de passar um tempo com ela. Conta que ele e Faheemeh irão conosco ao desfile automotivo do xá.

– Eu só vou para estar com Zari. Do contrário, eu preferia cair do telhado e quebrar o pescoço a pôr os olhos no homem responsável pela morte de Doutor.

– É exatamente assim que me sinto.

Temos uma prova de cálculo dois dias depois de terminada minha suspensão. Estudo com o máximo de dedicação possível. Para mim é importante cumprir a promessa que fiz a Zari. Quando volto à escola, os alunos, e até mesmo o inspetor, me dão as boas-vindas de braços abertos.

– Você mostrou àquela hiena velha que ele não pode tratar garotos inteligentes daquela forma – diz o inspetor. – Já o vi agredindo muitos garotos durante os anos. Você foi o único que o enfrentou. Parabéns! Parabéns mesmo!

Ahmed diz que os garotos da escola tomaram uma licença criativa para recontar a história de minha briga com Sr. Kermani. Ele ouviu um garoto contando a outro que levantei Sr. Kermani com a intenção de jogá-lo pela janela, mas Sr. Yazdi me impediu. Segundo algumas versões, Sr. Yazdi tentou me esbofetear, só que usei uma das técnicas de boxe do meu pai para afastá-lo. Então eu o teria jogado ao chão e quase o matado asfixiado, só que Sr. Moradi apartou a briga.

– Por que esses caras inventam essas histórias? – pergunto.

– Porque precisam de um herói – Ahmed responde sem pestanejar. – E você, amigão, é perfeito para o papel.

Encontro-me com Zari no telhado, finalmente do mesmo lado da mureta que nos separa em todas as outras noites. Ela me pergunta se fiz todo o dever de casa. Mostro-lhe meu caderno, e ela verifica todas as páginas cuidadosamente. Observo aqueles dedos longos e delgados virarem as páginas e juro que sinto o calor radiar-se de seu corpo. Um vínculo bem forte se estabeleceu entre nós, e sinto-me feliz por seus pais não se incomodarem que eu a veja no telhado.

Ela treme enquanto passa o dedo pelas linhas do meu dever de casa. Crio coragem e envolvo-a nos braços. Ela se vira e olha para mim, talvez sem saber como reagir. Então sacode o corpo, acomodando-se em meu abraço, e diz:

– Era assim que os homens pré-históricos mantinham-se aquecidos nas cavernas.

Lembro-me dos escritos de Darwin sobre o homem pré-histórico.

– Acha que o prazer que sentimos em nos aninhar em um abraço vem dessa era? – pergunto, e imediatamente questiono por que sempre faço perguntas tão idiotas.

Ela ri.

– Isso e talvez outras coisas.

Resolvo não responder e dou graças a Deus por Ahmed não estar ali perto para ouvir minhas perguntas. Passamos muitas horas abraçados. Zari adormece com a cabeça repousada em meu ombro. Não consigo ver seu rosto, porém ela brilha com um calor que me causa uma sensação maravilhosa. Meu pai sobe até meu quarto, nos vê pela janela e sai sem dizer nada. Alguns minutos depois, a mãe de Zari aparece ali em cima. Minha respiração fica presa no peito. Acho que ela vai me xingar e puxar Zari de mim, só que ela sorri.

– Ela estava cansada, muito cansada – sussurro.

Sra. Naderi volta para dentro de casa. Sinto um tremendo alívio. Agora não dou a menor importância se o mundo nos vir juntos. Não estou mais escondendo nada de ninguém. *Sim, nós nos casaremos e ninguém fará qualquer objeção. Esta será uma relação baseada no amor e não em tradições ultrapassadas.* Estou exultante.

Zari acorda por volta das onze horas. Olha para mim e sorri.

– Dormi por muito tempo?

– Por mim, dormiria muito mais.

– Eu não dormia assim desde que...

Ela não conclui a frase, mas acaricia-me o ombro e o braço com ternura.

– Seus braços devem estar doendo do peso de minha cabeça. Desculpe-me. Você deveria ter me acordado.

– Eu não me importei nem um pouco. Você dorme feito um anjo.

– Você é tão fofinho.

– Sua mãe veio aqui em cima.

– O que ela disse? – pergunta, um tanto ou quanto alarmada.

– Nada. Sorriu e voltou lá para dentro.

– Ela sempre me encheu os ouvidos, dizendo para eu não ter nenhum contato físico com Doutor antes de nos casarmos. – Ela balança a cabeça. – Esse negócio mudou todo mundo. Acho melhor eu ir falar com ela.

Zari se levanta e pula a mureta, desaparecendo ao entrar em casa. Sento-me na mureta, e penso em quão bela a vida pode ser. *Meu Deus, eu a amo. Por favor, não a tire de mim jamais.* Percebo que estou rezando para o Deus que eu xingava algumas noites atrás, e peço-lhe perdão.

Sinto alguém parado atrás de mim. Viro-me e vejo Zari. Está com um olhar radiante. Sua cabeça está levemente inclinada para o lado. Em seu olhar, identifico uma paz e serenidade que nunca vi antes. Ela me dá um beijo no rosto e diz:

– Obrigada.

E então volta, vagarosamente, para dentro de casa.

Tiro dez na primeira prova de cálculo. O garoto sentado ao meu lado fica olhando para minha prova e copiando minhas respostas. A cola nos testes é muito comum. Quase todo mundo na minha turma de cálculo cola, até mesmo os alunos inteligentes. Eles levantam seus papéis ou se sentam de banda para que a pessoa de trás possa copiar as respostas. Não sei muito bem como explicar este impulso nacional de trapacear. Talvez seja mais uma questão de compartilhar do que trapacear. Ouvi dizer que as pessoas no Ocidente competem em tudo, e que por essas bandas ou o cara é um vencedor ou um perdedor. Em meu país, não temos o mesmo espírito competitivo. Séculos de tormento sob o domínio dos mongóis, árabes e déspotas internos nos condicionaram a nos unir e ajudar uns aos outros em situações desagradáveis.

Deixo o garoto ao meu lado copiar minhas respostas.

Sr. Kermani não olha em meus olhos ao me devolver a prova corrigida dois dias depois. Acho que ele não olha sequer uma vez em minha direção durante todo o dia.

Já estou no telhado quando Zari aparece e me pergunta sobre a prova. Conto-lhe que tirei a maior nota da turma, então ela ri e olha para o céu, como se agradecesse a Deus.

– Por que está agradecendo a Deus? – brinco. – Fui eu quem deu duro.

– Com certeza deu mesmo. Bom menino – diz enquanto nos sentamos um ao lado do outro, encostados na mureta. É uma noite fria e a abraço sem um pingo de hesitação. Ela se acomoda, encaixando-se melhor em meu abraço.

– Estou muito feliz com sua nota.

– Acho que eu faria qualquer coisa que você mandasse – digo, e pela primeira vez minhas palavras soam confiantes.

Ela sorri.

Passamos um bom tempo ali, sentados, sem dizer mais nada. Ela adormece em meus braços novamente. Sua cabeça está no meu ombro e sua mão esquerda em meu peito, bem no meu coração; espero que meus batimentos cardíacos não atrapalhem seu sono. Ela está envolta em meus braços. A rua está muito calma e tranquila. No ar, uma brisa gelada, tornando nosso abraço muito mais prazeroso. Sou o homem mais feliz do universo.

Beijo-lhe o rosto, que está vermelho, e sinto sua respiração no pescoço. Ela abre os olhos. Nossos rostos estão a centímetros de distância. Seus olhos não estão pesados. Estavam apenas fechados, como se ela não estivesse dormindo, mas simplesmente relaxando em meus braços. Não me contenho e beijo-lhe os lábios, e ela corresponde. Sinto seus dedos acariciarem-me o rosto, o pescoço e o cabelo. Seus lábios são macios, quentes e cheios de amor, uma combinação perfeita com os meus. Seu corpo move-se contra o meu enquanto ela respira e nossos dedos se entrelaçam. Seria possível congelar o tempo para sempre neste momento?

Então, de repente, ela para, afastando-me, e corre para casa, chorando:

– Não é certo. Isto não está certo.

Na noite seguinte, ela não aparece no telhado. Passo a noite inteira acordado, andando pelo telhado. Olho para dentro de seu pátio, mas não há sinal dela. Pulo para sua sacada e olho para dentro de seu quarto escuro.

Está fazendo frio ali fora, mas não ligo. Vou esperar até que ela saia. E quando ela sair, vou pedir desculpas pelo maldito beijo, embora tenha sido a experiência mais gostosa para mim. Prometerei que jamais me aproveitarei de nossa amizade, a menos que ela me peça. Vou me desculpar e jurar que jamais a beijarei novamente, nem mesmo depois que nos casarmos. Vou lhe dizer que perdi a cabeça e avancei rápido demais após a morte de Doutor.

Ahmed aparece no telhado e então lhe conto o ocorrido. Por algum motivo, fico mais agitado ao vê-lo do que quando eu estava sozinho.

– Espero que eu não esteja fadado a nunca mais estar com ela – digo.

Ahmed ri e balança a cabeça.

– Por que ri de mim quando estou tão chateado? É assim que você é meu amigo?

– Seu melhor amigo, bobão. – Ele me corrige.

– Vá se ferrar!

– Ouça – diz Ahmed ainda rindo –, sabe o que Faheemeh me disse hoje?

Não respondo.

– Disse que agora tem certeza de que Zari está apaixonada por você.

– O quê? – grito. – Como assim? Zari disse isso ou é só uma especulação de Faheemeh?

– Faheemeh é mulher. As mulheres não especulam, elas sabem.

– Como?

– Sei lá! Tem muitas coisas que sabemos sobre as mulheres, mas não sabemos explicar, e por acaso essa é uma dessas coisas.

Sinto-me mais calmo.

– Mas por que ela não vem ao telhado?

– Está com alguma coisa na cabeça. Talvez Doutor, ou quem sabe ela ache que ainda é cedo demais ou que está muito velha para você. Ou talvez não saiba o que fazer com sua bundinha bonitinha.

– Ah, cala essa boca! – digo, começando a rir. – Acha mesmo que ela se apaixonou por mim?

– Por que não? Você tem *Algo*, está lembrado, sedutor?

Neste momento, dou um abraço bem apertado em Ahmed, o mais apertado que já lhe dei.

Na noite seguinte, encontro um envelope no telhado, no local onde ficávamos sentados. É de Zari. Dentro dele há um bilhete dizendo: "Meu querido e amado: eu o adoro, mas acho melhor não investir seu afeto em mim. Não quero que você se magoe. Com todo meu amor, Zari."

De repente, tenho uma sensação como se tivesse levado um murro bem pesado, um golpe infinitamente mais poderoso que aquele da régua de Sr. Kermani. Um abismo sem fundo se abriu em meu coração, fazendo com que o mundo pareça um local muito solitário. Tenho vontade de chorar, mas luto contra as lágrimas com toda determinação, assim como lutei anos atrás, quando quebrei a canela. Só que desta vez a dor não é na canela, mas no coração. Olho na direção da porta de sua casa, no telhado. Sei que ela está atrás da janela de vidro, sentada no escuro. Sei que está me observando, assim como Ahmed sabia que Faheemeh estava atrás do muro na noite em que a leiloavam.

A temperatura caiu rapidamente, refletindo a sensação que meu viver me causa. Um vento frio sopra pela rua como se anunciasse mais dias gélidos e tristes à frente. A pele de meu rosto parece tensa e meus dedos estão quase dormentes, embora eu esteja com as mãos fechadas dentro dos bolsos da calça. Pulo para o telhado de Zari e caminho até a porta de vidro que dá para a casa. As janelas estão cobertas por uma névoa congelada, e não dá para olhar lá dentro, mas assim mesmo sei que ela está do outro lado. Passo os dedos no vidro e escrevo de trás para frente, para que ela consiga ler: "Eu amo você." Vejo seu rosto por entre as letras. Está chorando. Ela toca o vidro com a mão e ponho a palma sobre a sua, então ela desaparece.

Volto à mureta que separa nossas casas. Sei que ela me observa, e estou determinado a ficar ali até ela sair, nem que eu tenha de morrer de frio. Ahmed junta-se a mim no telhado e me cobre com um cobertor.

– Está frio. Por que não entra por uns minutos? Vou ficar aqui até ela sair – diz.

– Não.

– Então tá. Faça o que achar melhor. – Ele se senta ao meu lado.

– Entre, cara. Você vai pegar um resfriado.

– Quer um cigarro? – oferece, ignorando-me.

– Não – respondo com rispidez.

– Lembra da noite em que achei ter perdido Faheemeh?

Faço que sim com a cabeça.

– Pensei que era o fim de minha vida, pois eu a estava perdendo para sempre. Você está com o mesmo tipo de olhar, e não entendo. Vocês dois têm o resto da vida para ficar juntos. Você só precisa de paciência. Zari sabe que você a ama, e sei que o amor é recíproco, mas você precisa dar-lhe um tempo. Ela fará o que é certo. As mulheres sempre fazem o que é certo.

– Não quero esperar – insisto, feito um garoto teimoso e mimado. E lá se vai a história de ser homem adulto!

– Olha só, neste exato momento ela precisa ficar longe de você. É difícil para ela aceitar que está apaixonada por você. A garota não vai pular em seus braços e fazer de conta que Doutor nunca existiu, menos de quarenta dias depois que o cara foi executado. Então, meu camarada, aperte o cinto, ajeite o chapéu e vamos fazer a coisa certa. Tempo: é disso que ela precisa agora.

– Amanhã faz quarenta dias que Doutor morreu – digo chorando. – Tínhamos de estar juntos. Odeio ver o xá, mas não quero que ela vá sozinha.

Ahmed faz que não me ouviu e ralha comigo:

– Seja paciente. Por favor, seja paciente.

– Não grite comigo – digo, rispidamente.

– Por que não? – grita, apontando-me o dedo. – Você, meu grande amigo, tem de ter *Algo*. Então eu lhe pergunto: é assim que um homem com *Algo* se comporta? Você não está nos dando um bom exemplo.

– Ah, que se dane *Algo*. Estou cansado de escutar que tenho *Algo*.

Então fico irritado quando os olhos se enchem de lágrimas novamente.

– Estou cansado disso. Cansado de fingir. – Sei que se eu não me controlar, vou começar a falar sem parar, todo irado, o que sempre acontece quando eu me altero.

Ahmed acende outro cigarro, solta uma corrente de fumaça e diz:

– Bom, então peguemos resfriado juntos. Se você quiser passar a noite toda aqui sentado, passarei com você.

– Vá lá pra dentro – digo, enxugando as lágrimas.

– Não. – Ele balança a cabeça.

Passamos um bom tempo ali, calados. A noite está fria e silenciosa; o céu, limpo. Não durmo há mais de 36 horas. Estou cansado e minhas pálpebras estão pesadas; minha mente, entorpecida. Acho que adormeço apenas por alguns segundos, pois as imagens do homem do rádio invadem-me a cabeça. Novamente, vejo os olhos dele. Vejo seu cabelo penteado para trás, bem esticado. Em um ponto, estou próximo a ele, tentando dar-lhe um murro, porém não consigo levantar os braços, pois estão pesados demais. Acordo com o coração disparado.

Zari está de pé, em frente a mim, e Ahmed está ao meu lado.

– Entre – Zari me implora. – Por favor, entre.

– Não – resmungo.

Ahmed se levanta.

– Ahmed, por favor, leve-o para dentro.

– Ele agora é problema seu – responde Ahmed, dirigindo-se para seu quarto.

– Por que você está aqui fora? Vai morrer congelado.

Sinto um nó na garganta, e tenho medo de cair no choro se abrir a boca. Mas é hora de dizer alguma coisa.

– Não vou morrer congelado porque minha vida tornou-se um inferno desde o dia em que você resolveu não mais falar comigo. – Então minha voz embarga. – Sinto muito pelo maldito beijo.

Ela balança a cabeça como se não acreditasse que eu estivesse me desculpando.

– Jamais a beijarei novamente – digo. – Nem mesmo depois que nos casarmos e tivermos filhos.

Ela sorri e seus olhos reluzem com as lágrimas.

– Quero ser seu amigo, seu camarada. Compartilharei o luto pela morte de Doutor pelo tempo que você quiser.

Ela estica o braço e toca-me afetuosamente o rosto.

– Se há uma vida após a morte, eu a estou vivendo. Se houver um inferno, estou ardendo nele. Amo você, sempre a amei, mesmo antes de Doutor partir em viagem. Há muito tempo convivo com amor e culpa. Não quero mais que seja assim.

Zari toca-me o rosto novamente com seus lindos e longos dedos e enxuga minhas lágrimas. Então me dá um abraço apertado, e juro que sinto as batidas de seu coração.

– Isso dói mil vezes mais do que quebrar a canela – sussurro.

– Venha comigo.

Sigo-a até seu quarto, onde há uma cama, uma pequena escrivaninha, uma cadeira de metal e vários livros. Uma foto de seus pais está emoldurada, presa em uma parede, e logo ao lado uma foto sua junto a mim, Ahmed e Faheemeh, que tiramos perto da *hose*.

– Parece até que essa foto foi tirada há mil anos – sussurro.

– E foi mesmo.

Sento-me na cadeira, enrolado ao cobertor de Ahmed. Ela move o cobertor vagarosamente, senta-se em meu colo, e enrola-se comigo ao cobertor. Digo que a amo, que não consigo viver sem ela, e que farei qualquer coisa para garantir sua felicidade. Ela me dá um beijo no rosto, nos olhos e nos lábios. Sinto o sal das lágrimas que rolam em nossos rostos.

Passamos a noite inteira abraçados. Digo que um dia quero casar com ela, ter nossa casinha e nossos filhos. Ela sorri, mas não diz nada. Seus olhos parecem perdidos todas as vezes em que falo sobre o futuro. Ahmed tem razão. Ela precisa de tempo. E vou lhe dar tempo até que esse olhar perdido desapareça para sempre. Sei que no futuro, bem mais lá para frente, quando tivermos filhos, espero que tenham olhos azuis como os da mãe, pois o azul é a cor da vastidão, da pureza e da profundidade. Ela aperta mais ainda os braços ao redor de meu pescoço, e sussurra que sou um fofo por lembrar-me disso.

– Lembro-me de todas as palavras que você me disse – sussurro.

Conversamos a noite inteira. Na verdade, eu falo mais do que ela. Conto-lhe que Faheemeh vem rezando pela nossa união, para que possamos todos ser amigos pelo resto da vida. Ela faz que sim com a cabeça. Seu silêncio me dá vontade de falar mais. Conto-lhe que eu estava no telhado na noite em que ela conversava sobre mim com Anjo Mascarado.

– Como sabe que falávamos sobre você?

– Não falavam?

– Sim, falávamos.

– Foi o que achei – sorrio.

– Sinto muita falta dela. Sabe, nós não nos vemos ou nos falamos desde aquela noite.

– Por quê?

– Os pais dela estão doentes, e ela tem passado todo o tempo cuidando deles.

– Acho que ela ficaria feliz ao saber de nós dois.

Zari não diz nada. O olhar perdido retorna.

– Depois que você e Anjo Mascarado voltaram lá para dentro, fiquei sentado no telhado a noite inteira, olhando para as estrelas – digo rapidamente, na esperança de afastar aquele olhar, nem que seja apenas por alguns segundos. – Era uma noite bem escura, mas sua estrela estava claramente visível.

– Onde estava a sua em relação à minha?

– Não achei a minha. Nunca acho.

– Era para ter achado, pois você tem a maior estrela lá em cima. Chamo-a de estrela de Pasha. É a maior e mais brilhante, e todos nós orbitamos ao seu redor.

Sinto vontade de dar-lhe um beijinho no rosto, mas tenho medo. Ela repousa a cabeça em meu ombro e sinto seus lábios tocarem-me o pescoço. Aperto o abraço e acaricio-lhe as costas e o pescoço com as mãos.

Passam-se alguns minutos.

– Quando você parte para os Estados Unidos? – ela finalmente pergunta.

– Só irei se puder levar você comigo.

– Você não pode basear seus planos de vida em mim. Tem de ir. Quero que vá. Quero que se afaste deste inferno aqui. Deve ficar nos Estados Unidos para sempre. Fazer filmes. Contar nossa história a todo o mundo. A história de Doutor. É preciso que as pessoas saibam o que aconteceu.

Começo a responder, porém ela põe o dedo sobre meus lábios.

– Quero que jure que irá para os Estados Unidos, aconteça o que acontecer.

– Aconteça o que acontecer? O que quer dizer com isso? O que nos aconteceu já é o suficiente por toda uma vida. Vamos para os Estados Unidos juntos. Tudo em minha vida será planejado contando com você de agora em diante.

– Não diga isso – suplica, novamente com o olhar perdido.

– Levarei você comigo, e ponto final. E não precisa se preocupar com dinheiro, pois trabalharei para sustentá-la. Você foi uma excelente aluna na escola, então acho que se sairá muito bem na faculdade. Acho que você daria uma excelente psiquiatra, ou antropóloga. Só que eu preferiria que você se especializasse em cirurgia cardíaca, para curar meu coração.

Ela olha para mim, com seu lindo rosto congelado de tanta preocupação.

– O que tem de errado com seu coração?

Sorrio.

– Você o quebrou.

Ela sorri também e o olhar perdido em seu semblante finalmente desaparece, pelo menos por enquanto.

21

Acendendo uma vela para Doutor

É o aniversário do xá, exatamente quarenta dias desde a morte de Doutor. Encontro-me com Faheemeh e Zari duas ruas adiante e caminhamos juntos até o ponto de ônibus. Zari está vestindo o xador que compramos quando fomos a Laleh Zar. Digo que espero que ela esteja com algo mais quente por baixo do xador, pois o clima está curiosamente frio para esta época do ano. Ela diz que sim.

Sentamo-nos juntos no ônibus, enquanto Ahmed e Faheemeh se sentam duas fileiras para trás.

– Por que está vestindo um xador?

Ela passa alguns segundos sem responder e então olha para mim, sorri e diz:

– Quero parecer um anjo.

– Você sempre parece um anjo, com ou sem xador – respondo de imediato, sem pestanejar. Então, seguro-lhe a mão.

Há menos pessoas nas ruas do que eu imaginara. O ônibus deixa de parar em alguns pontos, pois não há passageiros para pegar ou para saltar. À medida que nos aproximamos do Estádio Amjadieh, o trânsito fica mais lento. Há mais carros de polícia e jipes do exército, mais guardas de trânsito e até mais pessoas.

Saltamos do ônibus em uma rua além da qual os ônibus estão proibidos de ir hoje. De onde damos início à nossa caminhada, vemos uma nuvem escura pairando sobre as montanhas ao norte. Um vento frio sinaliza uma tempestade iminente, como se a natureza também estivesse de luto pelo quadragésimo dia desde a morte de Doutor e pelo aniversário do xá.

As ruas estão repletas de gente aguardando silenciosa e pacientemente para ver o líder passar de carro. A maioria dessas pessoas é de funcionários federais, estudantes e relutantes donos de lojas que foram obrigados a fechar seus negócios e ir para as ruas. As agências de notícias reportaram que estimava-se que mais de quinhentas mil pessoas compareceriam ao evento. Uma grande mentira, obviamente, tudo manipulação; talvez a notícia tenha até refletido o desejo deles. Tenho certeza de que a imprensa reportará uma multidão entusiasmada, impaciente e agitada pela chegada do rei. Olho em volta e o que vejo são pessoas querendo voltar para casa, pessoas que não parecem assim tão entusiasmadas em estar na rua. Em algumas esquinas, crianças de diferentes idades agitam bandeirinhas, seguindo as orientações de seus professores. De vez em quando, mandam que elas gritem e façam alguns barulhos animados quando as câmeras de televisão e os fotógrafos as focalizam. Policiais e soldados estão espalhados por todos os lugares.

Há um zum-zum-zum na multidão, mas certamente não é de empolgação ou alegria. As lojas estão fechadas, mas seus donos foram obrigados, como em todos os anos, a decorar suas entradas e vitrines com pisca-pisca coloridos. Todos os quarteirões estão enfeitados por enormes arcos de flores. A cada metro, espalharam-se placas parabenizando o xá pelo seu aniversário e desejando-lhe vida eterna. Em uma parte da rua, há um grande aglomerado de pessoas muito próximas umas das outras. É evidente que são funcionários públicos da mesma administração, forçados a ficar juntos. Volta e meia o grupo canta em uníssono:

– Vida longa para o rei! Vida longa para o rei!

O cântico soa vazio e algumas das pessoas na multidão dão risadinhas como se estivessem constrangidas.

Penetramos na multidão empurrando e acotovelando, buscando um cantinho de onde se tenha uma boa vista do desfile de carros. Zari está meio pálida. Pergunto se está tudo bem, e ela diz que não há nada errado.

Sou persa. Nunca acreditamos em alguém que diga que não há nada errado. Somos um povo intuitivo. Sentimos a presença, o cheiro e o gosto de problema a quilômetros de distância. Fomos condicionados a nos preocupar porque nossa história é cheia de atrocidades cometidas contra nós por governantes implacáveis. Concluo que a ansiedade frente à iminência de ver o xá, o homem responsável pela morte de seu noivo, está deixando Zari agitada.

Esperamos, esperamos, esperamos. Está frio na rua, e passo um sufoco ao ter de permanecer parado no mesmo lugar.

Ouço um homem reclamar para a esposa, em voz baixa:

– Quando esse filho da puta virá, para podermos voltar logo para casa?

Olho para Zari e percebo que ela está carregando alguma coisa sob o xador.

– O que é isso? – pergunto, apontando.

– Minha bolsa.

Ahmed olha para mim.

– Algo errado?

– Não.

Ele me olha da mesma forma desconfiada com a qual olho para Zari.

– O que foi? – pergunta Faheemeh.

Ahmed faz um sinal negativo com a cabeça.

– O que estamos fazendo aqui? – pergunto a Ahmed.

– Estamos acompanhando nossos anjos – responde ele, rindo.

– Poderíamos ter ficado com elas em outro lugar.

Ele concorda, mas agora é tarde. Esperamos para ver como o xá acena para as pessoas.

A gritaria invade o local, começando lá no final da rua. Vê-se um grupo de motoqueiros uniformizados alguns metros adiante.

– Estão vindo – digo a Zari. Ela está pálida, muito pálida. – Qual o problema? – pergunto novamente.

– Nada, meu querido. Problema nenhum.

Ela me chamou de meu querido! Não consigo tirar os olhos de seu rostinho branco e cansado.

O desfile se aproxima cada vez mais. Zari agarra minha mão.

– Eu amo você – diz ela bem alto, em meio à gritaria.

Acho que ela diz isso para me acalmar, mas sei que tem algo errado. Meu coração dispara. Olho em volta e não vejo nada de estranho. Os carros do desfile estão apenas a alguns metros de nós.

É quando então sinto o cheiro de gasolina. Olho para Zari. Seu xador caiu, e em suas mãos vejo um pequeno contêiner de gasolina, com a qual ela está encharcando suas roupas.

Grito:

– O que você está fazendo?

– Acendendo uma vela para Doutor. Hoje faz quarenta dias que ele morreu – grita. – Eu amo você!

De repente, as coisas se complicam e somos todos pegos pela terrível surpresa que o momento nos reservava. Zari corre para o meio da rua, acende um fósforo e ateia fogo a si mesma. Corro atrás dela.

– Não, não, não! – grito.

O desfile é interrompido. Os seguranças sacam as armas. Zari corre na direção do carro do xá. Os guardas de motos rapidamente se juntam ao redor daquela forma em chamas. Ela para.

– Zari! Zari! – grito. – Por quê? Por quê?

Da multidão, alguns homens gritam e as mulheres se golpeiam e choram:

– *Ya Ali! Ya Ali! Ya Ali!*

É um cântico usado sempre que acontece alguma tragédia.

Ouço os gritos desesperados de Faheemeh. Tento abrir caminho entre os motoqueiros para chegar até Zari, que grita e cambaleia em pequenos círculos interrompidos.

Ouço Ahmed gritando:

– *Ya Ali! Ya Ali!*

Zari se vira para o carro onde se encontra o xá, e um agente de segurança dá-lhe um chute violento na barriga, derrubando-a no asfalto. Ela tenta se levantar, mas a dor a impede. Enfia a mão em um dos bolsos, retira uma rosa vermelha e a joga na direção do carro do xá. Praticamente enlouqueço ao ver aquelas chamas. Atiro-me sobre ela. Tento apagar o fogo com os braços e as mãos, dando-me conta, tristemente, de que a ardência no corpo nem se compara àquela que sinto no coração. Zari se debate gritando e gemendo.

Grito seu nome:

– Zari, eu amo você! O que você fez? Por quê? Por quê?

Ahmed tira o casaco e o joga sobre o corpo de Zari, também. Um homem que está na calçada corre até nós e coloca sua jaqueta sobre o rosto dela. Um dos soldados se aproxima de mim com seu rifle. Ahmed se interpõe entre nós, e leva uma pancada com o cabo do rifle. Ahmed se contorce. O desfile então passa por nós. Ouço a sirene de uma ambulância.

– Amo você – Zari sussurra, antes de desfalecer.

Perco a compostura.

– Seu filho da mãe! – grito, dou um pulo e ataco o soldado que bateu em Ahmed. Ele cai feito um muro de tijolos. Outro soldado me ataca. Dou-lhe um soco também, e ele cai de joelhos. Estou gritando todo o meu choque e desespero quando sinto uma forte pancada na nuca, e esta é a última coisa de que me recordo.

22

Inverno de 1974
Hospital Psiquiátrico Roozbeh, Teerã

Juntando as peças

As noites caem com um peso que aprofunda o buraco em meu coração, e sinto-me como se tivesse um milhão de anos. Há uma árvore bem grande fora do meu quarto, cujos galhos pelados se batem contra os vidros da janela de forma fantasmagórica. Sei quem sou e que sofri um acidente sério, mas parece que não consigo me libertar destes fatos. Checo meu corpo, buscando alguns sinais. A pele das mãos e dos cotovelos parece escoriada, mas as costelas não estão mais doloridas. O peito e os braços parecem menores; dessa forma, sei que perdi peso. E, na nuca, há um hematoma bem profundo.

Tudo neste lugar me passa um senso de pesar, menos Cara de Maçã, que é alegre e vibrante – exceto quando fala com meus pais sobre mim. Estou agitado e carente de companhia, mas sei que, se eu chamar a enfermeira, ela simplesmente me dará outra injeção. Passarei alguns minutos com uma quentura no corpo, até adormecer profundamente, porém acordarei mais tarde, consumido pelo medo e pela angústia.

Ouço uma pancada alta, e então falta luz. Um momento de tranquilidade incomum é seguido por um caos silencioso, à medida que as enfermeiras lutam para organizar as coisas lá fora. Inevitavelmente, sinto-me soturno agora que o mundo está tão negro quanto a minha mente. Ouço passos se aproximando de minha porta e então se afastando. Não dá para entender o que as enfermeiras estão falando no corredor, mas a comoção se intensifica a cada segundo. Os passos retornam, e o medo do desconhecido toma conta de mim enquanto me sento na cama. A porta de meu quarto se abre com um rangido suave, e o velho entra segurando uma vela.

A chama salta, consumindo todo o oxigênio no quarto, e então a vejo, minha pequena Zari, com o rosto coberto de bolhas de um vermelho intenso, enquanto ela tenta respirar. O mundo dentro de mim rui, e minha alma é completamente extirpada.

Começo a gritar, e tenho a sensação de que jamais conseguirei parar. Não dá para evitar a cascata de memórias tenebrosas que se fazem presentes por trás dos olhos cerrados. Apesar da dor que deve tê-la consumido, Zari ainda lutou para alcançar o desfile de carros. Então o soldado deu-lhe um chute e o cabo do rifle atingiu as costas de Ahmed, e ela usou seu último suspiro para dizer que me amava. Cara de Maçã chegou e está ao lado de minha cama no momento em que tudo isso me ocorre.

– Ela morreu? – pergunto, e Cara de Maçã fecha os olhos. Grito o mais alto que consigo, tentando expulsar a vida de meu corpo. Cara de Maçã tenta me abraçar, mas sinto-me como se minha pele houvesse se virado do avesso e estivesse agora coberta por pequenas agulhas bem finas. As enfermeiras vêm correndo para me segurar, mas Cara de Maçã as detém com um gesto. Choro em seus braços. Sinto o calor de suas lágrimas, e a dor no queixo e na mandíbula, de tanto chorar.

– Como? Como? – grito.

– Não sei – sussurra Cara de Maçã.

– Que Deus maldito – grito repetidamente, puxando o roupão. – Por quê? Por quê? Quero saber por quê!

Cara de Maçã enxuga o rosto com um lenço.

Eu me esgoelo, grito, choro, mas nada diminui minha dor. Sinto-a por todo o corpo. Levanto-me da cama e saio andando sem destino, tentando ganhar fôlego. Sinto a pele esticada. Parece que não há oxigênio suficiente no quarto. Cara de Maçã abre a janela, permitindo a entrada de um ar bem fresco. Então sento-me no chão e choro, apoiando a cabeça nas mãos, balançando-me para frente e para trás. De repente, começa a gotejar sangue de meu lábio, caindo diretamente sobre o roupão. Cara de Maçã se senta ao meu lado.

– Você mordeu o lábio, meu querido – sussurra. – Por favor, tome cuidado, por favor.

Ela me abraça e pede um lenço de papel à enfermeira.

– Cadê Ahmed? – pergunto, chorando em seu ombro.

– Na cadeia – sussurra Cara de Maçã, e então dou um momentâneo suspiro de alívio antes de cair novamente em desespero.

Horas depois, ainda não consigo controlar as emoções. Meus pais vêm ao hospital e Cara de Maçã lhes pede para acompanhá-la até o corredor.

Então mergulho numa névoa, olhando fixamente para a frente por muito tempo. Não consigo mais chorar. Não me restam lágrimas e sinto-me muito abatido. Penso na família do xá e pergunto-me se eles falaram sobre Zari durante o jantar naquela noite. Teria seu filho lhe perguntado quem era aquela mulher e por que ateou fogo em si mesma, correndo em direção ao seu carro? Será que, daqui a dois mil anos, um casal como eu e Zari se sentará em uma sorveteria e discutirá a escolha de Zari? Será que eles me considerarão um covarde que deveria ter abraçado sua amada que ardia em chamas e queimado com ela? Não consigo controlar a mente, que vai pulando de pensamento em pensamento, de rosto a rosto sofrido.

Chega um momento em que Cara de Maçã aplica-me uma injeção e então adormeço.

Ao acordar, encontro meus pais no quarto, conversando baixinho com Cara de Maçã. Lembro-me de Zari, e o mundo desmorona-se novamente sobre mim. Meus olhos enchem-se de lágrimas e algo aqui dentro se torce, e então estala, descolorindo o mundo, enfeando-o. Não faço ideia de como sobreviverei a mais um dia, ou aos próximos cinco minutos. Acho que minha mãe sabe o que se passa em minha cabeça, pois assim que abro os olhos, ela começa a chorar.

Acho que alcanço minhas mangas, desta vez com os dentes. Não sinto a dor no braço, mas vejo o sangue que avermelha meu lençol. Cara de Maçã corre ao meu encontro. Então vejo enfermeiras e meus pais, que choram, mas tudo que consigo escutar é um zumbido contínuo.

Sonho que estou sentado à beira de um riacho, de frente para Zari, que se encontra na margem oposta. Ela diz que me ama, e que eu não deveria lamentar sua morte porque a morte não é tão diferente da vida. Diz que Doutor não está zangado comigo pelo fato de eu ter me apaixonado por sua namorada, e implora para que eu não me zangue com Deus, assegurando-me de que Ele é bom, justo e generoso. Lembra-me de que é preciso que haja a morte para que exista a vida, que é preciso que haja mentiras para que exista a verdade, que é preciso que haja a escuridão para que exista a luz. Diz que sempre estará ao meu lado – mas que devo esquecê-la e tentar viver uma vida próspera e longa. Levanto-me e tento cruzar o riacho, mas meus passos não me levam a lugar nenhum.

Ao acordar, sinto-me como se estivesse morrendo. Dra. Sana – minha Cara de Maçã – tenta me acalmar. Escuto cada palavra que ela diz, mas não compreendo. Cara de Maçã não vai para casa nessa noite. O marido liga e ela põe a ligação em viva-voz. Ele me cumprimenta. Tem uma voz grave, mas simpática. Diz que sente muito e que logo me fará uma visita. Diz que é para eu aguentar firme e ser forte, pois tudo ficará bem. Sua esposa é uma excelente médica e ela fará de tudo para que eu receba os melhores cuidados do mundo. Não digo nada. Depois de um tempo, ele se despede e desliga; então eu me desespero novamente. Minha vida não continuará sem Zari.

Gosto da sensação de tranquilidade que tomou conta de mim quando abro os olhos. Minhas pálpebras estão tão pesadas que mal consigo piscar. Meu pai diz algo sobre ir para o Norte do Irã, onde temos uma vila no sopé das montanhas Alborz, com vista para as águas verdes do mar Cáspio. A maioria dos parentes de meus pais mora no Norte. Cara de Maçã diz que sentirá minha falta quando eu for embora. Ouço as palavras, mas a mente está lenta demais para processá-las.

Eles falam sobre quando eu melhorar, e fico tentando imaginar como alguém como eu melhora.

– O tempo cura tudo – diz papai a Cara de Maçã, olhando para meus olhos exaustos. O tempo é o bem mais precioso que os seres humanos possuem, e para mim perdeu completamente o valor. De repente, sucumbo a uma onda de ansiedade. Eu só me dou conta de que me mexi quando Cara de Maçã corre em minha direção e abraça-me os ombros, e então sinto outra fisgada no braço.

O marido de Cara de Maçã vem me visitar no hospital. É um cara jovem e bonito, alto, atlético, olhos pretos, bem grandes, sobrancelhas pretas grossas e um bigode que lhe confere uma semelhança com um jovem Mark Twain. Dra. Sana o apresenta como Yahya, e ele aperta-me a mão e se senta em uma cadeira ao lado de minha cama. Ele é muito agradável e me diz que já ouviu falar muito sobre mim e então decidiu me conhecer pessoalmente. Não sei o que dizer. Ele conta que está planejando tirar umas férias com Azar e a filhinha e que eu deveria acompanhá-los. Gentilmente faço que não com a cabeça, dando-me conta de que Azar é o primeiro nome de Dra. Sana.

Adormeço enquanto todos ainda estão no quarto, e quando acordo na manhã seguinte, estou arrasado por Zari não ter me visitado em sonho novamente. Ela prometeu que sempre estaria ao meu lado. Será que está no quarto agora?

– Sinto sua falta – digo em voz alta, com dificuldade em articular as palavras, que são freadas pelas lágrimas. – Como pôde me deixar sozinho nesta vida infeliz? Por que não me contou? Quebrei a canela em três partes quando tinha quatro anos e não chorei. Agora choro até não ter mais lágrimas.

Murmuro, dizendo que ela me deve uma explicação, pois quando duas pessoas se amam não cometem burrices como aquela. Será que ela teria gostado se tivesse sido o contrário? Tenho certeza de que não, porque no sonho ela me implorou para viver uma vida longa e feliz, e como posso fazer isso quando minha única fonte de felicidade se foi?

Soluço bem alto, sem me importar que o mundo inteiro me ouça. Espero que ela esteja me vendo e que se arrependa do que fez.

Choro até adormecer. Quando acordo, o velho está sentado numa cadeira perto da cama. Ele se balança para frente e para trás enquanto nós nos olhamos fixamente.

– O que o trouxe aqui, meu amigo? – sussurro. – Perdeu alguém também?

O velho se balança para frente e para trás, e o rangido da cadeira é quase como um calmante.

– Amaldiçoei Deus naquela noite – conto – e Ele não fez com que o teto caísse sobre mim. Hoje o amaldiçoarei novamente, e amanhã à noite, e na noite seguinte até que ele se canse de ouvir meus insultos. Ele jamais a trará de volta para mim, então eu o farei levar-me até ela.

Mergulho dentro de minha alma, buscando algo a que me agarrar, mas sinto que estou me distanciando.

23

A estrela de Ahmed

Passo três meses internado. Durante este tempo, aprendo a aceitar meu destino, mas perco a fé. Sou agora ateu, exatamente como Doutor. Não culpo mais a Deus por nada – afinal, como se pode culpar um ser que não existe?

Em algumas tardes caminho pelos corredores ou pelo pátio. Fico mais triste ainda ao ver as condições e o grau de sofrimento de alguns dos outros pacientes.

Fico sabendo que fui retirado da cena do suicídio de Zari e levado diretamente para o hospital. Os especialistas levaram menos de uma semana para concluir que a pancada que me deram na cabeça não causara nenhum dano sério e as leves queimaduras nas mãos e nos braços não exigiam nenhuma intervenção mais drástica. O médico que me tratou acreditava que meu silêncio e meus ocasionais rompantes eram de fundo psicológico e assim fui colocado aos cuidados de Dra. Sana.

Cara de Maçã acreditava que eu, inconscientemente, apagara certos eventos da memória, censurando qualquer coisa que aconteceu depois que eu disse a Ahmed que amava Zari. O mundo antes daquele momento era menos complexo, de forma que o tempo parou ali.

A SAVAK, que fizera uma minuciosa investigação das atividades de Doutor, sabia que nenhum de nós tinha qualquer ligação com seu grupo político. As perguntas que fizeram a Ahmed confirmaram suas suspeitas. A forma com que eu e Ahmed reagimos à situação de Zari durante a tragédia convenceu mais ainda a SAVAK de que Zari cometeu tal ação sem consultar qualquer um de nós.

Durante o tempo que fiquei internado, também soube que Dra. Sana e sua família seguem as doutrinas da Fé Bahá'í. Nos últimos quatro anos, extremistas islâmicos queimaram sua casa e seu marido foi atacado e severamente espancado por estranhos tarde da noite. Yahya comprou dois dobermans para proteger a casa, mas o medo continua. Dra. Sana diz que irão embora para a Austrália assim que estiverem com os documentos de imigração em ordem. Ela não aguenta mais tanta dor e sofrimento, e não quer que a filha cresça em uma atmosfera de medo e consternação constantes. Seus pais já deixaram o país, e não demorará para que seus irmãos façam o mesmo.

Durante minha estada no hospital, também fico sabendo o que aconteceu com o velho. Ele era um comerciante rico e respeitado em Bazaar. Sua primeira esposa faleceu há mais ou menos quinze anos e o deixou com três filhos homens, que moravam com as respectivas noivas em sua enorme casa. Os filhos do velho tomaram a frente dos negócios, de forma que ele passava muito tempo sozinho, precisando desesperadamente de uma companhia. Acabou então se casando com uma mulher consideravelmente mais jovem. Ela cuidou dele, e há quem diga até que ela o amava muito. Ele a adorava, e dava-lhe o que ela quisesse. A jovem esposa se deu muito bem com as noras, que regulavam em idade. Então, um ano atrás, o homem foi diagnosticado com câncer. Foi um baque arrasador para toda a família.

O velho quis garantir que seus entes queridos não ficassem desamparados depois de sua morte, e assim reescreveu o testamento e dividiu sua propriedade equitativamente entre os filhos e a jovem esposa, o que deixou seu filho mais velho muito irritado.

Um dia, quando o velho estava fora de casa, o filho mais velho foi ao quarto da jovem esposa e a chamou de interesseira e trapaceira. Os dois se enfrentaram em um bate-boca tão alto que acabou chamando a atenção dos outros dois filhos para o quarto. O filho mais velho a atacou e a espancou violentamente. Os irmãos e as esposas tentaram apartar a briga, mas era tarde demais. A jovem estava morta quando a polícia e os paramédicos chegaram. O filho mais velho pegou prisão perpétua, e o velho enlouqueceu assim que soube da morte da esposa. Desde então está aqui. Seu estado piora cada vez mais depressa.

– Não lhe resta muito tempo. – Cara de Maçã comenta com tristeza.

Enquanto estou internado, fico sabendo que Ahmed saiu da prisão. Meu pai diz que a SAVAK limpou nossas fichas.

– Por que não vieram atrás de mim? – pergunto.

– Bem, primeiro por causa de seu estado. Segundo, sabiam que você não tinha nada a ver com as atividades de Doutor.

– Então, por que prenderam Ahmed?

– Só para se certificar e confirmar o que já sabiam. É muito comum a SAVAK fazer isso.

A notícia da libertação de Ahmed enche-me de uma alegria indescritível. Deve ser a primeira vez que sorrio desde que soube da morte de Zari.

– Onde Zari está enterrada? – pergunto a papai, quando finalmente tomo coragem.

– Ainda não avisaram à família – responde, com um olhar triste.

Não durmo bem nessa noite. Está chovendo, e pela primeira vez penso em Zari em um túmulo, lá fora na chuva. Sinto um frio na espinha. Lembro-me dela dizendo-me que sempre estará ao meu lado, e tento ocupar a mente, imaginando-a aquecida, aninhada em meus braços.

De repente, lembro-me do sonho em que Doutor caminha pelos bosques com Ahmed e Zari.

– Ele levou Zari. Levou Ahmed. – Fico repetindo para mim mesmo. Sou acometido por um grande ataque de ansiedade, que me leva a um estado de delírio. Começo a suar, e meu corpo passa a tremer. Será que Cara de Maçã e meus pais estão mentindo para mim? Nós, persas, gostamos de proteger uns aos outros das más notícias por tanto tempo quanto possível. Dois anos atrás, um homem de setenta anos morreu em nossa rua. Sua filha fazia faculdade em Londres na época. Sua família escondeu a morte do pai por um ano. Sempre que ela ligava, diziam-lhe que o pai viajara a negócios, ou saíra para fazer compras ou estava visitando algum parente. "Para que ela precisa saber agora?", era a lógica deles. "Ele se foi, e sua dor não o trará de volta. Ela está na metade do semestre e não precisa de nada que lhe tire a atenção."

Podiam estar mentindo para mim com relação a Ahmed. Penso novamente no sonho. Eu estava no pasto com Zari, Faheemeh e Ahmed. Doutor saiu dos bosques ali perto, lendo a poesia de Rumi. Manteve-se distante de nós. Zari inclinou-se, beijou-me e então, junto com Ahmed, seguiu Doutor pelos bosques adentro. Agora tudo faz sentido. Ahmed está morto também! Começo a chorar e grito, exigindo ver meu pai.

Quando meu pai chega ao hospital, digo-lhe que quero ver a mãe de Ahmed, porque, se ele estiver morto, ela não conseguirá esconder de mim. Minha pele está muito tensa para minha dor e tenho vontade de gritar bem alto, para me libertar da prisão do corpo. Meu pai jura pela minha vida que Ahmed não está morto. Comumente, ele jamais juraria pela minha vida ou mentiria, mas algo me diz que ele seria capaz sob tais circunstâncias. É o tipo de mentira obrigatória que Deus perdoa, segundo minha avó.

– Se ele está vivo, por que ainda não veio me visitar?

– Porque pode ser perigoso.

– Ué, pensei que o senhor tivesse dito que estávamos com as fichas limpas.

– E estão.

– Então, qual o perigo?

Meu pai fica frustrado, lutando para encontrar uma resposta. Exijo ver a mãe de Ahmed. Papai e Dra. Sana se entreolham. Então saem do quarto para conversar.

Mais tarde, naquela noite, estou deitado, virando de um lado para o outro. Ouço Ahmed imitando vovó:

– Se meu marido estivesse aqui, daria um chute em seu traseiro!

Saio da cama em um pulo e corro em sua direção. Ele está parado na porta. Passamos um tempo presos em um abraço bem apertado, igualzinho a meu pai e Sr. Mehrbaan na primeira vez em que se encontraram depois de dezoito anos. Meu pai e Dra. Sana assistem à cena com os olhos úmidos, e então saem do quarto. Ahmed está magrinho e fraco, como se há muito não comesse nada.

– Você perdeu peso – observo.

– Tenho malhado muito ultimamente – explica, com um sorriso afetuoso.

– Malhado?

– Pois é.

Ele não ficou à vontade com o assunto, e assim deixo para lá.

– Disseram para você não me visitar, não foi? Senão, você já teria vindo há mais tempo.

– Nunca disseram, mas todo mundo, sobretudo seu pai, achava que seria mais seguro assim.

– Não estamos totalmente limpos, estamos? – pergunto, referindo-me à SAVAK.

– Estamos sim. Mas com a SAVAK, nunca se sabe.

– Por que ninguém da SAVAK me procurou?

– Sabem que éramos apenas amigos de Doutor. Não vão mais nos incomodar.

Balanço a cabeça e passamos um tempo em silêncio. Uma vez prometemos não chorar no túmulo de Doutor. Estamos agora fazendo o possível para segurar as lágrimas. Pergunto a Ahmed se Faheemeh está bem e ele diz que sim. Beija-me o rosto e diz que foi ela quem mandou. Ele, Faheemeh e o pessoal da rua estão cuidando da roseira que plantei em homenagem a Doutor. Vem gente de todos os cantos só para ver a roseira.

– Tratam aquela planta como um memorial sagrado – conta. – Tem muita gente bacana em nosso bairro.

Depois de alguns minutos, pergunto a Ahmed se o machucaram na prisão, e ele diz que ninguém chegou sequer a tocar-lhe num fio de cabelo. Acho que é mentira, mas não insisto. Diz que ele e Faheemeh estão loucos para que eu saia daqui. Então olhamos fixamente um para o outro, ambos sabendo que queremos falar de Zari. Quase despenco a chorar. Ahmed me abraça sem dizer nada.

– Estou bem, estou bem – respondo. – Como estão os pais dela?

– Anjo Mascarado está cuidando deles.

Conto-lhe o sonho que tive, e que Zari me disse que Doutor me perdoara por eu ter me apaixonado por sua namorada. Conto também que Zari me disse que sempre estaria comigo, e que sinto sua presença o tempo todo. Tenho certeza de que ela está bem ali no quarto conosco, feliz por estarmos juntos. E com isso, desabo a chorar amargamente.

Ahmed manda que eu tenha coragem e seja forte. Diz não saber o que o futuro nos reserva, mas que Deus sempre repara as coisas. Digo-lhe que não acredito em Deus e que, se houver um Deus, ele terá muito o que me explicar quando eu puser as mãos nele. Ahmed balança a cabeça e sorri. Acho que ele quer morder a pele entre o polegar e o indicador, mas se contém.

Meu pai e Dra. Sana entram. É hora de Ahmed ir.

– Mas ainda é muito cedo – protesto.

– Logo passaremos muito tempo juntos – diz Ahmed. – Como nos velhos tempos, tá bem? Como nos velhos tempos.

Abraçamo-nos e despedimo-nos com lágrimas nos olhos.

Depois que eles se vão, sento-me à janela e olho para o céu. Uma estrela brilhante e luminosa pisca para mim a quilômetros de distância.

Deve ser Ahmed. Ele terá uma vida de rei, tenho certeza.

A lembrança de Zari apontando para a estrela maior e dizendo que era eu, na noite antes de completar quarenta dias da morte de Doutor, causa-me um nó na garganta.

Uma semana depois, Dra. Sana me diz que seus documentos de imigração para a Austrália finalmente foram aprovados e que ela, junto com a família, deixará o país assim que a casa for vendida. Receberei alta em alguns dias. Ela escreverá para mim assim que se estabelecer em Sydney, e inclusive me enviará uma passagem para visitá-los em sua nova e segura casa.

24

A cor da idade

No dia em que recebo alta, volto para casa de carro e, à medida que aproximamo-nos de nossa rua, minha ansiedade aumenta. Não consigo imaginar como será estar em casa novamente. Será que estão vigiando nossa casa? Será que mandaram o pessoal evitar o contato comigo? Será que papai escolheu um horário mais tarde para nossa chegada de forma a evitar os vizinhos? Quando entramos na Dez Metros de Shahnaz, lembro-me do dia em que Ahmed juntou a vizinhança para medir a largura da rua. Sorrio, e papai percebe.

– Qual o motivo do sorriso?

– Nada – respondo, e peço-lhe que reduza um pouco para que eu possa dar uma boa olhada em nosso bairro. Sou tomado pela nostalgia ao pensar no passado, quando a inocência comandava e a maldade existia apenas nas mentes dos contadores de história muito criativos. Tempos em que Iraj parecia mau por olhar para a irmã de Ahmed, e a morte era um estado de alienação e ausência, associado aos velhos.

O bairro parece diferente, como se o pincel do tempo tivesse pintado tudo com a cor da idade. A rua parece mais escura e mais estreita. As árvores estão desfolhadas e sem vida. Fevereiro é um mês frio em Teerã. O vento invernal proveniente do norte sopra e prende a neve contra os altos muros das casas. As janelas viradas para o norte parecem congeladas. Lembro-me de mamãe dizendo que aquelas casas são terrenos férteis para germes, pois nunca pegam sol. Estampo mais um sorriso, mas então vejo a casa de Zari ao longe. Também está escura e sem vida. Uma dor pungente despedaça-me a alma. É insuportável imaginar a rua sem ela. Agora vejo a roseira. Está lá, firme e forte, mas desfolhada, como é de se esperar nesta época do ano.

Chegamos à nossa casa, e quando meu pai para o carro, o freio faz um rangido bem alto. Minha mãe corre para a rua e, quando abro a porta, ela acolhe-me nos braços. Abraça-me, beija-me e grita que não quer mais me soltar. Tenho vontade de chorar também, porém me controlo. Antes de entrarmos, olho para o telhado.

– Cadê Ahmed? – pergunto.

Meus pais se entreolham, mas não dizem nada. Entristeço-me e involuntariamente ponho as mãos nas mangas da camisa. E agora? O que fizeram com ele? Ele não perderia minha chegada!

Ao entrarmos no pátio, sou atacado por bolas de neve miradas no peito, cabeça e resto do corpo.

– Peguem-no, peguem-no. – Ouço dois caras gritarem.

Minha mãe acende as luzes do pátio e então Ahmed e Iraj correm ao meu encontro. Atacam-me e me jogam no chão.

Minha mãe ri e avisa:

– Cuidado, meninos! Por favor! Ele está fraquinho e seus ossos, frágeis.

– Oh, deixe-os em paz – diz papai. – Deixe que se divirtam um pouco.

Obviamente, Ahmed e Iraj não dão ouvidos a ninguém. Viram-me, dando-me socos no estômago e nos lados, de brincadeira, jogando neve em mim. Vibro de tanta felicidade. Abraço e beijo os dois, mas retribuo os socos. As luzes nas casas dos vizinhos se acendem. De repente, parece que a rua inteira ganhou vida.

– Seja bem-vindo! – grita o pai de Ahmed, do outro lado do muro, enquanto sua esposa reza.

Outro homem, que mora duas casas adiante, grita:

– Estávamos com saudades!

Olho em volta e vejo os vizinhos nas janelas, em seus telhados e sacadas. Acenam, sorriem e me desejam tudo de bom.

– Durma bem esta noite – diz um vizinho.

– Graças a Deus ele está em casa, são e salvo.

– Amanhã de manhã vamos jogar bola na rua. Às nove em ponto, falou? – ouço um garoto gritando.

Faço que sim com a cabeça, e retribuo o aceno, enquanto entramos em casa. Ahmed e Iraj parecem tão felizes que tenho vontade de abraçá-los novamente. Meu pai se senta conosco enquanto minha mãe vai para a cozinha pegar chá e doces. Olho em volta e mal consigo acreditar que voltei para casa. Nossa TV em preto e branco está do outro lado, bem de frente para a porta. As três cadeiras azuis, antiquíssimas, estão posicionadas ao redor do velho sofazinho, como se o protegessem, e um velho tapete Kirman cobre o chão. Percebo que o papel de parede azul-claro que meus tios ajudaram a colocar cinco anos atrás está ficando muito velho para esta sala e deve ser substituído. Tento não me lembrar da cor preferida de Zari. O enorme relógio de pé, que nunca funcionou, está colocado diagonalmente no canto, perto do aquecedor a óleo. Um amplo terraço estende-se entre a sala e o pátio. As luzes no pátio ainda estão acesas, e de onde estou sentado tenho uma visão direta e clara da *hose* e da oliveira que meu pai plantou no dia em que nós nos mudamos.

Minha mãe traz chá e aconselha-nos a tomá-lo enquanto está quente – mas não quente demais, pois chá muito quente pode causar câncer de fígado. Ahmed discretamente cheira o chá, à procura de traços de folhas de sorveira maceradas. Dou uma risadinha.

Iraj me conta que Sr. Yazdi se aposentou e que Sr. Gorji, nosso professor de religião, assumiu a direção da escola. As coisas por lá estão bem diferentes agora, pois Sr. Gorji é um disciplinador rígido, algo que ninguém sabia ao seu respeito quando ele era um mero professor de religião.

Todas as manhãs, ele obriga os alunos a ficarem parados em fila para ouvi-lo dissertar em um megafone no volume máximo. Consigo até imaginar a pose de galo. Contam-me também sobre um novo professor de álgebra, um tal de Sr. Sheidaee. Está no quarto ano de física na Universidade de Teerã; acredita que tudo no mundo pode ser explicado por meio de fórmulas matemáticas, e que as leis que governam o universo estão codificadas na arquitetura das pirâmides do Egito. Parece que Sr. Gorji odeia as teorias ímpias de Sr. Sheidaee.

– Todo mundo sabe que os dias de Sheidaee como professor estão contados – diz Ahmed –, mas até agora ele tem se saído bem na briga.

– Para acertar as diferenças, algumas semanas atrás eles saíram e beberam vodca juntos – conta Iraj.

Sr. Gorji costumava nos passar o sermão de que o álcool era um pecado e que os consumidores de bebidas alcoólicas eram infiéis que queimariam no inferno no dia do juízo.

– Como ficaram sabendo disso? – pergunto, rindo da hipocrisia descarada de Sr. Gorji.

– Sr. Sheidaee contou pro Ahmed – diz Iraj, rindo. – No dia seguinte, Ahmed elogiou Sr. Gorji, na frente de uma porção de alunos, por ter colocado de lado suas diferenças com Sr. Sheidaee e tomado uns "gorozinhos" com ele.

Imediatamente começo a rir, enquanto Iraj continua:

– Ahmed disse que todos tínhamos aprendido uma lição valiosa com eles: que qualquer desavença pode ser resolvida pacificamente tomando-se duas doses de vodca.

– Sr. Gorji saiu da sala disparado feito uma bala de canhão – diz Ahmed estampando um risinho.

Iraj interrompe Ahmed:

– De repente, ouvimos Sr. Gorji chamando Sr. Sheidaee de idiota e linguarudo, e Sr. Sheidaee chamando Sr. Gorji de hipócrita e charlatão.

Acho graça ao imaginar Ahmed causando mais um tumulto na escola. É a primeira vez que rio tão animadamente em mais de três meses. Minha mãe nos traz mais doces e mais outra rodada de chá.

– Não sinto saudade da escola, ainda mais agora que Sr. Gorji é o diretor – digo baixinho.

– Pretende voltar? – pergunta Iraj.

– Ele não pode – responde meu pai. – Faltou mais de três meses. Só o deixarão reingressar ano que vem.

De repente, eu me dou conta de que não me formarei com Ahmed e Iraj. Entristeço-me ao pensar que não estudarei com meus amigos ano que vem.

Ahmed aponta para Iraj e pergunta:

– Dá pra acreditar que esse cara ainda está crescendo? Olha só como ele está alto!

Sem dúvida alguma, ele cresceu pelo menos uns cinco centímetros. Seu lábio superior está coberto por um pelo espesso e penugento, que já está mais do que na hora de ser raspado.

– Por que não raspa o bigode? – pergunto.

– Meu pai acha que sou muito novo para me barbear – diz, um pouco encabulado. – Vai estragar minha pele, sabe?

Ahmed brinca:

– Claro! A literatura médica está repleta de histórias de adultos com problemas dermatológicos, tudo porque começaram a se barbear muito cedo.

Todos nós rimos, inclusive Iraj.

Minha mãe me atualiza sobre o que andou acontecendo na rua durante minha internação. Houve diversos casamentos e não vai demorar para que este bairro esteja entupido de bebês. Não que haja algo errado nisso, só que ela já estava se acostumando com o silêncio e a tranquilidade.

Os vizinhos não param de perguntar sobre mim e todos me desejam tudo de bom. Meu pai diz que meus tios virão à cidade para me ver dentro das próximas duas semanas. Ele também menciona Sr. e Sra. Kasravi, mas não diz nada sobre os Mehrbaan. Será que Sr. Mehrbaan ainda está preso? Ocorre-me uma ideia ainda mais assustadora. *Se algo tiver acontecido a ele, ainda não quero saber.* Tomo mais um pouco de chá.

Às três da manhã ainda estamos acordados conversando sobre tudo, exceto Zari e Doutor. Às vezes, enquanto os outros conversam, minha mente vaga e se dispersa no meio das histórias. Nada me parece certo. O pincel da idade parece ter passado por minha alma, e sinto como se não me restasse nada para aprender ou almejar. O que a vida pode me ensinar que eu não tenha ainda experimentado?

Finalmente chega a hora de ir para cama. Iraj se despede e vai para casa, e subo para meu quarto no terceiro andar com Ahmed. Estamos finalmente a sós. Olho na direção do telhado e deixo que as lágrimas rolem pelo meu rosto. Ahmed olha para baixo.

– Como está Faheemeh? – pergunto.

– Com saudade de você. Vamos vê-la amanhã.

– Não vejo a hora. Graças a Deus vocês dois estão bem.

Assim que digo isso, lembro-me de que não acredito mais em Deus.

Olhamos fixamente um para o outro. Sabemos que mais cedo ou mais tarde acabaremos falando em Zari. Finalmente, ele diz:

– Está a fim de falar sobre isso?

Dou uma parada e faço que sim.

– Não vemos mais a família dela com tanta frequência. O pai sai de manhã cedo e nunca fala com ninguém sobre ela. A mãe nunca sai de casa, e dizem que agora só vive doente. Passou um bom tempo internada depois...

Ele faz uma pausa rápida e então continua:

– Faz tempo que não vejo a mãe dela, mas todos dizem que parece até que foi atingida por um relâmpago. Dizem que nunca mais foi a mesma desde aquele dia. Está com cabelo grisalho, a cara enrugada e as mãos incontrolavelmente trêmulas, coitadinha. Lembra de como era simpática e animada?

Faço que sim. Ahmed respira fundo e acende um cigarro. Também acendo um. Penso no olhar de reprovação do meu pai, o olhar que dói mais do que mil bofetadas, só que não tenho mais medo desse olhar.

Ahmed continua:

– Estão proibidos de vestir preto. Bem, eles não precisam: a casa está tão escura... Nem sei como Keivan vai ser quando crescer. Uma vez fui pra escola com ele e tentei descobrir como eles estavam por lá, mas ele não disse uma palavra sequer. Disse que o proibiram de falar com qualquer um sobre Zari e o que acontece em sua casa.

Lembro-me do dia em que ajudamos Keivan a construir a casinha de cachorro. Lembro-me de minha total falta de jeito com as ferramentas; cheguei a derramar a bebida em meu peito! Na ocasião, Ahmed insistiu que eu fosse conversar com Zari e então deu no que deu: o fiasco sobre *Suvashun*. Parece que meu coração quer pular para fora do peito, em uma explosão. Parece que já faz um século desde aqueles dias.

– Anjo Mascarado abandonou os estudos e se mudou pra cá, para cuidar da família de Zari – conta Ahmed. – Todos aqui da vizinhança dizem que ela trouxe paz e sanidade de volta à vida deles.

– Sabe se ela tem se encontrado com Faheemeh? – pergunto.

Ele faz que não com a cabeça.

– Não. É muito difícil para Faheemeh voltar àquela casa, entende?

Penso na cerejeira, no cobertor vermelho, na pequena *hose* naquele pátio, e então uma lágrima escorre pelo meu rosto. Ahmed põe a mão em meu ombro e pergunta:

– Tá tudo bem?

– Tá.

– Quer deixar pra falar nisso outra hora?

– Não, quero continuar.

– Tem certeza?

– Tenho.

– Então, tá. – Ahmed respira fundo. – Anjo Mascarado não estabelece contato com ninguém. Dizem que ela cuida da família até a hora em que todos se deitam; daí vai ao quarto de Zari e lê poesias a noite toda. Imagina só como não deve ser para ela ficar no quarto de Zari!

Lembro-me da última noite naquele quarto, a foto de nós quatro na parede, a cadeira onde nos sentamos, eu ali, sentindo o corpo de Zari em meus braços, o aroma inebriante de seus cabelos. Enxugo as lágrimas.

– Por que não nos contam onde ela está enterrada?

– Porque são uma cambada de filhos da mãe – responde ele, irado.

– A família nunca recebeu... o corpo dela?

– Não, nunca. Pelo que se sabe, isso nunca aconteceu. Ela não existiu. Dá vontade de gritar, não dá? Cambada de filhos da mãe! Fazem o que bem querem, e não há nada que se possa fazer para detê-los.

– Ela conseguiu chegar ao hospital? – pergunto bem baixinho.

Ahmed faz que não.

– Já não tenho mais certeza.

– Os pais dela tiveram algum contato com a SAVAK?

– Acho que não. Pelo menos, se tiveram algum contato, não contaram pra ninguém da rua. Como eu disse, raramente falam com alguém. Não aceitam companhia e dificilmente saem de casa. Toda vez que se menciona o nome dela, o pai começa a chorar. É de partir o coração. O homem foi campeão olímpico, pelo amor de Deus! Existe algo pior que perder um filho?

Ahmed olha para mim e para.

– Desculpa. Não foi isso que quis dizer.

Balanço a cabeça, sinalizando que está tudo bem, que é para ele não se preocupar.

– E os pais dela receberam alguma informação?

– Que eu saiba, não. Quando eu estava preso, ouvi dizer que ela passou um tempo viva, mas não dá pra botar fé no que se escuta dentro de uma cadeia.

Enxugo mais lágrimas do rosto, querendo que alguém retire o punhal do meu coração ou então acabe de fincá-lo, pondo um fim em minha vida desgraçada.

– Quanto tempo você ficou preso?

– Pouco tempo – responde, como se não tivesse sido importante.

– O que fizeram a você?

– O de sempre – diz, com uma risada sem graça.

Pelos seus olhos apertados, sei que está mentindo. Observo-o em silêncio, persistentemente, para que saiba que estou de olho.

– Eles nos prendem porque querem tirar informações. – Finalmente explica, jogando os ombros para cima enquanto fala: um gesto tenso e desajeitado que nunca o vi fazer antes. – Não foi nada assim fora do comum, juro. Eles chutam, esmurram e xingam. Enfim, o trivial que se ouve comentando por aí.

Continuo a olhar para ele. Acho que ele percebe que ainda não estou satisfeito com sua resposta, pois finalmente começa a elaborar, sem aquele movimento ocular fugaz. Conta que os primeiros dias na cadeia foram os piores, pois não sabia o que acontecera a mim e a Zari, ou se Faheemeh tinha sido presa também. Os investigadores da SAVAK foram legais com ele no começo, pois queriam conquistá-lo e instigá-lo a falar sobre Zari. Afinal, para eles, Ahmed não passava de um garoto confuso. Quando ele negou qualquer envolvimento com os comunistas, com o partido político banido conhecido como Toodeh, ou com quaisquer outros grupos políticos, ameaçaram-no torturá-lo e até mesmo matá-lo.

Uma noite, bem tarde, acordaram-no na cela e o levaram para um quarto escuro, onde amarram-lhe as mãos nas costas, vendaram-no e o deixaram em uma cadeira desconfortável por duas ou três horas. Volta e meia, ele ouvia dois guardas sussurrando, e então mais nada. Ele foi ficando cada vez mais agitado com o passar do tempo, esperando o pior durante longos períodos de silêncio. Então, do nada, alguém agarrou-lhe os joelhos e os separou e então ele sentiu um golpe na virilha. A dor foi tamanha que ele começou a vomitar na hora. Passaram-se alguns minutos, e nada mais aconteceu. Quando ele já estava se recuperando, alguém começou a atacá-lo com um cabo bem comprido e grosso. Quanto mais alto ele gritava, mais fortes eram os golpes. Ele sentia as pancadas bem fortes subindo pelas costas, chegando aos ombros, ao rosto e à cabeça. Ele deve ter desmaiado enquanto ainda o atacavam.

De volta à cela, encontrou outro prisioneiro que também fora brutalmente espancado uma ou duas semanas antes. Seu novo amigo chamava-se Javad. Era um jovem com mais ou menos 23 anos, alto, forte e bem bonito. Javad contou tudo sobre si mesmo. Participava do Partido Comunista e estudava direito na Universidade de Teerã. Um amigo que perdera a vida sob tortura o delatara. Ele e seu grupo planejavam roubar um banco para financiar suas atividades antirregime. Não lhe fora dada permissão para ver os parentes e não estava certo de que eles ao menos sabiam se ele ainda estava vivo.

Mostrou a Ahmed a mão esquerda mutilada e descreveu em detalhes pavorosos como arrancaram-lhe dois dedos em uma noite. Em outra noite, ele disse, enfiaram-lhe objetos longos e grossos e a dor era tamanha que ele desmaiou. Javad via com tanta amargura o que a SAVAK fizera com ele que não parava de falar, de forma que nem ouviu a história de Ahmed.

– Esses filhos da mãe são servos do Ocidente – dizia. – Jamais confie neles e jamais os deixe achar que estão no controle.

Ahmed foi espancado em noites alternadas, cada vez mais violentamente.

– Não estão interessados em investigar seus crimes. – Ahmed me conta agora, tragando o cigarro. – Querem uma confissão, e farão de tudo para consegui-la. Ameaçaram cortar-me os dedos das mãos e dos pés de uma só vez. Mandaram-me perguntar a Javad se doía muito e, quando perguntei, Javad não disse nada. Virou-se e começou a chorar.

Após cada surra, Javad cuidava das feridas de Ahmed, enquanto contava-lhe sua visão de futuro, a qual sempre incluía uma rebelião armada contra o regime do xá. Uma noite, Javad disse a Ahmed que os dois deveriam apresentar seus grupos um ao outro.

– É somente por meio da união de forças que uma revolução pode dar certo neste país – explicou Javad. – O governo criou um clima de desconfiança tão grande que as forças revolucionárias só conseguem operar em células isoladas. Por isso é muito mais fácil controlar e reger uma pequena célula que uma grande. Embora sempre haja o risco de elementos indesejáveis se infiltrarem em grupos maiores, para mim está claro que você vem de um grupo bem organizado, extraordinariamente treinado, pois você nunca fala de seus camaradas.

Ahmed balançou a cabeça negativamente e riu. Javad quis saber quem era Ahmed, com quem ele se associava, e se os tais "filhos da mãe, servos do Ocidente" prenderam mais alguém de seu grupo. Ahmed contou de mim, Zari e Doutor. Contou-lhe dos dias que passávamos sob a cerejeira, da festa de aniversário de Keivan e de nossas noites no telhado. Contou-lhe que amava Faheemeh, que eu era seu melhor amigo, e que Zari era meu primeiro e único amor. Javad ficou emocionado com a história de Zari e chorou, enquanto amaldiçoava o xá e sua família dos infernos.

Ahmed temia que os pais de Faheemeh a obrigassem a se casar com o vizinho durante sua permanência na cadeia. Afinal, não sabiam se ele ainda estava vivo. Contou a Javad que ficava muito triste todas as vezes em que se lembrava de mim correndo atrás de Zari com aquela expressão de total descrença e pavor.

– Taí o tipo de coisa que esmaga o espírito, parte o coração e enfraquece a alma – desabafou Javad. – Não é justo que um jovem presencie o que ele presenciou naquele dia nefasto.

Ahmed disse que sentia vontade de amassar o próprio crânio sempre que pensava em nós sob a cerejeira. A vida era tão boa, mas tudo se acabou quando levaram Doutor embora.

Durante os dias e noites em que Javad e Ahmed conversaram, ninguém apareceu para torturá-lo. De vez em quando levavam Javad, mas ele voltava logo, sem nenhum sinal visível de maltrato físico no rosto ou no corpo. Certa noite, bem tarde, os agentes levaram Javad para sempre. Ahmed jamais o viu novamente, e temia que tivessem executado seu único amigo e simpatizante naquele lugar desgraçado. Somente alguns dias antes de ser solto, Ahmed ficou sabendo que Javad era um agente da SAVAK cuja missão era ganhar sua confiança e revelar suas conexões.

– Fazem muito isso, sobretudo com marinheiros de primeira viagem – explicou. – Como alguém vai adivinhar? O cara parecia tão autêntico!

Ahmed diz que não foi a prisão em si que quase lhe esmagou o espírito, mas sim as histórias contraditórias que ele ouviu sobre Zari, Faheemeh e mim. Disseram-lhe que eu fora executado e que Zari estava morta. Então disseram-lhe que ela sobrevivera ao fogo, revelara-se *kharab-kar* durante um interrogatório e morrera sob tortura. Fizeram-no acreditar que prenderam Faheemeh, que estava sendo estuprada por vários homens na sala ao lado naquele exato momento. Disseram que ela seria repetidamente estuprada até que ele confessasse seus crimes.

– Eu tinha vontade de me matar – murmura. – E se eu tivesse encontrado um jeito, era o que eu teria feito.

O dia está clareando e então saímos para o telhado, que está coberto por uma fina camada de gelo. Caminhamos com todo cuidado, tendo em mente o mantra de minha mãe: "Centenas de pessoas caem do telhado todos os anos." Ao olhar para o quarto de Zari, sinto no peito o peso de uma montanha. As cortinas estão fechadas, mas as luzes lá dentro estão acesas. Meu coração dispara quando percebo um sinal de vida naquele quarto.

– Zari – sussurro.

Ahmed toca-me o ombro.

– Sinto muito – diz. – Anjo Mascarado deve estar fazendo suas orações matinais.

O friozinho da alvorada causa-me a sensação de que eu deveria estar usando algo mais quente. Está tudo tranquilo e calmo lá fora, mas em alguns pontos uma luz pisca, uma criança chora por um instante, uma porta range à medida que os vizinhos vão acordando.

– Nunca percebi esses sons antes – digo a Ahmed.

– Nem eu.

– Como está seu espírito agora?

– Mais forte do que nunca, agora que tenho você e Faheemeh de volta. Se aqueles filhos da mãe acham que podem me quebrar com alguns hematomas, eles que vão tomar naquele lugar!

– Você ainda pensa nas estrelas? – pergunto, olhando para o céu.

– Claro que sim.

– Você ainda tem a maior estrela lá em cima. Terá uma vida de rei, com Faheemeh como sua linda rainha em um palácio enorme. – Paro e respiro fundo. Ahmed baixa a cabeça e fica olhando para os dedos dos pés. – A força de nossa amizade é a única coisa que me impediu de enlouquecer. Você é meu irmão, meu camarada e meu amigo para o resto da vida.

Ahmed me dá um tapinha nas costas e sorri sem dizer nada, mas percebo claramente, pela sua expressão suave, que ele está profundamente emocionado.

Pelo canto do olho, vejo Anjo Mascarado sair para o pátio de Zari. Está indo à padaria comprar *lavash* fresquinha e quente, como Zari fazia. Tenho a impressão de que seu caminhar é estranhamente rápido. Zari me disse que Anjo Mascarado era a pessoa mais calma e centrada do mundo. Fico curioso para saber o motivo de tanta afobação, como se alguém a perseguisse. Enquanto a observo, meus olhos enchem-se de lágrimas novamente. Ahmed pergunta se quero voltar lá para dentro, e digo que não. Ele esfrega a nuca com a mão direita.

– Sinto muito – diz. – A vida não é pra ser assim em nossa idade.

– Eu sei.

– Prometa que fará o possível para esquecer o passado.

Enquanto faço que sim com a cabeça, ele estica a mão direita.

– Então, fica acertado – diz, olhando-me bem nos olhos.

Enquanto apertamos as mãos, firmando o acordo, lembro-me da noite antes do funeral de Doutor, quando prometemos não chorar no cemitério. Acho que desta vez não conseguirei manter a promessa.

Olho para o extremo leste da rua e vejo Anjo Mascarado voltando. Enquanto olho para aquela burca flutuando, lembro-me de nosso professor de religião, Sr. Gorji, e de suas teorias sobre as mulheres expostas, fazendo-se de objeto do desejo sexual dos homens. Lembro-me também de ter achado que Iraj estava apaixonado por Soraya, embora jamais tivesse visto sua face.

– Iraj ainda...? – pergunto.

– Iraj fica hipnotizado com ela. – Ahmed responde, sorrindo. Não dá para controlar e sorrio também.

Anjo Mascarado entra no pátio e fecha a porta. Nesse momento, ela olha para cima e nos vê no telhado. Para abruptamente, como se tivesse dado de cara com um muro invisível, e então corre para dentro de casa.

– Ela deve ter ficado chocada ao vê-lo – diz Ahmed. – É bom que saiba que eles andam preocupados com você.

– Faremos uma visita a eles em breve.

25

Almas enjauladas

Não durmo há mais de 24 horas. Eu e Ahmed descemos e tomamos café com minha família. Minha mãe não para de encher nossos pratos, porque garotos de nossa idade precisam comer bem, pois, do contrário, não crescem fortes. Ahmed diz que é melhor não contrariá-la, senão é capaz de ela trazer o óleo automotivo e a urina de cavalo. Sorrio. Meu pai tem de ir trabalhar, mas promete voltar pra casa cedo e nos levar para jantar fora. Vamos comer *chelo kebab* – um espeto de carne moída misturada com cebola e ervas persas domésticas, e um espeto de filé, servido com arroz basmati, preparado com manteiga, *somagh,* uma saborosa erva persa, e batatas cozidas.

– Papai, não estou nada a fim de sair – digo.

Ele faz que sim. Diz que entende, mas acho que fica surpreso com minha franqueza.

Após o café, saio para a rua com Ahmed. Os vizinhos vêm me cumprimentar. Agradeço-lhes por terem me esperado na noite anterior para me dar as boas-vindas. Os homens me abraçam e apertam minha mão.

– Você está com uma aparência ótima! Você está ótimo! – diz um vizinho.

– Ele está com uma aparência maravilhosa – comenta outro. – Um pouquinho magro, mas já é de se esperar.

– Ah, sim, ele está magro, mas sua mãe cuidará para que volte à forma logo, logo – diz a mãe de Ahmed, ao abraçar-me e me dar um beijo. – Nossa, que saudade – diz, com os olhos cheios de lágrimas. – Não teve um dia que eu não rezasse para que você voltasse para casa são e salvo. Meu filho, você não sabe o que sua mãe, coitadinha, passou. Ficou que parecia uma alma penada, durante todo o tempo em que você esteve internado. Uma mãe sem o filho é como uma veia sem sangue.

Então sussurra em meu ouvido:

– Precisa ver a mãe de Zari. A coitadinha mais parece um fantasma.

A avó de Ahmed está parada a alguns metros de nós. Parece que envelheceu vinte anos em questão de meses. Ahmed diz, bem baixinho, que os estados físico e mental de sua avó estão piorando rapidamente.

– Meu marido ficou fora uma vez – diz vovó. – Por trinta anos, ou terão sido quarenta? Achei que nunca mais o veria, mas ele voltou.

Então vira-se para Ahmed e tenta confirmar:

– Ele voltou, não foi?

– Voltou, vovó, voltou sim. – Ahmed sorri gentilmente ao abraçá-la. – Como ele poderia ficar longe de uma gatinha como você?

Vovó olha para mim e pergunta:

– Onde está sua esposa? Já sabe que você voltou? Passei um bom tempo sem saber que meu marido voltara.

Então vira-se para Ahmed:

– Já se passara um bom tempo quando descobri, não foi?

Ahmed faz que sim.

– Já tinha se passado um bom tempo. Um bom tempo mesmo. – Ela repete. – Por que ele não me avisou logo?

– Ele quis lhe fazer uma surpresa, e aparecer quando a senhora menos esperava – explica Ahmed. – Que graça teria passar um tempo afastado, sem poder fazer uma surpresa para a própria esposa ao voltar?

– É mesmo! – concorda vovó. – Que graça teria?

Ela faz uma pausa e então pergunta:

– Fiquei surpresa, não fiquei?

Ahmed vira-se para mim:

– Você se lembra, não é? Ela não ficou surpresa?

Vovó está parada bem ao meu lado. Envolvo-lhe os ombros com um braço e digo em seu ouvido:

– Vovó, a senhora ficou muito surpresa. Jamais me esquecerei do sorriso que a senhora deu ao vê-lo.

Vovó fica radiante.

– Você deveria fazer uma surpresa à sua esposa também. Ela ia gostar, como eu gostei.

Ela então volta para a casa de Ahmed, bem vagarosamente, dizendo:

– Sim, eu me lembro de ter ficado muito surpresa.

Ahmed pisca para mim e retribuo o gesto.

As crianças na rua ficam alvoroçadas quando me veem. Dois dos garotos mais novinhos mantêm-se distantes. Afinal, acabo de receber alta de um hospital psiquiátrico. A maioria das crianças, entretanto, aperta minha mão e quer saber se ainda jogo bola, e se eu gostaria de jogar mais tarde. Agradeço e digo que estou cansado demais e que faz muito tempo que não durmo.

Acompanho Ahmed até sua casa. Sua mãe serve-nos chá e doces, e nos diz que sonhava com este dia em que estaríamos juntos novamente. Ela é uma mulher pequena, com o rosto fino, magrinha, tez pálida. Tem a voz de contadora de histórias, gentil, afetuosa e confiável. Suas histórias têm sempre uma moral. Conta-nos que o tempo em que Ahmed esteve preso foi a pior época de sua vida.

– A vida não é a mesma quando nos extirpam um pedaço do coração – diz. – Uma coisa é certa: ser mãe é ao mesmo tempo uma bênção e uma maldição.

Ahmed abaixa a cabeça. Creio que tenha ficado sem graça.

A mãe de Ahmed pede-nos para visitar os pais de Zari.

– Eles vêm sofrendo muito. Primeiro foi Doutor, depois aquela pétala de garota. Tão jovem, tão cheia de vida. É inacreditável o que aconteceu àquela família. Se Deus existe, há de existir o Juízo Final, e então a justiça será feita a essa pobre mãe. – Ela enxuga as lágrimas. – Sim, vocês devem logo visitá-los. Vi Anjo Mascarado observando-o do terraço no terceiro andar quando todos se reuniram ao seu redor na rua. Tenho certeza de que ela avisou à família que você voltou. Provavelmente esperam que você lhes faça uma visita ainda hoje.

Ahmed diz:

– Pois é. Melhor darmos uma passada lá.

Então ele se vira para a mãe:

– Ela o viu quando voltava da padaria hoje. Percebemos sua surpresa.

– Anjo Mascarado foi um presente de Deus para essa família – diz a mãe de Ahmed. – Estavam arrasados até que ela chegou e trouxe-lhes de volta a paz. Deve ser um anjo de verdade. Deus age de maneiras surpreendentes, não acham?

Faço que sim, pensando que, se Deus existir, ele certamente tem uma forma surpreendente de mostrar seu amor por Doutor e por Zari.

– É claro que ela jamais preencherá o vazio que Zari deixou – diz a mãe de Ahmed. – Seria impossível, pois ninguém, ninguém mesmo, pode substituir um filho. Pelo menos Anjo Mascarado está lá para cuidar deles, e ser uma irmã para Keivan. Coitadinho do menino! Não sei como explicaram para ele a trágica perda da irmã. Imagine a tempestade interna que ele está experimentando agora! Que Deus o ajude. Só espero que ele não tente se vingar quando crescer. Graças a Deus Anjo Mascarado está presente. Pelo que sei, ela passa a maior parte, senão o tempo todo cuidando dele. Vem dedicando a vida àquela família.

Nunca sai para lugar nenhum, nunca se socializa com ninguém. Todo seu foco é em ajudar a família a lidar com a dor de perder uma filha. Que Deus a abençoe.

Ouvimos vovó se aproximando. A mãe de Ahmed faz um sinal negativo com a cabeça.

– Ela está piorando a cada dia. Alguns dias atrás, ela rolou pelas escadas que dão no porão, porque pensou que o marido, que Deus o tenha, estivesse esperando-a lá embaixo. Não quebrou o pescoço por um milagre. Agora deu para vê-lo em tudo quanto é canto.

"A vida é curta. Curta demais. Aproveite cada segundo, pois ninguém sabe o que vai acontecer em seguida. Pelos olhos da criação, o tempo que cada pessoa passa neste planeta não é mais longo que um piscar de olhos! Temos de viver a vida confiantes no julgamento de Deus. Para tudo há uma razão. Minha pobre mãe, que Deus a tenha, dizia que não devíamos perder tempo perguntando os motivos a Deus, pois Ele não responde. Entretanto, em algum ponto da vida, Ele nos mostra os sinais que nos ajudarão a entender por que as coisas são como são."

Sei o que a mãe de Ahmed está fazendo, e fico louco para que ela pare. Tenho vontade de lhe dizer que não acredito em seu Deus arrogante, que é bom demais para falar conosco, mas seria muito rude de minha parte. Por mais zangado que se esteja, não se deve nunca contrariar um anfitrião. E, mais importante ainda, não se deve jamais dizer algo religiosamente ofensivo.

Vovó entra na sala. Olha para mim por alguns segundos e novamente pergunta se minha esposa já sabe de meu retorno.

Ahmed sorri e diz:

– Ele não tem esposa, vovó.

– Oh! – exclama vovó, com o olhar perplexo. – Achei que ele fosse casado com aquela garota aí do lado. Aquela para quem seu avô costumava dar bombons.

– Não, vovó. – Ahmed tenta falar, mas vovó o interrompe.

– É uma boa garota. Gosto muito dela.

– Desculpa, cara – sussurra ele para mim. – Ela não sabe o que aconteceu.

– Tudo bem. Provavelmente está me confundindo com Doutor.

– Acho melhor você avisar sua esposa de seu retorno. Há muito que ela o aguarda. Assim como eu aguardei por vovô.

– Sim, vovó. Ele vai avisar. – Ahmed garante, para acalmá-la.

– Ela chora por ele todas as noites – conta vovó. – Coitadinha, chora todas as noites. Está muito triste.

– Tudo bem, vovó. Cuidaremos disso. Vamos avisá-la – diz Ahmed pacientemente.

– Sim. É melhor que ela saiba – diz vovó, retirando-se, a passos arrastados. – A pobrezinha precisa saber. É de cortar o coração ouvi-la chorar assim.

A campainha toca. Quando Ahmed atende, Faheemeh o empurra para o lado e corre em minha direção. Pula em meus braços e beija-me o rosto, à medida que as lágrimas escorrem por sua face. Sinto seu corpo tremer em meus braços. Ela cortou o cabelo longo e preto, e agora está aparentando ser mais adulta do que é, com esse cabelo curto.

– O que houve com seu cabelo? – pergunto, rindo e tentando conter as lágrimas.

– Precisava mudar um pouco, só isso – choraminga, analisando-me com os olhos úmidos. – Pelo visto, você perdeu muito peso.

– Eu também estava precisando mudar um pouco.

Ela ri e me dá um abraço apertado.

– Graças a Deus você voltou, graças a Deus.

A mãe de Ahmed cumprimenta Faheemeh e pergunta-lhe se seus pais estão bem. Não demora e ela vai para a cozinha, onde começará a preparar o almoço.

Faheemeh põe o braço ao redor de meus ombros. Morde o lábio inferior ao mesmo tempo em que chora silenciosamente e enxuga o rosto com um lenço branco.

– Todos os dias durante sua internação eu e Ahmed falamos em você. Sentimos muito sua falta, e estávamos loucos para que voltasse. Todos no bairro souberam o que nos aconteceu, inclusive meus pais e irmãos. Meus pais ficaram muito preocupados com você, e rezaram por sua saúde e seu retorno.

Pergunta como eu me sinto e, antes que eu tenha uma chance de responder, ela me abraça novamente e desaba a chorar.

– Vamos superar isso tudo juntos – diz. – Não sei como, mas vamos. Prometo. Nossa recuperação pode ser lenta, mas estou certa de que acontecerá.

É maravilhoso estar novamente com Ahmed e Faheemeh. Os dois parecem mais maduros. Parecem compartilhar de um vínculo só conhecido por quem é casado. Ahmed perdeu seu jeitão de moleque e suas meninices. Sentado ao lado dela, porta-se como homem, confiante, determinado, com um ar que deixa claro que Faheemeh é sua mulher. Faheemeh também perdeu aquele jeitinho de menina que fazia com que parecesse uma adolescente apaixonada pela primeira vez. Agora é uma mulher, madura, serena e consciente de que é objeto da afeição e devoção incondicionais de alguém. Fico tentando imaginar se eu teria atingido esse ponto com Zari, caso ela ainda estivesse conosco.

Faheemeh começa a conversar sobre aquele dia. Lembra-se de ter desmaiado na calçada depois que os soldados atacaram Ahmed e a mim, mas não se lembra de nada depois disso. Duas das famílias que estavam próximas a nós e presenciaram tudo protegeram-na dos agentes que rondavam pela multidão, à procura dos "três adolescentes malucos responsáveis por esse absurdo". As pessoas que a levaram para casa contaram tudo a seus pais. O irmão mais velho gritou e xingou ao saber que ela estava conosco. Entretanto, quando soube o que acontecera com os três, ele a abraçou, encheu-a de beijos e agradeceu a Deus por ela estar bem.

Faheemeh passou muito tempo doente. Não conseguia comer nem dormir. As imagens daquele dia ainda a atormentam, e não é raro ela chorar sem motivo. Seus pais tentaram enviá-la à Inglaterra para passar um tempo com uma prima distante, porém ela se recusou a ir.

– Sabe o que mata qualquer um? – pergunta. – Ficar no escuro, sem saber de nada. Eu ia à Penitenciária Evin todos os dias. Tinha certeza de que teria de saber o custo das balas antes de conseguir reaver seus corpos.

Ela morde a pele entre o polegar e o indicador. Diz que não conseguia começar a lamentar pela morte de Zari por causa de sua incerteza com relação à nossa situação.

– Eu só conseguiria continuar a viver quando tivesse a reta noção da total perda em minha vida – diz, ao cair mais uma vez no choro copioso. – Sinto tanta falta de Zari! Queria muito saber por que fez isso. Ela parecia tão apaixonada por você. Eu jamais poderia imaginar uma coisa dessas.

Digo-lhes que eu deveria saber e que poucos dias antes de tudo acontecer eu e Zari conversamos sobre Sócrates e Golesorkhi. Conto-lhes como ela falou sobre a morte e o suicídio enquanto tomávamos sorvete, e que mudei de assunto por achar aquilo deprimente.

– Talvez se eu tivesse escutado com mais atenção, teria desconfiado de alguma coisa – digo, tocando nas mangas de minha camisa, todo nervoso. Ahmed agarra-me a mão.

– Não faça isso – sussurra.

– Não se culpe. – Faheemeh implora. – Ninguém, a partir de uma conversa como essa, poderia ter imaginado o que ela planejava.

– Eu não teria interpretado nada dito por Zari como um sinal do que ela estava prestes a fazer – diz Ahmed. – Foi uma surpresa para todos. Você não pode, não pode, não pode se culpar – avisa com toda a ênfase.

– Por que ela fez isso? – pergunto. – Ela disse que me amava. Como se pode fazer uma coisa dessas com quem se ama? Não dá para entender.

Digo isso, mas entendo. Por mais inconcebível que tenha sido seu ato, deve ter-lhe parecido a única maneira de gritar seu desafio ao xá, fazendo o mais contundente dos sacrifícios por um bem maior, uma ação da rosa vermelha, uma decisão de Sócrates, um gesto heroico, significando a trivialidade da vida sem liberdade.

Depois do almoço, pergunto como Ahmed e Faheemeh se encontraram depois que Ahmed saiu da cadeia. Ele faz um gesto negativo com a cabeça e começa a rir. Faheemeh faz o mesmo.

– Ele veio à nossa casa – começa ela. – Meu irmão abriu a porta.

Ela para e olha para Ahmed, antes de continuar.

Ahmed encolhe os ombros:

– Ainda bem que não tive de violar nosso juramento à sagrada irmandade da fraternidade do boxe.

Faheemeh sorri e dá um tapa no ombro de Ahmed com as costas da mão.

– Meu querido irmão – diz. – Você não ia maltratar o pobrezinho, ia?

– Ele não tinha nada de pobrezinho ao bater em mim alguns meses antes – diz Ahmed com sarcasmo.

– É só um garoto – protesta Faheemeh aos risos.

– Bem, então, sorte do garoto por ter saído de meu caminho. Àquela altura, ela já estava quase na porta, gritando meu nome. Cara, pena que você não estava lá! Ela fez uma cena e tanto. Todos saíram de casa para ver o que estava acontecendo.

– Dois dias depois, nossos pais se reuniram e anunciaram à vizinhança que estávamos noivos – diz Faheemeh, mostrando-me seu anel de noivado, toda feliz.

– Não acredito que eu ainda não tinha percebido – digo, abraçando os dois ao mesmo tempo.

– A gente não quis dar uma festa de noivado sem você – diz Ahmed. – Além disso, queremos esperar até que complete um ano da morte de Zari.

Fico extremamente feliz por eles. É a primeira boa notícia que recebo em meses.

No caminho para a casa de Zari, paramos no ponto onde plantei a roseira de Doutor.

– Todos cuidaram dela – sussurra Ahmed. – Por Doutor, por Zari e por você.

Sinalizo minha gratidão balançando a cabeça.

– Jamais deixaremos esta roseira morrer – digo.

– Não deixaremos – confirma Ahmed.

Chegamos à casa de Zari. Uma série de imagens se passa rapidamente em minha cabeça, inclusive o primeiro dia em que Faheemeh tocou a campainha para começar o maravilhoso verão que passamos juntos. Jamais me esquecerei do sorriso alegre que Zari estampou ao abrir a porta. Ela e Faheemeh se abraçaram. Então ela olhou para nós e piscou antes de voltar para dentro e fechar a porta. É tão doloroso saber que Zari nunca mais atenderá a porta.

Toco a campainha com as mãos trêmulas, e o pai de Zari atende. Ele para e me fita atentamente com os olhos tristes. Dou um "oi" muito hesitante. Ele dá um passo em minha direção e me dá um abraço tão apertado que acho que pode até me quebrar as costelas. Abraça-me por um bom tempo, e sinto seu corpo tremer. Quando ele me solta, vejo lágrimas em seus olhos. Ele então sai e nós vamos para o pátio.

Enquanto Sr. Naderi fecha a porta, vejo a mãe de Zari caminhando devagarzinho em nossa direção. O pincel da idade tocou nela também, enrugando-lhe a face e deixando-lhe os cabelos brancos, exatamente como Ahmed dissera. Sua aparência é de uma velha doente tentando cuidar de um corpo exaurido, de um espírito assombrado e de uma alma atormentada. Aproximo-me e ela me abraça. Então começamos a chorar, abraçados.

Não há nada pior que a dor de perder um filho, a voz de minha mãe ecoa em minha cabeça.

Depois de alguns segundos, a mãe de Zari agarra-me os ombros e gentilmente me afasta, para olhar em meus olhos mareados. Reconheço alguns traços do semblante de Zari em seu rosto gentil e sofrido. Sob o véu da tristeza, vejo os olhos azuis, o queixo perfeito, as lindas maçãs do rosto.

A mãe de Zari enxuga minhas lágrimas com os dedos e pedeme para ter coragem.

– Você é jovem demais para guardar uma dor assim no coração por muito tempo. Meu querido, meu menino querido, queria muito que você soubesse como me sinto em relação a você e ao que fazia pela minha querida Zari.

Faço um gesto afirmativo com a cabeça, lembrando-me da noite em que ela viu sua filha em meus braços lá em cima no telhado.

– Precisa se desgarrar do passado e concentrar-se no futuro.

Sra. Naderi então me abraça novamente e sussurra:

– Sei que você é forte o bastante para continuar sua vida. Cumpra o que prometeu a Zari e deixe este país. Precisa ir para os Estados Unidos e fazer uma faculdade, pois somente as pessoas instruídas podem salvar este país. Enquanto estiver lá, conte a todos os americanos o que o apoio disparatado que seu governo dá a uma ditadura já causou às mães iranianas. Diga-lhes que não haverá fim a essas atrocidades até que eles parem de pagar pelo nosso petróleo com o sangue de nossos filhos. Prometa-me que fará sua parte para emancipar nosso povo, pois você deve isso a Doutor e a Zari.

Faço que sim, mas no fundo do coração não tenho certeza de que posso deixar esta rua. Depois de Zari, que importa se tenho ou não instrução? Como posso ir para os Estados Unidos, o país que apoia o homem responsável pela morte de meu anjo?

Passamos pela cerejeira e entramos na casa. No caminho para a sala de estar, percebo que há várias caixas no corredor.

– Estão de mudança? – pergunto à Sra. Naderi.

– Por enquanto não, mas será em breve. Imagine a dificuldade que tem sido para nós continuar morando nesta casa.

Sinto uma dor profunda ao imaginar outra família ocupando a casa na qual minha Zari viveu.

A sala de estar continua exatamente como eu me lembro da noite da festa de Keivan. A foto de Zari e Doutor ainda está na prateleira. Nós quase nos beijamos olhando para essa foto. Tento desviar o olhar da prateleira antes que eu caia no choro.

O chão está coberto por um tapete Kashan barato. Em volta da sala, grandes almofadas cilíndricas sobre tapetinhos Turkmen usados como assentos. Um samovar fumegante está em um canto da sala, sobre o qual repousa uma chaleira. Seis pequenas xícaras de chá persas com bordas de ouro gastas nas bases estão sobre uma bandeja de latão próxima a uma pilha organizada de pires. O cheiro do chá fresquinho dá à sala um ar aconchegante.

A mãe de Zari pega o samovar e nos serve chá, enquanto Sr. Naderi, calado, fuma seu cigarro. Pelo canto do olho, vejo Anjo Mascarado no corredor sussurrando algo no ouvido de Keivan. A mãe de Zari acena para Keivan e diz:

– Venha cá, meu querido. Venha cumprimentar as visitas.

Keivan se aproxima de mim. A mãe de Zari diz:

– Cumprimente, querido.

Keivan cumprimenta e me abraça, apertando os bracinhos firmemente ao redor de meu pescoço. Retribuo o abraço e sussurro em seu ouvido que senti sua falta. Ele diz que sentiu saudades também, e então se vira e olha para Anjo Mascarado no corredor, que prepara uma bandeja de doces. Keivan senta-se ao meu lado e repousa o queixo sobre a mão, com o cotovelo apoiado na coxa. Envolvo-o com um braço e aperto-lhe os ombros duas vezes. A mãe de Zari sorri e diz que Keivan ajudou muito prima Soraya enquanto a pobre de sua mãe, sofrida, lidava com a dor que nenhuma mãe deveria ter de enfrentar. Keivan encolhe os ombros e sorri, compreendendo que a mãe está tecendo-lhe um elogio.

– Para mim, as crianças são as coisas mais preciosas do mundo – diz a mãe de Zari. Então olha para cima e roga a Deus que jamais prive qualquer pai ou mãe da alegria de criar seus filhos.

Sinto vontade de lhe perguntar por que ela reza para um Deus que lhe roubou a filha, por que ela não o boicotou, ignorou-o por completo. Lembro-me da noite no telhado, quando eu disse a meu pai que Deus não era justo, pois nunca punia aqueles que cometiam atrocidades contra a humanidade, sobretudo contra os jovens. Naquela noite, Zari estava sentada sob a mureta, escutando-nos. Olho para sua foto na prateleira e sinto um aperto no peito. Quero gritar e arrancar a pele para abrir espaço para a dor que me consome.

Sra. Naderi começa a falar sobre a família de Doutor.

– A mãe dele agora está em uma instituição, sem perspectiva de melhora em seu estado mental. O pai morreu dois meses atrás; Deus que guarde sua alma. Para mim, foi ele quem deu sorte. Não é nada bom enterrar um filho. Nada mais doloroso. Nada. Nos últimos meses ele já não vivia, por assim dizer, só respirava. A morte é uma bênção em um momento assim.

Sra. Naderi balança a cabeça de um lado para o outro e enxuga as lágrimas.

Anjo Mascarado entra na sala trazendo uma bandeja cheia de doces. Cumprimenta-nos bem baixinho, e então Ahmed, eu e Faheemeh levantamo-nos para cumprimentá-la. Ela aponta para nós, e num gesto com as mãos pede-nos para sentar enquanto ela troca um abraço e algumas cordialidades com Faheemeh. Ela fala tão baixinho que mal consigo ouvi-la.

Sr. Naderi sorri enquanto Anjo Mascarado se senta em uma almofada a apenas alguns centímetros dele. Ele sussurra alguma coisa com ela, que por sua vez faz que não com a cabeça. Ele então olha para mim. Eu queria muito saber o que foi que eles comentaram.

O silêncio de Sr. Naderi é certamente estranho, e nada tem a ver com o homem conversador e um tanto filosófico que um dia conheci. Sempre foi um homem do bem, agraciado com uma alma gentil e amaldiçoado com uma face áspera que não lhe confere nenhum ar de simpatia. As dificuldades pelas quais tem passado não lhe estragaram o físico atlético e ele ainda parece um formidável campeão de luta, com as orelhas maltratadas e um rosto que foi esfregado no tatame várias vezes. Ele e meu pai costumavam conversar sobre suas lutas e adversários com riquezas de detalhes. Sempre gostei das histórias excitantes que Sr. Naderi contava com sua voz grave e rouca. Que diferença absurda entre seu comportamento atual e o do ex-campeão despreocupado de alguns meses atrás!

A mãe de Zari diz que Anjo Mascarado vem lutando contra uma gripe que não quer largá-la.

– A pobrezinha perdeu a voz, e tosse a noite toda. Precisa ir ao médico – diz. – Mas os jovens são muito teimosos, e acham que podem superar tudo. Que Deus a abençoe, não há um dia que eu não queime *espand* para ela manter afastados os espíritos malignos! Não sei o que teríamos feito sem ela.

Percebo, pelo movimento ocular por trás dos buraquinhos da burca de Anjo Mascarado, que ela está olhando para mim. É a primeira vez que ela me vê de tão perto. Deve estar curiosa sobre o garoto pelo qual sua prima e melhor amiga se apaixonou.

Sinto um nervosismo distinto em seu comportamento. Eu poderia jurar que ela está tremendo sob seu véu. Sr. Nadari sussurra mais alguma coisa para ela, que responde.

Devem ser muito próximos. Ela deve estar preenchendo o vazio que a morte de Zari deixou. O pobre homem adorava a filha, sempre se referindo a ela como sua razão de viver. Era o centro de seu universo, o sol que iluminava seus dias e a lua que iluminava suas noites escuras. À noite, quando ele voltava do trabalho, Zari corria para a porta e pendurava-se em seu pescoço musculoso, e bastava isso para que ele se sentisse bem e em paz. E nas tardes de sexta-feira, Zari servia-lhe chá no pátio enquanto ele sentava-se próximo à *hose*, à sombra da cerejeira, onde lia o jornal. Ele falava sempre em seu sonho de ter netos.

– Dois netinhos homens – dizia. – Vou ensiná-los a lutar, para que deem continuidade à tradição da família. A luta livre é o melhor esporte do mundo!

E agora, as duas pessoas que podiam tornar seu sonho realidade se foram. Talvez Anjo Mascarado possa, algum dia, proporcionar-lhe uma experiência próxima à que ele teria tido com Zari.

Sra. Naderi repete que Soraya tem sido o pilar que não permite que a família se desmorone.

– Meu Deus do céu, jamais prive qualquer pai ou mãe da alegria de criar seus filhos – roga ela novamente –, e amaldiçoe o Demônio do Oriente Médio, servo do Ocidente e destruidor da vida dos jovens.

Ficamos todos em silêncio. Então, Sr. Naderi suspira e acende outro cigarro. Entristecido pela possibilidade de outras pessoas ocuparem a casa deles, pergunto:

– Posso perguntar para onde vão se mudar?

– Para Bandar Abbas.

Fico muito triste. O governo exila seus funcionários indisciplinados em Bandar Abbas, uma cidadezinha no golfo Pérsico, famosa pelos níveis insuportáveis de calor e umidade.

– Por que Bandar Abbas? – Ahmed pergunta.

Sra. Naderi olha para o marido, mas não diz nada.

– Quem se esqueceria de Zari se sua família continuasse a morar nesta rua? – respondo, gentilmente, embora eu esteja furioso ao imaginá-los exilados.

De repente, Ahmed compreende. Parece constrangido pela pergunta que fez.

– Mas a SAVAK está errada – digo. – Ninguém jamais a esquecerá de qualquer jeito. O mesmo pode-se dizer de Doutor. Neste país, as pessoas não esquecem e nunca perdoam.

Os olhos de Sr. Naderi enchem-se de lágrimas. Seus olhos sofridos congelam-se em mim, enquanto ele apaga um cigarro e acende outro.

Quem me dera ter a coragem de lhes contar sobre mim e Zari, mas o amor é um assunto pessoal e particular, e o cofre do coração não deve ser aberto assim, tão casualmente, e não se deve expor o tesouro do amor. Eu sempre me perguntei por quê, apesar de nosso espírito apaixonado como uma nação cuja poesia é repleta de declarações de amor, nossa realidade é de emoções contidas em se tratando de membros do sexo oposto. Embora Sra. Naderi tenha visto Zari em meus braços, ela jamais falará sobre isso, nem eu. Não importa que a filha deles tenha sido o centro do meu universo, ou que eu venha sofrendo a dor de sua perda todos os segundos de minha vida nos últimos meses. Algumas coisas devem permanecer na jaula da alma.

Olho na direção de Anjo Mascarado, e percebo que ela ainda me olha. Seus olhos piscam por trás da renda escura na frente de sua burca – olhos que me lembram dos olhos de meu próprio anjo, só que eles não sorriem como os dela.

Passamos horas sentados naquela sala sem dizer muito, refugiando-nos e confortando-nos no fato de compartilharmos a mesma dor. E pela primeira vez desde a morte de Doutor, conseguimos viver juntos o mesmo luto.

26

Os olhos de um anjo

O tempo anda estranhamente quente e primaveril para esta época do ano, meados de *Esphand*, final de fevereiro. Contudo, minha mãe insiste que eu vista agasalhos de inverno quando saio.

– Este tempo pode virar a qualquer momento – diz. – Uma hora está quente, e de repente começa a nevar.

Ela tira uma garrafa de suco herbário de seu armário de remédios e me obriga a tomar duas colheres de chá do negócio.

– Isto aqui fortalecerá seu sistema imunológico, que nos últimos meses andou fraquinho.

É bom saber que algumas coisas nunca mudam.

O mundo inteiro já ouviu falar que saí do hospital, e todos querem me ver. Todo mundo resolveu me visitar no final desta semana. Minha mãe está ocupada preparando a casa. Ela espana, varre, lava os lençóis e tenta definir onde todos vão dormir e o que servirá em cada refeição. Vai citando os convidados sem contá-los:

– Sr. e Sra. Kasravi, suas duas tias e seus dois tios, Sra. Mehrbaan e seus avós por parte de pai... seja lá quantos forem.

– São nove – diz meu pai.

– Não conte! Não sabe que dá azar contar as pessoas? – ralha, com uma expressão de preocupação.

– Por quê? – pergunta meu pai, balançando a cabeça, irritado.

– Não sei. Só sei que é assim.

Ela então se vira para mim e diz:

– Todos virão para visitá-lo, não está animado?

– Estou – respondo, mas queria muito saber por que as pessoas acham que precisam visitar quem está doente. Quando não estou me sentindo bem, a última coisa de que preciso é ouvir as pessoas me dizendo que minha aparência está boa e que ficarei bem. Os sorrisos e gargalhadas forçados vão me enlouquecer.

Meu pai parece estranhamente agitado e indócil. Segue minha mãe pela casa sem ajudá-la, e já percebi que ela está ficando irritada com isso.

– Temos vodca suficiente? – pergunta ele pelo menos três vezes. – Essa noite haverá muita celebração e muita bebedeira. Todos beberemos, inclusive Pasha.

Lembro-me da última vez que bebi vodca – na noite do funeral de Doutor – e a ideia não me parece muito ligada à celebração nenhuma.

Minha mãe responde:

– Sim, temos muita vodca.

– Sra. Mehrbaan virá? – pergunta ele, preocupado.

– Sim, já lhe disse que ela virá.

– Você falou com ela pessoalmente?

Ela então lança um olhar de reprovação sobre meu pai.

– Ela garantiu que viria ou disse que pensaria?

Minha mãe se vira, olha para meu pai e começa a dizer alguma coisa, mas resolve parar. Então lança os braços para cima, resmunga alguma coisa e se retira. Não sei muito bem por que meu pai está tão preocupado com Sra. Mehrbaan.

– Então, tá. Vou ver se temos vodca suficiente – diz meu pai, caminhando na direção da geladeira.

Meus parentes paternos – tias, tios e avós – chegam alguns minutos antes do meio-dia. Abraçam-me e dizem que estão felizes por eu estar em casa novamente. Dizem que estou com uma aparência ótima e que logo ficarei melhor ainda, graças à comidinha maravilhosa de minha mãe.

Todos os meus tios e tias estão na faixa dos trinta, mas apenas minha tia Mateen é casada. É a mais gorda da família, e a mulher mais gentil do planeta. Seu primeiro marido morreu tragicamente quatro anos depois de terem se casado, em um acidente durante uma peregrinação ao mausoléu de Imam Reza. Tia Mateen passou dez anos solteira, mas acabou apaixonando-se novamente e casou-se com Sr. Jamshidi, um homem de meia-idade, proprietário de uma fábrica de laticínios em Mashhad, uma cidade do Nordeste. Um ano após o casamento, ela descobriu que Sr. Jamshidi já era casado. Chorou por muitos dias e noites, ameaçou-o de morte, pediu o divórcio e chegou a impedir sua entrada em casa durante alguns dias. Entretanto, acabou decidindo que ser casada com um bígamo não era tão ruim, contanto que ele a amasse, respeitasse e lhe fosse fiel. Assim, tia Mateen disse a Sr. Jamshidi que, se algum dia o pegasse com a primeira esposa, ela cortaria seu membro, aos poucos, até que ele estivesse quase como um eunuco. Todos na família dizem que Sr. Jamshidi é o homem mais fiel do planeta, não que ele não goste de mulher, mas porque ele sabe que minha tia é uma mulher séria, que guarda facas extremamente afiadas no armário da cozinha.

Tia Maryam é uma mulher bonita, com um rosto que parece mais europeu do que iraniano. Quando meus pais não estão por perto, os irmãos dela brincam, dizendo que ela não é filha legítima e que talvez tenha sido concebida pelos soldados russos que ocupavam o Norte durante a Segunda Guerra. Tia Maryam sempre faz que não com a cabeça e ri. Ela tem um ótimo senso de humor, e eu sempre gostei muito dela. Tia Maryam é quase sempre inclinada a discussões e às vezes até contenciosa com relação ao irmão, meu tio Mansoor. Às vezes eles ficam sem se falar por meses e, embora morem na mesma rua, eles se evitam a todo custo.

É fascinante vê-los discutir, pois nenhum deles consegue concluir uma frase. Então, agora quando brigam, em vez de conversar, eles trocam cartas, as quais leem para toda a família antes de enviar ao destinatário. As cartas sempre começam com uma expressão de amor, mas rapidamente descambam para as revelações amargas dos sacrifícios que cada um fez pelo outro.

"Querida irmã", tio Mansoor escreveu uma vez, "fiquei sabendo que você disse a todo o mundo que eu não a amo. Que mentira! Você sabe que amo. Sempre a amei, mas jamais a amarei novamente. Na verdade, nenhum irmão – nenhum irmão neste mundo – poderia amar tanto sua irmã como eu a amei! Lembra-se de quando você extraiu as amídalas e estava na cama, chorando e pedindo sorvete? Quem correu seis quilômetros embaixo de chuva para comprar sorvete para você? Está lembrada de quando torceu o pé ao voltar da escola? Quem a carregou para casa nas costas? Nunca deixo de ver como você está, se precisa de alguma coisa quando vou ao mercado, não é verdade? Agora me diga o que você já fez por mim ou por qualquer outra pessoa? Você é muito egoísta. Nunca mais a amarei!"

Tia Maryam respondeu com uma carta:

"Querido irmão Mansoor. Você nunca amou ninguém mais além de si mesmo. O egoísta aqui é você. Sacrifiquei minha vida por você. Remendei suas roupas, cozinhei, limpei, lavei louça. Posso escrever um livro apenas citando o que já fiz por você. Talvez dois livros! Nunca mais farei nada, porque você é egoísta e não compreende o amor de uma irmã. Azar o seu. Adeus para sempre. Ninguém mais ouvirá seu nome saindo de meus lábios, ninguém. Vou me esquecer que um dia tive um irmão chamado... bem, seja lá qual for seu nome! Adeus."

Obviamente, alguém sempre intervém e os dois se beijam e fazem as pazes, prometendo nunca mais falar na briga idiota.

– São águas passadas – diz tio Mansoor.

– O que passou passou – concorda tia Maryam.

– Somente um tolo reabre uma ferida que já cicatrizou.

– Quem nunca brigou com um irmão? A briga é o tempero da vida. Na quantidade certa, deixa as coisas deliciosas!

E assim vão, como se nada tivesse acontecido até que briguem novamente, e então todas as velhas questões voltam à tona.

Meus dois tios parecem gêmeos, apesar dos dois anos de diferença em idade. Ambos têm bigodes espessos que combinam com os cabelos pretos. São fortes, musculosos e sempre arranjam encrenca com a polícia de Noshahr, a cidadezinha onde moram, porque se metem em brigas com estranhos o tempo todo. Meu pai diz que meus tios são o retrato de meu avô na juventude. Agora, é claro, ele está velhinho, magro e quieto; anda com o auxílio de uma bengala e está sempre com um terno cinza. Foi um ativista revolucionário durante a era de Mosaddegh, e odiava o xá e suas "políticas pseudorreformistas" que só fortaleciam sua posição como a única voz autoritária no Irã. Vovô, como muitos de sua geração, odeia os ingleses com tanta fúria que seu rosto se avermelha toda vez que alguém menciona o nome de Churchill.

– Aquele colonialista desgraçado! Considerava os indianos da mesma forma com que Hitler via os judeus – diz do primeiro-ministro britânico. – Se tivesse tido uma chance, teria queimado os indianos como Hitler queimou os judeus!

Como ateu, vovô também odeia a religião organizada.

– Mostre-me um clérigo honesto e eu lhe mostrarei um gambá que não fede – diz todas as vezes em que se discute religião.

Meu pai sempre ri de seus comentários.

– Graças a Deus ele odeia todo mundo na mesma proporção: os mulás, os padres, os monges, rabinos e políticos.

– Deus não existe – sussurra vovô, amargurado, toda vez que vovó reza. – Você ainda não aprendeu? Marx tentou dizer a todos, mas somente alguns escutaram.

Toda vez que vovô diz alguma blasfêmia, vovó morde a pele entre o polegar e o indicador sem olhar em sua direção. Ela já vive com ele há tanto tempo que nem lhe passa pela cabeça a possibilidade de influenciar suas convicções.

Vovô nunca assiste à televisão ou escuta o noticiário no rádio. Meu pai diz que ele tem uma coleção de revistas e jornais da era de Mosaddegh que ele guarda com a própria vida. Todas as manhãs ele tira um dos jornais da caixa ao lado de sua cama e o lê, de cabo a rabo, como se fosse atual. Nem consigo imaginar quantas vezes já leu cada artigo.

Vovô beija-me os olhos cerrados, então se senta numa cadeira próxima ao relógio de pé que há anos não funciona e pede uma xícara de chá à vovó. Minha mãe pede à vovó que fique ali sentada e então corre para a cozinha e pega chá, doces e frutas. Vovô olha para o relógio ao seu lado. Sussurrou-lhe que a hora está errada. E olha para mim e então para o relógio novamente, mas não diz nada. Depois de alguns segundos, ouço-o sussurrar:

– Não está errado; só está marcando uma hora diferente!

– Graças a Deus você voltou; graças a Deus você está bem – repete vovó, esticando-se para tocar-me o rosto com as mãos trêmulas.

Vovô diz alguma coisa bem baixinho, como faz sempre que vovó menciona Deus; meu pai e meus tios riem. Vovô então se vira e olha novamente para o relógio quebrado.

Agora, toda a atenção volta-se para mim, o que me desagrada. Percebo, pelo olhar de todos, que estão tristes pela minha aparência abatida, mas ninguém quer que eu saiba. Sempre que pego uma pessoa me olhando, ela sorri e tenta parecer feliz – menos tia Mateen, que simplesmente esconde o rosto para que eu não veja suas lágrimas.

Assim que todos começam a tomar o chá, a campainha toca e Sr. e Sra. Kasravi entram no pátio. Sr. Kasravi carrega Shabnam, minha futura esposa, nos braços. Todos correm para a porta e começam a falar ao mesmo tempo, criando um tumulto animado.

– Como foi a viagem?

– Foi boa.

– Meu Deus, vocês devem estar cansados!

– Nossa, que estradinha do cão! Se alguém simplesmente adicionasse mais algumas pistas àquela porcaria de autoestrada, a viagem em si não levaria mais que noventa minutos.

– Meu sobrinho está destinado a construir uma estrada de quatro pistas conectando Teerã a Noshahr – diz tio Mansoor.

– Era o que Mosaddegh queria fazer, antes de os americanos e britânicos armarem um golpe.

– De fato, é uma viagem cansativa. Muito, muito cansativa.

– Vamos, entrem! Entrem! O chá está pronto.

Sr. Kasravi põe Shabnam no chão e me abraça.

– Como você está, meu garoto? Sério, como está? Liguei todos os dias para saber de você. Que bom que você voltou, que bom!

Goli Jaan olha para mim e começa a chorar.

– Você perdeu muito peso! Tem que aparecer lá em casa logo. O ar puro das montanhas lhe faria um bem enorme.

Meu pai vai caminhando para a sala de estar e todos o acompanham. Ao cruzarmos o pátio, olho para cima e vejo Anjo Mascarado na sacada do terceiro andar. Ela dá um passo para trás assim que percebe que foi vista. Na sala de estar, tia Mateen se senta ao meu lado, envolve-me os ombros com um braço e sussurra:

– Como se sente, meu querido?

– Ah, ele está bem – brada tio Mansoor. – Olhe só para ele! Está fortinho!

– Está mesmo – diz Sr. Kasravi. – Meu futuro genro com certeza é muito forte.

Tia Mateen olha para meu corpo franzino e faz que não com a cabeça, tentando conter as lágrimas.

– Não faça isso – reprova tio Mansoor. – O garoto vai pensar que há algo errado com ele.

– É! Não demora, ele estará lutando boxe – diz tio Majeed.

Tio Mansoor interrompe tio Majeed. Está muito feliz por eu ter aprendido o básico do boxe com meu pai. Agora ele pretende me ensinar os golpes avançados. Todos, inclusive papai, riem. Então, tio Mansoor diz que enquanto eu estiver estudando engenharia civil na faculdade nos Estados Unidos e fazendo planos para construir a autoestrada de quatro pistas no estilo europeu, ligando Teerã a Noshahr, estarei dando uma surra monumental nos meus adversários no ringue. Ele então sorri até as orelhas.

Tia Maryam me diz que me ama e que não vê a hora de me receber em sua casa para me servir kebab, arroz, legumes frescos, iogurte caseiro e sua salada especial de pepino, sal, pimenta e hortelã, acompanhada por um ótimo chá Lahijan. Então estarei pronto para jogar tênis. Isso mesmo, tênis – porque boxe é esporte de tolos que se orgulham de bater nos outros. Manda que eu esqueça tudo que aprendi com papai e que me prepare para as aulas de tênis, que ela pagará do próprio bolso. Mamãe aproveita a oportunidade para lançar um olhar de reprovação para meu pai, o qual ele ignora por completo. Segue-se então uma discussão calorosa, com tia Maryam fazendo não com a cabeça e com o dedo, vigorosamente.

Agora todos estão falando ao mesmo tempo e ninguém parece estar ouvindo ninguém.

Meu pai observa todos sem dizer nada. Percebo, pela ansiedade em sua expressão e pela frequência com que olha para a porta, que ele está impacientemente aguardando a chegada de Sra. Mehrbaan. Ainda não entendo por que está tão doido para vê-la.

– Olhem só para esses narizes, vocês dois! – diz tia Maryam aos dois irmãos. – Fazem ideia do quanto nossa mãe chorou quando viu vocês com o nariz quebrado?

Vovó olha para os dois filhos, faz um gesto negativo com a cabeça e reza. Vovô balança a cabeça e resmunga suas blasfêmias, fazendo com que vovó morda a pele entre o polegar e o indicador.

– Não é vergonha para um homem ter um nariz feio e quebrado! Tá vendo aqui? É como se eu não tivesse um osso lá dentro. – Tio Mansoor diz, pondo o dedo na ponta do nariz e o puxando. As narinas vêm junto, fazendo-o parecer um velho, e começo a rir. Todos percebem que estou rindo, e todos se juntam a mim com uma expressão de alívio. Minha mãe sai da cozinha com mais chá.

A campainha toca novamente e Sra. Mehrbaan entra. Como a mãe de Zari, ela parece muito mais velha. O clima fica meio sombrio assim que ela entra. Meu pai fica animado ao vê-la. Corre na frente de todos para cumprimentá-la.

– Que bom que você está aqui. Estava preocupado, achando que pudesse ter resolvido não vir.

Ela ignora completamente meu pai e vem em minha direção, abrindo caminho entre o pessoal.

– Primeiro quero ver Pasha. Primeiro quero vê-lo. Como está, meu querido? – Ela me abraça e sussurra: – Sentimos muitas saudades. Rezei todos os dias para que você retornasse são e salvo. Que pena que Mehrbaan não está aqui para vê-lo. Não sei se ele já ficou sabendo, lá da cadeia, sobre sua alta. Eu mesma teria contado, se me deixassem vê-lo. Sequer me dizem onde ele está. Oh, seu pai já fez de tudo para arrancar algumas informações, mas eles se recusam a nos contar qualquer coisa.

– Espero que soltem tio Mehrbaan logo – digo.

Sra. Mehrbaan me abraça novamente.

– Oh, Deus, espero que sim, meu filho, espero que sim – sussurra.

Neste exato momento, chegam Ahmed e Faheemeh.

– Vejam! Os futuros noivos acabam de chegar! – diz meu pai, cheio de alegria.

Sr. Kasravi corre na frente de todos para cumprimentá-los.

Refaz-se então a algazarra de vozes falando ao mesmo tempo. Faheemeh é apresentada a todos, que vão se revezando para abraçá-la e dar-lhe as boas-vindas à casa. Tio Majeed agradece a Faheemeh por ter misericórdia de um cara como Ahmed, cujas deficiências ele consegue contar nos dedos de uma das mãos. Ele conta um, dois, três, quatro, cinco em uma das mãos – e então seis, sete e assim por diante, usando a mesma mão. Todos riem, e tio Majeed envolve Ahmed nos braços e diz para Faheemeh que ela está acompanhada por um dos melhores homens do mundo. Faheemeh sorri e agradece. Abraço Faheemeh e, quando começamos a caminhar em direção à sala de estar, olho para o telhado e vejo que Anjo Mascarado voltou para a sacada do terceiro andar.

Dentro de casa, Sra. Mehrbaan diz a Faheemeh que está muito feliz por terem soltado Ahmed.

– Sei como é difícil ficar longe de quem mais se ama. Deus sabe o quanto já sofri com isso. A primeira vez que o levaram, nós éramos jovens. Tínhamos vários planos idealistas e o futuro parecia uma estrada sem fim. Mas desta vez é diferente. Estamos envelhecendo e precisamos desesperadamente da companhia um do outro.

Fico surpreso pela Sra. Mehrbaan ter dito tanta coisa sem derramar uma lágrima sequer. O tempo a endureceu bastante.

Meu pai traz uma garrafa de vodca e diz que é hora de comemorar. Serve todos os homens e ergue seu copo para dizer:

– Ao retorno de meu filho! – Então vira-se para Ahmed e Faheemeh. – E pelo noivado de meu outro filho!

Todos nós bebemos. Minha mãe olha pra mim e Ahmed com ansiedade. Sei que acha que somos ainda muito jovens para beber, mas jamais diria qualquer coisa que nos constrangesse. Contorço-me com o sabor amargo da vodca, que novamente me lembra da noite do funeral de Doutor. Todos acham graça da cara que faço. Papai logo enche os copos novamente e diz:

– Esta é pela volta de Mehrbaan.

Todos engolem suas doses.

As mulheres se juntam à minha mãe na cozinha para ajudá-la a servir o almoço. Meu pai chama minha mãe ao corredor e pergunta, todo nervoso, se não está cedo demais para servir o almoço. Minha mãe, surpresa com meu pai, que nunca se intrometeu em seus afazeres, lança-lhe um olhar irritado e volta para a cozinha. Meu pai olha para o relógio e se dá conta de que não está com ele no punho. Então olha para o relógio quebrado e resmunga alguma coisa inaudível.

Pergunto a papai se tem algo errado. E, obviamente, minha desconfiança aumenta quando ele nega. Mas o que pode ser? Seu comportamento atípico me faz pensar se ele está sob efeito de alguma espécie de droga.

Meu pai reclama que está muito cedo para servir o almoço, uma decisão doméstica na qual ele jamais se envolveria em outra ocasião mais comum. Os convidados respondem que estão com fome.

– Já são quase duas da tarde. – Tio Majeed retruca.

– É mesmo? – Meu pai novamente olha para o punho vazio. Então volta para a sala e enche todos os copos, ergue o dele, e diz:

– À amizade!

Todos bebem.

Meu pai me pergunta que horas são. Desta vez, olho bem em seus olhos para ver se consigo detectar algo errado. Seria cansaço? Loucura? Estaria ele já embriagado? Só espero que não esteja doente. Como se fosse uma resposta, a campainha toca. Meu pai me manda ir para o pátio abrir a porta, então corre para a cozinha e pede que todos saiam, pois temos mais um convidado.

Enquanto caminho em direção à porta, viro-me para ver se Anjo Mascarado ainda está na sacada da casa de Zari. Não há ninguém lá em cima.

Abro a porta e fico chocado ao ver Sr. Mehrbaan na rua. Ele salta para frente e me dá um abraço, quase tão apertado quanto o que o pai de Zari me deu quando os visitamos. Instala-se um pandemônio lá dentro de casa. Emocionados, todos começam a gritar e a correr em direção à porta.

Sra. Mehrbaan é a primeira a se aproximar de nós. Saio do caminho enquanto o casal se abraça. Todos estão no pátio agora, falando ao mesmo tempo, menos meu pai, que silenciosamente assiste à cena do terraço no primeiro andar. Obviamente, ele sabia que Sr. Mehrbaan sairia da cadeia hoje. O ar frenético em seus olhos se esvai. Observo-o por um bom tempo. Ele não sabe que estou a observá-lo. Também não sabe que espero algum dia poder ser como ele.

Enquanto outras pessoas tentam abraçar Sr. Mehrbaan, Sra. Mehrbaan se senta no chão e chora.

– Graças a Deus, graças a Deus! – grita, batendo no peito. – Jamais pensei que veria este dia.

Minha mãe a abraça e diz que ela deveria estar rindo, pois seu homem está a salvo e livre. Sra. Mehrbaan, entretanto, está imersa em um turbilhão de emoções que promete perdurar ainda por muito tempo. Sr. Kasravi abraça Sr. Mehrbaan e lhe diz que está feliz por ver o velho amigo são e salvo. Vovó diz que precisamos queimar um pouco de *espand* para manter o demônio afastado, e vovô lança-lhe um olhar de reprovação.

Finalmente, meu pai e Sr. Mehrbaan se abraçam. Os dois riem e trocam sussurros. Sra. Mehrbaan permanece sentada no chão, balançando-se levemente e chorando. Suas mãos tremem, as sobrancelhas repuxam, e ela não para de falar, toda confusa, salivando excessivamente.

Olho para o telhado e descubro que Anjo Mascarado retornou ao seu posto na sacada do terceiro andar. Será que ela sabe o que está acontecendo e está chorando também? Assim que ela novamente percebe que estou olhando, afasta-se para as sombras.

Vamos todos para a sala de estar.

– Este é o melhor dia de minha vida – diz meu pai repetidamente. – Meus melhores amigos estão aqui, minha família está aqui e meus dois filhos estão aqui. – Ele aponta para mim e Ahmed.

Meu pai serve mais vodca para todos, e todos bebemos e brindamos ao Sr. Mehrbaan. Ele engole sua dose, passa a manga do casaco no bigode espesso e olha para a esposa, mordendo os lábios para conter as lágrimas. Todas as mulheres começam a chorar também, enquanto os homens educadamente desviam a cabeça. Ouço meu avô sussurrando que nossa mazela é culpa dos britânicos safados.

Sra. Mehrbaan não tira os olhos do marido. Reza bem baixinho enquanto enxuga as lágrimas. Meu pai quebra o silêncio, perguntando a Sr. Mehrbaan como ele está. Ele balança a cabeça e sussurra que está bem, então desaba a chorar copiosamente. Conheço esse choro; lembro-me dele dos meus dias de hospital. Esse choro expressa um coração magoado e um espírito estraçalhado, uma dor tão violenta que é somente verbalizada por meio da linguagem embargada das lágrimas. Eu queria que meu pai nos servisse mais uma dose! O gosto amargo da vodca não me incomoda mais, e até aprecio o efeito inebriante similar ao da noite do funeral de Doutor.

Ahmed está emocionado por tudo que aconteceu em nossa pequena casa hoje. Ele está encantado com Sr. Mehrbaan. Alegro-me por ele ter finalmente conseguido conhecê-lo. E tenho certeza de que eles têm muito a trocar, como dois homens que foram injustamente encarcerados.

– Por que o prenderam? – Sra. Mehrbaan pergunta com a voz embargada.

– Nunca dizem o motivo.

Minhas duas tias estão sentadas uma ao lado da outra, próximas à Sra. Mehrbaan. Estão de mãos dadas, enquanto as lágrimas escorrem pelas suas faces. Meus tios fumam e estão atipicamente calados. Minha futura esposa está sentada no colo da mãe, brincando com uma boneca. Será que ela se lembrará deste dia quando crescer? Sr. Kasravi está sentado no chão, próximo ao meu pai, e não tenho dúvida de que ele quer dizer alguma coisa sobre os Qajar e suas políticas retrógradas, mas sabe que não deve interromper este momento que pertence aos Mehrbaan.

Almoçamos, bebemos mais, jantamos e bebemos mais ainda. Como todos os homens da casa, estou completamente embriagado. Sra. Mehrbaan senta-se ao lado do marido, e muito embora em nossa cultura considere-se uma grosseria a expressão pública de afeto entre casais, Sr. Mehrbaan coloca o braço ao redor dos ombros dela e a puxa para bem perto de si.

Eu não me lembro de quando Ahmed e Faheemeh se foram, nem como fui parar na cama. Quando abro os olhos, estou deitado em um colchão na sala de estar, lembrando-me de um sonho muito estranho que acabo de ter. Um laranjal espalha-se no sopé de uma montanha, cortado por um rio que escorre do sul ao norte. Nuvens escuras rapidamente se aproximam da montanha, vindas do oeste, e ao longe, bem longe, um relâmpago ilumina os céus enquanto gotas de chuva, uma por uma, dançam até o chão. Nos declives, flores de laranjeira, brancas e aromáticas, cobrem o chão feito neve. Um brilho intenso dificulta a visão direta lá de baixo. De repente, aparece o contorno de um vulto. Aperto os olhos para melhorar um pouco a visão de quem pode estar se aproximando de mim, mas o brilho é intenso demais. Reconheço os olhos de Anjo Mascarado atrás da renda de uma burca branca, piscando em sincronia com as batidas de meu coração. Tudo me faz lembrar da gravura que Zari desenhou de minha mulher misteriosa, no cenário que eu descrevera de forma tão atabalhoada ali na cozinha, na primeira vez em que ficamos a sós.

O vulto branco para a dois metros de mim. Seus grandes olhos azuis fitam fixamente os meus.

O vento aumenta, soprando flores no ar, em uma tempestade vertiginosa de aroma inebriante. Anjo Mascarado esforça-se para manter o equilíbrio. Tento segurar-lhe a mão por baixo da burca, porém ela se afasta de mim, flutuando, projetada para trás pelo vento. Tento segurá-la, mas a implacável Mãe Natureza a envolve, despindo-a de sua burca. Aperto os olhos para vê-la, mas a tempestade de flores brancas não me permite.

Que sonho estranho.

Então fico me perguntando por que a SAVAK não quer nos dizer onde Zari está enterrada. Que mal faria? Sinto um nó na garganta. Olho para o relógio novamente. Pena que não sou tão inteligente a ponto de poder consertá-lo.

27

A sombra de um espírito

Estou sentado na sala de estar olhando, pela janela, nosso pátio lá fora, e como sempre estou perdido em meus próprios pensamentos. Ouço papai conversando com mamãe:

– O tempo voa. Tenho certeza de que não vai demorar para que ele supere tudo isso.

O tempo voa? Que absurdo! Quer dizer então que, além de ser o bem mais precioso da humanidade e curar todas as dores, o tempo voa também?

Ahmed, Iraj e o resto da criançada aqui da rua passam o dia todo na escola. Não sinto falta da escola, mas a solidão me incomoda muito. Eu disse a papai que ano que vem não voltarei para nossa escola sem Ahmed e Iraj. Ele compreende e já está tomando as providências para que eu vá para os Estados Unidos em alguns meses.

– Não é seguro para você permanecer no Irã – diz. – Nunca se sabe quando a SAVAK vai resolver revisitar este caso em função de um novo detento ter dito algo que implique Doutor.

No entanto, a ideia de deixar o Irã e ficar sozinho em um país a doze mil milhas de distância também não me agrada.

Durante o dia, passo a maior parte do tempo no terceiro andar de nossa casa, onde tenho liberdade para agarrar o travesseiro do qual passei a depender, quer eu esteja deitado, sentado ou andando de um lado para o outro do quarto. Quanto mais firmemente eu o seguro, mais calmo fico. Ele serve como um para-choque, tão necessário, entre mim e meu entorno. Às vezes passo horas sentado no mesmo ponto, olhando para o nada, pensando em nada. Um silêncio persistente tomou conta de minha vida. A vida continua, mas parece que paralisei, desafiando sua demanda de mudança. Vivo a vida sem tocá-la, senti-la e certamente sem aproveitá-la.

Volta e meia sinto uma vontade enorme de voltar no tempo, à época em que todas as memórias do passado pareciam um capítulo de um conto de fadas. Às vezes, pelo tédio, pego um livro para ler e, não demora, estou com os olhos simplesmente fixos às páginas, sem ler nada. Há pouco tempo eu celebrava o controle que eu tomava da vida, como um homem. Agora isso tudo parece até piada.

Alguns dias após o sonho estranho, lembro-me da noite em que Zari me desenhou encarando a garota sem face, flutuando em direção às montanhas. Lembro-me de que pendurei a gravura na parede. Vejo o furo bem no ponto onde ela ficava. Olho atrás dos livros na estante, dentro da pasta que meu pai me deu no primeiro ano do colegial, mas a gravura desapareceu.

Pergunto à minha mãe sobre o paradeiro do desenho, e ela diz não saber do que estou falando, e meu pai diz que jamais tiraria qualquer coisa de meu quarto sem antes me consultar. Cubro o furo na parede, e sinto que seria muito bom se alguém pudesse fazer o mesmo com o buraco em meu coração.

Em algumas noites, depois que todos vão dormir, olho, pela janela de meu quarto, lá para fora, bem no local onde eu me sentava com Zari. Lembro-me de tê-la nos braços, sua cabeça em meu ombro e seus olhos cerrados. Rapidamente meus olhos se enchem de lágrimas e fico sem ar, como se tivessem colocado um objeto muito pesado em meu peito. A sensação é tão real que a única forma para eu fugir da ilusão é levantando-me e caminhando. Geralmente acabo no terraço, onde tento evitar olhar para qualquer coisa que me lembre de Zari, mas meus olhos acabam se dirigindo ao seu quarto. As luzes estão sempre acesas, e as cortinas, fechadas. Vejo a sombra de Anjo Mascarado atrás das cortinas. Sua silhueta flui pelos movimentos da oração: as mãos próximas às orelhas, em seguida inclina o corpo para frente, e finalmente senta-se com a cabeça sobre o *mohr*. Faz frio e dá para ver o vapor de minha respiração, mas ainda assim prefiro ficar aqui fora a estar em meu quarto, onde às vezes as paredes parecem tentar me esmagar.

Numa noite, a janela do quarto de Zari está aberta, e ouço Anjo Mascarado recitar um poema. Lembro-me de quando Zari me disse que ela – Anjo Mascarado – decorara *Divan*, de Hafiz, todinho. Tento ouvir sua voz, mas só consigo ouvir um sussurro bem contido. Olho em volta. A lua está bem no centro do céu, e a noite lá fora está imersa no luar. Os prédios lançam suas sombras que parecem disparar-se sobre tudo ao redor. É nessas sombras que sinto que Zari cumpre a promessa de ficar comigo. Sou consumido pelo desejo de penetrar na escuridão e fundir-me às sombras. Procuro por ela nas áreas mais escuras, fixando bem o olhar em um ponto e depois em outro, na esperança de que ela esteja me observando e que possamos estabelecer um rápido contato visual. Sinto sua presença, e quero sair do quarto, mas tenho medo de não encontrá-la.

Em outra noite, estou sentado em meu quarto perto da janela, olhando na direção do terraço da casa de Zari, quando de repente alguém se move pelas sombras. Meu coração dispara. Pareceu que alguém deslizou de um ponto a outro: uma mudança de local, um rápido deslocamento, e então uma pausa permanente. A pessoa agora está parada, fixada em um ponto. Será imaginação minha, ou tem alguém lá fora? Lembro-me de Cara de Maçã falando de uma doença que causa alucinação. Será que estou enlouquecendo?

Esforço-me, tentando enxergar melhor a forma que aparece e desaparece no escuro, mas não tenho certeza de que a silhueta que exploro possui um contorno real. Quanto mais olho, menos certeza tenho de que o ponto na escuridão que me chamou a atenção é algo mais do que a noite em si mesma. Levanto-me e apago a luz de meu quarto. Retorno e sento-me no mesmo local, buscando um contorno. Não há nada lá fora. Até a silhueta desapareceu.

A noite está agradável, mas bem escura. Saio de mansinho para o terraço e olho para o quarto de Zari. As luzes estão apagadas. A janela está aberta e, à medida que o vento sopra, as cortinas se movem feito uma mulher nos braços de um parceiro, exímio dançarino. Sento-me na mureta que separa nossas casas. Lembro que eu sentava do outro lado, com ela, onde líamos poesias. Passo para o outro lado, bem devagar, e sento-me no mesmo ponto, fazendo de conta que ela está sentada ao meu lado. Repentinamente, sou lançado em um mar de melancolia. Atinjo as águas sem muito alvoroço, experimentando apenas uma dor e uma torrente de lágrimas. Encosto a cabeça na mureta, fecho os olhos e mergulho em mim mesmo.

Estou com Zari, subindo um morro que está imerso em uma densa névoa. Lá embaixo, as pradarias estão envoltas em ervas daninhas verdes e enrugadas. O vento sopra em várias direções, enquanto o mato se dobra e se contorce passivamente. O céu está bem azul, livre da escuridão de carvão que normalmente acentua o brilho das estrelas à noite. Um aroma maravilhoso envolve o ar, refrescante e puro, que me deixa as narinas querendo mais, os pulmões desejosos de mais uma dose profunda.

Será mesmo um sonho?

Zari usa um vestido branco de algodão, e eu, um terno escuro. Ela se vira e olha para mim. Estou envolvendo-lhe a cintura com o braço direito. Ela repousa a cabeça em meu ombro e sua face toca a minha. Beijo-lhe a face repetidas vezes e sussurro que a amo, e não quero ficar sem ela. Se for um sonho, não quero acordar.

Zari me diz que não é um sonho.

Então estamos no terraço da casa dela. Ela está sentada atrás de mim, pressionando minha cabeça contra seu peito, envolvendo-me o pescoço com os braços. Não consigo ver seu rosto.

– Está frio aqui fora – sussurra. – E você não está agasalhado. Não sabe que não quero que meu amorzinho pegue um resfriado?

Pressiono-me mais ainda contra seu corpo e ela aperta o abraço. Mantenho os olhos cerrados. Não quero abri-los para não pôr sua existência à prova. Sua voz é tudo de que preciso.

– Vou mantê-lo aquecido com o calor de meu próprio corpo até que o sol nasça, e então terei de ir – diz.

– Não quero que vá – protesto.

Ela toca-me a face, beija-me o rosto e me garante que está sempre perto, nunca muito longe. No sussurro suave, ela diz que me ama, mas que não devo ficar lamentando sua perda; tinha de ser assim. Está contente por eu ter visitado seus pais e ter sido forte o bastante para não chorar na frente deles.

Você é meu anjo, digo-lhe, mas ela responde que ninguém consegue ver um anjo. Ninguém consegue ouvir ou sentir um anjo.

Então, digo a mim mesmo, se consigo ouvir a voz doce de Zari, e se consigo sentir seu peso caloroso, devo estar sonhando. Sinto vontade de me virar para abraçá-la, mas um peso paralisante toma-me o corpo todo.

Quando abro os olhos, não me lembro de onde estou. Olho em volta e percebo que me encontro sentado sob a mureta no terraço de Zari. O sol está nascendo no leste e o frio do ar me dá vontade de correr para baixo das cobertas. Então noto que estou envolvido por um cobertor. Não é meu, e certamente não me recordo de ter saído do quarto com ele. Olho para o quarto de Zari e vejo que sua janela está fechada. *Anjo Mascarado me cobriu ou será que foi Ahmed?* Ahmed teria me acordado. O cobertor tem um aroma doce, uma marca de perfume feminino que não conheço. Será que este cobertor é de Zari? Será que alguma vez ela envolveu seu lindo corpo nele para se aquecer numa noite fria? Talvez tenha sido ela quem me cobriu ontem à noite!

A localização do sol indica que devem ser umas seis horas. Olho para a rua e vejo Anjo Mascarado voltando da padaria. Traz consigo dois pães do tipo *Barbari*, bem grandes.

Ela caminha depressa. Muito mais do que Zari caminhava.

Entra no pátio e fecha a porta. Depois que ela entra em casa, dobro o cobertor e deixo-o sobre a mureta entre nossas casas. Volto para meu quarto e corro para baixo das cobertas, consumido pelo sonho com Zari. A tristeza da solidão esmaga-me a alma. Digo a mim mesmo que eu estava dormindo nos braços dela ontem à noite e dou-me conta de que nem mesmo tal mentira absurda faz com que eu me sinta melhor.

Na noite seguinte, estou mais uma vez sentado em meu quarto, abraçando o travesseiro e olhando lá para fora. É uma noite escura e nublada, sem luar e com o peso de uma chuva iminente no ar. Embora esteja tudo tranquilo, um zumbido insistente, vindo não sei de onde, acalma os ouvidos e aquieta a alma. Olho para a sacada de Zari, procurando a silhueta que, com um pedaço da noite, esculpira uma ilusão esperançosa na noite anterior. Talvez, olhando bem firmemente, eu consiga encontrá-la. Talvez, se eu me esforçar bastante, ela apareça novamente.

Lá está – uma sombra, um traço, um contorno etéreo. Observo-a atentamente, aguardando que se mova como na noite anterior. Se eu conseguir sair bem de mansinho, talvez não a espante. Seja lá o que for, está parado, completamente estagnado no tempo e no espaço, e está me observando. De repente, passa um vento soprando as cortinas da janela contra meu rosto. Lá fora, um pedaço da escuridão vibra à medida que o ar escuro se agita e a própria noite se estremece. A sombra se solidifica e dança ao som do vento. Sei que o que quer que estivesse lá fora se moveu, e estou certo disso. Não é alucinação. Sinto um arrepio na nuca.

Corro para a sacada, mas está vazia. Passo um bom tempo ali, olhando em volta. Por fim, passo para o lado de Zari e sento-me em nosso cantinho. Olho para seu quarto. As luzes estão acesas, mas a janela está fechada, assim como as cortinas. Depois de alguns minutos, começa a chover, e a temperatura cai rapidamente. Na rua, pouquíssimas luzes estão acesas. Olho para o relógio: onze e meia.

Atrás da cortina de Zari, Anjo Mascarado move-se de um lado ao outro do quarto, e vejo seu perfil por alguns rápidos segundos. Ela não está de burca, mas passa pela janela depressa demais para que eu veja seu rosto. Estou louco para ver sua aparência. Ela mora no quarto em que minha Zari morava, dorme em sua cama, senta-se na mesma cadeira em que me sentei com ela nos braços. Vou até a janela e tento olhar pela abertura na cortina. Meu coração dispara e o sangue sobe para a cabeça. Estou com as mãos tremendo, as pernas bambas de emoção e a superfície da pele se esfria.

Anjo Mascarado está sentada no meio do quarto, de costas para a janela. De cabeça baixa, está lendo um livro: *Divan*, de Hafiz, o que ela decorou.

Por que lê o livro se o memorizou?

Está com um vestido longo, preto, que lhe cobre o corpo do pescoço aos tornozelos. Um cachecol cobre-lhe a cabeça e esconde seus cabelos. A burca preta está sobre a cadeira próxima à mesa redonda. O cobertor que me envolvia na noite anterior está na cama. Olho para o outro lado do quarto e vejo o caderninho com os desenhos de Zari. Nossa, eu daria qualquer coisa para tê-lo!

De repente, Anjo Mascarado levanta a cabeça e olha para frente, como se soubesse que alguém a observa pela janela. Quero correr para meu terraço, mas os pés estão grudados ao chão. Vejo seus ombros moverem-se para cima e para baixo, no ritmo de sua respiração. Ela se vira de lado por um segundo e então abaixa a cabeça e continua a ler.

Agradecendo a Deus por ela não ter se virado, volto de mansinho para meu quarto.

28

Uma doença incurável

Faz mais de um mês que recebi alta. O Ano-Novo persa, comemorado no primeiro dia da primavera, trouxe uma energia tremenda ao bairro. As escolas ficam fechadas pelos primeiros treze dias do ano, quando as pessoas viajam, se visitam, trocam presentes, esquecem e perdoam velhas zangas. O espírito do Ano-Novo emociona até mesmo o xá, fazendo-o perdoar a vários prisioneiros políticos e a alguns criminosos comuns. Fico me perguntando se ele algum dia teria perdoado Doutor. Até meu tio faz as pazes com minha tia e esquecem as diferenças. Eu, entretanto, ainda estou preso ao inverno negro de minha vida, e não consigo encontrar uma saída. Ahmed e Iraj sempre vêm me visitar. Gosto da companhia deles, mas às vezes, enquanto conversam, eu me disperso e me desligo deles, assim como tudo fora de mim fica bloqueado.

Numa noite, logo cedo, estou no terraço quando ouço a avó de Ahmed.

– Ele vem para me levar – declara ela da sacada da casa de Ahmed.

– Quem, vovó? – pergunto.

Sua testa enrugada se estica enquanto ela diz:

– Meu marido. Ele vai me dar um presente de Ano-Novo, levando-me embora.

– Oh – digo, triste por ela, mas querendo muito que Zari ou Doutor pudessem me dar o mesmo presente.

Percebo que ela está com um pouquinho de maquiagem.

– A senhora está bonita, vovó.

– Quis me arrumar para ele. Sabe, nós conversamos todas as noites, mas ele não me deixa vê-lo.

– A senhora o vê, vovó? – pergunto, pensando em minha Zari, deslizando pelas sombras noturnas.

– Oh, sim, vejo-o todas as noites desde que ele partiu – responde, com um sorriso meio triste. – Você também o vê, não é mesmo?

– Onde a senhora o procura?

Vovó força a vista olhando para mim, como se não entendesse minha pergunta.

– Ele se esconde no escuro, vovó? Ele se move ou fica parado?

– Parado? – pergunta, obviamente sem entender do que estou falando.

Ela se aproxima da beirada da sacada, arrastando os pés, e novamente ouço a voz de minha mãe na cabeça. *Centenas de pessoas caem dessas porcarias de telhados todos os anos.* Rapidamente, aproximo-me de vovó para conseguir segurá-la, caso perca o equilíbrio.

– Ele quer que eu o acompanhe desta vez – sussurra ela, com um olhar sério.

– Ele já conversou com a senhora?

– Se conversou?

– Isso.

Vovó pensa por um instante.

– Não sei. Não ouço muito bem. Se ele conversa, não consigo ouvi-lo.

– Mas a senhora ouve minha esposa chorando, não ouve?

– Sua esposa? Por que ela chora?

Olho para o rosto confuso de vovó e arrependo-me de ter tocado no assunto.

– Você não deve deixar sua esposa chorar. Meu marido nunca me deixou chorar. Nunca mesmo.

– Sim, vovó.

– Sabe como eu o conheci? – pergunta, com um sorrisinho sapeca despontando em seu rosto.

– Na embaixada americana?

– Embaixada americana? – murmura, confusa.

– Não, vovó – corrijo-me. – Não sei. Como vocês se conheceram?

– Quer que eu conte? – indaga, animando-se.

– Sim, por favor.

– Quando eu tinha dezessete anos, fui diagnosticada com uma doença incurável. Uma doença incurável, disseram. Minha mãe, coitada, rezava dia e noite, pedindo a Deus que tivesse piedade de mim, como se Deus não tivesse coisa melhor a fazer!

De repente, uma expressão de perplexidade toma conta de sua face.

– Você já teve dezessete anos, meu filho?

– Sim, vovó.

– Oh. Mas nunca sofreu de uma doença incurável, certo?

– Não, vovó. Nunca.

Ela pensa por um instante, como se tivesse perdido o fio da meada. Por fim, pergunta:

– Você acha que o paraíso e o inferno estão conectados?

– Como é que é?

– Minha mãe dizia que Deus cavou um buraco enorme no chão e o encheu de fogo, e então construiu o paraíso em cima dele. Mas isso não faz nenhum sentido, faz? Se fosse assim, o chão do paraíso seria muito quente para se ajoelhar e rezar, não acha?

Sinto vontade de rir, mas controlo-me.

– Mas então, se o inferno não for conectado ao paraíso – ela continua –, o que há entre eles?

Ela se vira e olha-me com um ar questionador. Encolho os ombros, indicando que não sei a resposta.

– Minha mãe, coitadinha, chorava a noite inteira porque eu estava para morrer com uma doença incurável, e então iria para o paraíso, onde quer que esse diabo se localize. Ela jejuou e deu dinheiro para os pobres; sacrificou um cordeiro num mês e deu a carne mais macia para os pobres. Preparou uma sopa especial chamada *aash* e alimentou os pobres, e o tempo todo eu ficava pensando: "Quem está morrendo aqui sou eu, ora bolas! Por que os pobres é que estão sendo mimados?"

Vovó sorri, percebendo que acaba de dizer algo engraçado e eu a encorajo com um sorriso.

– Eu sentia uma dor terrível na barriga o tempo todo. Pra completar, nada parava em meu estômago, pois eu vomitava tudo que me tocava os lábios. A vida não podia ser mais triste, e tudo isso quando eu tinha apenas dezessete anos! – Ela faz um gesto negativo com a cabeça. – Dezessete anos não é uma boa idade. É quando nós nos damos conta de que temos um coração. É quando os sentimentos atrapalham a razão.

Ela para por um tempo.

– O avô de Ahmed morava algumas casas adiante. Era um jovem bonito, muito bonito. Todas as vezes que eu o via, chorava, chorava e chorava. – Faz outra pausa, olhando para a noite. Finalmente, diz:

– Já lhe disse que ele virá me pegar?

– Já, vovó.

– Ele voltou antes, mas eu não pude ir. Desta vez eu gostaria de acompanhá-lo, gostaria muito.

Vovó passa um bom tempo calada. Olha para o pátio lá embaixo e respira fundo. Aproximo-me, temendo que ela perca o equilíbrio e caia. Sua expressão é tão confusa que não consigo imaginar no que está pensando. Finalmente ela diz:

– Um dia, subi um morro bem alto atrás da casa de meu pai e me joguei de um penhasco.

– A senhora se jogou de um penhasco? – pergunto, aproximando-me ainda mais.

– De que adianta viver quando não se pode ter quem se ama? Agora estou lembrando. Eu não tinha uma doença incurável; eu estava apaixonada. Mas então, o amor é uma doença incurável, não acha?

Sussurro, concordando com ela.

– Claro que sim. Por isso que todos os famosos amantes morreram no final de suas histórias.

De repente, vovó parece completamente consciente de tudo ao seu redor. O olhar perdido e confuso que lhe conferia um ar de boba é substituído pela expressão alerta de uma pessoa em total controle de suas faculdades. Está sentada tão perto de mim que dá para contar o número de rugas em seu rosto, um rosto que vi muitas vezes, mas para o qual nunca de fato olhei. Ela passa os dedos pelo cabelo incrivelmente longo e grisalho e murmura alguma coisa. Ela já foi alta e magra um dia, mas com a idade ficou arqueada. Seus olhos são castanhos pálidos, com contornos cinza, a mesma cor dos olhos de meu avô. Percebo, pelo formato de seu queixo longo e pela forma com que engole a saliva, que ela usa dentadura.

Ela parece mais um retrato do que uma pessoa, e aprendi a amá-la imensamente.

– A casa de meu pai foi construída perto de um penhasco. Já lhe disse isso? – pergunta com uma voz rouca, mas gentil, como a voz de minha própria avó.

– Contou sim, vovó.

– Passei muito tempo no ar, convencida de que morreria. Quem sobreviveria a uma queda dessas? Perdi a consciência no ar. Quando abri os olhos, eu estava nos braços dele. Ele me viu pular do penhasco e me pegou.

– Que maravilha, vovó! Ele devia ser um cara muito forte.

– Ah, sim! O homem mais forte do mundo. – Vovó se lembra com um sorriso distante.

– Isso mesmo – ouço a voz de Ahmed confirmando do escuro –, ele pegou minha avó no ar. Era o homem mais forte do mundo.

– Ele está vindo me pegar – conta vovó a Ahmed.

– Sim, vovó. Eu lhe disse que ele voltaria logo – diz Ahmed, abraçando seu corpinho frágil e arqueado.

– Ele quer me fazer uma surpresa – diz ela, mergulhada nos braços de Ahmed. – E um dia voltaremos para fazer uma surpresa a vocês dois. Seria muito bom, não seria?

– Muito bom. – Ahmed concorda e eu faço que sim com a cabeça.

Ela começa a voltar para a casa, caminhando com dificuldade.

– Seria muito bom. Sim, de fato muito bom – diz bem baixinho, desaparecendo pelo interior da casa.

Ahmed balança a cabeça e sorri.

– As histórias de minha avó estão ficando mais criativas e divertidas. É uma pessoa incrível. Sabia que ela foi uma das primeiras mulheres a abandonar o xador em sua cidade?

– Não! – respondo, surpreso.

– Pouca gente sabe, mas foi. E logo em Ghamsar! Uma das cidades mais retrógradas do mundo!

Um sorriso triste abranda sua expressão:

– Foi a primeira mulher da cidade a completar o ensino médio. Era rebelde, determinada e dura feito uma rocha. Os pais forçaram-na a se casar com meu avô para se livrar dela. – Ahmed dá um sorriso afetado. – Vovó não o queria; ela o odiava. Em cinquenta anos, ela nunca disse uma palavra carinhosa a ele. Não que ele tivesse qualquer expectativa.

Balanço a cabeça. Os sonhos infinitos que vovó tem com vovô lembram-me bastante de minha busca noturna por Zari nas sombras. Será que um dia ficarei zanzando pelo bairro, inventando histórias sobre Zari, dizendo que ela era professora de faculdade ou que salvava gatinhos de prédios em chama?

– Ele era um bom homem e a tolerou pacientemente. – Ahmed continua. – Acho que foi o único a levá-la a sério. Nunca reclamou dela. Alguns de seus amigos o achavam fraco. Os vizinhos em Ghamsar diziam que ele não era homem e que provavelmente não a possuía na cama e por isso ela era tão agressiva assim. Vovô não se importava, não dava ouvidos a nada disso, ao contrário dela. Então ela teve quatro filhos seguidos.

Ahmed então assume uma expressão de timidez.

– Será que foram as únicas vezes que ela o deixou possuí-la?

Sorrio.

– Sabia que ela é ateia? – Ahmed pergunta.

– Não.

– Uma mulher dessa idade, com a educação que teve em Ghamsar, não acredita em Deus? Dá pra imaginar? Ela deu sorte de não a apedrejarem até a morte. Diz meu pai que ela nunca rezou por nada, mas que todos os seus desejos se realizaram.

– Como?

– Vovô – diz Ahmed, acendendo um cigarro. – Ele foi o Deus que ela nunca venerou, e agora ela o vê em tudo quanto é canto.

29

Um anjo chamando

Minha mãe traz chá quente, mas finjo que estou dormindo em minha cadeira. Ela sai do quarto sem me acordar. Eu lhe disse que adormeço mais depressa quando não estou na cama. Deitar na cama parece lançar meu cérebro em um caos hiperativo. Viro-me de um lado para o outro e fico irritado, então acabo voltando à cadeira com um livro e adormeço depois de ler apenas algumas páginas.

Não sei a que horas realmente adormeço, mas meu descanso tão necessário é, de uma hora para a outra, interrompido pelo choro de uma mulher. Não tenho certeza da origem do som, mas sinto um arrepio na nuca. Não há dúvida de que foi o choro de uma mulher, e definitivamente veio lá de fora. Quero abrir os olhos e olhar lá para fora, mas estou cansado demais. Presto atenção, mas ouço apenas o silêncio de uma noite tranquila. Lembro-me da avó de Ahmed dizendo que ouviu a garota da casa ao lado chorar. *Sua esposa sente sua falta. Ela chora por você todas as noites, como eu choro por vovô.* Sinto um frio na espinha.

Ouço outro choro baixinho, este vindo direto lá de fora da janela. Gelo dos pés à cabeça e começo a tremer incontrolavelmente. Abro os olhos e checo as horas. São quatro da manhã.

Outro choro. Atiro o travesseiro no chão e corro lá para o terraço. Temo olhar para o quarto de Zari, porém minha atenção é atraída para lá. A janela está aberta, mas as cortinas, cerradas. Quem está chorando e por quê? Será Anjo Mascarado? Por que choraria? Sente falta de Zari? Talvez esteja com saudade de casa e dos pais. Talvez esteja apaixonada por um homem de sua cidade e sinta falta dele. Não, não pode ser isso. Acho que não é esse tipo de mulher.

Presto muita atenção, porém não ouço mais nada. Sento-me na mureta divisória entre minha sacada e a de Zari e me pergunto se devo ir até a janela e dar uma olhada lá dentro. Uma brisa suave move as cortinas; a luz do quarto está apagada. Devo cruzar a mureta? De que adiantaria? Está muito escuro e eu não conseguiria ver nada.

As batidas de meu coração enchem-me os ouvidos e o peito. De repente, algo se move sob a mureta, na sacada de Zari. Olho para baixo. É Anjo Mascarado. Está sentada, paradinha no mesmo cantinho onde eu me sentava com Zari. Quero dizer alguma coisa, mas fico sem voz. Quero voltar para meu quarto antes que ela olhe para cima, mas não consigo me mexer, exatamente como me senti na noite em que prenderam Doutor.

Com leveza e tranquilidade, ela se levanta, como se soubesse, o tempo todo, que eu estava lá, como se esperasse aquilo mesmo. Vira-se para mim. O luar penetra a renda preta que compõe a frente de sua burca e, lá embaixo, um par de olhos úmidos, azul-turquesa, brilha feito estrelas em um mar aveludado de escuridão. Ela respira delicadamente, e sinto-me como se não houvesse no universo oxigênio suficiente para encher-me os pulmões. Anjo Mascarado tem praticamente a mesma altura, talvez até a mesma forma de Zari, embora o véu impossibilite que se tenha certeza. É incrível como um momento de total paralisia pode durar tanto tempo!

De repente, chega uma leve brisa vinda do sul e balança sua burca preta, lembrando-me da noite em que vi aquela silhueta flutuando pela minha janela. Oh, meu Deus, teria sido Anjo Mascarado, tecida na escuridão noturna, percorrendo as sombras com total destreza, observando-me balançar de frente para trás em minha cadeira?

Anjo Mascarado se vira e começa a voltar para o quarto de Zari. A calda da burca se arrasta atrás dela, coletando pó do concreto. Sua cabeça está voltada em minha direção enquanto ela se vai. Quero pedir-lhe que pare, mas não tenho voz. Ela entra e fecha a porta de vidro. Passo um tempo sentado na beira da mureta que separa nossas casas. Será que Anjo Mascarado me observa à noite? Por quê? Que tipo de curiosidade a atrai? O que Zari lhe disse? Talvez ela queira descobrir o quanto estou triste.

Horas se passam, mas não tenho sono.

30

Enshallah

Ahmed não estava brincando quando disse que ninguém podia quebrar-lhe o espírito espancando-o em uma prisão fedorenta. Ele está mais desafiador e rebelde do que nunca. Diz o que quer e faz o que bem entende. Segundo Iraj, ele critica abertamente os funcionários da escola, em especial Sr. Gorji, outrora um mero professor de religião sem poder, transformado em diretor insano.

– Aquilo é um fascista – disse Ahmed a todos na escola uma semana atrás, quando Sr. Gorji estava por perto.

– Quem é fascista, Ahmed? – perguntou Sr. Gorji.

– Mussolini, senhor. Mussolini era um fascista. Idi Amin é fascista. Há muitos fascistas no mundo, senhor. Muitos fascistas!

Sr. Gorji olhou para o terço, fez uma oração e foi-se embora.

– E o senhor é fascista, senhor. – Ahmed sussurrou.

Sr. Gorji virou-se e olhou para Ahmed, que sorriu como se não temesse a ira de Sr. Gorji.

– O que ele vai fazer comigo? – Ahmed perguntou a Faheemeh, que estava preocupada achando que ele estava indo longe demais.

– Ele vai complicar as coisas para você, querido – disse Faheemeh, pedindo-me que levasse um papo com Ahmed. – Não acha? Por favor, peça-lhe que pare com essa besteira.

Um dia, Sr. Gorji disse a Ahmed que ele precisava cortar o cabelo.

– Meu barbeiro está de férias – retrucou Ahmed.

– Ah, é? E para onde ele foi?

– Para o Afeganistão. Ele contrabandeia drogas, entende?

Mais tarde, Ahmed afirma ter percebido que Sr. Gorji teve vontade de esbofeteá-lo.

– Ele não tem nada a ver com o tamanho de meu cabelo, você não acha? Quem esse filho da mãe pensa que é? Ele adora controlar tudo. Você não me disse uma vez que os fascistas adoram controlar tudo?

– Não – respondi. – Conversamos sobre anarquismo, não fascismo.

– Então tá. Devo ter lido em algum lugar. Os fascistas adoram controlar tudo. Deve ser esta a definição de fascismo no dicionário.

Faheemeh suplicou-lhe que parasse.

– Você não vai vencer uma guerra com seu diretor, então pra que fazer isso?

– Porque odeio o filho da mãe.

Ahmed paga um preço alto por seu ódio. Na tarde seguinte, ele volta com a cabeça raspada. Sr. Gorji levou um barbeiro à escola e obrigou Ahmed a submeter-se à máquina dois, enquanto todos os alunos e professores assistiam, incrédulos.

– Ele deu umas voltas pelo pátio, olhando bem nos olhos dos garotos que se juntaram ao redor, dizendo-lhes que ele é a autoridade máxima na escola e que suas decisões e comandos jamais devem ser desrespeitados – lembra-se Ahmed.

A expressão de tristeza nos olhos de Ahmed e seu tom de voz desanimado me dizem que está sendo difícil para ele digerir a experiência humilhante.

– Você brigou? – pergunto.

– Não. Eu teria perdido, de qualquer jeito. Não adianta lutar contra os poderosos porque eles sempre vencem. O negócio é aguardar o momento certo para atacar e se vingar.

– Sinto muito.

Alguns minutos depois, chega Faheemeh. Ela olha para a cabeça de Ahmed e fica chocada.

– O que você fez consigo mesmo? – pergunta, cobrindo a boca com os dedos.

– Gorji cortou meu cabelo – responde Ahmed, forçando um sorriso.

– Como?

– Com uma máquina! – responde, irritado. Faheemeh tenta conter o riso.

– Você não bateu nele, bateu?

– Não, mas devia ter batido.

– Ai, que bom que não bateu. Você disse alguma coisa?

– Sim, depois que ele terminou, olhei no espelho e perguntei se ele podia subir um pouquinho mais as costeletas.

Faheemeh cobre a boca com as mãos e ri. Ahmed olha para ela, surpreso.

– Desculpa, mas é que você está muito engraçado! – diz ela e finalmente cai na gargalhada.

Ahmed olha para mim, com os olhos arregalados:

– Ela está rindo!

Encolho os ombros de maneira exagerada, escondendo o riso.

– Ela está zombando de mim!

– Não, não, não. – Faheemeh abranda, então solta uma gargalhada bem alta. – Só acho que você ficou muito fofo!

Ahmed olha para mim.

– Você ficou fofo mesmo – digo.

– Fiquei? Jura? Muito ou pouco?

– Muito, muito fofo – responde Faheemeh.

Ahmed vira-se para mim, e faço que sim com a cabeça, todo sério, para confirmar.

– É, vocês têm razão – diz, andando, todo orgulhoso. – Chamaremos esse corte de Corte Ahmed, e o ofereceremos gratuitamente à molecada aqui da rua. Mas só aqui da rua. O resto vai ter de pagar. – Ele olha para mim. – Aí, você vai ser meu primeiro cliente!

Ele corre lá para dentro e volta com uma tesoura e começa a correr atrás de mim pelo pátio, enquanto Faheemeh cai na gargalhada.

– Venha cá, seu filho da mãe! – grita ele. – Venha cortar o cabelo! É uma ordem! Está desobedecendo meu comando supremo? Que audácia! Seu filho da mãe, desgraçado!

Nos dias seguintes, Ahmed faz de tudo para evitar Sr. Gorji. Conhecendo Ahmed, tenho certeza de que ele está elaborando um plano de ataque. Sr. Gorji, por sua vez, aparece em quase todas as aulas de Ahmed e se senta nos fundos, de onde observa os alunos e professores.

– Ontem Sr. Gorji entrou na aula de geometria do Sr. Bana – conta Ahmed. – Assim que ele entrou, saquei que estava rolando alguma coisa. E a garotada também sacou. Os moleques todos se sentaram com as costas retas, sem saber onde cairia o machado. Mas eu sabia. Gorji se aproximou de Sr. Bana e sussurrou alguma coisa, então voltou pros fundos da sala, onde ele tinha uma boa vista de todos. Sr. Bana não pareceu feliz com o pedido de Sr. Gorji. Cambaleou um pouquinho, olhou para Sr. Gorji, todo nervoso, andou de um lado para o outro na frente da mesa e então finalmente sussurrou meu nome e me pediu para ir ao quadro. Bana me pediu para solucionar um problema que eu nunca tinha visto. – Ahmed olha para baixo enquanto toca a cabeça raspada.

– O que aconteceu? – pergunto.

– Não consegui solucionar, é claro. Daí ele me deu zero e Sr. Gorji saiu da sala com um sorrisinho de satisfação na cara.

– Que chato, meu amor – diz Faheemeh.

Ahmed vira-se para mim.

– Lembra como a gente odiava Sr. Bana? Pois é, agora todos o adoramos! Não é estranho? A presença de Gorji torna todo o mundo gente boa! É como sentir dores por todas as partes do corpo. A gente só sente a parte que dói mais.

Então ele faz que não com a cabeça, respira fundo e diz:

– Este fanático desgraçado está fazendo com que os autocratas de ontem pareçam anjos de misericórdia. Não é bizarro?

– O que Moradi acha disso tudo? – pergunto, referindo-me a nosso professor de disciplina.

– Moradi não tem poder nenhum. Gorji o odeia porque ele gosta dos americanos. Segundo Gorji, não há povo no mundo que mereça tanto ódio como os americanos, com a possível exceção dos israelenses.

– Longe de mim lhe dizer o que deve fazer, mas acho melhor você encontrar uma forma de fazer as pazes com ele – adverte Faheemeh.

Ahmed ignora o comentário.

– Dá para acreditar nesse cretino? Ele vai dar as caras em todas as minhas aulas para ferrar comigo!

– Sinto muito, amor – diz Faheemeh, começando a chorar.

– Oh, meu amorzinho – Ahmed tenta acalmá-la, estampando um sorriso gentil –, não esquenta não. Por favor, não se preocupe.

As lágrimas de Faheemeh exercem um impacto forte sobre Ahmed, pois desse dia em diante ele começa a falar menos sobre suas batalhas com Sr. Gorji. Entretanto, noto que ele agora não para mais de ler o Alcorão.

– Está ficando religioso? – pergunto.

– Claro – responde com um sorrisinho sarcástico.

Fico intrigado com o que ele possa estar aprontando, mas nem ouso perguntar. Uma noite, ouço-o recitar alguns versos em voz alta.

– Você decorou isso tudo? – pergunto, impressionado.

– Podes crer.

– Por quê?

– *Enshallah.* Se Deus quiser, você logo descobrirá.

Ele então sorri e se vai, recitando outro verso.

Descubro o porquê da preocupação de Ahmed com o Alcorão no dia seguinte, depois da escola, quando ouço a história completa. Sr. Gorji apareceu na aula de Sr. Bana, cumprimentou todos, fez uma oração em voz alta, então foi para os fundos da sala, onde ele mandou Sr. Bana chamar Ahmed. Sr. Bana, que desaprovava as táticas e as constantes visitas de Sr. Gorji, ficou com uma expressão compreensivelmente desanimada. Ahmed imediatamente levantou a mão e perguntou em voz alta se ele podia fazer uma pergunta.

– Claro – respondeu Sr. Bana.

– A pergunta é pro Sr. Gorji.

– Pois não – respondeu Sr. Gorji –, pode perguntar.

Ahmed recitou um verso do Alcorão e pediu que Sr. Gorji fizesse a tradução literal seguida de um comentário. Sr. Gorji, que não fala árabe, e conhece apenas alguns versos de cor, balançou a cabeça, tossiu duas vezes, pigarreando, então disse que o sotaque de Ahmed dificultava sua compreensão do verso recitado. Ahmed tirou um pequeno Alcorão do bolso, beijou-o, apontou para uma página e disse:

– É esse aqui, senhor. Gostaria de ler?

Sr. Gorji paralisou-se, olhando para Ahmed e sabendo muito bem o destino que o aguardava de agora em diante, caso ele aparecesse em outra aula de Ahmed. Ahmed jurou que dava para ver o suor escorrendo no rosto de Sr. Gorji. Após um longo e agonizante momento, Sr. Gorji pediu licença e saiu da sala rapidamente. Risos, aplausos, gritos e assovios seguiram-se à sua partida. Até mesmo Sr. Bana riu e inclinou-se para Ahmed!

– Agora ele vai parar de aparecer nas aulas – diz Ahmed. – E ainda não acabei, juro! Muito em breve eu o seguirei pelo pátio, em sua sala, no banheiro. Estarei onde quer que ele esteja, recitando o Alcorão e fazendo-lhe perguntas. Farei o que puder para envergonhá-lo. Vou decorar cada palavra de nosso livro sagrado e vou expor o filho da mãe, mostrando que ele não é bom nem para fingir. É assim que devemos lidar com os senhores Gorjis do mundo, o simplório professor de religião que virou um imperador.

31

Algo é tudo

Estou no quarto, cochilando na cadeira, quando um grito alto me acorda. A coisa agora é bem diferente do choro baixinho de Anjo Mascarado. Reconheço a voz de Ahmed. Luto contra uma paralisia de temor e esforço-me para levantar. Mais barulhos começam a tomar a rua: portas abrindo e fechando, gente correndo, mulheres chorando e homens exaltados. Saio correndo para o terraço.

– Oh, meu Deus! Oh, meu Deus! – grita uma mulher, cuja voz reconheço como a da mãe de Ahmed.

– Vovó! Vovó! – ouço Ahmed gritar.

Corro até a beira do terraço e vejo vizinhos na rua, correndo na direção da casa de Ahmed. No pátio de Ahmed, o corpo de vovó encontra-se no chão, a família toda ao seu redor. Pulo para o terraço de Ahmed e pego as escadas, descendo dois ou três degraus de cada vez.

Muitos vizinhos já estão no pátio quando finalmente chego lá embaixo. Ahmed está encostado em uma parede, com os olhos turvos de lágrimas. Ele vai deslizando vagarosamente até que atinge o chão e se desmorona. Ao notar minha presença, ele balança a cabeça, incrédulo e angustiado, enquanto Iraj se senta ao seu lado e o envolve com o braço. A mãe de Iraj e várias outras mulheres acodem a mãe de Ahmed, que chora perto do corpo de vovó. O pai de Ahmed reza baixinho, enquanto vários homens tentam consolá-lo.

O pátio parece escuro. No ar, um frio desagradável que reconheço de meus encontros anteriores com a morte. A luz da sala de estar faz com que a única árvore no pátio de Ahmed lance uma enorme sombra, sob a qual repousa o corpo contorcido de vovó.

Os pais de Zari entram no pátio no exato momento em que olho para o telhado e vejo Anjo Mascarado com sua burca preta, observando a comoção aqui embaixo. Ela provavelmente me vê, pois logo dá um passo para trás e some entre as sombras.

O crânio de vovó está esmagado, suas articulações deslocadas pela força do impacto. Os vizinhos se movem com cuidado para não pisar no sangue que inunda o pátio. Tenho dificuldade em aceitar a morte de vovó. Apenas duas noites atrás ela soltou a imaginação e me contou histórias improváveis de sua infância e do falecido marido. Uma onda de tristeza e ansiedade toma conta de meu coração, pois a morte de vovó lembra-me dolorosamente da angústia que tenho aqui dentro pela perda de Doutor e Zari. *Por que a vida é tão cruel?*

O pai de Ahmed lamenta:

– Eu a mandei se afastar desse telhado desgraçado. Ela deve ter caído do beiral.

Iraj balança a cabeça e morde o pelo espesso sobre o lábio superior. Ahmed sussurra:

– Dessa vez vovô não a pegou.

– O que devemos fazer? – pergunta um dos vizinhos a outro.

– É muito tarde pra chamar uma ambulância.

– Ah, com certeza, mas mesmo assim devemos chamar uma.

– A pobrezinha deve ter pensado que o marido estava no pátio.

Nos dois dias que seguem, gente de todos os cantos aparece para prestar condolências à família de Ahmed. Em circunstâncias desta natureza, os homens não se barbeiam em respeito ao falecido, e as mulheres usam pouca ou nenhuma maquiagem. Afastam-se as crianças e ninguém toca música. Todos assumem um ar melancólico.

Os pais de Faheemeh vêm para ajudar a receber os visitantes. Parecem solidários e gentis. A mãe de Ahmed serve *aash*, com a ajuda de minha mãe e de algumas outras mulheres, da família e da vizinhança. O pai de Ahmed fuma um cigarro atrás do outro. Volta e meia usa seu lenço branco para enxugar as lágrimas enquanto recebe amigos e parentes.

Na noite anterior ao funeral, vou ao telhado com Ahmed. A lua crescente, bem no meio do céu estrelado, parece um berço de neon desenhado para brilhar mais do que qualquer outra coisa em volta. O bairro mergulha em total silêncio, como se tivesse desabado sob o peso de toda a dor que vem enfrentando nos últimos meses. De alguma forma, as sombras escuras das casas e árvores parecem mais longas, e o piscar das luzes da cidade abranda-se e perde a vida. É como se alguém tivesse salpicado o pó da morte sobre a rua novamente. Ahmed acende um cigarro e me oferece um, que aceito.

– Ela era uma boa mulher – diz Ahmed.

– Era sim.

– Mas uma hora ou outra, todos temos que morrer, certo?

– Certo.

– Deve ter chegado a hora dela – diz, dando uma tragada bem profunda.

– Pois é.

– Mas por que teve de ir assim? Por que não morreu tranquilamente na cama? Por que Deus é tão cruel? – Ele faz uma pausa, com uma expressão de arrependimento. – Eu não deveria dizer essas coisas depois do que você passou. Foi mal.

– Tudo bem. Na verdade, eu havia me achegado mais à vovó ultimamente. Era quase como se nossas vidas estivessem em um curso paralelo.

– Deus do céu, não diga isso. Não quero que você caia do telhado um dia.

– Não, não. Estou dizendo que eu podia sentir a mesma angústia e a mesma dor da separação permanente, da perda. Eu tinha começado a sentir como se talvez ela não fosse tão fora da realidade.

– Como assim?

– Todo aquele papo de ver vovô. – Faço uma pausa, à medida que Ahmed vai ficando com um ar mais preocupado. – Quer dizer, as pessoas não morrem e pronto, acabou, certo? – Ahmed não responde. – A insistência de vovó em dizer que Zari esperava por mim... sei lá, às vezes acho que a vejo nas sombras à noite.

Ahmed fica mais assustado ainda. Passa um bom tempo calado, até que diz:

– Como será estar morto?

Acho que ele está evitando conversar sobre meus pensamentos malucos. Não digo nada, mas lembro-me de Sr. Gorji falando sobre a morte como a maior fonte de medo. "A vida pós-morte tem o propósito de punir os pecadores, que serão condenados a uma tortura eternamente inimaginável", disse uma vez, com os olhos em chamas. Lembro-me de quando vovó perguntou se o inferno fora construído sob o paraíso, e um sorriso desponta em meu rosto, mas logo desaparece. Ahmed olha para o ponto na sacada, de onde vovó provavelmente caiu. Seu rosto se contorce, à medida que ele tenta conter as lágrimas.

– Que Deus abençoe sua alma – sussurra, olhando para o céu. – Cuidado, vovô!

No dia seguinte, vamos todos ao cemitério. Ahmed, Iraj e eu sentamo-nos no banco traseiro do jipe de meu pai, enquanto minha mãe vai na frente com Faheemeh. De vez em quando, Faheemeh se vira e olha para Ahmed. Então estica o braço para tocar-lhe a mão ou dar-lhe um tapinha no joelho.

Lembro-me do dia em que fomos ao cemitério em ocasião do enterro de Doutor. Lembro-me do rosto de Iraj, correndo atrás do táxi. Que bom que ele está conosco desta vez. As ruas estão cheias de carros, e o odor emitido pelos canos de descarga faz meu coração disparar, ao trazer-me a lembrança dos últimos momentos de Zari. O céu está cinza e pintado por nuvens escuras, carregadas de chuva. As calçadas estão repletas de pedestres que parecem se apressar para fugir do inevitável e iminente aguaceiro. Falamos muito pouco. Em um determinado momento, meu pai quebra o silêncio, dizendo que vovó foi uma senhora maravilhosa, e todos nós concordamos, em um murmúrio.

Todos os vizinhos estão no cemitério, inclusive os pais de Zari. Estão todos de preto, em respeito à morte de vovó. Que bom que pelo menos desta vez não estamos proibidos de usar luto – finalmente podemos expressar nosso pesar não apenas por vovó, mas também por Zari e Doutor. Os pais de Zari se desculpam com a mãe de Ahmed pela ausência de Anjo Mascarado, explicando que ela teve de ficar em casa para tomar conta de Keivan.

– Não era apropriado trazê-lo ao cemitério – diz a mãe de Zari. – Ele é muito novinho ainda.

Estão todos reunidos ao redor de um buraco, cavado no chão. A maioria das mulheres está em um dos lados do túmulo, e os homens, do outro. A mãe de Ahmed chora bem baixinho e sussurra com minha mãe, dizendo que está preocupada com o marido. Vovó era seu único vínculo familiar que lhe restara.

– Ela teve uma vida feliz – diz alguém à mãe de Ahmed.

– Teve sim – concorda outra mulher.

– Olhe só para este lugar – diz a primeira mulher. – Está repleto de jovens. Que Deus os abençoe e abençoe a alma de vovó. Viveu a vida como bem quis, e graças a Deus foi uma vida longa e frutífera.

Quantos destes vizinhos sabem que vovó um dia se jogou de um penhasco? Duvido que alguém saiba disso.

De repente, ouve-se o grito ao longe:

– Não há outro Deus além do nosso Deus todo-poderoso!

Trata-se do sinal de que o corpo de vovó está sendo carregado para seu leito eterno. Instala-se então um pandemônio no local. Todos começam a chorar, inclusive as mulheres que consolavam a mãe de Ahmed. Ahmed corre na direção do grupo que carrega o caixão. Eu e Iraj o seguimos, oferecendo-nos para segurar o caixão no ar. A madeira parece estranhamente fria e áspera no meu pescoço. Penso no corpo inanimado de vovó lá em cima, e começo a tremer incontrolavelmente, enquanto meu rosto se aquece. A princípio, uma tontura se instala, e então sinto a energia e a força se esvaírem, feito água escorrendo de uma peneira. Largo o caixão e fico para trás da procissão, caminhando, tonto, atrás da multidão. Ninguém percebe minha fraqueza repentina. A ansiedade que toma conta de mim lembra-me dos primeiros dias que passei no hospital. Fico pensando se Zari está enterrada na mesma área, em um túmulo sem nome.

O caixão de vovó é colocado no chão, e todos se juntam ao seu redor, batendo em si mesmos, chorando e balançando a cabeça. O pai de Ahmed se ajoelha e pega um punhado de terra preta, amontoada próximo ao buraco no chão, e despeja-a sobre a cabeça, enquanto chora copiosamente. Ahmed vem por trás e o abraça, e chora com ele. Um clérigo com uma barba grisalha espessa, com uma túnica preta e um turbante verde, recita alguns versos incompreensíveis enquanto olha para meu pai, que enfia a mão no bolso para pagá-lo. Ao perceber que receberá uma boa quantia por seus serviços, o clérigo passa a imprimir mais emoção aos cânticos.

Não sei bem por que eu me sinto assim. O presente parece não guardar nenhuma ligação com o passado, como se houvesse uma repentina quebra na continuidade do tempo. Vejo um grupo de estranhos usando velhas pás enferrujadas para jogar terra sobre o corpo de vovó, que já está no chão. Olho à esquerda e vejo a área onde se enterram os ricos. As colunas e os degraus dessas estruturas trazem de volta a lembrança vívida do dia em que vim ao cemitério acompanhado por Ahmed, Zari e Faheemeh. Olho à direita e vejo o pequeno retorno que cruzamos para chegar ao túmulo de Doutor. Não sei quanto tempo passo olhando naquela direção; só sei que, de repente, pego-me olhando o nome de Doutor na lápide. Seu túmulo parece desolado e sombrio, comparado aos que o cercam, todos decorados, com fotos e às vezes até um poema dedicado ao falecido.

– Perdoe-me por não ter vindo visitá-lo – sussurro. – Aconteceu tanta coisa desde... desde que você se foi.

Seu nome está lá escrito: Ramin Sobhi, e o *R* no primeiro nome já está gasto, indicando a qualidade inferior da pedra colocada em seu túmulo. Uma grossa camada de pó cobre a pedra, deixando óbvio que há muito não se visita o túmulo. Pego um lenço no bolso e com ele retiro o pó, com todo cuidado e atenção.

– Desculpe-me por não ter vindo vê-lo – sussurro. – Sabe, plantei uma roseira em homenagem ao que você fez por Golesorkhi. Precisa ver como todos os vizinhos cuidam dela. Muito legal, não é? Você jamais será esquecido, Doutor.

A alguns metros dali, há uma torneira de onde pinga água muito rapidamente dentro de um balde. Levanto o balde, levo-o até o túmulo de Doutor e jogo a água sobre a lápide. A terra ao redor do túmulo absorve a água rapidamente. Usando novamente meu lenço, limpo a pedra, então sento-me ao lado do túmulo e lembro-me de quando Doutor estava vivo.

Lembro-me de seu sorriso radiante, os óculos redondos e grossos, a paixão pelos livros e sua atitude positiva com relação à vovó. Será que ele sabe que ela morreu e foi enterrada a apenas alguns metros? Quero dizer-lhe algumas palavras sobre o que aconteceu entre mim e Zari, mas logo me dou conta de que, a essa altura, ele sabe de tudo e já perdoou nós dois: a mim, por ter me apaixonado, e a ela por ter me permitido.

– Ela devia amá-lo muito – sussurro, olhando para o túmulo. – Deu a vida para ficar com você. Eu daria a minha para estar com ela, mas agora vocês dois estão juntos, como deveriam estar neste mundo.

Enquanto olho para o túmulo, lembro-me das noites em que Zari saía para o pátio, ocupando-se de afazeres desnecessários, enquanto eu a observava do telhado. Ela olhava para mim, mas nunca dizia uma palavra, sequer sorria. O que tínhamos era um amor proibido – terno, secreto e inebriante. Sorrio enquanto as lágrimas rolam pela minha face. Não sinto mais vergonha por amar Zari, pois não há nada errado em se amar alguém que mereça ser amado.

Toco em um local onde há uma partezinha lascada na lápide.

– Quando eu arranjar um emprego e tiver dinheiro, vou trocar esta lápide pra você – sussurro. – E vou mandar gravar "Doutor". Logo as pessoas começarão a se perguntar o porquê de "Doutor" no lugar de um nome. "Quem foi ele?", perguntarão. "O que lhe aconteceu? Quantos anos tinha quando foi baleado? Como era fisicamente? Torturam-no antes de matá-lo? O que aconteceu com os que o amavam?" E contarei sua história a todos com quem eu esbarrar. Então, logo todos saberão que seu pai teve um infarto e sua mãe enlouqueceu de tristeza. "Pobre mulher", dirão. Falarão sobre Zari e de sua coragem, seu desafio e autossacrifício. "A coitadinha devia amá-lo muito! É tão injusto. Como podemos deixar essas coisas acontecer?" Então as pessoas contarão aos filhos, amigos e vizinhos. E a notícia se espalhará, e todos saberão da verdade que a SAVAK tenta esconder ao nos proibir de expressar a dor por sua perda, destruindo documentos de sua existência, confiscando e provavelmente queimando seus livros.

Então olho para o túmulo e sorrio.

– Obrigado por me ensinar sobre o *Algo*, Doutor – sussurro. – Acho que agora sei do que estava falando.

Quando pauso, consigo imaginá-lo sorrindo, fazendo que sim com a cabeça.

– É tudo uma questão de honra, amizade, amor, doação, consciência e relutância em fingir o desconhecimento por ser a saída mais fácil. É tudo isso junto, não é? Acho que tenho sorte por ser rodeado por pessoas que têm *Aquilo*. Você, Zari, Ahmed, Iraj, meus pais e Faheemeh; minha vida tem sido maravilhosa assim.

Toco o R lascadinho do seu nome, enquanto luto para conter as lágrimas.

– Conforto-me em saber que você e Zari não estão mortos. É que as pessoas com *Algo* nunca morrem, jamais deixam de existir; continuam a viver em nosso coração e mente, onde a existência tem importância.

Agora as lágrimas rolam livremente e sei que não há nada que eu possa fazer para contê-las.

– Lembra-se de quando me perguntou qual o bem mais precioso de um ser humano? Eu disse: "A vida." Você sorriu e disse: "O tempo." Está lembrado, Doutor?

Uma leve brisa sopra e uma folha cai sobre o túmulo de Doutor. Pego-a, olho bem para ela e a coloco no pé do túmulo.

– Tenho pensado muito em nossa discussão naquele dia. E, com todo respeito, acho que estávamos os dois errados. O bem mais precioso que um ser humano pode ter é *Algo*.

Neste momento, sinto a presença de alguém atrás de mim. Viro-me e vejo Ahmed, Faheemeh e Iraj. Eles se sentam ao meu lado sem dizer nada. Faheemeh me envolve com um braço. Segundos depois, meus pais vêm ao túmulo trazendo rosas vermelhas. Meu pai pisca para mim enquanto se senta ao lado do túmulo. Então, coloca as rosas sobre a lápide limpinha e faz uma oração. Minha mãe faz o mesmo. Um por um, nossos vizinhos se juntam – um mar de pessoas, todas da rua, trazendo uma rosa vermelha. Acho que ninguém está preocupado se a SAVAK está de tocaia. Deveriam ter-nos dado o direito de expressar a dor pela morte de Doutor há muito tempo.

32

Outra alvorada

No dia seguinte ao funeral de vovó, acordo e encontro uma linda manhã de abril. Os raios de sol invadem por entre as frestas das cortinas e aquecem-me a face. Ouço os pássaros cantando lá fora, celebrando o glorioso dia de primavera. Dormi feito um bebê pela primeira vez em muitas, muitas noites.

Sinto-me renovado, descansado e cheio de energia, capaz de sair e correr alguns quilômetros, algo que há meses não tenho vontade de fazer.

Ouço a criançada gritando na rua. Saio para o terraço e inspiro o ar fresco. Estico os braços para os lados e faço um som bem alto ao expirar. Uma estranha esperança invade-me o coração. Na beira da sacada, olho para nosso pátio lá embaixo. A árvore que meu pai plantou no primeiro dia em que chegamos aqui está começando a se encher de folhas.

Não sou o único a achar o dia gostoso. A rua está repleta de gente de todas as idades, do jeitinho como me lembro dela antes da prisão de Doutor. Iraj está sentado na calçada jogando xadrez sozinho. Prometo a mim mesmo que o desafiarei mais tarde; não que eu consiga vencer, só quero voltar à ativa. Vira e mexe ele lança um olhar nervoso em direção à casa de Zari, talvez ansioso para ver Anjo Mascarado. Um grupo de meninos joga bola. Um deles derruba o outro durante uma jogada, causando uma rápida desordem, deixando a partida tensa. O incidente me lembra da armação que Ahmed aprontou no verão passado para voltar ao gol. Parece que foi há milhões de anos.

Grupos de mulheres se juntaram em diferentes pontos da rua, os comitês de fofoca: o do Leste, do Oeste e o comitê central, como Ahmed os chamava. Todas falam ao mesmo tempo, riem e interagem como se entendessem umas às outras apesar do caos.

Então vejo um homem aproximando-se da roseira com um balde de água. Iraj para de jogar e corre até ele, e juntos os dois regam minha plantinha. Lágrimas escorrem em meu rosto – lágrimas de alegria.

Olho para a rua e vejo quando Aboli e outros dois garotos tocam a campainha de uma casa e saem correndo. Começo a rir alto, lembrando-me de quando ele fez meu pai, coitado, cair nesta cilada.

Fecho os olhos e respiro fundo. Nesse estado plácido, uma ideia tranquilizante penetra-me o pensamento vagarosamente: *Preciso ir embora.* Há semanas que venho lutando contra a ideia, porém, quanto mais me solto, mais confortável eu me sinto com ela. Vou para os Estados Unidos. Lá, posso recomeçar a vida. Vou morar sozinho, estudar, aprender inglês e conhecer a cultura ocidental. Há muitas coisas que preciso entender. Espero que Zari e Doutor não se sintam traídos. Espero que não.

Desço para tomar café. Na sala de estar, um sujeito conserta o velho relógio de pé. Ele arrastou o equipamento para o meio da sala e está examinando várias de suas peças separadas.

– O que está havendo? – pergunto.

– Precisamos consertar essa porcaria, ou então jogá-la fora – explica meu pai.

– É coisa boa demais para ser jogada fora, senhor – diz o sujeito. – Não se fabrica mais desta marca. É uma peça rara.

– O que acha? – papai me pergunta.

Aproximo-me do relógio e toco-lhe a superfície áspera e irregular.

– Acho melhor ficar com ele. E daí se não funcionar? É uma peça bem bacana. Além do mais, você e mamãe o ganharam como presente de casamento.

Papai faz que sim com a cabeça, refletindo.

– Foi o único presente que ganhamos. Eu costumava dar corda nele toda manhã, enquanto tomava meu chá. – Ele sorri e então se vira para o técnico. – Ficaremos com o relógio independente do resultado de seus esforços.

Durante o café, digo a meu pai que agora quero mesmo ir para os Estados Unidos.

– É o melhor a ser feito – concorda ele. – Eu sempre quis que você fosse para lá e se formasse em engenharia civil. Isso mesmo, um engenheiro civil, e então você poderá voltar e construir a autoestrada no estilo europeu, ligando Teerã a Noshahr!

– Quero ser cineasta, papai – digo, olhando bem em seus olhos.

Ele olha bem para mim por um tempo.

– Bem, talvez você possa fazer dois cursos de graduação – diz, ainda entusiasmado com minha vontade de sair do país.

Minha mãe não recebe a notícia assim tão bem. Embora não diga nada que me desmotive, ela assume um ar de quem está preocupada e pensativa. Anda de um lado para o outro, tirando o pó das prateleiras, dos retratos nas molduras, do televisor, do relógio de pé e tudo mais ali na sala. Então recomeça pelas prateleiras.

– Você já espanou aí – constata meu pai.

Ela o olha sem dizer nada, e continua, passando para as fotos nas molduras.

A notícia de minha partida se espalha pela vizinhança feito água por uma comporta. A essa altura, todos da rua já sabem que estou me preparando para ir para os Estados Unidos. Os adultos me desejam boa sorte e expressam um desejo de ir também. Quase todos têm amigos ou parentes que estão morando ou que já moraram lá.

– A América é um ótimo lugar – comenta um de meus vizinhos. – Meu primo acaba de voltar de Washington, onde o governo instalou dutos de água quente sob as ruas para evitar que elas congelem durante os invernos rigorosos.

Outro vizinho suspira admirado:

– Nossa, que inteligente! Muito inteligente – repete, maravilhado.

Outro vizinho confirma que tecnologicamente os americanos são mais avançados que nós, mas não culturalmente. As crianças, afirma, são expulsas de casa ao completarem dezoito anos. Algumas pessoas se chocam e fazem gestos negativos com a cabeça enquanto o homem continua dizendo que os pais mais humanos cobram dos filhos o pagamento de taxas pelo aluguel e pela comida.

– Por isso que há tantos crimes nos Estados Unidos. Sozinho, longe do aconchego de casa e sem a supervisão dos pais, é claro que o garoto fica mais propenso a descambar para o mundo do crime!

– Pois é, e chamam isso de independência – diz outro homem. – Ensinam os filhos, desde cedo, a serem independentes.

– Isso não é independência, é besteira pura!

Ahmed, que está ao meu lado, vira-se para Iraj e diz:

– Quem me dera que meus pais me expulsassem de casa logo!

Eu e Iraj achamos graça do comentário.

Os dias se passam rapidamente. A família de Ahmed aprende a lidar com a trágica perda de vovó. Aos poucos, vão retornando à rotina normal da rua. Pouco aconteceu na casa de Zari, exceto que seu pai vai para o trabalho todas as manhãs e volta à noite, encontrando-se com a esposa, que escolheu passar o resto da vida dentro de casa. Keivan brinca sozinho no pátio, sujeito a uma infância solitária, isolado das outras crianças da rua. Volta e meia ouço-o rindo ao jogar bola com Anjo Mascarado – como fazia com a irmã.

Meu pai se encontra regularmente com Sr. Mehrbaan e Sr. Kasravi para organizarem minha imigração para os Estados Unidos. Os contatos no departamento de expedição de passaportes cumprem a promessa: agora eu tenho um passaporte. O próximo passo no processo é obter um visto de estudante na embaixada americana, que exige um I-20, uma carta de admissão de uma universidade credenciada nos Estados Unidos. É aí que Sr. Mehrbaan cumpre um papel crucial. Alguns de seus camaradas exilados nos Estados Unidos conseguirão um I-20 para mim de uma faculdade em Los Angeles. Sr. Kasravi também tem conhecidos no Departamento de Educação que podem ajudar, forjando um certificado de conclusão do ensino médio com uma nota alta no *Ezam* – uma prova de língua inglesa – para que concedam meu visto de estudante.

Sr. Kasravi tenta me acalmar quando expresso minha preocupação com relação a obter um certificado falso. Temo não poder nunca mais entrar numa faculdade caso as autoridades descubram.

– Filho, é possível mover-se uma montanha neste país. Basta conhecer as pessoas certas – diz Sr. Kasravi.

– E por que não? – completa Sr. Mehrbaan. – Quando a vida lhe dá uma rasteira, você dá outra nela para ficar quite. É assim que as coisas funcionam em países como o nosso. Atrapalharam sua frequência às aulas, então forjamos um diploma para compensar o tempo perdido.

Eu não me sinto à vontade com o esquema, mas ainda assim vou tocando em frente.

Não consigo voltar para a escola sem Ahmed e Iraj, e não poderei ficar nesta rua depois que os pais de Zari se mudarem para Bandar Abbas.

Ahmed e Faheemeh estão felizes com minha esperança renovada, mas tristes com minha partida. Embora isso esteja claro em seus olhos, eles não dizem nada que me desencoraje.

– Vá, meu amigo! Passe um tempo fora, estude na melhor faculdade americana e volte como um sujeito culto – diz Ahmed, sorrindo.

– Sim, recomeçaremos exatamente de onde paramos. – Faheemeh concorda, entusiasmada. – Será como se você jamais tivesse partido, só que provavelmente você já terá um sobrinho.

Minha mãe não está nada feliz com isso.

– Ele não fala inglês – diz irritada. – Como vai se virar no aeroporto quando o avião chegar? Como pedirá comida? Como saberá o que comer ou como chegar aos lugares?

– Ora, faça-me o favor – diz meu pai. – Está subestimando o garoto! Milhares de jovens fazem esta viagem todos os anos. Nosso filho provavelmente é mais capaz do que todos eles juntos. É o garoto mais flexível que conheço.

– É sim – confirma Sr. Kasravi. – É um garoto muito esperto, o garoto mais esperto que conheço.

Olho para Sr. Kasravi e sorrio, indicando que estou grato pelos elogios. Sra. Mehrbaan tenta consolar minha mãe, dizendo-lhe que a faculdade vai passar rapidinho, e que logo, logo voltarei, com grandes perspectivas futuras.

– Pelo menos você sabe que está indo para um bom lugar. Já pensou, que Deus o livre e guarde, se ele estivesse indo para a cadeia?

As três senhoras imediatamente mordem a pele entre o polegar e o indicador.

– Um garoto culto como ele? Meu Deus, já pensou? As meninas se atirarão aos seus pés! – diz Sr. Mehrbaan, piscando para mim.

– Não, não, não – interrompe Sra. Kasravi. – Ele está destinado a se casar com minha Shabnam.

Todos riem, inclusive minha mãe. Penso em Zari e sinto um nó na garganta.

Está tudo certo. Parto em um mês. Meu pai, todo radiante, mostra-me a passagem de avião.

– Você chegará a Los Angeles, onde uns parentes de seu tio Mehrbaan o pegarão. Eles o ajudarão a arranjar um apartamento e o matricularão na USC. Está tudo bem? – pergunta, de repente, como se não estivesse certo de que eu consiga me virar e morar sozinho nos Estados Unidos, apesar do que ele disse à mamãe.

– Tudo bem – respondo automaticamente. Na verdade, apesar dos vários planos que fiz, o futuro me parece um espelho embaçado. Estou lá, mas não claramente visível ou reconhecível. Quando penso nos Estados Unidos, só vislumbro as ruas nos filmes e programas de TV aos quais assisti. Decido que a melhor forma de lidar com a incerteza é não pensar nela e suprimir a culpa por buscar um futuro melhor no país que arruinou meu passado.

Minha mãe diz que preciso me despedir de nossos amigos e parentes em Teerã. Ela vira a cabeça e assoa o nariz, ao mesmo tempo em que enxuga as lágrimas. Convidará todos para um jantar de despedida aqui em casa.

– Será muito melhor e mais fácil para você.

No dia anterior à minha festa de despedida e uma semana antes de minha partida, estou lá em cima, no meu cantinho do telhado, olhando o pátio de Zari, quando resolvo que preciso contar a Sr. e Sra. Naderi tudo o que se passou entre mim e Zari. Seria bom que eles soubessem que minhas intenções eram totalmente respeitosas, e que eu amava Zari mais do que a própria vida.

Ahmed concorda com meu plano. Acha que não vai demorar para que se mudem, pois venho observando umas atividades esquisitas na casa. Eles têm recebido uns desconhecidos em horários estranhos do dia e da noite – devem ser agentes da SAVAK. Planejam esses tipos de exílio cuidadosamente, para garantir que tudo saia o mais perfeitamente possível, já que, segundo afirmações oficiais, a SAVAK praticamente não existe. Há meses correm uns boatos na rua de que Sr. Naderi precisa se mudar para uma região mais quente, devido à saúde.

Toco a campainha da casa, e Anjo Mascarado atende. Eu a cumprimento e ela responde num sussurro inaudível. Como sempre, está vestindo sua burca, e mal consigo ver seus olhos por trás da renda. Seu olhar cabisbaixo e ombros caídos me dizem que não está à vontade com minha presença. Rapidamente desvio o olhar.

– Eu vim ver Sr. e Sra. Naderi – sussurro. – Parto em poucos dias, e gostaria de me despedir deles.

Anjo Mascarado fica ali na porta, sem se mover nem dizer nada.

– Posso vê-los?

Ela rapidamente abre caminho e gesticula para que eu entre. Evito olhar para a cerejeira ao cruzarmos o pátio. Anjo Mascarado vai na frente até a sala de estar e sussurra que seus tios estão no terceiro andar e que ela irá chamá-los.

Há caixas espalhadas por todos os cantos, sinalizando a partida iminente. Paro no meio da sala, sem saber o que fazer, enquanto ela rapidamente desaparece pelo corredor. Novamente, lembro-me da festa de aniversário de Keivan. A casa estava cheia de crianças correndo de cá para lá, brincando, gritando e reclamando umas das outras. Zari se aproximou discretamente de mim enquanto Ahmed mantinha todos ocupados com o jogo Quem

Sou Eu? *Espero que sua namorada não fique com ciúmes por você estar me ajudando hoje*, Zari dissera, inclinando-se para ver meus olhos.

Minha namorada?

Sim, aquela que é mais suave que...

Sinto novamente o nó na garganta.

Nesta casa havia tanta atividade e tanta vida naquele dia quente de verão. Esta sala vazia é tão contrastante! A alguns metros, sobre uma mesinha redonda próxima ao samovar, vejo o caderno de desenhos de Zari. Aproximo-me e o pego. Página por página, olho para cada desenho e lembro-me de todas as palavras que Zari pronunciou para descrevê-los.

Estes aqui são vocês jogando bola. Adivinha quem é você?

Quem sou eu aí?

Você não estava lá nesse dia!

Próximo ao final do caderno, vejo a ilustração que ela fez de mim e minha mulher misteriosa. O que este desenho está fazendo aqui? Procuro por ele desde que voltei do hospital. Sei que o pendurei na parede do quarto e olhava para ele todas as noites, fantasiando milhares de formas de dar para ela sem dizer nada – do jeito como ela me orientara a fazer. Imaginei seu rosto enquanto ela tirava o desenho de mim, toda corada de emoção e seu suspiro de alívio ao saber que era a mulher de meus sonhos.

Neste momento, Sr. e Sra. Naderi aparecem na sala. Rapidamente ponho o caderno de volta na mesa. Os pais de Zari me abraçam e pedem que eu sente e fique à vontade. Sra. Naderi serve-me uma xícara de chá, e diz que está feliz com a minha partida. A vida tem sido muito difícil para mim neste país e o afastamento me fará muito bem, sobretudo se eu canalizar meus esforços nos estudos, longe de tudo que aconteceu aqui. Sua família sentirá minha falta, mas estou fazendo o certo.

Sr. Naderi faz que sim com a cabeça, concordando, enquanto acende um cigarro.

– Vai estudar medicina ou engenharia? – pergunta, como se não houvesse nenhuma outra opção acadêmica.

Antes de eu ter uma chance de responder, ele acrescenta:

– Estude bastante, pois a educação é o único remédio para a ignorância e cabe a pessoas como você libertar este país da doença da ditadura e ajudar a construir um futuro melhor para as crianças como Keivan.

Anjo Mascarado entra na sala com um prato de doces, que ela põe na minha frente e sussurra:

– Sirva-se, por favor.

Ela então vai para o outro lado da sala e senta-se no chão próximo à Sra. Naderi, de frente para a mesa redonda onde está o caderno de desenhos de Zari. Sr. Naderi diz que estão muito felizes por mim, e esperam que eu não os esqueça enquanto estiver fora. Faço que não com a cabeça.

Sra. Naderi pergunta aonde vou, quanto tempo ficarei lá e o que estudarei. Pergunta se estou nervoso com a ideia de ficar em um país estrangeiro e como meus pais – sobretudo minha mãe – se sentem. Anjo Mascarado me olha fixamente enquanto respondo às perguntas de Sra. Naderi. Dá para ver seus olhos piscando rapidamente atrás do véu. Eu, no entanto, olho mais para Sra. e Sr. Naderi, pois Anjo Mascarado fica claramente desconfortável todas as vezes que olho em sua direção. Digo-lhes que espero me formar em três anos, que sentirei saudades do Irã, da viela e de todos os meus amigos, parentes e vizinhos. Expresso minha frustração, dizendo que gostaria de estar partindo em outras circunstâncias. Faço uma pausa, começando a transpirar ao pensar em revelar o segredo que jamais imaginei compartilhar com ninguém, exceto meus melhores amigos. Minhas mãos começam a tremer, e sinto um calor no rosto.

– Gostaria que me dessem a permissão para falar honestamente sobre minha relação com Zari – sussurro.

Ninguém diz nada, e começo a sentir que talvez eu devesse parar por aqui. As palmas das mãos transpiram, e sinto o calor em meu rosto vermelho. Por que será que é tão difícil dizer a verdade? Agora entendo por que meus tios trocam correspondências por escrito em vez de conversar quando há algum assunto desagradável a se falar! Mas agora é tarde, e terei de continuar.

Abaixo o olhar para evitar contato visual com qualquer um na sala, e começo minha história. Digo que sempre achei Zari uma garota especial. Como garoto, impressionava-me a forma com que ela se comportava. Obviamente, seu noivado com Doutor, o cara mais especial de nosso bairro, também aumentou seu conceito para mim. Digo que eu os observava lá do telhado de casa, e embora eu não conseguisse escutar a conversa dos dois, sabia que sempre discutiam assuntos importantes, pois pessoas inteligentes não perderiam tempo com frivolidades.

Levanto a cabeça e noto uma expressão austera em Sr. e Sra. Naderi. Sem ousar olhar para Anjo Mascarado, abaixo a cabeça e continuo.

– Eu adorava Doutor. Era um sujeito extraordinário, um grande homem. Ele tinha *Algo*.

Finalmente levanto a cabeça e olho para Anjo Mascarado. Percebo, pelos sons vindos lá de baixo da burca, que ela está chorando.

– E é claro, Zari, estando noiva de meu amigo e mentor, sempre teve um lugar especial em meu coração. Era a noiva de Doutor, certo? – repito, como se tentasse deixar isso bem claro. – Para mim era impossível pensar nela como qualquer outra coisa senão a futura esposa de Doutor.

Então faço uma longa pausa, pois não sei mais o que dizer.

O silêncio na sala pesa sobre mim. Isto aqui é muito mais difícil do que aquilo que Ahmed fez por Faheemeh. Eu teria a maior satisfação em levar a surra que ele levou no lugar disso aqui, pois não há maior infortúnio do que se apaixonar pela noiva de um amigo e ter de admitir isso.

Sr. Naderi acende um cigarro, pigarreia e pergunta:

– O que está tentando dizer, meu filho?

Balanço a cabeça, calado e constrangido.

– Malditos sejam aqueles desgraçados que destruíram a vida e as esperanças de tantos jovens! – desabafa Sra. Naderi.

Do canto do olho, vejo-a enxugar as lágrimas com um lenço branco.

– Você não precisa dizer mais nada, caso isso o deixe constrangido. – Sr. Naderi me assegura em um tom tranquilizador. – Estou certo de que já sabemos de tudo.

Sra. Naderi faz que sim com a cabeça e concorda, sem dizer nada, enquanto Anjo Mascarado toca o rosto por baixo da burca, enxugando as próprias lágrimas.

– Esta tragédia destruiu tantas vidas tão desnecessária e injustamente – lamenta Sra. Naderi. – Ninguém, ninguém mesmo, deve sentir vergonha de nada. Pena que os pensamentos que vêm causando-lhe constrangimento não são os piores a nos acontecer. Só por Deus!

– Eu a amava muito – desabafo finalmente, enquanto as lágrimas escorrem pelo meu rosto. – Ela era minha vida, meu futuro.

Sr. Naderi sopra a fumaça dos pulmões, pigarreia e diz:

– Ouça, meu filho. A vida é como um barco sem velas: não se sabe aonde este barco nos levará ou em que praia ele acabará. Às vezes é melhor não lutar contra o vento e aceitar as coisas como são, por mais dolorosas que sejam, confiando na sabedoria de Deus e acreditando na certeza do destino. Ninguém pode justificar a dor que todos temos sofrido, e nada jamais poderá eliminá-la. Só Deus sabe que eu gostaria muito de poder lhe oferecer uma alternativa.

Ele para abruptamente, dá uma tragada profunda, olha para Anjo Mascarado, que ainda chora bem baixinho sob o véu, e balança a cabeça.

– Juro pelo seu amor por Zari, a luz dos meus olhos e o ar em meus pulmões, que todos nós gostaríamos que houvesse alternativa. Talvez algum dia tudo isso venha a fazer sentido, mas não faz agora.

Ele abaixa a cabeça, passa a mão nos olhos e continua a fumar seu cigarro.

Anjo Mascarado se aproxima de Sr. Naderi, envolve-o com um dos braços e sussurra alguma coisa em seu ouvido, que o acalma momentaneamente. Fico surpreso com as condições de Sr. Naderi, mas não sei o que pensar.

– O que ele está dizendo – completa Sra. Naderi – é que você sempre será bem-vindo à nossa casa. Sabemos de seus sentimentos por Zari, e não há motivos para constrangimento. Sabemos que ela o amava também. É tudo que vou dizer.

Ela balança de um lado para o outro e dá um tapa na coxa, frustrada.

– É difícil para nós falarmos sobre isto – continua. – Sinto muito. O que nos restou foram esperanças perdidas e sonhos despedaçados. É certamente muito difícil para nós falarmos sobre isto.

Sr. Naderi começa a chorar, e Anjo Mascarado lhe dá um abraço apertado e sussurra, cada vez mais alto:

– Não chore, não chore. Por favor, não chore. Faça isso por mim. Eu lhe imploro que pare.

Vejo seus olhos atrás da renda da burca, aqueles olhos angelicais, tristes, que agora parecem muito familiares a mim. Lembro-me deles da foto no álbum de Zari. Ela vira a cabeça para o outro lado e caminha em direção à porta. Sr. Naderi não para de dizer que sente muito, ainda chorando.

– Graças a Deus vocês a têm – digo, apontando para Anjo Mascarado, que está prestes a sair da sala. – Era como uma irmã para Zari.

Sr. Naderi balança a cabeça e sussurra:

– É, graças a Deus nós a temos!

Então, Sr. e Sra. Naderi me abraçam enquanto eu me levanto para partir.

– Vocês não estarão aqui quando eu voltar – desabafo.

– Não – confirma Sr. Naderi.

– Como os encontrarei? – pergunto, chorando feito um menininho que está se separando dos pais para sempre.

– Nós o encontraremos – diz Sr. Naderi. – Juro pelo amor que Zari sentia por você que nós o encontraremos.

O amor que Zari sentia por mim. A frase parte-me o coração. Algo dentro de mim se parte em dois. Não posso deixar o país, e então penso no Sr. e na Sra. Naderi, em Keivan e em Anjo Mascarado e que não ficarão aqui. Sei que devo partir assim que possível.

Mais tarde, estou de volta à minha própria casa, com o coração pesado.

33

Mais uma, por favor

No mesmo dia, minha mãe pergunta se eu quero acompanhá-la nas compras. Digo que quero, mas estou cansado e gostaria de ficar e aproveitar meus últimos dias em casa. Ela me abraça e diz:

– Sentirei saudades.

– Eu também sentirei sua falta, mamãe.

– Oh, não, não, não. Pode parar com essa história de "Eu também sentirei sua falta, mamãe". Você, meu querido, não faz a menor ideia da falta que uma mãe sente de um filho.

Faço que sim com a cabeça.

– Por mais difícil que seja para mim – diz, tentando sorrir ao invés de chorar –, sei que é melhor para você. Então pretendo visitá-lo com o máximo de frequência possível, nem que eu precise vender a casa, o carro e todas as minhas joias, pois não podemos nos separar de nosso coração por quatro anos, não é mesmo?

Eu a abraço.

– Quatro anos não são nada. Vão passar rapidinho. Você deve ficar feliz, pois vou lhe dar umas férias de mim.

Ela sorri e diz alguma coisa entre um riso e um choro.

– Tem razão, meu filho.

Depois que ela se vai, sento-me numa cadeira perto da *hose* em nosso pátio. Enquanto o sol de primavera lança-me num estado de semi-inconsciência, penso no que aconteceu na casa de Zari. Por mais dolorosa que tenha sido a experiência, acho bom ter ido lá e conversado com os Naderi. Estou seguro de minha decisão. Foi adulto de minha parte, e fico feliz por não ter optado pela correspondência escrita.

Ahmed logo estará aqui e, por mais que eu goste de sua companhia, quero deleitar-me na serenidade silenciosa de minha casa. Fecho os olhos e deixo os pensamentos vagarem. Mesmo em relaxamento, minha mente permanece em estado hiperativo. Ouço claramente um carro com o silenciador quebrado passar pela rua. Segue-se um longo silêncio, rompido pelo canto de passarinhos. Alguns minutos depois, dois gatos se estranham, fazem um barulho gutural, e então param. Passa um avião, seguido por mais um período de silêncio ininterrupto. Então ouço um garotinho rir e a voz abafada de uma mulher pedindo-lhe que pare. Então outro risinho, mais um risinho e finalmente um sussurro de uma jovem do outro lado do muro, no pátio de Zari. Fico arrepiado. Sinto um frio na espinha e, de repente, estou acordado.

– Mais uma história, por favor, só mais uma! – sussurra o menino.

– Shhh!

Abro os olhos e presto atenção. Nada.

– Zari! – digo involuntariamente. Viro-me e olho para a parede atrás de mim enquanto presto toda atenção do mundo ao estranho silêncio que pairou no ar. Aproximo-me da parede que separa a minha da casa de Zari. Encosto o ouvido e escuto – nada além de um silêncio absoluto. Terá sido um sonho? Deve ter sido, e provavelmente ainda estou sonhando, senão como o mundo teria mergulhado em um estado de total silêncio? Olho em volta e toco a parede com as mãos, para garantir que estou em um mundo de materiais sólidos. Não estou sonhando.

Queria poder ver o que se passa no pátio de Zari. Corro para as escadas que ligam o pátio ao terraço no primeiro andar, e em seguida vou até as escadas que conduzem aos segundo e terceiro andares, subindo de dois em dois degraus. Abro a porta da sacada e corro para a beirada, onde posso ver seu pátio.

Não há ninguém lá.

Inclino-me, tentando ver alguém no terraço do primeiro andar. Ninguém. Olho para o quarto de Zari no terceiro andar. As cortinas estão fechadas. Ando de lá para cá, na sacada, com um formigamento por todo o corpo.

– Foi só um sonho – sussurro. – Além disso, é possível que Keivan estivesse pedindo para Anjo Mascarado ler mais histórias, como fazia quando a irmã estava viva.

Olho para o pátio novamente. Quero me convencer de que minha desconfiança é absurda, ridícula e totalmente burra – mas não consigo. Meu coração atormentado desafia a lógica.

Ela não faria isso comigo, fico pensando. Ela jamais me causaria tamanha dor, não importam as circunstâncias.

Mas e se Anjo Mascarado for minha Zari, escondendo o rosto queimado sob o véu? Por que faria isso? Não sabe como minha vida tem sido triste sem ela? Sabe a dor que sua ausência tem me causado? Curvo-me e encosto-me na mureta, mordendo a mão para conter o choro.

– Deus, por favor, eu quero minha Zari de volta! – suplico, lembrando-me, com atraso, de que não acredito mais em Deus.

Olho para o pátio vazio novamente, e não consigo acreditar em como tudo paralisou, como se o mundo prendesse a respiração, esperando uma resposta para este mistério. Corro para meu quarto e olho em volta, sem saber ao certo o que espero encontrar. Corro de volta ao terraço e respiro fundo. Queria muito que Ahmed e Faheemeh estivessem aqui. Sento-me na mureta e tento encaixar as peças do quebra-cabeça metodicamente, mas estou dominado por uma tempestade de emoções que me atira cada vez mais longe da praia da razão.

Tento me lembrar, bem concentrado, do momento em que ouvi Keivan sussurrar: "*Mais uma história, por favor...*" Será que foi um sonho? Será que o ouvi mesmo? O que ouvi antes disso? O carro com o silenciador quebrado! Alguém tem um carro com o silenciador quebrado aqui no bairro? Se esse som foi real, então pode-se dizer o mesmo quanto ao sussurro de Keivan. O que mais ouvi? Os gatos brigando. Olho para os pátios da vizinhança, procurando por gatos. O rosnado deve ter sido real. Por que eu sonharia com dois gatos brigando? Porém, nenhum vizinho aqui tem gato; devem ter sido gatos de rua.

Penso na sombra que me observa à noite. Já sei que é Anjo Mascarado, mas por que ela me observaria a menos que fosse mesmo minha Zari? Foi seu véu que se moveu com a força do vento naquela noite, agora sei disso também. Tudo começa a fazer sentido. "Anjo Mascarado nunca se apressa", Faheemeh disse uma vez. "Desliza feito a brisa primaveril – calma, tranquila e deliberada. Ela não tem nada de afobada." Então por que caminha tão depressa todas as vezes em que a vejo voltando da padaria de manhã? A pessoa sob o véu não é Anjo Mascarado. É Zari, escondendo-se de mim, ou porque a SAVAK a mandou fazer isso, ou então porque ela não quer que eu veja seu rosto queimado. Oh, minha Zari, pobrezinha, minha pequena Zari!

Uma vez ela me disse que queria tornar-se especialista em interpretar a poesia de Hafiz. Como pude deixar de ver, todas essas noites olhando para ela através das frestas nas cortinas? Anjo Mascarado sabe todo o Hafiz de cor e salteado, de forma que nem precisaria ler *Divan*. É Zari quem lê o livro, tentando preencher as noites solitárias. E hoje cedo, achei o desenho que Zari fizera de mim e minha mulher misteriosa, na casa deles. De alguma forma, Zari deve tê-lo retirado de meu quarto enquanto eu estava internado. E, para completar, aquela reação de Sr. Naderi

– agora tudo faz sentido. Ele disse que gostaria de poder me oferecer uma alternativa, e foi aí que Zari se aproximou dele, abraçou-o e sussurrou-lhe algo. Anjo Mascarado não abraçaria um homem que não fosse seu parente de sangue, por motivos fortemente religiosos!

Inclino-me e choro de alegria e tristeza, euforia e tormento. Fecho os olhos e inclino a cabeça para o céu, dando-me conta de que, pela primeira vez desde que recobrei a consciência no hospital, sinto-me livre de um fardo pesado no peito. O ar que inspiro entra mais facilmente, pelo menos por enquanto.

O que devo fazer? Preciso de um plano de ataque. Cadê Ahmed quando preciso dele? Ele sabe? Talvez ele e Faheemeh estejam por dentro de tudo, mas não me disseram nada para proteger a mim e a Zari da SAVAK. Então, de repente, ocorre-me que partirei para os Estados Unidos em menos de uma semana. Isso não pode acontecer, agora que tenho minha Zari de volta! Dadas as circunstâncias, a viagem deve ser cancelada. Precisamos ligar para todos os convidados e suspender a festa de despedida. Mas como faço para chegar a Anjo Mascarado e revelar a verdade? Será constrangedor para sua família, e poderá ainda haver algumas questões de segurança com relação à SAVAK. Preciso abordá-la cuidadosamente. Não quero que a SAVAK leve meu anjo novamente.

Corro lá para baixo e bebo duas doses da vodca de meu pai, que imediatamente me aquece e acalma.

– A você, meu amor – sussurro. – Ressuscitada, espero e rogo, de volta à minha vida, assim do nada.

Vou para o lado de Zari da mureta, onde nos sentávamos juntos. Lembro-me do sonho que tive na última vez em que me sentei sob esse muro. Agora estou certo de que a experiência não foi um sonho. Ela estava sentada atrás de mim, envolvendo-me em seus braços. Disse que queria manter seu amorzinho aquecido. Minha Zari, pobrezinha. *Oh, Deus! Eu te amo tanto. Sinto tanta falta de você.*

Eu estava frio e delirante naquela noite, e Zari me viu pela janela e saiu com um cobertor. Cobriu-me e abraçou-me a noite toda, mantendo-me aquecido e sussurrando que temia que seu amorzinho pegasse uma gripe e que faria de tudo para que isso não acontecesse. Com certeza não foi um sonho!

Penso em mil coisas ao mesmo tempo. Não consigo focar em uma única ideia. As lembranças do dia em que ela ateou fogo em si mesma invadem-me a cabeça. Os dias no hospital e a depressão sufocante que me devorava, o medo de que Ahmed estivesse perdido, o velho, Cara de Maçã... *Oh, meu Deus, por que a vida é tão cruel?* Se eu tivesse de passar por tudo aquilo novamente, acho que não conseguiria.

Então meus pensamentos voltam-se para Zari, viva, na casa ao lado, respirando o mesmo oxigênio que eu, e talvez pensando em mim neste exato momento. Foi por isso, então, que senti sua presença tão fortemente. Foi o que me atraiu à sua janela todas as noites. E por que eu sonharia que estava no alto de uma montanha com Anjo Mascarado se não fosse pelo fato de que, no fundo, Zari quer se revelar para mim?

A vodca me dá a coragem de ir até a janela de Zari. A cortina está meio aberta, e dou uma boa olhada no quarto escuro. A burca de Anjo Mascarado está sobre a cama de Zari, então sei que ela está no quarto, ou pelo menos na casa. Volto para meu quarto.

A campainha de nossa casa toca. É Iraj. Estou muito entusiasmado com minha nova descoberta, e quero contar-lhe tudo, mas como sempre ele começa a falar antes que eu tenha uma chance de dizer alguma coisa. Ele não é a pessoa com quem preciso falar. Sentamo-nos perto da *hose* no meu pátio. Ele mostra um livro que comprou, uma biografia de seu herói, Thomas Edison. Está profundamente incomodado com o relato da vida de Edison oferecido pelo autor.

– Segundo este cara, Edison era um impostor – diz. – Ele contratava capangas que forçavam jovens inventores a vender suas criações para ele por quantias ridículas, ou então entravam no pau!

Iraj está tendo dificuldades para acreditar nessas mentiras absurdas, mas jura que, caso sejam verdadeiras, ele desistirá do sonho de se tornar um inventor e se tornará um político honesto.

Segundo seu pai e seu tio, os dias do xá estão contados, pois as pessoas estão cheias de suas intransigências ditatoriais e do tratamento desumano dispensado aos dissidentes políticos. Até mesmo os líderes do exército acham que ele já foi longe demais. O tio de Iraj, general do exército do xá, que conta com o apoio dos norte-americanos, envolveu-se em negociações para comprar vários F-16 do governo americano. Esses jatos tornariam o Irã a superpotência do Oriente Médio – exatamente o que os americanos sempre quiseram. Os israelenses teriam sido a primeira escolha, é claro, mas é melhor que um Estado muçulmano esteja no comando de suas aeronaves do que um Estado judeu, odiado por milhares de pessoas na região. Iraj diz que o pai acredita que quanto mais o xá se aproxima do Ocidente, menos popular ele se torna no Oriente Médio. A maior ameaça ao xá, no entanto, é Israel. É muito provável que os israelenses estejam preocupados com a possibilidade de uma base militar estar se desenvolvendo em seu quintal. Mais cedo ou mais tarde, usarão os ricos lobistas judeus para pôr Washington contra o xá.

Tenho vontade de dizer a Iraj que não estou interessado em ouvir as teorias políticas de seu pai, mas não o faço. Meu Deus, por que ele não me deixa em paz? Por que tinha de aparecer agora? Será que não há outras coisas mais importantes nesta vida do que a situação política no Irã? Só não grito com Iraj porque me lembro de seu rosto suado no cemitério, cansado de correr para nos alcançar no túmulo de Doutor, mesmo sabendo que a SAVAK nos observava.

Para a minha surpresa, Iraj muda de assunto e começa a falar sobre Anjo Mascarado. Sente-se deprimido ultimamente, pois acha impossível chamar-lhe a atenção. Para piorar, ninguém leva a sério o amor que ele sente por ela. Não conto que a mulher sob a burca é Zari. Ainda não posso revelar isso. E se houver um acordo com a SAVAK para que Zari continue disfarçada e eu a expuser?

Iraj diz estar cansado das críticas ao seu amor por Anjo Mascarado. Todos se perguntam como poderia amar uma mulher que ele nunca viu, mas será que isso importa mesmo?

– Não é certo se apaixonar pela aparência da pessoa – argumenta Iraj. – Isso é amor superficial. Amor verdadeiro envolve aceitar as virtudes de alguém. O pessoal me critica porque não a conheço pessoalmente, mas será que preciso conhecê-la para acreditar em suas virtudes? Não é verdade que o amor genuíno envolve respeito pelo caráter e personalidade de alguém? As pessoas não deveriam se casar em função de seu temperamento? Então, tudo que sei sobre Anjo Mascarado a torna uma noiva perfeita para mim.

Anjo Mascarado! Coitado, se ele soubesse. Iraj continua a falar, mas passo a não ouvi-lo. Volta e meia faço que sim com a cabeça, à medida que vou me distanciando cada vez mais.

Ele finalmente vai embora e corro de volta para o telhado. As luzes na casa de Zari estão apagadas. Sei que a família não vai dormir assim tão cedo, então devem estar se escondendo de mim. Não podem revelar a identidade verdadeira de Anjo Mascarado. Devem ter feito um acordo com a SAVAK. Isso! Foi assim que a livraram da cadeia e é por isso que não há túmulo nenhum! Olho para dentro do quarto de Zari. A burca de Anjo Mascarado ainda está sobre a cama.

34

No silêncio da noite

Naquela noite, durante o jantar, fico tão concentrado pensando em Zari que meu pai pergunta se estou bem.

– Estou – respondo, brincando com a comida no prato.

Meu pai coloca a colher de volta no prato.

– Está ficando nervoso com a viagem?

Sei que não posso contar os eventos dessa tarde a meus pais, então faço que sim com a cabeça.

– É normal, sabia? – diz meu pai. É um grande passo que está dando e sua apreensão é totalmente compreensível. Não é fácil fazer as malas e se mudar para o outro lado do mundo, onde você não fala a língua deles, não conhece ninguém e não está familiarizado com a cultura. Eu também estaria nervoso!

Pelo canto do olho, vejo minha mãe começar a chorar. Papai dá uma pigarreada e continua:

– Meu pai dizia que a vida é como um laboratório no qual se testa o verdadeiro caráter das pessoas. Ele acreditava que quanto mais especial o sujeito, mais difíceis os testes que ele enfrentava.

Ele acende um cigarro e dá uma longa tragada. Tenho de me segurar para não perguntar se posso fumar um.

– Ninguém em nossa família jamais foi testado como você. Estou muito orgulhoso pela forma com que vem lidando com as coisas. Nos últimos dois anos, você enfrentou mais do que muita gente enfrenta a vida inteira. Eu e sua mãe estamos muito orgulhosos de você, muito orgulhosos. Amanhã, esta casa estará cheia de gente que o ama. Gente que está muito feliz de vê-lo partir, mas que ficará mais feliz ainda quando retornar como engenheiro. "Sr. Engenheiro", é assim que vão chamá-lo pelo resto da vida. Você será um ícone de sucesso, um modelo para muitos nesta comunidade. Está abrindo uma porta que ninguém em nossa família jamais atravessou, mas lhe asseguro que não será o único a atravessá-la! Depois que você tiver definido o caminho, muitos seguirão seus passos. Sua coragem e determinação serão inspiradoras. Seu sucesso melhorará muitas vidas. Você realmente tem *Algo*, meu filho.

Olho para ele com cara de paisagem. Os Estados Unidos, o laboratório de minha vida, o teste de minha grandiosidade como pessoa. Ele nem faz ideia do que se passa pela minha cabeça neste momento!

Meu pai continua a falar, porém não estou mais prestando atenção, embora seja muito difícil se distrair quando ele fala. Ouço palavras do tipo Estados Unidos, avião, engenharia civil, rodovia de quatro pistas, Noshahr, Teerã, e começo a perder a paciência com todas as besteiras que tenho escutado desde os quatro anos de idade. Penso: *Ah, que se danem os Estados Unidos, a viagem de avião, a porcaria da engenharia civil e a droga da rodovia de quatro pistas ligando uma bosta de cidade à outra.*

Então penso em Zari, minha amada, que tem vergonha de mostrar o rosto queimado, ou forçada pelo governo a esconder a verdadeira identidade. Meu anjo que aceitou uma vida de solidão e isolamento. Estas não são mais hipóteses. São fatos – não são percepções pessoais, mas realidade.

A pobre da avó de Ahmed sabia o que dizia. Por que será que ninguém lhe deu ouvidos? Ela não parava de dizer que a garota ao lado chorava a noite toda, com saudades do marido. A garota ao lado era Zari, e eu, o marido. Não acredito que pensei que minha amada estivesse morta. Mordo o espaço entre o polegar e o indicador. Sem dúvida, todos pensarão que estou louco quando eu anunciar que Zari está viva e que se esconde sob o véu de Anjo Mascarado, mas não ligo. Sei o que sei, e sei o que escutei. Era a voz de Zari, pedindo a Keivan para se calar, enquanto ele pedia que lhe contasse mais uma história. Anjo Mascarado é Zari – não tenho dúvida disso.

Fico tão feliz e empolgado com a ideia de Zari estar viva que, de repente, pego-me reclinado para trás, com os braços bem esticados para os lados, os olhos fechados e com o rosto voltado para o teto, como se acolhendo o abraço do sol. Sinto o calor do corpo dela contra o meu, como senti nas noites em que ela adormeceu em meus braços. Sinto sua respiração no pescoço onde ela repousou a cabeça. Ouço seu coração como o bater de asas. *Obrigado, Deus, por trazer minha Zari de volta! Perdoe-me por duvidar de sua sabedoria e magnanimidade. Perdoe-me por viver uma vida sem fé. Deixe-me ser seu servo, e prometo compensar pelos meus erros imbecis.*

Abro os olhos e noto que meus pais estão me observando. Rapidamente, endireito-me na cadeira e abaixo a cabeça sem dizer nada. Fico achando que meu pai me perguntará qual o problema, mas nada. Minha mãe sussurra:

– É muita pressão para ele. Está estranho desde cedo. – Ela estica o braço e toca-me a testa. – Não está quente. Deve estar queimando por dentro, coitadinho de meu filho.

– Pare com isso – reclama meu pai com mais impaciência.

Retira-se da sala enquanto minha mãe toca meu rosto carinhosamente com as pontas dos dedos e sussurra com preocupação:

– Qual o problema?

– Ela está viva. – Não consigo me conter.

– Quem está viva, querido?

– Meu Anjo Mascarado.

– Claro que ela está viva! – diz, achando que me refiro a Soraya.

– Não estou louco – murmuro, olhando para o corredor, de onde posso ouvir meu pai se aproximando.

– Oh, meu Deus. Você nunca foi louco. Simplesmente passou por muita coisa, é só isso.

Meu pai entra na sala trazendo um copo de água. Ele me dá um comprimido e manda-me tomar.

– O que é isso? – pergunta minha mãe.

– Valium. Vai acalmá-lo.

Nunca tomei Valium, mas deve ser melhor do que qualquer coisa preparada por minha mãe, então engulo o comprimido sem reclamar.

Não demora muito para que eu sinta um torpor pelo corpo. Lembro-me então dos dias que passei no hospital, quando uma sensação de tranquilidade seguia-se de um despertar doloroso, de volta a uma realidade sombria e austera. Antes de perder a consciência, quero me assegurar de que mamãe está bem.

– Por que está chorando, mamãe? Por favor, pare. Zari está viva. Não preciso mais ir para os Estados Unidos. Não é maravilhoso? Isso não a deixa feliz?

Mamãe segura-me o rosto com as duas mãos e encosta a testa na minha, enquanto chora amargamente.

– Meu querido, meu bebê. O que lhe aconteceu?

– Se eu for a algum lugar, será com Zari, Ahmed e Faheemeh, e só por um tempo curto. Somente em férias. Não é maravilhoso? De agora em diante serei muito feliz, do jeito como eu era, antes deste pesadelo começar. Não é maravilhoso, mamãe?

Ela faz que sim com a cabeça.

– É sim, meu querido.

– Viver é como se perder no deserto onde as estrelas são o único guia com que se pode contar – continuo, com os lábios secos, mas um rio correndo dos olhos. – Você e papai, Zari, Faheemeh e Ahmed são as estrelas que me guiam. Todos vocês têm *Algo*. Um dia escreverei um livro sobre tudo o que aconteceu.

Então viro-me para meu pai e balbucio:

– O senhor acredita em destino, papai?

Ouço minha voz distorcida. Não me lembro de ter ouvido a resposta de meu pai.

Acordo sobre um colchão na sala de estar – suado, quente, sonolento e dolorido. Meus pais dormem no chão a dois metros de mim. As luzes da sala estão apagadas, mas o luar que invade por entre as frestas das cortinas deixa tudo visível. Olho para o relógio de pé que meu pai consertou alguns dias atrás; está marcando três e meia, enquanto meu relógio marca dez e meia. Vejo o pêndulo movendo-se lentamente de um lado para o outro, e pergunto-me por que eu e meu pai nos demos ao trabalho de tentar consertar o pobre relógio, que já deu o que tinha que dar.

Minha mente gira freneticamente, cheia de pensamentos sobre o tempo. Para interromper a loucura, levanto-me e subo as escadas rumo ao terraço no terceiro andar. Vou me esconder lá no escuro e esperar que Zari saia, como quase sempre faz, para me observar. Quando ela aparecer, vou confrontá-la e revelar que sei da verdade.

Quando chego ao terceiro andar, olho pela janela para ver se ela já está no terraço. A esfera divina, toda brilhante, clareia o céu, de forma que tenho uma ótima vista de tudo lá fora, mas o terraço está vazio. Pulo a mureta entre nossas casas e vou para o lado extremo do terraço, onde me sento à sombra. Olho para o relógio: ainda marca dez e meia.

A noite está tão silenciosa que dá para ouvir uma folha caindo, uma porta rangendo, ou o som da própria noite respirando a brisa suave que vem e vai. Fico ali no escuro, pacientemente aguardando, com o peito inflado de expectativa, ansiedade e esperança. Olho para o relógio. Ainda dez e meia. Quanto tempo será que terei de esperar?

Enquanto estou ali sentado no escuro na sacada da casa de Zari, rezo para que meus pais não acordem, pois sem dúvida se assustarão, correrão aqui para cima e muito provavelmente estragarão meus planos de expor Zari. Sou tomado por uma ansiedade familiar, parecida com os ataques de pânico que eu tinha no hospital. Talvez eu esteja enlouquecendo. Deus, espero que não!

Mas estou começando a perder a paciência. Talvez seja melhor invadir a casa e vê-la à força. Olho para o relógio, e ainda marca dez e meia. Chacoalho o punho e dou umas batidas no relógio. Ouço um rangido suave de uma porta se abrindo. Meus batimentos cardíacos explodem em meus ouvidos tão violentamente que temo que acordem toda a vizinhança. Levo as mãos ao peito e o comprimo firmemente para me acalmar. Ouço seus passos abafados no terraço, acompanhados pelo arrastar da burca no cimento. Ela ainda está fora de meu campo de visão, mas sua longa sombra se estica, afastando-se da porta, apressando-se na direção da beirada, então contraindo-se repentinamente, quando ela se agacha. O peso do momento me petrifica, impossibilitando-me de falar, até mesmo de respirar.

Ela se senta em um ponto de onde tem uma boa visão de meu quarto, e deduzo que esteja esperando que minha luz se acenda. Talvez eu não tenha escolhido um bom lugar para me esconder. Do que adianta, se não consigo ver o que ela está fazendo?

De repente, sua sombra se estende novamente e então consigo vê-la, movendo-se lentamente da direita para a esquerda, na direção do ponto onde nos sentávamos juntos sob a mureta. Sua silhueta, coberta pela burca preta e iluminada pela lua cheia atrás dela, parece mais alta. Ela olha para meu quarto, sobre a mureta, então levanta-se nas pontas dos pés e estica o pescoço, tentando ver melhor. Passa um tempo assim, então vai até a beira do terraço e inclina-se para ver meu pátio. Agora estou certo de que está me espionando, e que era ela quem me observava todas as noites, protegida pelas sombras. Retorna ao nosso cantinho, lança mais um olhar para meu quarto, e se senta. Sinto o sangue correr nas veias, pulsando com uma intensidade que me enfraquece feito água.

Ela começa a mexer com a frente da burca, como se removesse a renda que forra a parte da máscara do véu. Seus dedos se movem depressa, mas ela parece lutar para desatar um nó escondido. Suas mãos são finas e pálidas, iguaizinhas às de Zari. Meu Deus, se ela conseguir, poderei ver seu rosto! Com um rápido movimento da mão, ela joga a renda para trás e começa a coçar a cabeça. Esforço-me para enxergar seu rosto, mas seu braço me impede.

Instantes depois, ela abaixa o braço, mas agora o lado de seu véu esconde-lhe o rosto. Só consigo ver a silhueta aveludada de seu perfil, parado como uma modelo posando para um pintor. Após alguns segundos, ela se reclina contra a mureta. Embora eu não consiga ver seu rosto, dá para perceber que seus olhos estão cerrados e os lábios, movendo-se, talvez recitando um poema de Hafiz ou Khayyam – talvez até um dos que li para ela. Seu peito infla e desinfla, e quase posso ver sua respiração indo e vindo. De repente, ela estremece, como se tivesse escutado algo. Pela direção de seu olhar, concluo que ela acha que o som veio de minha casa. Espero que meus pais não estejam subindo. Sei que ela voltaria correndo para casa se os visse.

Concentro-me bastante para ver seu rosto. Sua cabeça está inclinada para a direita, como se estivesse olhando sobre o ombro em direção ao meu quarto, antecipando minha chegada. Pela posição de seu corpo e o jeito com que ela se move para frente e para trás, percebo que está ansiosa e distraída pelo som que acha ter escutado. Após alguns segundos sem que nada aconteça, ela se reclina contra a mureta novamente.

Luto com a ideia de sair do escuro direto para o luar. Olharíamos bem nos olhos um do outro, mas não diríamos nada. O que poderíamos dizer? Seria um momento lindo demais para estragar com palavras. Eu me aproximaria, estenderia a mão e a ajudaria a se levantar. Nós nos abraçaríamos para sempre. Mas e se ela tentasse fugir? Eu a agarraria e diria que o pesadelo acabou, que não me importo com sua aparência, e que será minha pelo resto da vida!

– Sim – sussurro sem querer.

Ela levanta a cabeça imediatamente e se fixa onde estou sentado. Seus olhos brilham radiantes, tomando emprestado o luar – sem dúvida, os mesmos olhos que têm me observado todas as noites. Seu olhar é intenso e penetrante, predatório e tenso, como o de um gato assustado. Em vez de sair correndo, ela calmamente puxa a renda para a frente do rosto, transformando-se novamente em Anjo Mascarado. A firmeza dc seus movimentos lembra-me de sua confiança característica.

Levanto-me e vou para o luar. Ela fica ali sentada, sem se mexer, e sua atração sobre mim é magnética. Aproximo-me lentamente, após uma rápida pausa. Dobro-me para me sentar ao seu lado. Ela olha para mim, com os olhos que não param de piscar atrás da burca, e meu coração se ajusta ao ritmo, combinando-se com a cadência. As lágrimas inundam-me os olhos.

– Não chore – sussurra ela.

Busco uma sonoridade familiar naquele sussurro.

– Por favor, não chore – repete.

– É você?

Ela se vira, escondendo os olhos de mim.

– Diga-me: é você?

Ela permanece escondida, calada. Toco-lhe o queixo para virar seu rosto para mim.

– Deixe-me ver seu rosto.

Ela faz que não, mas dá para ver suas lágrimas, escorrendo feito pérolas sob o véu.

– Quanto tempo você achou que podia se esconder de mim? – protesto delicadamente.

Ela tenta virar a cabeça novamente, mas seguro-a com firmeza.

– Achou mesmo que eu não a veria?

Ela faz que não, sem conseguir responder à minha pergunta.

– Tem ideia do quanto venho sofrendo sem você? – engasgo, com um pouco de raiva na voz. – Sabe quantas vezes pensei que não valia a pena viver sem você? Imagine se eu tivesse me matado!

Sua mão desliza para fora da burca e ela tenta pôr os dedos sobre meus lábios para me calar, mas os afasto e continuo.

– Achou que eu fosse embora e me esqueceria de você? Como pôde pensar isso? Não sabia que queimar no inferno eternamente seria um castigo melhor do que uma vida sem você?

– Shhh!

– O fogo que a levou ainda arde em meu coração.

– Por favor, pare – sussurra ela.

– Não! Por que eu deveria? Como posso?

– Eu imploro, por favor, pare.

– Ameaçaram sua família? Foi Keivan? Ameaçaram levá-lo? Diga a verdade.

– Por favor, pare, por favor...

Ela chora e suas palavras saem intercaladas com uma respiração irregular. Paro e ouço seu choro, e sinto como se alguém extirpasse meu coração. Fico cheio de remorso, e peço perdão. Tento explicar que um vulcão entrou em erupção dentro de mim, e embora eu quisesse muito segurá-lo, não estou no controle.

Ela se inclina e enxuga as lágrimas de meu rosto com as palmas das mãos, então rapidamente recua. Explico que eu jamais conseguiria vislumbrar um futuro sem ela: seria árido e sem vida;

eu acordaria toda manhã sem me importar com nada: tanto faria se fizesse sol ou se chovesse, se fizesse calor ou frio, se fosse cedo ou tarde, inverno ou verão. Roguei a Deus que me levasse, que pusesse um fim em uma vida que não mais importava.

Ela rapidamente morde a pele entre o polegar e o indicador, e diz:

– Não diga isso! – Então começa a chorar copiosamente.

– Oh, Deus, o que estou fazendo? Oh, minha querida! Tudo que você passou é cem vezes pior do que venho passando. Perdoe-me por ser tão egoísta.

– Não, não, não! Por favor, pare de dizer essas coisas!

– Seu caminhar, o jeito com que se move, seus olhos, o jeito com que coçou a cabeça agora há pouco, tudo me diz que você é minha Zari.

– Deve parar.

– Deixe-me abraçá-la, deixe-me sentir o peso de seu corpo contra o meu. Diga-me que nada nos separará novamente.

– Oh, Deus, me perdoe – choraminga ela. – Eu jamais deveria ter deixado as coisas chegarem aonde chegaram.

– Só quero que prometa que jamais fará algo assim novamente!

– Oh, Deus, por favor, me ajude!

– Do que tem medo?

– Por favor, Deus, me perdoe.

– Perdoar pelo quê? – pergunto, começando a prestar atenção.

– Isso vai partir seu coração...

– Não me importo com sua aparência – interrompo. – Sua aparência não me importa. Eu a amo.

– Deus, me ajude, eu jamais deveria ter deixado as coisas irem tão longe.

Ela gentilmente me empurra para trás quando tento abraçá-la, e no silêncio insuportável que se segue, olho bem em seus olhos, buscando desesperadamente a resposta a uma pergunta que não tenho coragem de fazer. Ela tenta dizer alguma coisa duas vezes, mas o choro a impede.

– O que está tentando dizer?

Segue-se uma longa pausa. Meu coração dispara, seu coração, também. Ouço os dois.

– Eu não sou ela!

Não digo nada, pois temo ter escutado certo.

– Não sou ela – sussurra, balançando a cabeça e chorando. – Não entende? Não sou ela. Ah, quem me dera!

– Pare – suplico, perdendo a voz, assim como a esperança.

– Eu sabia que daria nisso – choraminga. – Previ isso tudo na manhã em que você chegou do hospital. Sabia que você acabaria procurando seu anjo sob meu véu, mas não sou ela. Ela o amava tanto que acho que não seria capaz de se esconder atrás da máscara, qualquer que fosse sua aparência após o maldito dia.

Ela soluça e seu corpo se sacode violentamente.

Sinto como se alguém tivesse injetado água gelada em mim. Uma amargura invade-me a boca, corre-me as veias e queima-me a pele.

Se tivesse um cavalo, eu o montaria.
Se tivesse um coração, eu o esconderia.

– Eu jamais deveria ter deixado as coisas irem tão longe, agora sei. Sim, eu o observei toda noite deste canto... porque estava curiosa a seu respeito. Sabia que você me observava e que, lá no fundo, associava-me a ela. Sei que você me observou pela janela, enquanto eu estava de costas, mas deixei que o fizesse porque gostava da sensação causada pelo seu olhar. Eu deveria tê-lo parado. Espero que possa me perdoar.

Se soubesse uma rima, eu a recitaria.
Se conhecesse uma canção, eu a cantaria.

Sinto que vou me dispersando. Sua voz soa em meus ouvidos, mas não escuto as palavras. Vejo sua cabeça mexendo-se, o corpo movendo-se da esquerda para a direita, os olhos azuis brilhando no luar, as lágrimas escorrendo em seu rosto, quase invisíveis sob a máscara. Fecho os olhos, abaixo a cabeça, passo a língua nos lábios e rogo a Deus para que este momento se acabe.

Não sei quanto tempo passo assim, mas quando abro os olhos Anjo Mascarado ainda está ao meu lado – sem se mover, calada, aqueles olhos pedindo perdão. Olho para o chão durante um bom tempo e então pergunto:

– Por quê?

– Não sei.

Não digo nada, pois não tenho nada a dizer.

– Talvez eu quisesse ser ela. Chamam-me de Anjo Mascarado, mas nem mesmo um anjo consegue resistir à tentação de desejar amor.

Não respondo.

– Pena que não deixei claro para você desde o início. Por favor, me perdoe. Pode me perdoar?

Mergulho em um estado de silêncio e desolação, igual ao túmulo de Doutor.

– Não o culpo se não puder. Odeie-me, mas, por favor, vá embora como planejara. É melhor para todos nós. Se ela estivesse viva, iria querer que você fosse.

– Não iria, não – retruco.

– Tudo bem, tem razão; ela não iria querer que você fosse embora.

– Não iria, não – repito, feito uma criança teimosa.

– Tudo bem – repete ela, submissa –, você tem razão, ela não iria querer que você fosse embora. Lembro-me que ela ficou muito triste com isso. Temia que se fosse e a esquecesse; que voltasse com uma esposa linda e culta que fosse um milhão de vezes mais desejável que ela.

– Isso jamais teria acontecido.

– Agora sei disso, mas não sabia na época, então não pude dizer nada ao contrário. Ela adorava a poesia que você lia. Sempre contava que você lia cada verso como se fosse o próprio poeta.

Enquanto ela fala, eu me disperso. Sua voz sussurrante me chateia, e queria muito que ela parasse, mas continua.

– Ela não iria querer que você tivesse lembranças amargas dela. Se ela pudesse estar aqui por um minuto, apenas um minuto, aproveitaria cada segundo para lhe pedir para continuar a viver. Pediria que fizesse isso por ela, pois só assim ela teria paz.

Segue-se uma pausa de alguns segundos.

– Ela só contou de você para mim, mais ninguém. Sou a única que sabe o quanto ela o amava. Por favor, acredite quando digo que sei que ela iria querer que você continuasse a tocar a vida. Como ela poderia descansar em paz se você destruísse a própria vida por causa dela?

Ela para novamente e enxuga as lágrimas. Então, como se lembrasse de algo que precisasse ser dito, pergunta:

– Lembra-se de como ela apontou para a maior estrela no céu e disse que era você?

– Sim.

Ela se inclina para me olhar bem nos olhos.

– Você tem de ir embora e nunca olhar para trás. Deve deixar a dor em seu devido lugar: aqui. Sei que é isso que ela iria querer que eu lhe pedisse. Eu a conhecia melhor do que ninguém no mundo. Era minha prima e melhor amiga. Confie em mim.

Esfrego o rosto com os punhos e faço que sim, sinalizando que confio. Ela chora um pouco, então se desculpa novamente por ter me dado uma impressão errônea e diz que precisa voltar lá para dentro, pois os tios poderiam estar preocupados com ela. Mas não volta; continua a falar. Diz que agora entende por que

Zari achava que eu tivesse a maior estrela no céu, que eu tenho *Algo*. Zari não se enganava com as pessoas, e a avaliação que fizera de mim estava corretíssima. Ela não deixará de acompanhar meu progresso na vida por meio de nossos vizinhos e familiares, e rezará por mim todas as noites pelo resto da vida. Garante-me que cuidará dos pais de Zari, pois são agora sua prioridade número um. Será uma criada dedicada e uma companhia à família para a vida inteira.

Ela se levanta e estica o braço para apertarmos as mãos, o que faço relutantemente. Sua mão está gelada, mas seu aperto, bem quente. Aperto sua mão delicadamente e ela retribui o aperto. Olho para seus longos dedos e suas unhas, idênticas às de Zari. Levanto novamente a cabeça e olho fixamente aqueles brilhantes olhos azul-turquesa.

Lembro-me da última noite que passei com Zari, quando lhe contei sobre a conversa que eu ouvira entre ela e Anjo Mascarado. Zari dissera que aquela fora a última vez que falara com Soraya. Anjo Mascarado não poderia saber da noite que passei com Zari em seu quarto, quando ela apontou para os céus e me disse que minha estrela era a maior. No dia seguinte, ela ateou fogo em si mesma.

– É você, não é? – sussurro.

Ela começa a tremer sob a burca.

– Esses olhos são de minha Zari – digo.

Seus olhos se fecham contra meu olhar.

– É você? – pergunto novamente, desesperado.

– Sim. – Ela chora. – Sou eu.

Seus joelhos sucumbem, e ela cai em meus braços. Eu a levanto, apertando-a contra mim enquanto nós nos abaixamos bem devagar até chegarmos ao chão, abraçados. Beijo-lhe o alto da cabeça, a testa, e os dois olhinhos fechados, sob o tecido da burca. Sua mão acaricia-me o rosto, os dedos deslizando pelo meu cabelo e pousando ao redor de meu pescoço.

– Amo você – murmuro.

– Amo você também.

– Senti sua falta – reclamo.

– Senti mais a sua.

Acomodo sua nuca nas mãos e a empurro para frente até que nossas testas se tocam.

– Eu não teria conseguido sem você.

– Perdoe-me.

– Conseguia ouvir-me falando com você em sonho? – pergunto, balançando-a delicadamente.

– Ouvi cada palavra, mas não podia responder. Pedia a Deus para que você fosse embora e lutasse pelos seus sonhos, tocasse a vida e deixasse-me esvanecer no passado.

– Não há sonho cuja busca se justifique sem você.

– Não diga isso! Você não pode ficar. Tem de me prometer que irá, do jeito como planejou.

– Não, nunca – digo, apertando-lhe nos braços.

– Mas tem de ir, por você, por mim e por todos. Oh, Deus, lembro-me de você correndo atrás de mim. Seus gritos desesperados de *Ya Ali, Ya Ali* ficarão comigo para sempre. Senti tanta pena de você. Não sei por que o levei para testemunhar aquela cena horrorosa. Talvez, inconscientemente, eu esperasse que sua presença lá me fizesse mudar de ideia. Perdoe-me. Eu sinto tanto, meu querido.

Zari coloca a mão dentro da burca para enxugar as lágrimas. Aperto-a contra mim para acalmá-la.

– A dor que senti por você foi, de longe, muito maior do que as marcas deixadas em mim pelas queimaduras. Lembro-me da sirene, dos paramédicos me atendendo e do hospital. Conseguiria tolerar minha própria dor se soubesse que você estava bem. Ninguém falava comigo sobre nada, exceto sobre os cuidados que eu estava prestes a receber. Meus ombros, pescoço e partes do rosto estavam queimados, mas não era tão grave. Parecia muito pior do que era de fato. Eu sabia que perdera o cabelo e que eu tinha ataduras pela cabeça. Queria saber de Ahmed, de Faheemeh e de você, mas não dava, pois eu não queria que me associassem a nenhum de vocês. Só que à noite ninguém sabia que eu rezava por todos vocês. Às vezes eu repetia a mesma oração centenas de vezes, convencida de que quanto mais eu a repetisse, maior a probabilidade de Deus atender meus pedidos.

"Um homem me visitava no hospital todos os dias: o mesmo homem que dera um soco na cara de Doutor, o homem do rádio. Ele me observava durante horas por trás de um janelão, conversava com os médicos e enfermeiras, e tomava nota. O olhar que me dirigia era estranho e triste. Parecia sentir pena de mim. Certa vez, acordei no meio da noite e dei de cara com ele parado ao lado da cama, me encarando com aquele olhar. Eu quis dizer alguma coisa, mas ele saiu imediatamente.

"Fiquei muito atormentada por me separar de você, e foi assim que tive toda certeza de que o amava de verdade. Eu me odiava por ter lhe pedido para me acompanhar. O que você ganharia com a experiência de me ver pegando fogo? Só mesmo uma vida inteira de tormento e agonia, isso sim. Sinto tanto, meu querido. E, para piorar, sobrevivi e ninguém ficou sabendo disso. Eu queria morrer. Quisera ter morrido! A dor que eu causara a você, Faheemeh, Ahmed e, é claro, meus pais. Foi insuportável. E agora meus pais têm de viver exilados pelo que fiz. Eu queria ter morrido. Perdoe-me."

– Eu entendo. – Faço que sim com a cabeça, agradecendo a Deus por ter-lhe poupado a vida.

– Por mim, eu jamais me arrependi do que fiz – diz Zari –, mas sinto profundamente por ter envolvido todos vocês. Tive de fazer o que fiz. Alguém tinha de fazer. Alguém tinha que se expressar, em público, alto e bom som, de maneira desafiadora. Doutor me dizia que o regime não entende que matar as pessoas não assusta os ativistas e que a morte é um pequeno preço a se pagar pela liberdade.

Zari faz uma pausa para respirar; está trêmula sob a burca.

– Para cada um que eles matam à surdina, dez pessoas deveriam fazer o que fiz em público, de forma que o regime veja que matar só aumenta a visibilidade de seus crimes.

Zari dá mais uma rápida respirada.

– Quando minha pele começou a cicatrizar, transferiram-me para outro andar, outro quarto, onde havia uma janela que dava para um pátio que estava sempre cheio de gente. A ambiguidade de meu destino começara a me cansar. Eu me sentava à janela e imaginava se você estava bem, se tinha ido para os Estados Unidos, se Ahmed e Faheemeh estavam livres e ainda juntos.

– Eu fazia o mesmo em meu quarto – digo. – Só que eu ficava imaginando se você podia me ver e ouvir. Eu chorava e perguntava o porquê daquilo.

– E eu conversava com você toda noite – diz. – Eu o abraçava, acariciava seu rosto, seu cabelo. Beijava seus lábios. Eu teria morrido se algo tivesse lhe acontecido. A dor teria me matado.

Ela começa a ofegar, como se estivesse sem ar.

– Você está bem? – pergunto, muito preocupado.

Ela faz que sim e continua:

– Eu não tinha contato com ninguém. Não havia televisão, rádio, nem jornal. Eu não tinha noção da hora, do dia, muito menos do mês. Não fazia ideia do que acontecia no mundo, exceto que o xá continuava no poder, pois o homem do rádio ainda me visitava todos os dias. Muitas noites sonhei com nossos dias de verão perto da *hose*, sob a cerejeira, e quando acordava sentia-me como se alguém tivesse colocado uma tonelada de tijolos em meu peito. Tentava me lembrar de seu rosto, mas não conseguia. Por alguma razão, quanto mais eu sentia sua falta, mais difícil era imaginar seu rosto.

"Certa vez, acordei no meio da noite e percebi que haviam colocado um lápis e alguns papéis ao lado da cama. Imediatamente comecei a desenhar você. Era impressionante como os olhos de minha mente não conseguiam vê-lo, mas as mãos não tinham a menor dificuldade em traçar todas as suas feições no papel. – Zari estica o braço e toca-me o rosto carinhosamente. Pelos buracos da burca, vejo que seus olhos estão fechados.

"Ao terminar o desenho, coloquei-o na cabeceira e adormeci. Na manhã seguinte, quando acordei, o desenho, o lápis e os papéis tinham sumido.

"Mais tarde, pela janela, vi o homem do rádio lá fora, e me dei conta de que o papel e o lápis tinham sido colocados ali para me induzir a escrever ou desenhar algo que desse ao agente uma pista para identificar meus comparsas. Enlouqueci ao imaginar você sendo caçado por aquele homem abominável. Gritei e bati em mim mesma, desesperada, amaldiçoando o xá, sua família e todos os seus simpatizantes. As enfermeiras apareceram correndo, amarraram-me à cama e deram-me uma injeção que me adormeceu.

"Quando acordei, o homem do rádio estava em meu quarto. Parado, próximo à porta, ele segurava meu desenho. Nós nos entreolhamos silenciosamente por um longo tempo e então ele me disse que não estava ali para me machucar. Queria que eu relaxasse e me acalmasse. O tom suave em sua voz de fato me acalmou. Perguntei por que estava ali. Ele se aproximou e colocou o desenho na cama. Eu o peguei e o apertei contra o peito. Ele sussurrou que não ia machucar o jovem do desenho. Vinham investigando todos nós havia muito tempo e estavam certos de que não tínhamos nada a ver com as atividades de Doutor. Não éramos 'afiliados ao grupo dele', como disse. Então me disse que eu iria para casa e que meus pais já haviam sido contatados. Como meu pai era campeão olímpico, o governo decidira não me punir, apesar de meu comportamento estúpido no aniversário de Sua Majestade. No entanto, toda a minha família teria de se exilar para Bandar Abbas, onde moraríamos pelo resto da vida, às margens do golfo Pérsico, longe do resto da família. Ele apontou para o desenho em minhas mãos e disse que seria melhor se eu não tivesse contato com aquela pessoa. Também me deixou bastante claro que eu não deveria falar com Ahmed e Faheemeh. Foi então que se discutiu a possibilidade de eu me disfarçar de Anjo Mascarado. Foi ele quem a sugeriu e achei uma boa ideia. Era a única forma que eu tinha de passar ainda um tempinho aqui por perto. Eu estava louca para ver você, e queria muito estar com meus pais."

Zari para, e eu aperto meu abraço.

– Amo você – sussurro. – Amo você.

– Amo você também.

Sinto vontade de dizer que fiquei surpreso por seus pais concordarem com o plano, mas então me dou conta do quanto Sr. e Sra. Naderi devem ter sofrido, achando que tinham perdido Zari. Fingir que ela estava morta para mantê-la viva era um preço bem pequeno que eles teriam pago com o maior prazer.

Percebo, pela forma com que Zari se reclina sobre mim, que ela está exausta. Estou tocado por sua força e coragem. Ela nunca reclamou de sua dor pessoal, da injustiça de seu destino, nem de sua pele queimada.

Ela agarra-me o queixo, empurra meu rosto para cima e olha bem em meus olhos.

– Agora entende por que deve ir embora. Não posso ficar com você e não posso voltar.

Abraço-a bem forte.

– Mas eles limparam nossa barra – sussurro em desespero.

– Não. Limparam você e Ahmed. Eu ainda tenho de pagar pelo que fiz.

Aperto-a bem firme contra o peito.

– Muito pode acontecer em alguns anos – diz. – As coisas mudarão, como sempre mudam, e então pode ser seguro para nós ficarmos juntos.

– Qual foi a gravidade de suas queimaduras?

Ela faz que não com a cabeça. Agarro-lhe o rosto e começo a beijá-la por sobre a burca.

– Para mim é mortal imaginar você sofrendo de dor – sussurro.

– Não foi grave – diz baixinho. – Não foi mesmo tão grave. Talvez um dia possam corrigir as cicatrizes com uma cirurgia plástica. Quem sabe? O mundo está mudando tão depressa. Eis outra razão para que você vá. Você pode encontrar os melhores médicos nos Estados Unidos e então mandar me buscar. Quando eu chegar lá, poderão dar um jeito em meu rosto e meu corpo, e poderei voltar a ser bonita. Daí você poderá se casar comigo e nós teremos filhinhos. – Sua voz embarga. – Preciso que vá.

Fico em silêncio, esperando que, se eu não falar, não terei de concordar.

– Acredite: não é fácil para mim deixá-lo partir. Fico muito triste sem você. Desde o verão passado, não há um segundo que eu não pense em você. Precisamos fazer este pequeno sacrifício agora para garantir que fiquemos juntos no futuro. E neste ínterim, sonharei todas as noites com o dia em que as pessoas passarão a nos chamar de Pasha e Zari Shahed.

– Sr. e Sra. Shahed – digo.

– Huuummm! Soa maravilhoso para mim.

– Amo você – aperto-a bem pertinho de mim, e pela primeira vez em meses sinto um alívio no peito. O nó na garganta de repente parece ter se desfeito.

– Sou seu – sussurro. – Faça o quiser de mim.

– Então vou mandá-lo embora.

Passamos o resto da noite abraçados. Logo o sol começa a nascer no leste, e a escuridão vai desaparecendo aos poucos. Ficamos ali sentados, com os dedos entrelaçados, sua cabeça reclinada em meu peito, suas pernas sobre as minhas, enquanto assistimos ao mundo despertar. Fecho os olhos e isolo-me de todas as distrações, de forma a poder memorizar todos os detalhes.

– Venha para meu quarto, quero lhe dar uma coisa – diz ela, esticando-se para se levantar. Sigo-a até o quarto, onde tudo está embalado em caixas, pronto para ir embora. Ela me dá o desenho que fez de mim na rua. Desta vez, no entanto, minha mulher misteriosa tem um rosto. O seu.

– Não se esqueça de mim – diz.

Penso nela em um deserto de solidão enquanto eu estiver fora, e ocorre-me uma coisa:

– Quando se sentir perdida – digo, puxando-a para mais perto mais uma vez –, olhe para o céu e nos verá lá, juntos.

– Sei qual é sua estrela, mas qual é a minha? – diz, deixando seu peso cair sobre mim por um instante.

– A maior e mais brilhante.

– Ah, mas essa é a sua!

– A nossa – sussurro. – Compartilhamos a mesma estrela.

Caro leitor:

É com muita emoção que lhe dou as boas-vindas ao mundo de *Os telhados de Teerã*.

Descobri o dom de ler aos dez anos, sentado em meu telhado em Teerã, onde mergulhei numa versão para o farsi do livro *Caninos brancos*, de Jack London. Maravilhei-me com o poder das palavras de me levar a um lugar que eu mal conhecia e me fazer sentir como se eu tivesse morado lá a vida inteira. Foi uma experiência da qual nunca me esqueci. Muito mais tarde, comecei a escrever minhas próprias histórias e logo percebi que escrever era mais prazeroso do que qualquer outra coisa que eu fizera. Eu começava no início da noite e só parava de madrugada, exausto, eufórico e praticamente sem perceber que a noite se passara.

Meu desejo, ao escrever *Os telhados de Teerã*, foi familiarizar o leitor com o Irã, e dar vida a uma pequena parte da antiquíssima cultura persa. Numa época em que meu país é sempre retratado pelos noticiários como "o inimigo", preferi contar uma história sobre amizade e humor, amor e esperança, experiências universais valorizadas em todos os tempos e lugares. Eu quis mostrar um lado do Irã que é geralmente escondido – seu povo afetuoso, divertido e generoso. Talvez, ao ler a história – à medida que conhecer Ahmed, Faheemeh, Doutor, Iraj e Zari (amigos de Pasha); à medida que passar uma noite no telhado dele, der uma observadinha em seu bairro, e se apaixonar pela garota do lado –, você entenda minha afeição pelo Irã e seu povo. E compreenderá por que a chama da esperança pelo Irã ainda arde em meu coração e no de tantos iranianos em todo o mundo.

Desde que mergulhei em *Caninos brancos*, há muitos anos, li centenas de livros e, ao final de cada um, sempre desejei compartilhar minhas ideias e sentimentos diretamente com o autor. Assim, convido-o a entrar em contato comigo. Caso deseje fazer um comentário sobre *Os telhados de Teerã*, ou caso o seu círculo do livro queira marcar uma audioconferência, escreva para mahbod@rooftopsoftehran.com. Será um enorme prazer discutir meu romance e compartilhar minha história.

Tudo de bom!
MAHBOD SERAJI

Este livro foi impresso na Editora JPA Ltda.
Av. Brasil, 10.600 – Rio de Janeiro – RJ
para a Editora Rocco Ltda.